NO SE LO DIGAS A NADIE

JAIME BAYLY

No se lo digas
a nadie

SEIX BARRAL

Cubierta: «Joven desnudo»,
de Hippolyte Flandrin (fragmento)

Primera edición: mayo 1994

© Jaime Bayly, 1994

Derechos exclusivos de edición en castellano
reservados para todo el mundo:
© 1994: Editorial Seix Barral, S. A.
Córcega, 270 - 08008 Barcelona

ISBN: 84-322-4713-8

Depósito legal: B. 15.365 - 1994

Impreso en España

1994. — Talleres Gráficos DUPLEX, S. A.
Ciudad de Asunción, 26 - 08030 Barcelona

A Sandra

*Las historias que aquí se narran
sólo ocurrieron en la imaginación del autor;
cualquier semejanza con la realidad
es pura coincidencia.*

don't leave it all unsaid
somewhere in the wasteland
of your head...

MORRISSEY,
Sing Your Life

PRIMERA PARTE

PRIMERA PARTE

EL ESCLAVO

Cuando Joaquín terminó quinto de primaria, Maricucha, su madre, decidió cambiarlo de colegio. Un día de verano, ella le dijo que lo había sacado del Inmaculado Corazón y que lo había matriculado en el Markham. Entonces él se puso a llorar.

—No llores, mi rey, que es para tu bien —le dijo ella, y lo abrazó.

—Yo no quiero cambiarme de colegio, mami —dijo él.

—Te va a encantar tu nuevo colegio, mi cielo —dijo ella—. Es el mejor colegio de Lima.

—Pero no entiendo por qué me sacas del Inmaculado si yo era el primero de mi clase, mami —dijo él.

—El Inmaculado no estaba a tu altura, Joaquincito —dijo ella, y lo besó en las mejillas—. Ese colegio está muy venido a menos. Eras el primero sin esforzarte nada, mi hijito.

—Pero ni siquiera me has preguntado si yo quería cambiarme de colegio, mami. No es justo que me cambies así.

—Tú todavía eres un niño, mi amor. Tu mamita sabe lo que es mejor para ti.

—Te aviso que si me cambias de colegio, nunca más voy a ser el primero de mi clase.

—No digas tonterías, mi rey. Tú has nacido para ser siempre el primero.

Joaquín corrió a su cuarto, cerró la puerta y rompió todos los diplomas que le habían dado en el Inmaculado Corazón.

* * *

El primer día de clases en el Markham, Maricucha despertó a Joaquín más temprano que de costumbre. Todavía estaba a oscuras. Joaquín salió de su cama y abrazó a su madre.

—Ofrece tu día, mi cielo —le dijo ella.

Joaquín se arrodilló en el piso, se persignó, cerró los ojos y rezó: Señor, en tus manos encomiendo mi espíritu. Luego se puso de pie.

—¿Qué te parece tu nuevo uniforme? —le preguntó Maricucha, y le enseñó el uniforme del Markham: un saco marrón,

11

un pantalón corto, una corbata a rayas y una gorra marrón.

—El uniforme del Inmaculado era mucho más lindo —dijo él.

—No seas tontito, mi cielo —dijo ella, sonriendo—. Además, a ti el marrón te sienta precioso. Va con tu color.

Maricucha y Joaquín salieron del cuarto y entraron al baño. Ella lo ayudó a cambiarse y le enseñó a hacerse el nudo de la corbata. Luego lo peinó con bastante gomina.

—Tienes que ir bien peinadito para que todos tus amiguitos sepan que eres un *lord* inglés —le dijo.

—Mejor no me pongas esa cosa grasosa en la cabeza —dijo él, que detestaba peinarse con gomina.

—Es para que te veas más churro, mi rey —dijo ella, y siguió peinándolo.

Poco después, terminó de arreglarlo, y los dos salieron del baño y fueron al comedor. Entonces Joaquín tomó su desayuno de prisa.

—Nunca te voy a perdonar que me hayas sacado del Inmaculado, mami —murmuró, sin mirar a su madre.

—No seas rencoroso, mi cielo —dijo ella, acariciándolo en la cabeza—. Con el tiempo vas a entender que yo me desvivo por tu felicidad.

—No sé qué pretendes de mí, mami.

—Tú sabes perfectamente lo que espero de ti, Joaquincito. Que seas siempre el mejor.

—Yo sé lo que tú quieres, mami. Tú quieres que yo sea sacerdote.

—No, mi vida, yo sólo quiero que tú seas feliz, feliz como una lombriz. Pero, claro, si el Señor me bendice con un hijo sacerdote, yo me daría por muy bien servida.

—Te aviso que yo no voy a ser sacerdote, mami. Anda haciéndote la idea que yo jamás voy a ser sacerdote.

—Uno nunca sabe qué nos deparan los caminos del Señor, mi cielo.

No bien Joaquín terminó de tomar desayuno, Maricucha se puso de pie, fue a su cuarto y regresó con una cámara de fotos.

—Voy a tomarte unas fotitos, mi cielo —dijo, sonriendo.

—No quiero, mami —dijo él—. Odio que me tomes fotos.

—No seas díscolo, mi vida —dijo ella—. Déjame tomarte unas fotitos para que cuando seas grande tengas un recuerdo de tu primer día en el Markham College.

Él cogió su maleta, se puso la gorra y se paró frente a la puerta de la casa.

—Quítate la gorra, Joaquincito —le dijo su madre—. Un caballero nunca sale con gorra en una foto.

Él se sacó la gorra.

—*Cheese* —dijo ella—. Sonríe, pajarito.

Él sonrió sin ganas. Ella le tomó un par de fotos.

—Ahora espéralo a tu papi en el carro, no vayan a llegar tarde al colegio —dijo ella, y lo abrazó.

Él se puso a llorar.

—Así es la vida, mi amor —le dijo ella—. Los pichoncitos tienen que salir del nido y aprender a volar.

* * *

Diez minutos más tarde, Luis Felipe, el padre de Joaquín, salió de la casa y entró al carro. Era un hombre alto y robusto. No hacía mucho, se había dejado bigotes. Puso su maletín en el asiento de atrás, cerró la puerta y vio que Joaquín estaba llorando.

—Deja de llorar, carajo —le dijo, con una voz ronca—. Los hombres no lloran.

Luego prendió el carro, puso las noticias en la radio y condujo rumbo a la carretera central. Ya había amanecido. Viejos camiones pasaban por la carretera a Lima. Luis Felipe manejó de prisa y en silencio. Estaba malhumorado, como casi todas las mañanas. Poco después de salir de Chaclacayo, un camión lo obligó a bajar la velocidad. En el parachoques trasero del camión había una inscripción que decía: El Vengador Solitario de Jauja. Al lado de esa inscripción había una calcomanía del Che Guevara. Luis Felipe tocó la bocina.

—Indio de mierda, mueve tu carcocha —gritó, y siguió tocando la bocina.

Un poco más allá, el camionero le cedió el paso. Antes de pasarlo, Luis Felipe bajó su ventana.

—Indio chuchatumadre, ándate a manejar una llama, mejor —gritó.

Luego aceleró y le hizo un gesto obsceno al camionero.

—Deberían fusilar en masa a todos los indios y tirarlos al río Rímac, carajo —dijo—. Así saldría adelante el Perú.

* * *

Media hora más tarde, Luis Felipe y Joaquín llegaron al Markham. No habían hablado en todo el camino.

—Te voy a dar un consejo de hombre a hombre —le dijo Luis Felipe a su hijo, no bien cuadró el carro frente al colegio.

—Dime, papi —dijo Joaquín.

—Si algún cojudito se quiere pasar de vivo contigo, no te dejes, ¿okay?

—Ya, papi.

—Le tiras dos puñetes en la cara, un patadón en los huevos y le sacas la entreputa hasta que te pida perdón. Sólo así te vas a hacer respetar. Si no, te van a agarrar de punto en el colegio y te vas a joder, hijo.

—Gracias, papi —dijo Joaquín, y besó a su padre en la mejilla.

—Ya sabes —le dijo Luis Felipe—. Sácale la mierda al primer pendejito que te fastidie.

Joaquín bajó del carro y caminó de prisa. Antes de entrar al colegio, volteó y le hizo adiós a su padre. Luis Felipe le contestó haciendo unos ademanes de boxeador.

* * *

Esa mañana, después de cantar el himno nacional y escuchar el discurso de bienvenida del director del Markham, Joaquín se dirigió a su nueva clase, junto con sus compañeros de primero de media. Al entrar a su clase, saludó a su tutor, mister MacAlpine, un hombre joven, delgado, algo pálido. MacAlpine le deseó suerte y le dijo en qué carpeta debía sentarse: era una carpeta para dos chicos, como las demás carpetas de la clase. Joaquín se sentó en su carpeta y miró al chico sentado a su lado.

—Hola —dijo el chico—. Me llamo Jorge.

Jorge era bajo y un poco gordito. Tenía una mirada inquieta.

—Yo me llamo Joaquín.

Se dieron la mano y pusieron sus cuadernos en la carpeta. MacAlpine comenzó a pasar lista.

—¿En qué colegio estabas? —preguntó Jorge.

—En el Inmaculado Corazón —dijo Joaquín.

Hablaban en voz baja, para no llamar la atención de MacAlpine.

—¿Qué pasó? —preguntó Jorge—. ¿Te botaron?

—No, nada que ver —dijo Joaquín—. Yo tenía súper buenas notas.

—¿Entonces por qué te cambiaron?

—Porque a mi mamá no le gustaba el Inmaculado.

En ese momento, MacAlpine llamó a Jorge Bermúdez. El chico sentado al lado de Joaquín levantó la mano y dijo: *present*.

—¿Te gusta el fútbol? —preguntó Joaquín.

—Más o menos —dijo Jorge.

—¿De qué equipo eres hincha?

—De la U, pues. Todos los blancos somos de la U.

Entonces MacAlpine llamó a Joaquín Camino. Joaquín levantó la mano y dijo: *present*.

—¿Has ido a Miami? —preguntó Jorge.

—No, pero mi papá me ha prometido llevarme en las vacaciones de julio —dijo Joaquín.

—Miami es increíble. Yo fui en el verano.

—Qué suerte. Mi papá me ha contado que en Miami no hay ladrones ni chiquitos que piden plata en las calles.

—¿Qué hace tu papá?

—Es gerente.

—¿Ah, sí? El mío es director gerente. Director gerente es más alto que gerente. Es el puesto más alto que hay.

—Caray, qué lechero eres.

—¿Tú papá es millonario?

—No sé. Creo que no. Le voy a preguntar.

—El mío sí.

—¿De verdad?

—No es millonario. Es multimillonario.

—Suertudo.

MacAlpine pidió silencio y comenzó a dictar la primera clase del año.

* * *

Esa tarde, a las tres en punto, Joaquín salió del colegio junto los demás alumnos del Markham. Su madre lo esperaba en la puerta. Se abrazaron, se dieron un beso y entraron al carro.

—¿Cómo te fue en tu primer día de clases? —le preguntó ella.

—Muy bien —dijo él.

—Ay, qué maravilla. ¿Estás contento en el Markham, mi amor?

—Sí, mami. Me ha gustado mucho. Gracias por cambiarme de colegio.

—Te dije que confíes en mí, Joaquincito. Yo estaba segura que era para tu bien.

En ese momento, Jorge pasó al lado del carro de Maricucha y le hizo adiós a Joaquín, quien sonrió y le devolvió el saludo.

—¿Quién es ese chico tan simpático? —preguntó Maricucha.

—Mi amigo Jorge —dijo Joaquín.

—Mírenlo, pues, a mi Joaquincito, qué amiguero se me ha vuelto —dijo Maricucha, sonriendo, acariciando a su hijo en la cabeza.

—Jorge es buenísima gente, mami —dijo Joaquín—. Nos sentamos en la misma carpeta.

—¿Jorge qué?

—Jorge Bermúdez.

—¿Hijo de Rosita y Cucho?

—No sé. Si quieres, mañana le pregunto.

—Pregúntale, ¿ya? Porque yo era íntima de Rosita Bermúdez en el colegio, y sería divino que tu amiguito Jorge sea hijo de la gorda Rosita, ¿no?

—¿Sabes qué, mami? En el Inmaculado no había ningún chico tan buena gente como Jorge.

—Qué suerte, mi Joaquín. Pero pensándolo bien, no es suerte, mi amor, es que el Señor te lo ha puesto en tu camino como premio por ser un hijo obediente.

Joaquín sonrió. Maricucha puso en marcha el carro.

—¿Sabes si Jorge va a misa todos los domingos? —preguntó.

—Ni idea —dijo él.

—Pregúntale, ¿ya? Porque es muy importante que tus amiguitos tengan sus valores morales bien puestos, Joaquincito. Y pregúntale también si reza todos los días.

—¿Por qué le tengo que preguntar tantas cosas, mami? No seas metiche, pues.

—Es tu deber de cristiano tratar de salvar las almas de todos tus amiguitos, Joaquín. ¿O no quieres encontrarte con Jorge en el cielo?

—Sí quiero, mami. Claro que quiero. Jorge es súper buena gente.

—Entonces preocúpate por su formación espiritual y trata de enrumbarlo en el camino de la santidad, mi amor.

—Pero si le hablo de estas cosas de religión, de repente le va a fregar y no va a querer ser mi amigo nunca más, mami.

—No tengas miedo al ridículo, mi cielo. No tengas miedo al qué dirán. Tú eres un líder. Un líder nato. Tú has nacido para ser presidente o cardenal. Y de repente me quedo chica. A veces pienso que hasta el Vaticano no te para nadie, mi Joaquín.

Maricucha se detuvo frente a un semáforo y miró a su hijo. Sus ojos estaban llenos de ternura.

* * *

—Juguemos un juego —dijo Jorge.

—Bestial —dijo Joaquín.

Estaban en clase de matemáticas. Habían pasado pocos días desde el primer día de clases. Jorge era el único amigo que Joaquín había hecho en el Markham.

—El juego es bien fácil —dijo Jorge—. Tú eres mi esclavo y me tienes que obedecer en todo.

—¿En todo? —preguntó Joaquín, sorprendido.

—En todo. Eres mi esclavo, pues. Yo soy tu amo.

—Bueno, está bien.

Hablaban en susurros, mientras el profesor Tamayo hacía operaciones matemáticas en la pizarra.

—Ahora dime: eres mi amo y yo soy tu esclavo —dijo Jorge.

—Eres mi amo y yo soy tu esclavo —repitió Joaquín.

—Así me gusta, esclavo. Ahora quiero que saques el borrador del bolsillo de mi pantalón.

—Está bien, pero sólo es un juego, ah.

A Joaquín no le disgustó el juego. Le pareció gracioso ser esclavo de Jorge.

—Tú tienes que decir: a tus órdenes, amo —dijo Jorge.

—A tus órdenes, amo —repitió Joaquín.

—Ahora saca mi borrador, esclavo.

Joaquín metió una mano al bolsillo de Jorge. Buscó el borrador. Notó que el bolsillo tenía un hueco por adentro. Tocó algo suave, tibio.

—No hay ningún borrador —dijo, y sacó la mano bruscamente.

—Claro que hay —dijo Jorge, sonriendo—. Lo acabas de tocar.

—Eso no era un borrador.

—Tócalo de nuevo, esclavo.

De nuevo, Joaquín metió una mano al bolsillo de Jorge.

—Ahora juega con mi borrador, esclavo —dijo Jorge.

Joaquín acarició el sexo de Jorge. Él sabía muy bien que no estaba tocando un borrador.

* * *

Una noche, Joaquín fue en piyama a la sala y se sentó a ver televisión al lado de su padre.

—¿Y? ¿Ya te has mechado con alguien en el colegio? —le preguntó Luis Felipe.

—No, papi, todavía no —dijo Joaquín.

Luis Felipe estaba tomando un trago y fumando un cigarrillo.

—¿Y qué esperas para mecharte? —preguntó.

—Es que no he tenido oportunidad, papi —dijo Joaquín.

—¿Nadie se ha querido pasar de pendejo contigo?

—Nadie, papi. Hasta ahora todos me han tratado bien.

—Qué raro, porque el colegio suele estar lleno de pendejitos. ¿No me estarás cojudeando, no?

—No, papi, cómo se te ocurre.

Luis Felipe tomó un trago.

—¿Sabes lo que vas a hacer entonces? —dijo—. Vas a observar bien quiénes son los matoncitos de tu clase, y a uno de esos huevinches lo agarras en el recreo y lo desgranputas del saque nomás.

—¿Pero por qué, papi? ¿Por qué me voy a pelear con él si no me ha hecho nada?

—Para que te respeten de entrada, pues, huevinche. Para que sepan que contigo no se pueden meter.

—Pero a mí no me gusta mecharme por las puras, papi.

—¿Qué pasa, Joaquín? ¿Tienes miedo?

Joaquín se quedó callado.

—¿Tienes miedo de mechar? —preguntó Luis Felipe, levantando la voz—. ¿Mi hijo se orina en los pantalones porque no se atreve a pegarle a un pendejito?

—Es que yo no soy bueno mechando, papi —dijo Joaquín.

—¿Qué? Habla fuerte, carajo. A los hombres la voz nos sale de los cojones. Tú parece que hablaras por el poto, muchacho.

—Que no soy bueno mechando —gritó Joaquín.

—¿No sabes mechar? —dijo Luis Felipe, sonriendo—. ¿Ése es tu problema? Yo te voy a enseñar a tirar bronca, muchacho. Tu viejo te va a enseñar un par de cosas.

Luego se levantó del sillón y apagó el cigarrillo.

—Espérame aquí —dijo—. Ahorita vengo.

Luis Felipe fue a su cuarto caminando lentamente. Joaquín se quedó viendo televisión. Estaba arrepentido de haberse sentado a ver televisión con su padre. Poco después, Luis Felipe regresó con un par de guantes de box.

—Póntelos —dijo, y le dio los guantes.

—¿Para qué? —preguntó Joaquín, sorprendido.

—Te voy a enseñar a mechar —dijo Luis Felipe.

Joaquín se rió nerviosamente.

—No te preocupes, papi —dijo—. No vale la pena.

—Póntelos, carajo —dijo Luis Felipe, levantando la voz.

Resignado, Joaquín se puso los guantes. Luis Felipe movió la mesa y los sillones, dejando un espacio libre al medio de la sala.

—Ahora vamos a simular una trompeadera —dijo—. Tú me puedes dar en cualquier parte de la cintura para arriba. Yo sólo voy a esquivar tus golpes.

—¿Tú no me vas a pegar? —preguntó Joaquín.

—No. Yo sólo bailo y esquivo. Tú tienes que pegarme en cualquier parte de la cintura para arriba.

—Mejor en la barriga nomás, papi. No quiero pegarte en la cara.

—Pégame donde quieras, con tal que no me pegues en los huevos, muchacho.

Joaquín se rió. No sabía qué hacer. Le temblaban las piernas.

—Ya, arranca, muévete —dijo Luis Felipe—. Imagínate que soy un pendejito de tu colegio.

Joaquín se puso en guardia. Luis Felipe comenzó a bailotear alrededor de él. Joaquín se animó a tirarle un par de golpes a la barriga. Su padre los desvió con las manos.

—Muy lento —dijo, moviéndose alrededor suyo—. Más fuerte. Más rápido. Más rápido.

Joaquín trató de darle un buen puñete en la barriga, pero su padre desvió el golpe y le contestó con una bofetada. Joaquín se rió nerviosamente.

—No te rías —dijo Luis Felipe—. Sigue mechando. Concéntrate.

—Pero me dijiste que tú no me ibas a pegar, papi.

—Mecha nomás. No pierdas aire hablando.

Joaquín le lanzó dos puñetes con fuerza. Luis Felipe los detuvo fácilmente y respondió con un par de cachetadas. A Joaquín le ardió la cara.

—No vale, pues, papi —dijo, indignado—. Estás haciendo trampa.

—Mecha como hombre, carajo. No seas alegoso.

Joaquín trató de darle un puñete en la cara, pero su padre se movió a tiempo, esquivó el golpe y le dio un par de bofetadas. De nuevo, Joaquín sintió la cara caliente, ardiéndole.

—Ya no quiero seguir mechando —dijo.

—No vale tirar la toalla. No te me maricones, muchacho. Te estoy enseñando a mechar como hombre.

De pronto, Luis Felipe le tiró una cachetada más. Joaquín se enfureció y le dio dos golpes en la barriga.

—Carajo, te me amotinas —dijo Luis Felipe, sonriendo.

Entonces le tiró dos bofetadas más fuertes que las anteriores. Joaquín le dio la espalda, se sacó los guantes y los tiró al suelo.

—Así no vale, pues, papi —dijo.

Estaba llorando. No podía evitarlo.

—Ponte los guantes, carajo —dijo Luis Felipe—. No me vengas con mariconadas.

—No quiero —dijo Joaquín—. No me gusta este juego.

—Sube la guardia —dijo Luis Felipe, y le tiró otra cachetada—. Vamos, concéntrate. La pelea continúa.

—Eres un abusivo de porquería —gritó Joaquín, y corrió a su cuarto.

—Hijo, ven acá inmediatamente —gritó Luis Felipe.

Joaquín no se detuvo.

—Sólo estaba tratando de enseñarte a mechar, hombre —gritó Luis Felipe.

Joaquín entró a su cuarto, cerró la puerta con llave y se miró en el espejo del baño. Tenía la cara roja. Lloró con rabia, apretando los dientes. Buscó su álbum de fotos. Lo abrió. Rompió un par de fotos en las que aparecía su padre. Luego se metió a la cama. Seguía llorando. Poco después, Luis Felipe tocó la puerta.

—Hijo, abre —dijo.

Joaquín no contestó. Luis Felipe pateó la puerta.

—Abre, carajo —gritó.

Joaquín metió la cabeza debajo de la almohada.

—Ojalá te saquen la granputa en el colegio —dijo Luis Felipe.

Joaquín escuchó los pasos de su padre alejándose. Lo odio, pensó.

* * *

Unos días después, un sábado en la tarde, Joaquín fue a pasar el fin de semana a casa de los padres de Jorge. Después de almorzar, Jorge y Joaquín subieron al segundo piso y entraron al cuarto de Jorge.

—Te voy a enseñar una cosa secreta —dijo Jorge.

—¿Qué? —preguntó Joaquín.

Jorge cerró la puerta con llave. Luego abrió su clóset, rebuscó entre su ropa y sacó una revista.

—Una revista de mujeres calatas —dijo, sonriendo, enseñándole a Joaquín un ejemplar de *Playboy*.

—¿Cómo has hecho para conseguirla? —preguntó Joaquín.

—Me la robé de la casa de mi tío Augusto —dijo Jorge—. El sapazo de mi tío tiene un montón de *Playboys*.

Se sentaron en la cama y ojearon la revista. Era la primera vez que Joaquín veía una revista de mujeres desnudas.

—A mí la que más me gusta es esta foto —dijo Jorge, señalando la foto de una mujer rubia, que estaba columpiándose desnuda, con las piernas abiertas.

—Sí, es una linda foto —dijo Joaquín, sin saber qué decir.

—La he mirado tanto que a veces sueño con ella —dijo Jorge—. La otra noche soñé que nos columpiábamos frente a frente, y cuando llegábamos arriba, yo le metía la pinga. Mira, te voy a enseñar cómo manché la cama.

Jorge abrió las sábanas de su cama y le enseñó unas manchas.

—Parece mantequilla —dijo Joaquín.

Jorge se rió.

—Cuando sueñas con mujeres, botas esas manchitas —dijo.

Se quedaron callados. Siguieron viendo la revista.

—Podemos jugar un juego que es buenazo —dijo Jorge.

—¿Cómo es? —preguntó Joaquín.

—Nos frotamos la pichula mirando estas fotos y vemos quién dispara más lejos.

—¿Y qué vamos a disparar?

—Esa cosita blanca que sale cuando te la frotas, pues.

Joaquín bajó la mirada, avergonzado.

—¿Nunca te la has frotado? —preguntó Jorge.

—Nunca —dijo Joaquín—. Es pecado mortal. Y por un pecado mortal te vas al infierno.

—Sí, bueno, pero todavía no nos vamos a morir.

Jorge se levantó, puso la revista en la alfombra y la abrió en su página favorita.

—Ahora ven aquí, párate a mi lado —dijo.

Joaquín se paró al lado de Jorge.

—El juego es así: cada uno se baja el pantalón y se la frota —dijo Jorge—. Gana el que dispara más rápido.

—Yo nunca he disparado, Jorge. De repente no puedo disparar.

—Todas las pichulas disparan, sonso.

Jorge se llevó las manos a la cintura.

—A la una, a las dos y a las tres —dijo.

Luego se bajó el pantalón y comenzó a masturbarse. Joaquín lo miró de reojo.

—No vale mirar, pues —dijo Jorge.

—Era para aprender —dijo Joaquín, y se bajó el pantalón.

—Ahorita disparo —dijo Jorge.

Joaquín comenzó a masturbarse.

—La voy a dar, la voy a dar —dijo Jorge, cerrando los ojos. Entonces eyaculó.

—Gané, gané —gritó.

*   *   *

Esa noche, Jorge y Joaquín se pusieron piyama y se acostaron. Jorge se metió a su cama, y Joaquín se acurrucó en una bolsa de dormir que había puesto en la alfombra.

—¿Alguna vez te han hipnotizado? —preguntó Jorge.

—Nunca —dijo Joaquín.

El cuarto estaba a oscuras. Escuchaban el tráfico de Coronel Portillo.

—Tengo un disco para hipnotizarse que me compré en Miami —dijo Jorge—. Hasta ahora no lo he escuchado porque me da miedo escucharlo solo.

—Creo que hipnotizarse es pecado mortal —dijo Joaquín.

—Bueno, pero ya tenemos un pecado mortal por frotarnos la pichula, o sea que da igual tener uno más.

—Sí, pues, tienes razón.

Jorge se levantó de la cama, salió del cuarto y regresó con un tocadiscos. Puso el tocadiscos en la alfombra y sacó un disco de su clóset.

—De repente es peligroso hipnotizarse —dijo Joaquín.

Jorge puso el disco en el tocadiscos.

—No tengas miedo —dijo—. No pasa nada.

Luego se echó al lado de Joaquín.

—Concéntrate bien —susurró—. Y si tienes miedo, me avisas.

Una voz comenzó a decir las instrucciones en inglés. Siguiendo las instrucciones, Jorge y Joaquín cerraron los ojos, respiraron profundamente, abrieron sus manos y trataron de poner sus mentes en blanco. La voz les dijo que estaban en una playa desierta. El disco reprodujo el rumor del mar, el silbido del viento, el graznido de unas gaviotas.

—Ahora estás hipnotizado, esclavo —susurró Jorge.

Joaquín bostezó.

—No estoy hipnotizado —dijo—. Me muero de sueño.

—Te digo que estás hipnotizado, esclavo.

—Está bien, amo.

—Así me gusta, esclavo. Ahora concéntrate y piensa que eres una mujer. Estás hipnotizado y eres una mujer, una mujer, una mujer.

Joaquín sonrió.

—Dime que eres una mujer —dijo Jorge.

—Soy una mujer —dijo Joaquín.

—Soy una mujer, amo —corrigió Jorge.

—Soy una mujer, amo —repitió Joaquín.

—Muy bien, muy bien. Ahora quiero que seas la mujer de la revista, la mujer del columpio.

—Soy la mujer de la revista, amo. Soy la mujer del columpio.

—Ahora date la vuelta. No vayas a abrir los ojos. Estás hipnotizado. Eres una mujer.

Joaquín se echó boca abajo. Jorge le bajó el pantalón del piyama. Joaquín abrió los ojos, sorprendido.

—No quiero seguir jugando —dijo.

—Ya, pues, cállate, no malogres el juego —dijo Jorge—. Cierra los ojos, caray. Estás hipnotizado.

Joaquín cerró los ojos. Jorge se echó encima de él.

—Yo te la meto primero y después tú me la metes a mí, ¿ya? —susurró, y empujó su sexo entre las nalgas de Joaquín.

—Duele mucho — se quejó Joaquín.

—Sólo al comienzo, después ya no duele.

Jorge puso bastante saliva en la cabeza de su sexo y se lo metió a Joaquín.

—Dime que eres la mujer de la revista, por favor —susurró, moviéndose cada vez más rápidamente.

—Soy la mujer de la revista, amo —dijo Joaquín, aguantando el dolor.

Jorge terminó y se quedó echado encima de Joaquín.

—Hacerlo por el poto es mil veces mejor que frotársela —dijo.

—Bueno, ahora me toca a mí —dijo Joaquín.

—No, ya es muy tarde —dijo Jorge—. Mejor otro día.

Luego regresó a su cama y se tapó con sus sábanas de Batman y Robin.

* * *

Un par de semanas después, Joaquín estaba ojeando el periódico en la sala de su casa cuando su madre lo llamó a gritos. Asustado, se puso de pie de un salto y corrió al cuarto de su madre.

—¿Se puede saber qué hacía esta cochinada en tu cuarto? —le preguntó ella, enseñándole un *Playboy*.

Jorge le había prestado esa revista a Joaquín, quien, a su vez, la había escondido detrás de uno de los cuadros colgados en la pared de su cuarto.

—No sé, mami —dijo Joaquín.

—¿Cómo que no sabes? —preguntó Maricucha—. Irma dice que estaba haciendo la limpieza en tu cuarto y de repente se encontró esta inmundicia.

Él bajó la mirada, avergonzado.

—No puedo creer que mi hijito adorado tenga la cabeza llena de porquerías —dijo ella.

—Perdón, mami —dijo él—. No lo voy a volver a hacer.

—Todavía eres un niño y ya estás embarrando tu alma, Joaquincito —dijo ella—. Si a tu edad estás leyendo estas revistas para enfermos, ¿qué va a ser de ti cuando seas grande, mi hijito?

Luego tiró la revista al suelo, se sentó en la cama y se puso a llorar.

—Debo haber sido una muy mala madre para que me salga un hijo así de torcido —murmuró.

A Joaquín le dio pena ver a su madre llorando.

—Es la primera vez que veo una revista de calatas, mami —dijo—. Te prometo que nunca más lo voy a hacer.

—Yo que había puesto tantas ilusiones en ti, mi hijito adorado —dijo ella, sollozando—. No puedo creer que me hayas salido medio chueco, qué desilusión.

Entonces Luis Felipe entró al cuarto. Vio a su esposa llorando, la revista tirada en el suelo.

—¿Qué diablos pasa acá? —gritó.

—Nuestro hijo es un cochino del sexo —dijo Maricucha.

Luis Felipe se agachó, recogió la revista y la ojeó con una media sonrisa.

—Ah, carajo, pendejito eres —le dijo a Joaquín.

—Luis Felipe, por favor, no le hables así al niño —dijo Maricucha.

—Cállate, Maricucha, éste es un asunto de hombres, esto lo arreglo yo —dijo Luis Felipe.

Luego miró a Joaquín de mala manera.

—¿De dónde sacaste esta revista? —le preguntó.

—No sé, papi —dijo Joaquín.

—No te hagas el pendejo conmigo —gritó Luis Felipe, y lo golpeó en la cara con la revista.

Maricucha abrazó a su hijo.

—Luis Felipe, por favor, no le pegues al niño —gritó.

—Por eso nuestro hijo está hecho una princesita —gritó Luis Felipe—. Porque tú lo engríes, lo tratas como si fuera una muñeca.

—No le digas eso, que lo vas a acomplejar —gritó Maricucha.

—¿De dónde sacaste esta revista, carajo? —le preguntó Luis Felipe a Joaquín.

—La conseguí en el quiosco de Cristian —dijo Joaquín.

Cristian era un hombre callado y amable, que tenía un quiosco a pocas cuadras de la casa de los padres de Joaquín.

—Ya se jodió conmigo ese cholo maricón —dijo Luis Felipe.

—Ahorita mismo vamos a deshacernos de esta cochinada —dijo Maricucha, y le quitó la revista a su esposo—. Vamos a quemar esta revistucha inmunda antes que el diablo se meta a nuestro hogar.

—Mami, por favor no la quemes —dijo Joaquín—. Esa revista no es mía. Tengo que devolverla.

Luis Felipe agarró del cuello a Joaquín y lo zarandeó violentamente.

—Oye, muchachito del demonio, no seas insolente con tu madre —gritó.

—Vamos a quemar esta calatería asquerosa ahorita mismo —dijo Maricucha, y salió del cuarto con la revista en la mano.

Joaquín corrió detrás de su madre.

—Tengo que devolverla, mami —gritó—. Cristian me la ha prestado.

—No vas a devolver nada, carajo —gritó Luis Felipe—. Yo voy a hablar con Cristian y lo voy a meter en vereda a ese cholo maricón.

Maricucha, Luis Felipe y Joaquín salieron a la terraza.

—Marcelo, Marcelo —gritó Maricucha.

Marcelo era un jardinero que trabajaba en la casa de los padres de Joaquín. Era un hombre bajo y medio jorobado. Las empleadas de la casa le decían *Hawaii 5-0* porque se parecía a uno de los detectives de esa serie de televisión.

—Aquí estoy señora —gritó Marcelo—. Por arriba, por el corral de los patos.

Luis Felipe, Maricucha y Joaquín subieron a los corrales donde Maricucha había ordenado que Marcelo criase patos, gallinas y conejos («porque mi hogar cristiano tiene que ser igualito al paraíso terrenal, Marcelo», había dicho ella).

—Marcelo, hágame una fogata ahorita mismo —dijo Maricucha.

—Inmediatamente, señora —dijo Marcelo, con cara de asustado.

Luego juntó unas hojas secas y unos periódicos viejos, sacó una cajita de fósforos y prendió una fogata.

—Hemos encontrado una revista de calatas en el cuarto de Joaquín —dijo Maricucha.

—¿Cómo va a ser eso, pues, Joaquincito? —dijo Marcelo.

—El indio malagradecido de Cristian tiene la culpa —dijo Luis Felipe—. Le voy a tumbar el quiosco a patadas.

—Ese Cristian es un cholo bien sabido —dijo Marcelo.

Maricucha se acercó a la fogata, ojeó la revista, hizo una mueca de asco y tiró la revista a las llamas.

—Que se achicharren estas calatas sinvergüenzas —murmuró.

* * *

Al día siguiente, camino al colegio de su hijo, Luis Felipe se detuvo frente al quiosco de Cristian, eructó y bajó del carro.

—¿La señorita tiene miedo de bajar? —le dijo a Joaquín, en tono burlón.

Joaquín bajó del carro y caminó detrás de su padre.

—Buenas, don Luis Felipe, qué milagro por aquí —dijo Cristian, sonriendo, mordiendo un pedazo de chancay.

—No te me vengas a hacer el sobón, cholo maricón —gritó Luis Felipe, y cogió del cuello a Cristian—. Escúchame bien, serrano conchatumadre. Le vuelves a dar una revista de adultos a mi hijo y te hago mierda esta covacha. A patadas me la tumbo y la quemo yo solito, ¿está claro?

—Sí, don Luis Felipe —balbuceó Cristian.

Estaba pálido, aterrado.

—Además, mis amigos de la policía me han informado que este quiosco lo alquilas en las noches como prostíbulo al paso —dijo Luis Felipe—. No te creas el muy pendejo, cholo huevón. Ya sé que en este quiosco se cacha más que en el Cinco y Medio.

—Mentiras, don Luis Felipe, mentiras —dijo Cristian.

—Una pendejada más y hago quemar tu quiosco, ya sabes —dijo Luis Felipe, y lo soltó.

—Gracias, don Luis Felipe —dijo Cristian, agachando la cabeza.

Luis Felipe regresó a su carro caminando de prisa.

—Perdón, Cristian, yo tengo la culpa de todo —dijo Joaquín, en voz baja.

—Llévale esto a tu papi para que me disculpe, Joaquincito —dijo Cristian, y le dio una cajetilla de cigarros.

Joaquín corrió al carro de su padre y entró tan rápido como pudo.

—Todos los cholos son iguales —dijo Luis Felipe—. Les dices un par de carajos y se mean los pantalones.

Luego prendió el motor y aceleró. Joaquín le dio la cajetilla.

—Dice Cristian que lo disculpes —dijo.

Luis Felipe abrió la cajetilla, sacó un cigarro y lo prendió.

—¿Viste la cara de asustado que puso el indio cuando lo agarré del cuello? —dijo, sonriendo—. Aprende de tu padre, Joaquín. Si quieres salir adelante en el Perú, tienes que saber putear a los cholos.

* * *

Esa mañana, cuando entró a su clase, Joaquín sintió que le sudaban las manos. Estaba nervioso.

—Perdí tu revista —le dijo a Jorge, no bien se sentaron en la carpeta que compartían.

—¿Cómo que la perdiste? —preguntó Jorge, sorprendido.

—Me la quitaron mis papás —dijo Joaquín, sin mirarlo a los ojos.

Jorge golpeó la carpeta con una mano.

—Mierda, qué huevón eres —dijo—. Nunca debí prestártela. Tienes que hacer que te la devuelvan.

—Es imposible —dijo Joaquín—. Ya la quemaron.

—¿La quemaron? ¿Cómo que la quemaron?

—Mi mamá se volvió loca y la tiró a una fogata en el jardín.

Jorge pateó la lonchera de Joaquín.

—Putamadre, cómo se me ocurrió darle la revista a un ganso como tú —dijo.

—Perdóname, Jorge.

—Estúpido. Tú sabías que esa revista no era mía, que me la había robado de mi tío.

—Estoy dispuesto a hacer lo que tú quieras para que me perdones —dijo Joaquín.

—Déjame pensar tu castigo, esclavo —dijo Jorge.

* * *

Un par de horas más tarde, Jorge y Joaquín salieron al primer recreo y caminaron hasta las barras.

—Ya sé tu castigo —dijo Jorge—. Quiero que le bajes las llantas al carro de Moulbright.

Harry Moulbright era el director del Markham. Era un hombre calvo y regordete. Tenía fama de alcohólico. En el colegio corría el rumor que había sido espía nazi y que había llegado al Perú con una identidad falsa, escapando de la justicia.

—¿Las llantas del carro de Moulbright? —preguntó Joaquín, sorprendido.

—Sí —dijo Jorge—. Las cuatro llantas.

—¿Y por qué Moulbright?

—Porque es un desgraciado, un hijo de puta. El año pasado me llevó a su oficina y me tiró veinte reglazos en la mano. El muy conchasumadre tiene una regla de metal que duele como mierda. La mano se me puso roja y se me hinchó como un camote. Es un sádico ese inglés degenerado.

—¿Y tú qué hiciste para que te tire veinte reglazos?

—Nada, una cojudez. En los recreos me quedaba en la clase, abría las loncheras de los gringos y me comía las cosas más ricas. Eran unas loncheras increíbles, Joaquín. Tenían Sublimes, Doña Pepas, Coronitas, piononos, de todo. Yo arrasaba con las loncheras. Los gringos eran tan cojudos que ni cuenta se daban. Pero un día el cabro de Fisher me ampayó y le tiró dedo a Moulbright.

Joaquín sonrió.

—No sé si voy a poder hacerlo —dijo.

—No seas maricón —dijo Jorge—. Tienes que hacerlo.

—Pero si me ampayan me pueden botar.

—Nadie te va a ampayar, Joaquín. Ahora a la salida buscas el carro de Moulbright y le bajas las llantas rapidito.

—A la salida hay un montón de gente, Jorge. Alguien se va a dar cuenta.

—Si quieres seguir siendo mi amigo, tienes que hacerlo. Si no, dejo de hablarte para siempre.

Joaquín le había cogido mucho cariño a Jorge. No quería echar a perder su amistad con él.

—Bueno, voy a tratar —dijo.

Jorge sonrió y palmoteó a Joaquín en la espalda.

—Entonces, ¿hoy a la salida? —le preguntó.

—Hoy a la salida —dijo Joaquín.

Se dieron la mano, sonriendo.

* * *

Esa tarde, como todas las tardes, la campana del Markham sonó a las tres en punto. Jorge y Joaquín salieron juntos del colegio. Jorge dejó su maleta en la camioneta de su chofer y acompañó a Joaquín hasta el carro de Moulbright, un Volkswagen verde que estaba cuadrado frente a la dirección del colegio.

—No me atrevo —dijo Joaquín—. Hay mucha gente.

Frente a la puerta principal del colegio había decenas de alumnos en uniforme marrón, conductores impacientes que hacían sonar las bocinas de sus automóviles, heladeros con gorra y corneta que no vendían tantos helados como cigarrillos sueltos, y profesores ingleses que llamaban la atención porque iban al colegio en terno y zapatillas.

—Aunque sea bájale un par de llantas —dijo Jorge—. Te sientas en el piso y metes la punta de un lapicero en la pichina. Nadie se va a dar cuenta.

—Bueno, voy a intentarlo —dijo Joaquín, y sintió cómo le temblaban las piernas.

—Apúrate, que Moulbright sale en cualquier momento —dijo Jorge, y se fue caminando hacia la camioneta de su chofer.

Joaquín se agachó al lado del carro de Moulbright, sacó un lapicero, metió la punta del lapicero en la pichina de una de las llantas delanteras y dejó escapar el aire de esa llanta. Cuando terminó de desinflarla, comenzó a bajar la llanta trasera del mismo lado.

—Oiga, jovencito, ¿qué diablos hace usted allí? —escuchó, de pronto.

Llevantó la mirada y vio al profesor Pérez-Mejía, jefe de disciplina del colegio, observándolo desde una ventana del segundo piso. Pérez-Mejía era un tipo moreno y muy delgado. Los alumnos del colegio le decían Lagartija, Renacuajo y La Boa.

—Nada, profesor —dijo Joaquín—. Estaba amarrándome los zapatos.

—No se mueva de allí —gritó Pérez-Mejía.

Asustado, Joaquín se paró y buscó a Jorge, pero no lo encontró. Pérez-Mejía salió corriendo del colegio y, al ver la llanta baja del carro de Moulbright, cogió del pelo a Joaquín.

—Has sido sorprendido cometiendo un acto de vandalismo contra la propiedad de mister Harry Moulbright —le dijo.

—Yo no hice nada, profesor, las llantas estaban así —dijo Joaquín.

Jalándolo fuertemente del pelo, Pérez-Mejía llevó a Joaquín de vuelta al colegio.

—Te voy a presentar a mister Moulbright —le dijo, sonriendo—. Le va a hacer mucha gracia saber que le estabas bajando las llantas de su carro.

—Por favor, profesor, no le diga nada, se lo ruego —dijo Joaquín.

—En este colegio la indisciplina se paga cara —dijo Pérez-Mejía—. En el Markham no hay sitio para los pendejitos.

Al llegar a la oficina del director del colegio, Pérez-Mejía golpeó tres veces la puerta. Moulbright no tardó en abrir. Estaba en camisa y corbata. Tenía puestos unos anteojos de lunas gruesas.

—He sorprendido a este alumno tratando de bajar las llantas de su carro, mister —dijo Pérez-Mejía—. Se lo dejo para que usted se encargue de aplicar la sanción respectiva.

—Gracias, profesor —dijo Moulbright, mirando a Joaquín por encima de sus anteojos—. Puede retirarse.

Pérez-Mejía hizo una venia y se alejó.

—Adelante, por favor —dijo Moulbright.

Joaquín entró a la oficina. Moulbright cerró la puerta, se sentó en el sillón de su escritorio, cruzó las piernas y sacó una botella de whisky. Luego bebió un trago de la botella, miró a Joaquín y sonrió. Tenía la cara redonda, como inflada, y casi ningún pelo en la cabeza.

—¿Nombre y sección? —preguntó.

—Joaquín Camino, primero A.

Moulbright tomó nota.

—Ahora cuénteme qué estaba haciendo con mi carro —dijo, sonriendo.

—Nada, mister Moulbright —dijo Joaquín—. Yo no he hecho nada.

—No me mienta.

—Le juro que no he hecho nada.

Moulbright se puso de pie y bebió otro trago.

—*These damn peruvians are such liars* —murmuró.

Entonces abrió un cajón de su escritorio y sacó una regla de metal.

—Me va a decir por qué estaba bajándome las llantas o voy a dejarle las manos hinchadas —dijo.

Joaquín se quedó callado.

—La mano derecha —dijo Moulbright.

Joaquín le enseñó su mano derecha. Moulbright le golpeó la mano, diez veces seguidas, con la regla de metal. Cada vez que lo golpeaba, sonreía, y un hilillo de baba caía por la comisura de sus labios.

—¿Por qué estaba haciendo eso? —preguntó.

—No estaba haciendo nada —dijo Joaquín, llorando.

—La mano izquierda —ordenó Moulbright.

Luego estrelló la regla, diez veces más, en la palma de la mano izquierda de Joaquín.

—¿Me va a confesar por qué quería obligarme a volver en taxi a mi casa? —preguntó.

Joaquín miró sus manos hinchadas, enrojecidas, y siguió

llorando. Moulbright bebió otro trago de la botella de whisky.

—Dése la vuelta y bájese el pantalón —ordenó.

Joaquín lo obedeció en silencio. Moulbright comenzó a golpearlo en las nalgas con su regla de metal.

—No voy a parar hasta que me diga —dijo, y continuó golpeándolo.

—Lo hice por un amigo —dijo Joaquín—. Me lo pidió un amigo.

Moulbright dejó de golpearlo.

—Su nombre —dijo.

—Jorge Bermúdez.

Moulbright sonrió.

—Pobrecito, le ha quedado rojito el potito —dijo, y palmoteó las nalgas de Joaquín un par de veces—. Ahora súbase el pantalon y váyase a su casa.

* * *

A la mañana siguiente, Jorge y Joaquín se encontraron en el patio del colegio. Era una mañana gris, como suelen ser las mañanas en Lima.

—¿Qué pasó ayer? —preguntó Jorge.

—Nada —dijo Joaquín, metiendo las manos en los bolsillos para que Jorge no las viese.

—No te hagas el loco. Yo vi cuando Lagartija te ampayó.

—Sí, me ampayó, pero no le dije nada.

—¿Qué te dijo?

—Nada, Jorge. No pasó nada.

—No me mientas, Joaquín. Cuéntame todo lo que pasó. Si me mientes, te jodes conmigo para siempre.

Joaquín bajó la mirada.

—Lagartija me llevó a la oficina de Moulbright, y Moulbright me tiró un montón de reglazos —dijo.

—¿Le dijiste mi nombre? —preguntó Jorge.

—¿Estás loco? No le dije ni una palabra de ti.

—¿Entonces por qué te pones rojo?

—No me pongo rojo.

—Estás rojo como un tomate, huevón.

—Te juro que no te tiré dedo, Jorge. Yo solito me comí todo el chongo.

—Más te vale, Joaquín. Si me has acusado, te jodes conmigo.

En ese momento, sonó la campana. Jorge y Joaquín entraron a la clase y se sentaron en la carpeta.

—¿Cuántas llantas le bajaste? —preguntó Jorge.

—Dos —dijo Joaquín—. Le dejé dos llantas en lona.

—Bien hecho, inglés chuchasumadre. ¿Te pegó muy fuerte?

—Fuertísimo. Me hizo llorar.

Joaquín le enseñó sus manos. Todavía las tenía hinchadas, enrojecidas.

—Es un sádico ese inglés —dijo Jorge—. Disfruta pegándole a los alumnos.

Poco después, el profesor Candelares entró a la clase y pidió silencio. Candelares enseñaba química. Tenía el pelo negro, engominado, peinado hacia atrás, y unos ojos grandes, redondos, como de búho. A Candelares le gustaba bromear con sus alumnos. Por eso, era muy popular en el colegio.

—Mi nombre es Napoleón Candelares —dijo, al comenzar su clase—. Yo no he combatido en Waterloo, pero todos los días combato en el water, pues tengo un problema de estreñimiento.

Los alumnos se rieron a carcajadas.

* * *

A mitad de la clase de química, un asistente de Moulbright, el señor Tapia, entró al salón, habló en voz baja con el profesor Candelares y dijo:

—Alumno Jorge Bermúdez, haga el favor de acompañarme.

Un murmullo recorrió la clase. Todos sabían que ser llamado por Moulbright sólo podía traer malas noticias. Antes de ponerse de pie, Jorge miró a Joaquín con ojos amenazadores.

—Te juro que no le dije nada de ti —susurró Joaquín.

—Ya te jodiste conmigo —susurró Jorge.

Luego, acompañado por el señor Tapia, Jorge salió de la clase. Joaquín se quedó muy nervioso. Sin poder concentrarse en la clase, abrió su cuaderno y escribió: «Jorge, te pido perdón. Lo que hice fue una bajeza. Te juro que me arrepiento. Por favor discúlpame. Nunca he tenido un amigo tan buena gente como tú. No quiero dejar de ser tu amigo. Estoy dispuesto a hacer lo que tú me digas para seguir siendo tu amigo. Por favor perdóname y dame una oportunidad más. Joaquín (tu esclavo).» Luego arrancó la hoja y la metió en la carpeta de Jorge.

Un rato más tarde, el señor Tapia volvió a interrumpir la clase de química.

—Alumno Joaquín Camino, haga el favor de acompañarme —dijo.

Joaquín se puso de pie y salió de la clase. Sentía la cara caliente. Tenía miedo.

—Parece que se ha metido usted en un lío padre, jovencito —le dijo Tapia, mientras caminaban hacia la dirección.

—¿Cree que me van a expulsar, señor Tapia? —preguntó Joaquín.

—No sé, pues, pero este inglés es bien atravesado —dijo Tapia.

Entraron a las oficinas de la dirección, subieron las escaleras y caminaron por un pasillo en cuyas paredes estaban las fotos de todas las promociones del Markham.

—Le aconsejo nomás que no le lleve la contra, porque al inglés se le sube la espuma cuando uno se pone contreras —dijo Tapia, bajando la voz—. Hay que darle siempre la razón al pelado.

—Gracias, señor Tapia —dijo Joaquín.

Tapia tocó la puerta de la oficina de Moulbright y se retiró de prisa.

—Adelante —gritó Moulbright.

Joaquín abrió la puerta y entró a la oficina. Jorge estaba sentado frente al escritorio de Moulbright.

—Asiento —dijo Moulbright.

Joaquín se sentó al lado de Jorge.

—Uno de ustedes dos me ha mentido —dijo Moulbright—. Y quiero averiguar quién es el mentiroso.

Jorge y Joaquín permanecieron en silencio.

—Joaquín Camino me dijo ayer que la idea de bajar las llantas de mi carro fue de Jorge Bermúdez, y Jorge Bermúdez me acaba de decir que él no tiene nada que ver en el asunto —dijo Moulbright.

—Así es, eso es un invento de Camino —dijo Jorge, y miró a Joaquín como prometiéndole venganza.

—¿Quién de los dos miente, señor Camino? —preguntó Moulbright.

Joaquín no quiso meter a Jorge en más problemas.

—Yo —dijo—. Todo fue idea mía.

—¿Y puedo saber por qué me dijo ayer que estaba bajándome las llantas porque Jorge Bermúdez se lo había pedido? —preguntó Moulbright.

—Le mentí por cobarde, mister Moulbright —dijo Joaquín—. Le mentí para echarle la culpa a otro.

—Lo que pasa es que Camino es un maricón, mister Moulbright —dijo Jorge.

Moulbright sonrió, como si le hubiesen dado una buena noticia.

—¿Ah, sí? —dijo—. ¿Cómo es eso?

—Camino varias veces me ha querido manosear en la clase —dijo Jorge—. Una vez en el baño me dijo para hacerme una cochinada.

—¿Qué cochinada, ah? —preguntó Moulbright.

—Camino me dijo para chupármela en el baño, pero yo no

me dejé —dijo Jorge, hablando atropelladamente—. Y como le digo, mister Moulbright, varias veces Camino me ha tratado de tocar en la clase.

—¿Es eso cierto, señor Camino? —preguntó Moulbright—. ¿Tiene usted una degeneración de ese tipo?

—Es cierto que lo he tocado a Bermúdez, mister Moulbright, pero fue porque él me lo pidió —dijo Joaquín.

—Mentira —gritó Jorge—. Yo nunca me dejé.

—¿O sea que tenemos un problema de mariconería en primero de media, ah? —preguntó Moulbright.

—El problema es de Camino, no mío —dijo Jorge.

—¿Usted tiene un problema de mariconería, señor Camino? —preguntó Moulbright—. *Are you a fucking faggot?*

Joaquín no supo qué decir. Era la primera vez que le hacían esa pregunta.

—Creo que sí —dijo.

—Caramba, caramba, eso es muy grave —dijo Moulbright, metiéndose un dedo a la nariz—. ¿Y usted, señor Bermúdez?

—Yo no, mister Moulbright —dijo Jorge—. Yo odio a los maricones.

—Muy bien, muy bien, porque en este colegio la mariconería no se permite —dijo Moulbright—. Puede regresar a su clase, señor Bermúdez. Y no quiero verlo metido en problemas. A la próxima, lo suspendo, ya sabe.

Jorge se puso de pie.

—Gracias, mister Moulbright —dijo—. Lo único que le pido es que me cambie de carpeta, porque ya no aguanto a Camino.

—Yo voy a tomar las medidas que me parezcan pertinentes —dijo Moulbright.

Jorge miró a Joaquín, hizo un gesto de desprecio y salió de la oficina. Moulbright sacó una botella de whisky, tomó un trago y eructó.

—Esto es un asunto muy delicado, señor Camino —dijo—. Voy a tener que suspenderlo dos semanas.

Joaquín se quedó callado.

—Los actos de mariconería son castigados severamente en este colegio —continuó Moulbright—. No hay peor falta que un alumno pueda cometer que incurrir en degeneraciones homosexuales.

—Le juro que no fue idea mía, mister Moulbright —dijo Joaquín.

—Eso no cambia las cosas, señor Camino. Usted me ha confesado que tiene una desviación a la mariconada. Y si quiere seguir en este colegio, eso no puede continuar así.

—Entiendo, mister Moulbright. Le prometo que nunca más va a ocurrir.

Moulbright sonrió.

—Promesas, promesas —dijo.

Luego abrió uno de sus cajones, sacó un cuaderno y escribió la hoja de suspensión de Joaquín.

—Queda suspendido dos semanas por conducta inmoral —dijo—. Ahora vaya a recoger sus cosas, mientras yo llamo a sus padres.

—Por favor no los llame, mister Moulbright —dijo Joaquín.

—Lo siento, señor Camino, pero así es el reglamento de disciplina.

—¿No podría hacer una excepción, mister Moulbright? Mis papás son muy estrictos. Mi papá me va a pegar si se entera de esto.

—De todas maneras su padre se va a enterar, señor Camino. Usted ya está suspendido.

—Pero que se entere sólo de las llantas que le bajé, no de mi mariconada con Jorge, por favor.

Moulbright se desajustó el nudo de la corbata.

—Está bien, está bien, no voy a llamarlos —dijo, sonriendo—. Pero entonces voy a tener que darle unos cuantos palmazos en el poto. ¿Le parece justo, Camino?

—Está bien, mister Moulbright. Como usted quiera.

—Venga acá. Póngase de espaldas y bájese los pantalones.

Joaquín se puso de espaldas a Moulbright y se bajó el pantalón. Moulbright empezó a darle palmotazos en las nalgas. De pronto, Joaquín volteó.

—No me mire, insolente —gritó Moulbright.

Se había bajado la bragueta. Estaba masturbándose. Joaquín le dio la espalda. Moulbright siguió palmoteándole el trasero. No bien terminó, le dijo a Joaquín que ya podía irse.

—Gracias, mister Moulbright —dijo Joaquín.

Luego salió de la oficina y regresó a su clase. Cuando entró, todavía estaba el profesor Candelares.

—¿Qué pasa hoy con la muchachada, que hay tantas caras largas? —dijo Candelares, al ver a Joaquín.

Joaquín caminó a su carpeta y metió sus cosas en su maleta.

—Bien hecho, eso te pasa por maricón —susurró Jorge, mientras Candelares seguía dictando la clase de química.

—Yo sólo quería seguir siendo tu amigo —susurró Joaquín.

—Cállate —susurró Jorge—. Ya nunca más somos amigos.

Joaquín cargó su maleta, le enseñó su hoja de suspensión al profesor Candelares y salió de la clase apretando los dientes, tratando de no llorar.

*   *   *

Jorge y Joaquín no volvieron a hablarse hasta que terminaron el colegio.

La noche de la fiesta de promoción, Joaquín y Claudia, la chica que había invitado como su pareja, estaban sentados en una mesa conversando y tomando un trago cuando Jorge se les acercó.

—Simpática la fiesta, ¿no? —dijo Joaquín.

Ésas fueron las primeras palabras que le dijo a Jorge después de varios años de silencio entre los dos.

—Simpática, simpática —dijo Jorge.

Le brillaban los ojos. Parecía algo borracho. Seguía siendo medio gordito, cachetón, de mirada muy lista.

—¿Qué fue de tu pareja, simpaticón? —le preguntó Claudia.

—La tuve que ir a dejar a su casa —dijo Jorge—. Sus viejos sólo le dieron permiso hasta las dos de la mañana.

—Caray, qué ladillas —dijo Joaquín.

—Eso es lo malo de salir con chiquillas, pues —dijo Claudia.

Claudia tenía veintidós años, seis más que Joaquín y Jorge. Joaquín la conocía porque era amiga de su hermana Ximena.

—A ver un brindis —dijo Joaquín.

—Buena idea —dijo Claudia—. Brindemos los tres.

—Por ciertas amistades que nunca mueren —dijo Joaquín, y miró a Jorge, sonriendo.

Los tres hicieron chocar sus copas.

—¿Le puedo decir un secreto a tu pareja? —le preguntó Jorge a Joaquín.

—Por supuesto, si ella quiere —dijo Joaquín.

—A mí me fascinan los hombres que me hablan al oído —dijo Claudia, con una sonrisa coqueta.

Jorge susurró algo en el oído de Claudia. Ella sonrió y le dio una palmada en la pierna.

—Bandido —le dijo.

Luego, Claudia cogió de la mano a Joaquín.

—Ahorita vengo, voy al baño —le dijo.

—Yo también tengo que ir al baño —dijo Jorge.

Claudia y Jorge se levantaron de la mesa, caminaron por el jardín y entraron juntos a la casa. Unos minutos después, impaciente porque Claudia no regresaba, Joaquín se levantó y fue a buscarla. La encontró en la sala, conversando con Jorge.

—¿Qué haces acá? —le preguntó, sorprendido.

—Conversando —dijo Claudia—. Loreando tontería y media.

—¿Quieres bailar? —le preguntó Joaquín.

—Ay, justo le había prometido a Jorge bailar con él —dijo Claudia.

—Perfecto, ningún problema —dijo Joaquín.

Claudia y Jorge fueron a bailar. Bailaron cogidos de la cintura. Él le decía cosas al oído. Ella se reía. Cuando dejaron de bailar, se acercaron a Joaquín.

—Joaquincillo, me vas a disculpar, pero Jorge me ha pedido que lo lleve a su casa y le voy a dar una jaladita —dijo Claudia.

—Claro, no hay problema —dijo Joaquín—. Yo los acompaño.

—No, tú quédate mejor —dijo Claudia—. Yo voy y vengo.

—Perfecto, como quieras —dijo Joaquín.

—Voy y vengo, no me demoro —dijo Claudia, y le dio un beso a Joaquín.

Luego recogió su cartera y se acercó a la mesa vecina para despedirse de unas amigas. Entonces Jorge se agachó y habló en el oído de Joaquín.

—Sigues siendo mi esclavo —susurró, y se marchó con Claudia.

Cuando amaneció, Joaquín seguía esperándola.

EL CAMPAMENTO

Esa tarde, como todas las tardes al volver del colegio, Joaquín se sentó a tomar lonche en la cocina, y Meche, una de las empleadas de la casa, se apresuró en servirle un vaso de leche fría, un pan con mermelada de fresa y un plátano con miel.

—¿Cómo le fue en el colegio, joven? —preguntó ella.

Era una mujer gorda, baja, de pelo negro y ojos grandes.

—Mal —dijo Joaquín.

—¿Por qué, joven?

—Porque tuvimos educación física. Odio educación física.

—Ay, joven, eres un fregado.

No bien ella se distrajo, Joaquín vació su vaso de leche en el lavadero: detestaba tomar leche. Poco después, Maricucha entró a la cocina y se sentó a su lado.

—Hola, mami —dijo Joaquín, y besó a su madre en la mejilla.

—Hola, mi cielo —dijo Maricucha, acariciando a su hijo en la cabeza—. Tengo una sorpresita para ti.

—¿Me has comprado el tocacasete? —preguntó Joaquín.

Él quería un tocacasete para escuchar la música de los Bee-Gees, Donna Summer y Olivia Newton John, la música que escuchaban los chicos de su clase en el Markham.

—No —dijo Maricucha—. Ya te he dicho que todavía estás muy joven para tener música en tu cuarto.

—¿Entonces? —preguntó él.

—Te he inscrito en un campamento del Saeta para este fin de semana —dijo ella, sonriendo.

El Saeta era un club al que iban muchachos cuyos padres pertenecían o simpatizaban con el Opus Dei. Maricucha era una activa militante de la sección femenina del Opus Dei de Lima. A Joaquín le aburría mucho ir al Saeta, pero su madre lo obligaba a ir todos los viernes después del colegio.

—¿Adónde es el campamento? —preguntó él, y mordió su pan con mermelada.

—Por acá cerquita —dijo Maricucha—. En la quebrada de Santa Eulalia.

Joaquín movió la cabeza, contrariado.

—No me provoca ir —dijo, bajando la voz.

—Uno no hace lo que le provoca, Joaquincito —dijo Maricucha—. Uno hace lo que tiene que hacer según las leyes del Señor.

—Pero tú sabes que no me gustan los campamentos, mami.

—Es para tu bien, mi hijito. Vas a estar con tus amigos, vas a salir de la burbuja en la que vives metido.

—Yo no tengo amigos en el Saeta, mami. Todos los chicos del Saeta son unos pavos.

Maricucha frunció el ceño.

—No me faltes el respeto, que te mando castigado a tu cuarto —dijo.

—¿Por qué me tienes que obligar a hacer cosas que no me gustan, mami? —preguntó él.

—Porque quiero lo mejor para ti —dijo ella, y lo acarició en la cabeza—. Porque quiero enrumbarte desde chico en el camino de la santidad.

—Yo no quiero ser santo —dijo él—. Yo quiero ser feliz.

—Es que sólo tratando de ser santo vas a ser feliz, Joaquincito —dijo ella, con una voz muy tierna.

* * *

El sábado en la mañana, Joaquín estaba sentado en la puerta de la casa de sus padres cuando la expedición del Saeta llegó a recogerlo en una camioneta azul. Manejaba la camioneta don Armando, un joven sacerdote español con cara de pájaro y una pasión por escalar montañas. A su lado, iban sentados Foncho y Alfredo, dos hombres de mediana edad, miembros laicos del Opus Dei. Foncho era bajo y medio calvo. Alfredo, más bien alto y de ojos achinados. Más atrás, en las cuatro filas de asientos de la camioneta, iban algo apretujados los chicos más aventureros del Saeta. Joaquín cargó su mochila, bajó corriendo las escaleras y subió a la camioneta.

—Hola, muchacho —le dijo don Armando—. Bievenido a la expedición.

Don Armando estaba vestido todo de negro. Sonreía.

—A ver un aplauso para recibir a un polizonte más —gritó Foncho, entusiasmado, y casi todos los chicos aplaudieron.

Joaquín se sentó en la última fila, al lado de los mellizos Muller.

—Bueno, chicos, sigamos con el tercer misterio del rosario —dijo Foncho.

Todos en la camioneta se callaron de pronto, y Foncho comenzó a rezar un padrenuestro.

* * *

Esa mañana, no bien terminaron de levantar tres carpas frente al río, los chicos del Saeta se alistaron para ir a trepar cerros.

—Nadie para hasta llegar hasta la punta del cerro —gritó don Armando, señalando con entusiasmo un cerro chato y pedregoso, a poca distancia del campamento que habían instalado.

Los chicos del Saeta aplaudieron y gritaron, jubilosos. Luego, encabezados por don Armando, caminaron un buen trecho y comenzaron a trepar el cerro. Era media mañana. El sol quemaba con fuerza.

—A mí me parece una cojudez esto de subir cerros —le dijo Joaquín a Juan Manuel Zegovia, mientras subían el cerro.

—Cállate, no digas lisuras —dijo Juan Manuel.

Juan Manuel era un chico bajo, gordito y cachetón. Joaquín y Juan Manuel eran amigos porque los dos vivían en Chaclacayo.

—Es que no le veo ningún sentido a esto de sudar y sudar para llegar a la punta de un cerro ridículo —dijo Joaquín.

—Es la emoción de conquistar lo desconocido, pues —dijo Juan Manuel.

—Cojudeces —dijo Joaquín, pisando con cuidado para evitar resbalarse.

—Si don Armando te escucha decir lisuras, te vas a fregar —dijo Juan Manuel.

—¿Acaso los curas no dicen lisuras? —preguntó Joaquín, con una sonrisa burlona.

—No digas cura —dijo Juan Manuel—. Se dice sacerdote.

—Eres un pavo —dijo Joaquín.

—Y tú un maricueca que no te atreves a subir el cerro —dijo Juan Manuel.

—Apúrense, flojos, no se queden tan atrás —les gritó don Armando, unos cien metros adelante de ellos.

Juan Manuel y Joaquín se habían ido rezagando a medida que la subida se hacía más empinada. Ahora eran los últimos de la expedición.

—Ahorita lo alcanzamos, don Armando —gritó Juan Manuel.

Juan Manuel y Joaquín siguieron trepando el cerro. Jadeaban, se resbalaban, sudaban copiosamente. Un rato después, Joaquín se detuvo. Estaba cansado. Se le habían metido piedritas en las zapatillas. Tenía sed.

—Yo no sigo —dijo.

Juan Manuel se detuvo y se sentó sobre una piedra, exhausto.

—No puedes abandonar la subida del cerro —dijo, respirando agitadamente.

—Que se vayan a la mierda con su subida de cerro —dijo Joaquín—. Yo me regreso al campamento.

—Eres un rebelde sin causa —dijo Juan Manuel, secándose el sudor de la frente, resoplando.

—Y tú un gran cojudo —dijo Joaquín.

Juan Manuel se puso de pie y continuó la subida. Joaquín emprendió el camino de regreso.

—Ojalá venga un huaico y los entierre por cojudos —gritó.

* * *

Poco después, Joaquín llegó al campamento. Estaba extenuado. Le dolían los pies.

—¿Qué haces aquí? —le preguntó Foncho, con cara de asustado, cuando lo vio llegando solo al campamento.

Sentado frente al río, Foncho estaba leyendo *Camino*, un libro escrito por el fundador del Opus Dei. Alfredo, por su parte, estaba cocinando en una pequeña cocina a gas.

—No podía subir el cerro —dijo Joaquín—. Tengo unas ampollazas.

—Caracho, qué mala suerte —dijo Foncho—. A ver, déjame verlas.

Joaquín se sacó las zapatillas y las medias, y le enseñó sus ampollas.

—Pucha diablos, qué salado eres —dijo Foncho—. Ven, vamos a la carpa. Te voy a curar.

Foncho y Joaquín entraron a una de las carpas. Foncho cerró el cierre de la puerta. Hacía calor allí adentro.

—Tengo unas cremitas que son buenazas para las ampollas —dijo Foncho.

—Bestial, porque no sabes cómo me arden —dijo Joaquín.

—Mejor quítate el pantalón y échate en mi *sleeping bag* —dijo Foncho.

Joaquín se bajó el pantalón y se echó en calzoncillos. Foncho se arrodilló a su lado y le echó una crema en las ampollas de los pies.

—Estás colorado como camarón —dijo Foncho, sonriendo—. Te ha caído una erisipela brava.

—Sí, pues, hacía un solazo en el cerro —dijo Joaquín.

—Si quieres, te echo una cremita para la erisipela.

—Bestial.

Foncho sacó otra crema de su maletín y se la puso a Joaquín en los brazos, el cuello y la cara.

—Con esto, se te va el ardor al toque —le dijo.

Luego siguió echándole la crema en el pecho, en la barriga, en los muslos.

—Ya está bien, Foncho —dijo Joaquín—. Por ahí no me ha caído erisipela.

Foncho retiró bruscamente sus manos del cuerpo de Joaquín.

—Caracho, qué distraído soy —dijo, sonriendo.

* * *

—¿Qué tal si nos damos un chapuzón en el río antes que lleguen los chicos del cerro? —le preguntó Foncho a Joaquín.

Alfredo se había ido en la camioneta a comprar unas bebidas para el almuerzo.

—Qué buena idea —dijo Joaquín—. Estoy sancochado.

—Vamos a cambiarnos al toque —dijo Foncho.

Se pusieron de pie y caminaron hacia las carpas. Joaquín cojeaba un poco por las ampollas que le habían salido.

—Si quieres, cámbiate conmigo en la carpa de los numerarios —dijo Foncho.

—No, mejor me cambio en mi carpa nomás —dijo Joaquín.

Entraron a carpas separadas y se pusieron ropa de baño.

—¿Quieres que te eche más cremita para la erisipela? —preguntó Foncho, cuando salieron.

—No, gracias, Foncho —dijo Joaquín—. Así está perfecto.

Caminaron al río. Foncho era un hombre delgado, huesudo. Tenía la piel muy blanca. Su ropa de baño le quedaba bastante holgada.

—El agua debe estar helada —dijo Joaquín, no bien llegaron a la orilla del río.

Foncho se agachó y metió una mano al agua.

—Está fresquita —dijo.

El río estaba limpio, tranquilo. En la orilla se habían formado pequeñas pozas. Foncho cogió una piedrita y la tiró al río. Luego, para sorpresa de Joaquín, se quitó la ropa de baño.

—No hay nada más rico que bañarse calato en el río —dijo, sonriendo.

Joaquín sonrió sin saber qué decir. Foncho entró a una de las pozas y se zambulló.

—Qué rico, caracho —gritó—. Está delicioso.

Joaquín entró al río con cuidado. Le dolieron los pies cuando pisó las piedritas que estaban debajo del agua.

—Mejor quítate la ropa de baño —le dijo Foncho.

—No, así está bien —dijo Joaquín.

—Calato es otra cosa, hombre —insistió Foncho—. No seas tímido.

—No, mejor no —dijo Joaquín, y se zambulló.

41

Entonces Foncho se acercó a Joaquín, le tiró agua en la cara, lo abrazó y trató de bajarle la ropa de baño. Los dos se rieron.

—Ya pues, Foncho, no jodas —dijo Joaquín.

—Calatéate, hombre —dijo Foncho—. Nadie nos está viendo.

—No quiero, caracho. Ya te dije que no quiero.

—Está bien, pero no seas picón, pues.

—Y tú no seas mañoso. No creas que no me doy cuenta, Foncho.

Foncho se rió nerviosamente.

—¿De qué hablas, oye? —dijo.

* * *

Esa tarde, cuando terminaron de almozar, los chicos del campamento dijeron que querían jugar un partido de fulbito.

—¿Quién va a lavar los platos? —preguntó don Armando. Todos se quedaron callados.

—Los va a lavar Joaquín —dijo Foncho, tajante.

—¿Por qué yo? —preguntó Joaquín, sorprendido.

—Por flojo —dijo Foncho—. Porque no subiste el cerro. Resignado, Joaquín fue a lavar los platos al río.

* * *

—Antes de jugar fulbito, todos tienen que confesarse —gritó don Armando, dirigiéndose a los chicos del campamento—. Voy a confesar en la carpa. Ya saben, el que no se confiesa no juega fulbito.

Luego cogió un asiento plegable y entró a la carpa más grande.

—¿Quién se confiesa primero? —preguntó Alfredo.

—Yo —gritó Ramiro Cruchaga, un chico bajo, de pelo enrulado, y corrió a la carpa donde había entrado don Armando.

Joaquín se sentó en el pasto, al lado de unos chicos que se habían sentado formando un círculo.

—¿Tú crees que ver la calata de *Caretas* es pecado? —le preguntó Miguel de los Heros, un chico delgado, moreno y bien alto.

—No sé —dijo Joaquín.

—Depende con qué ojos mires la foto, pues —dijo Juan Manuel.

—No te entiendo, explícate —dijo Miguel.

—Si miras la foto con ojos de lujuria y tienes malos pensamientos, es pecado segurito —dijo Juan Manuel—. Pero si la ves de casualidad, no es pecado.

—¿O sea que tú nunca has visto la calata de *Caretas*? —le preguntó Joaquín.

—Sólo una vez, y cerré los ojos al toque —dijo Juan Manuel.

Los chicos sentados alrededor de él se rieron a carcajadas.

—De verdad, no volví a hacerlo —dijo Juan Manuel, levantando la voz, haciendo sonar los huesos de sus manos—. Además, mi papá siempre arranca la página de la calata para que no caigamos en la tentación de estar mirándola a cada ratito.

—Qué exagerado tu papá —le dijo Miguel.

—¿Y mirar a una chica bonita es pecado? —preguntó Fernando Muller, un chico pecoso y pelirrojo, como su mellizo Felipe.

—Es pecado si le miras sus partes de mujer —dijo Juan Manuel.

—Todas sus partes son de mujer, tonto —dijo Miguel.

—Me refiero a sus partes íntimas, pues —dijo Juan Manuel.

—¿Y cuáles son sus partes íntimas? —preguntó Miguel.

—Todo, menos la cara —dijo Juan Manuel.

—No seas tarado, pues —dijo Joaquín—. ¿O sea que si yo miro a una chica en las piernas ya es pecado?

—En las piernas, sí —dijo Juan Manuel—. Las piernas son pecado segurito.

—Estás loco —dijo Miguel—. Es totalmente normal mirar las tetas y el poto de una chica.

—No digas esas palabras, que es pecado —dijo Juan Manuel.

—Decir teta o poto no es pecado, tonto —dijo Miguel, sonriendo.

—Es pecado, caracho —dijo Juan Manuel—. Ahorita estás pecando delante mío.

—Teta, teta, teta, poto, poto, poto —dijo Felipe.

Todos se rieron, con excepción de Juan Manuel.

—Te vas a ir al infierno, mellizo —dijo.

—Juan Manuel Zegovia —gritó Foncho.

—Es mi turno —dijo Juan Manuel.

Luego se puso de pie y corrió a la carpa de don Armando.

—Bueno, ahora que se fue el ganso, podemos hablar de verdaderos pecados —dijo Miguel, bajando la voz—. ¿Ustedes creen que correrse la paja es pecado?

—La paja es pecado venial, no pecado mortal —dijo Fernando.

—¿Y cuál es la diferencia? —preguntó Miguel.

—Que no te vas al infierno por correrte la paja —dijo Fernando—. Sólo te vas al purgatorio.

—Ajá —añadió Felipe—. Todos los pajeros están en el purgatorio.

—¿Y cómo le digo a don Armando que me la he corrido? —preguntó Miguel—. ¿Cómo se dice eso bonito?

—Yo siempre digo que he tenido malos pensamientos —dijo Joaquín.

—Así no se dice —dijo Felipe—. Una corrida de paja es más que malos pensamientos.

—¿Entonces cómo se dice? —preguntó Miguel.

—Yo digo que he cometido cochinadas sexuales —dijo Felipe.

Miguel, Fernando y Joaquín se rieron.

—Cochinadas sexuales es lo que es, pues —dijo Felipe.

—Yo voy a decir que me he masturbado, así como suena —dijo Miguel.

—No vaya a ser una falta de respeto a don Armando —dijo Fernando.

—No seas tonto, pues —dijo Joaquín—. ¿Acaso tú crees que don Armando nunca se ha corrido la paja?

—Los curas no pueden correrse la paja —dijo Felipe—. A los curas no se les para la pichula.

—¿Y tú cómo sabes? —preguntó Joaquín.

—Porque sé, pues, porque sé —dijo Felipe, levantando la voz—. Cuando un cura se hace cura, deja de funcionarle la pichula.

—¿Y por dónde mea entonces? —preguntó Miguel.

—No sé, pues —dijo Felipe—. Habría que preguntarle a don Armando.

—No seas cojudo, mellizo —le dijo Fernando a su hermano—. No le vayas a preguntar ¿por dónde mea usted, don Armando?

Todos se rieron.

—Les digo, pues, que a los curas no les funciona la pichula —dijo Felipe

Entonces Juan Manuel salió de la carpa y corrió hacia ellos.

—Si me muero ahorita, me voy al cielo de todas maneras —dijo, sonriendo.

* * *

Cuando llegó su turno de confesarse, Joaquín entró a la carpa. Sentado en una silla plegable, don Armando sonrió al verlo entrar.

—Venga, arrodíllate —le dijo.

Joaquín se arrodilló frente a él.

—Avemaría purísima —dijo don Armando.

—Sin pecado concebida —dijo Joaquín.

—¿Cuándo fue la última vez que te confesaste?

La última vez que Joaquín se había confesado, había sido con don Jacinto, en el Saeta. Esa vez, don Jacinto le dijo cuéntame todos tus malos pensamientos, no te guardes ninguno porque eso se queda adentro tuyo y se va pudriendo, cuéntame todo, todito, y Joaquín le dijo yo no tengo malos pensamientos, don Jacinto, cuando se me mete un pensamiento cochino, rapidito nomás me voy al jardín a hacer unos abdominales, y don Jacinto sonrió, le acarició la barriga y le dijo con razón tienes estos músculos de la barriga tan duritos, y Joaquín cerró los ojos y le dijo he mentido, he sido soberbio, he sido ocioso, me he olvidado de rezar, he sido mal hijo y mal hermano, he cometido pecado de gula, y don Jacinto sonrió, le acarició la barriga de nuevo y le dijo eres un guloso, un guloso, ay mi chiquito guloso, qué vamos a hacer para que no sea tan guloso, y Joaquín, como siempre, odió confesarse con ese cura que le parecía tan mañoso y que además tenía un aliento horrible.

—Hace dos semanas en el Saeta —dijo.

—No debes dejar pasar más de una semana sin confesarte —dijo don Armando—. Es como vivir en una casa que sólo se limpia cada dos semanas. Uno se va acostumbrando a vivir en un ambiente cochino, lleno de polvo.

—Tiene razón, don Armando.

—Ahora cuéntame todos tus pecados, hijo.

—He mentido.

—¿Qué más?

—He sido soberbio.

—Dame un ejemplo.

—No sé. Por ejemplo el otro día mi mamá me dijo que me había inscrito en este campamento y yo me molesté mucho con ella y me puse a llorar de la rabia y le dije que la odio y que cuando sea grande me voy a vengar de ella y la voy a meter en un asilo de ancianas y no la voy a ir a visitar nunca.

—Qué barbaridad, muchacho. Ésa es una crueldad sin nombre. Continúa, por favor.

—He sido ocioso.

—¿Qué mas?

—Me he olvidado de rezar. Y he cometido pecado de gula.

—¿Qué más?

—Nada más.

—¿No has cometido faltas de pureza?

—No.

—¿En estas dos semanas no te has tocado indebidamente una sola vez?

—Ni una sola vez, don Armando. Ni una sola vez.

—¿No me estarás mintiendo, Joaquín?

—No, don Armando, cómo se le ocurre.

—Bájate el pantalón, hijo. Quiero ver si te has tocado tus partes.

—Le digo la verdad, don Armando. Para qué le voy a mentir.

—Bájate, hijo, bájate. No seas rebelde.

Joaquín se bajó el pantalón, y don Armando le tocó el sexo.

—Está un poco hinchado —dijo—. Parece que te lo has estado tocando.

El sexo de Joaquín se levantó.

—Caracho, se despertó el animalito —dijo don Armando—. Mejor hay que dejarlo dormir tranquilo. Súbete el pantalón.

Joaquín se subió el pantalón.

—En penitencia, reza quince padrenuestros y quince avemarías —dijo don Armando.

Joaquín asintió, cerró los ojos y pensó que no iba a rezar ni un solo padrenuestro.

* * *

Un rato más tarde, los chicos del campamento estaban listos para comenzar el partido de fulbito. Ya todos se habían confesado.

—¿Yo de qué juego? —le preguntó Joaquín a Foncho.

Foncho era el capitán del equipo de Joaquín.

—Tú, de arquero —dijo Foncho.

—No, pues, a mí no me gusta tapar —dijo Joaquín.

A pesar de las ampollas, tenía ganas de jugar.

—Tapa, caracho —dijo Foncho, mirándolo de mala manera—. Yo soy el capitán y te ordeno que tapes.

—Te aviso que soy malísimo tapando, Foncho —dijo Joaquín—. Me van a meter goles como coladera.

—Al arco, hombre —insistió Foncho—. No seas alegoso. Pareces abogado, caracho.

Joaquín pasó un mal rato jugando de arquero. No pudo evitar que le metieran varios goles. Su equipo perdió el partido.

* * *

Esa noche, los chicos del Saeta prendieron una parrilla, hicieron panes con chorizo y se sentaron a comer alrededor de una fogata. Después de comer, cantaron *Guantanamera, La bamba, Un beso y una flor, Nube gris, Quisiera tener un millón de amigos, Quisiera ser picaflor, Vamos a la playa, Marisabel* y *El himno de la alegría.*

—Ya es hora de dormir —dijo don Armando, al filo de la medianoche, cuando se aburrió de cantar.

Entonces los chicos se pusieron de pie y se dirigieron a las carpas. En medio de la oscuridad, Foncho se acercó a Joaquín.

—Acompáñame a dar un paseíto —le dijo—. De paso que rezamos un misterio del rosario.

—Pucha, Foncho, estoy cansadísimo —dijo Joaquín.

—Vamos, hombre, es sólo una caminata para bajar la comida —insistió Foncho.

—No, gracias —dijo Joaquín—. Yo mejor me voy de frente a dormir.

Joaquín se dirigió a una de las carpas. Foncho se acercó a Juan Manuel.

—Acompáñame a dar un paseíto —le dijo.

Juan Manuel sonrió.

—Sale y vale— dijo, entusiasmado.

*　*　*

—¿Estás dormido? —preguntó Joaquín, susurrando.

—No —dijo Miguel, en voz baja.

Estaban echados uno al lado del otro. Los demás chicos en la carpa parecían estar dormidos.

—¿Qué tal si vamos un rato al pueblo? —dijo Joaquín.

—¿Queda lejos? —preguntó Miguel.

—Está acá nomás. A diez minutos a pata.

—Pero si los numerarios se enteran, la cagada.

—No se enteran, hombre. Los numerarios son unos cojudos.

—Bueno, vamos.

Miguel y Joaquín salieron de la carpa y se alejaron del campamento. Miguel sacó una cajetilla de cigarrillos.

—A mí me parece una cojudez que no dejen fumar en el campamento —dijo, y le invitó un cigarrillo a Joaquín.

Prendieron sus cigarrillos. Iban por un camino de tierra, rumbo al pueblo de Santa Eulalia.

—¿Tú ya le has caído a una chica? —preguntó Miguel.

—Una vez, en una fiesta, pero estaba tan borracho que al día siguiente ni siquiera me acordé de su nombre —dijo Joaquín, y se rieron.

Se quedaron callados. Siguieron caminando de prisa.

—Yo quiero caerle a una chica, pero no me atrevo —dijo Miguel.

—¿Por qué? —preguntó Joaquín.

—Porque con las justas la conozco.

—Mándate nomás. Cáele de una vez.

—Es que es muy chiquilla.

—¿Qué edad tiene?

—Trece. Trece recién cumplidos.

—¿Ya está desarrollada?

—Sí. Ya tiene tetitas y todo.

—Entonces, ¿qué esperas? Si te demoras mucho, algún sapo le va a caer antes que tú, Miguel.

—Es que nunca le he caído a una chica, Joaquín. No sé cómo caerle.

—Es facilísimo. La llevas a la matiné y a la salida le agarras la mano y le dices ¿quieres estar conmigo? Eso es todo.

—¿Y si me dice que no?

—No seas tonto. Eso es imposible, Miguel.

—¿Por qué? De repente no le gusto.

—No, pues, Miguel. Tú eres churrísimo. Si yo fuera una chica, me encantaría ser tu enamorada.

Miguel se rió.

—Qué buena gente eres —dijo, y palmoteó a Joaquín en la espalda.

* * *

—Salud —dijo Miguel.

—Salud —dijo Joaquín.

Estaban tomando dos cervezas en una cantina de Santa Eulalia. Cuatro o cinco tipos discutían a gritos sobre un reciente partido de fútbol. En una radio vieja se escuchaba un bolero. El piso estaba lleno de aserrín.

—¿Tú ya has debutado? —preguntó Joaquín.

—¿A qué te refieres? —dijo Miguel.

—O sea, ¿ya has cachado?

Miguel tomó su cerveza y eructó.

—Sólo una vez —dijo.

—¿Fuiste al troca? —preguntó Joaquín.

—No. Fue con mi prima.

—¿No jodas? Cuenta.

—Mi prima tiene una casa en la playa. El verano pasado me quedé allí. Una noche la pendeja se metió a mi cama y me enseñó a cachar.

—Qué rico, lechero eres.

Tomaron más cerveza.

—¿Y tú ya has cachado? —preguntó Miguel.

—Claro, varias veces —mintió Joaquín—. Pero siempre con putas. Dicen que cachar con hembrita es otra cosa, ¿no?

—No sé, pero yo quiero ir al troca. Me cago de ganas de conocer un buen troca.

—Si quieres un día vamos juntos. Yo conozco un troca excelente en Miraflores.

—Mostro. Pásame la voz y vamos cuando quieras.

Joaquín levantó su botella.

—Salud por el cache —dijo.

—Salud —dijo Miguel.

Poco después, pagaron la cuenta y regresaron al campamento.

* * *

Miguel estaba dormido. Lentamente, Joaquín se acercó a él y metió una mano en su bolsa de dormir. Le tocó las piernas delgadas, morenas, velludas. Sintió cómo temblaba su mano mientras buscaba el bulto entre las piernas de Miguel. Metió la mano debajo del calzoncillo. Buscó el sexo de Miguel. Lo tocó suavemente. Lo acarició. Lo sintió levantarse, endurecerse, crecer. De pronto, Miguel abrió los ojos.

—¿Qué haces? —preguntó, con cara de asustado.

—¿Te puedo tocar? —susurró Joaquín.

—¿Estás loco? —dijo Miguel.

Joaquín sacó bruscamente su mano de la bolsa de dormir de Miguel.

—Perdón —dijo.

—Déjame dormir, ¿ya? —dijo Miguel.

—Por favor, no digas nada —susurró Joaquín.

Miguel le dio la espalda y siguió durmiendo. Joaquín cerró los ojos.

—Por favor, Señor, ayúdame a dejar de ser maricón —rezó.

* * *

A la mañana siguiente, después de tomar desayuno, los chicos del campamento regresaron a subir el cerro que habían trepado el día anterior. Joaquín no quiso ir. Dijo que le dolían mucho las ampollas y se quedó lavando los platos del desayuno. Para su sorpresa, Juan Manuel también se quedó en el campamento. Poco después, los dos fueron a bañarse al río.

—Estoy harto de este campamento —dijo Juan Manuel—. Nunca más voy a ir a un campamento del Saeta.

Estaban sentados sobre unas piedras en la orilla del río. Tenían los pies adentro del agua. Podían ver sus pies moviéndose en el agua fría, verdosa.

—Yo pensé que tú eras un fanático de los campamentos —dijo Joaquín.

—Ya no —dijo Juan Manuel, y se puso a llorar—. Ya me llegó al pincho todo.

Joaquín lo abrazó.

—¿Qué tienes? —le preguntó.

—Déjame —gritó Juan Manuel, y lo empujó—. No me toques, caracho.

—Tranquilo, oye, no seas fosforito —dijo Joaquín.

—Estos campamentos son una mañosería —dijo Juan Manuel—. Los numerarios son unos abusadores de menores.

—¿Por qué? —preguntó Joaquín, sorprendido, pues Juan Manel no solía hablar mal del Opus Dei—. ¿Qué ha pasado?

Juan Manuel se sonó la nariz con una mano y tiró los mocos al río.

—No, mejor no te cuento —dijo, bajando la mirada, avergonzado.

—Cuéntame, sonso —dijo Joaquín—. Yo voy a ayudarte.

—Y yo que hasta pensaba ser numerario del Opus Dei —dijo Juan Manuel, suspirando.

—Cuenta, Juan Manuel —insistió Joaquín—. No se lo voy a decir a nadie.

Se miraron a los ojos.

—Jura que no se lo dices a nadie —dijo Juan Manuel.

—Juro —dijo Joaquín.

Juan Manuel bajó la mirada.

—Foncho me toqueteó ayer en la noche —dijo.

—Ya sabía —dijo Joaquín—. Ese Foncho es un mañosazo.

—Me llevó por atrás del campamento y estábamos rezando el rosario y de repente me bajó el pantalón.

—¿No friegues? ¿Y qué te hizo?

—Me toqueteó. Me hizo mañoserías. Me la quiso chupar.

—¿Y tú te dejaste?

—No, pero él me obligó, pues.

Joaquín trató de abrazarlo.

—No me toques —gritó Juan Manuel.

Se quedaron callados.

—Si me muero ahorita, de repente ya no me voy al cielo —dijo Juan Manuel, sollozando.

* * *

Cuando don Armando regresó de subir el cerro, Joaquín se acercó a él.

—Don Armando, quiero hablar con usted —le dijo.

—Dime, hijo —dijo don Armando, secándose el sudor de la frente.

—Tiene que ser en privado.

—Vamos a la carpa, hijo.

Entraron a una de las carpas. Don Armando se sentó en una silla plegable, sacó una toalla de su maletín y se secó el sudor de la cara.

—No sabes lo que te perdiste —dijo, todavía jadeando—. La subida al cerro estuvo fenomenal. Imagínate que hasta rezamos un rosario en la punta.

Joaquín sonrió sin ganas. Se quedó callado.

—Dime, muchacho —dijo don Armando.

Joaquín respiró profundamente antes de hablar.

—Foncho manoseó anoche a Juan Manuel —dijo.

Don Armando frunció el ceño, se quitó los anteojos y miró a Joaquín con un aire suspicaz.

—Eso es imposible —dijo.

—Juan Manuel me lo ha contado, don Armando —dijo Joaquín.

—Estará mintiendo entonces. En la Obra no pasan esas cosas, hijo.

—Se lo juro, don Armando. Pregúntele a Juan Manuel.

—No jures en vano, Joaquín. Y no inventes cochinadas. Esas cosas no pasan en la Obra. Punto final.

Entonces don Armando se puso de pie.

—Foncho también ha hecho mañoserías conmigo —dijo Joaquín.

—Cállate, muchachito insolente —dijo don Armando, levantando la voz, llevándose las manos a la cintura—. No te atrevas a hablar mal de un numerario delante mío. Ahora sal de la carpa y no hables de esto con nadie. ¿Me entiendes? Con nadie.

—¿Por qué? —preguntó Joaquín—. No lo entiendo, don Armando.

—Porque te lo digo yo, que soy ministro del Señor —gritó don Armando.

Joaquín salió de la carpa y maldijo a don Armando, a su madre, a Foncho y a todos los numerarios mañosos del Opus Dei.

* * *

Esa tarde, por orden de Foncho, Juan Manuel fue al río a lavar los platos del almuerzo. Poco después, Joaquín se le acercó y se sentó a su lado.

—Se lo dije a don Armando —dijo, en voz baja.

Sorprendido, Juan Manuel soltó el tenedor que estaba lavando. El tenedor cayó al agua y se hundió.

—Me juraste que no se lo ibas a contar a nadie —dijo.

Se le había enrojecido la cara. Parecía avergonzado.

—Lo hice por ti —dijo Joaquín—. No es justo que Foncho haga lo que le da la gana.

—¿Y qué te dijo don Armando? —preguntó Juan Manuel.

—No me creyó —dijo Joaquín, y escupió al río—. Me dijo que esas cosas no pasan en el Opus Dei.

Juan Manuel suspiró, abatido.

—Yo que tenía el más alto concepto del Opus Dei —murmuró, como hablando consigo mismo.

—Te quería avisar porque de repente don Armando te pregunta algo —dijo Joaquín.

—Si me pregunta, yo voy a negar todo —dijo Juan Manuel.

—¿Por qué? —preguntó Joaquín.

—No sé. Porque me da vergüenza. Además, el Señor nos obliga a perdonar al prójimo.

—Cojudeces, Juan Manuel. Si niegas todo, me vas a dejar como un mentiroso.

—Eso te pasa por bocón y lengualarga, pues.

Joaquín se enfureció.

—Calla, baboso —dijo—. Bien hecho que Foncho te haya manoseado.

—Lárgate, Joaquín —dijo Juan Manuel, levantando la voz—. Déjame solo. Necesito meditar.

Joaquín cogió un plato y lo tiró al río.

—Que te cache un burro ciego —dijo.

Luego regresó al campamento.

* * *

Cuando terminaron de empacar, los chicos del Saeta subieron a la camioneta azul. Joaquín se sentó en la última fila, al lado de Miguel.

—Mejor me cambio de sitio —dijo Miguel, y se pasó a la fila de adelante.

Joaquín sintió tanta vergüenza que se puso rojo, la cara ardiéndole.

* * *

—¿Cómo te fue en el campamento, mi hijito? —le preguntó Maricucha a Joaquín, y le dio un beso en la mejilla.

Joaquín acababa de entrar a la casa de sus padres. Como todos los domingos en la tarde, ellos estaban viendo televisión y ojeando los periódicos.

—Más o menos nomás —dijo.

—¿Qué hicieron? —le preguntó Luis Felipe.

—Subimos cerros, jugamos fulbito, nos bañamos en el río —dijo Joaquín.

—¿No rezaron? —preguntó Maricucha.

—También —dijo Joaquín—. Rezamos varios rosarios.

—¿Llegaste hasta la punta del cerro? —preguntó Luis Felipe.

—Hasta la punta, papi— dijo Joaquín—. Fui uno de los primeros.

—Qué bien, hijo, qué bien —dijo Luis Felipe.

—Esos campamentos son formativos para el carácter, no hay nada que hacer —dijo Maricucha.

—Así es, mujer —dijo Luis Felipe—. Los hombres se hacen hombres en las guerras y en los campamentos.

REGALO DE CUMPLEAÑOS

Ese día, Joaquín cumplía quince años, y su madre había hecho un lonche para festejarlo.

—Joaquín, ya llegó tu papi, baja para cantar *Happy birthday* —gritó Maricucha, no bien Luis Felipe regresó del trabajo.

Joaquín estaba en su cuarto, leyendo un libro sobre la historia de los mundiales de fútbol.

—Ahorita bajo, mami —gritó.

—Apúrate, todo está listo, te estamos esperando —gritó Maricucha.

Joaquín salió de su cuarto y bajó al comedor. En la mesa del comedor había dos jarras de chicha morada, sánguches triples y de pollo, alfajores, gelatina y una torta de chocolate con quince velas de colores. Alrededor de la mesa estaban Maricucha, Luis Felipe y los dos hermanos de Joaquín: Ximena y Fernando. Ximena tenía dieciséis años; Fernando, once.

—¿Cómo está el rey del santo? —preguntó Maricucha, y besó en la frente a Joaquín.

—Bien, gracias —dijo Joaquín.

—Bueno, hay que cantar —dijo Fernando, mirando los alfajores con impaciencia.

—Oye, ¿a ti no te han enseñado a saludar? —le dijo Luis Felipe a Joaquín.

Luis Felipe estaba sentado en una de las sillas del comedor, fumando un cigarrillo.

—Hola, papi —le dijo Joaquín, sin mirarlo a los ojos.

—Así no, pues —dijo Luis Felipe—. Saluda bonito.

Joaquín se acercó a su padre y le dio un beso en la mejilla. Odiaba tener que besarlo.

—Ahora sí —dijo Luis Felipe.

—Hay que cantar, pues —insistió Fernando.

Maricucha prendió las velas de la torta y apagó las luces del comedor.

—Vamos a cantar primero en inglés y después en castellano —dijo.

—Mejor sólo en inglés —dijo Ximena—. En castellano cantan los cholos, mami.

—Ay, qué disticosa eres, hijita —dijo Maricucha, riéndose.

En seguida comenzó a cantar con una voz algo chillona. Ximena, Fernando y Joaquín cantaron, mirándose y sonriendo. Todos cantaron *Happy birthday*, menos Luis Felipe.

—Canta, pues, Luis Felipe, no seas aguado —dijo Maricucha, a mitad de la canción.

—Los hombres no cantamos —dijo Luis Felipe, con una voz muy ronca.

Cuando terminaron de cantar, Joaquín sopló las velas con fuerza, pero no logró apagarlas todas.

—Sopla como hombre, muchacho —le dijo Luis Felipe, con una sonrisa burlona—. Pareces una muñequita de porcelana.

Ximena y Fernando se rieron. Joaquín sopló de nuevo y apagó todas las velas.

—Bravo —dijo Maricucha, y aplaudió con entusiasmo.

Luis Felipe se puso de pie y prendió las luces del comedor. Ximena y Joaquín se apresuraron en probar los sánguches. Fernando se comió un par de alfajores a la vez.

—Fernandito, qué barbaridad —dijo Maricucha—. Primero se come lo salado y después lo dulce.

—Me moría por probar los alfajorcitos, mami —dijo Fernando, hablando con dificultad, pues tenía la boca llena de alfajores.

—Eres una chancho —le dijo Ximena a Fernando.

—Cállate, oye, tetona —dijo Fernando.

—Ya, no se peleen, que estamos en pleno lonche familiar —dijo Maricucha—. A ver, Joaquín, échate un discursito.

—No, pues, mami, no fastidies —dijo Joaquín.

—Que hable, que hable, que hable —gritaron, a la vez, Ximena y Fernando.

—Discursito, Joaquín —insistió Maricucha—. Tú sabes que yo privo por tus discursitos.

—Habla, muchacho —dijo Luis Felipe—. Tú eres un piquito de oro.

Maricucha golpeó su vaso con una cucharita.

—Silencio, el del santo va a decir unas palabras —dijo.

Todos se callaron. Joaquín juntó las manos atrás.

—Estamos aquí reunidos para celebrar mi decimoquinto onomástico —dijo.

—Qué lindo habla mi Joaquín, caracho —murmuró Maricucha.

—En esta ocasión festiva y de regocijo familiar, quisiera darle las gracias a mis señores padres por haberme traído al mundo —continuó Joaquín.

—Ay, ahorita lloro cual Magdalena —murmuró Maricucha.

—También quiero agradecer a mi hermana Ximena y a mi

hermanito Fernando por ser tan buenos conmigo y por hacerme regalitos tan bonitos —siguió Joaquín—. Les prometo que voy a tratar de no pelearme nunca más con ustedes.

Ximena y Fernando sonrieron. Fernando estaba comiéndose un alfajor más.

—Para finalizar esta breve alocución, creo que es menester elevar una plegaria al Altísimo para que bendiga a nuestra querida familia y nos proteja de todo mal —dijo Joaquín.

—Ay, mi hijo es un santo varón —murmuró Maricucha.

—He dicho —concluyó Joaquín.

Todos aplaudieron, con excepción de Luis Felipe.

—Bravo, bravo —dijo Maricucha, aplaudiendo—. Has hablado más lindo que el padre Griffin.

—Lo estás haciendo hablar como maricón al muchacho, Maricucha —dijo Luis Felipe.

—Queremos que partan la torta, queremos que partan la torta —gritaron Ximena y Fernando.

—Ya, niños, no sean glotones, que la gula es pecado —dijo Maricucha.

Luego cogió un cuchillo y partió la torta. Ximena y Fernando aplaudieron.

—Joaquín, acompáñame a la sala un ratito —dijo Luis Felipe—. Quiero hablar a solas contigo.

—¿Qué le vas a decir al chico? —le preguntó Maricucha a su esposo.

—No es de tu incumbencia, mujer —dijo Luis Felipe—. Es un asunto de hombres.

Ximena y Fernando se miraron y sonrieron.

—Ven, Joaquín, no tengas miedo, no te voy a regañar —dijo Luis Felipe.

Joaquín cogió un sánguche y acompañó a su padre a la sala. Los dos se sentaron en un viejo sillón de cuero. En las paredes de la sala estaban colgadas las cabezas de los venados que Luis Felipe había cazado.

—Bueno, hijo, ya tienes quince años —dijo Luis Felipe, y palmoteó a Joaquín en la espalda.

Joaquín sonrió. No supo qué decir. Bajó la mirada.

—Ya no eres un niño —dijo Luis Felipe—. Ya eres todo un hombrecito.

—Sí, pues —dijo Joaquín.

—Mira, Joaquín, quiero hacerte un regalo muy especial por tus quince años, pero es un regalo de hombre a hombre —dijo Luis Felipe, bajando la voz—. Esto tiene que ser un secreto entre tú y yo. Tu mamá no se puede enterar de este regalo.

—No te preocupes, papi.

—Quince años ya es edad para que hagas cosas de hombres, Joaquín. Quiero llevarte a un sitio donde te vas a terminar de hacer hombre.

—Perfecto, papi. Como quieras.

—Dime una cosa, muchacho. ¿Tú alguna vez has remojado el pájaro?

—¿Qué pájaro, papi?

Luis Felipe se rió. Joaquín sintió el mal aliento de su padre.

—La pichula, pues, muchacho —dijo Luis Felipe, en voz baja—. ¿Alguna vez te has montado a una hembra?

Joaquín sonrió y se ruborizó.

—No, papi —dijo—. Nunca jamás.

—Bueno, ya estás en edad de remojar el pájaro, pues, muchacho. Yo me voy a encargar de que hagas tu debut en forma oficial. Es el mejor regalo que te puedo hacer, Joaquín. Me lo vas a agradecer toda la vida.

—Ya, papi.

—A ver si este fin de semana te llevo a un sitio para que te hagas hombre, *¿okay?*

—*Okay*, papi.

—Pero eso sí, ni una palabra a tu madre, Joaquín. Tú sabes que ella es una fanática de la religión.

—No te preocupes, papi.

Luis Felipe volvió a palmotearlo en la espalda.

—Así me gusta, muchacho —le dijo—. Eres un digno hijo de tu padre.

Luego se pusieron de pie y volvieron al comedor.

—¿Qué estaban hablando? —les preguntó Maricucha.

—No te metas en lo que no te incumbe, mujer —dijo Luis Felipe.

* * *

Unos días después, un sábado en la tarde, Joaquín, sus padres y sus hermanos estaban terminando de almorzar cuando Luis Felipe apagó su cigarrillo, se puso de pie y dijo:

—Joaquín, vamos a dar una vuelta.

—¿Adónde van? —preguntó Maricucha.

—A tomar un café —dijo Luis Felipe, y eructó, tapándose la boca.

—Si quieren, les hago un cafecito ahorita mismo para que no gasten plata en la calle —dijo Maricucha.

—No friegues, pues, mujer —dijo Luis Felipe—. Déjanos salir a airearnos un poco.

Joaquín terminó de comer su postre, se puso de pie y le dio a su madre un beso en la mejilla.

—No tomes café, mi amor, que te vas a enfermar de los

nervios —le dijo Maricucha en el oído—. Pídete un tecito, mejor.

—Ya, mami —dijo Joaquín.

—Estamos de regreso en un par de horitas —dijo Luis Felipe.

—¿Tanto? —preguntó Maricucha, frunciendo el ceño.

—Carajo, mujer, déjame respirar tranquilo, no me ajoches —dijo Luis Felipe, levantando la voz.

—Y tú no digas ajos delante de los niños —dijo Maricucha.

—Joaquín ya no es un niño —dijo Luis Felipe—. Ya tiene quince años. Ya es un hombre.

Luis Felipe y Joaquín salieron de la casa, bajaron las escaleras y subieron al carro.

—¿Adónde vamos, papi? —preguntó Joaquín.

Luis Felipe le guiñó un ojo.

—A tu regalo de santo —dijo, sonriendo.

—¿Me vas a comprar un regalo? —preguntó Joaquín, sorprendido.

—No exactamente —dijo Luis Felipe, y puso en marcha su carro—. Pero te voy a hacer un regalo que nunca te vas a olvidar.

—¿Qué regalo, papi?

—Estamos yendo a que te eches tu primer polvo, muchacho —dijo Luis Felipe, y volvió a eructar—. Hoy vas a debutar.

—¿A debutar? —preguntó Joaquín, sin entender de qué estaba hablando su padre.

Luis Felipe se rió.

—Al troca, pues, hombre —dijo—. A que te montes una hembrita. Hoy sales de la categoría pajeros y entras a la categoría cacheritos, Joaquín.

Joaquín se rió nerviosamente.

—¿En serio, papi? —preguntó.

—Claro, pues, muchacho —dijo Luis Felipe—. Ya estás en edad de botar el taco. Si no, te puedes ir acojudando.

Joaquín se imaginó con una mujer desconocida, desnudos los dos, y tuvo miedo.

—Mejor vamos a comprar una pelota de fútbol, papi —dijo—. En La Pluma de Oro venden unas pelotas lindas.

—¿Qué pasa, muchacho? ¿Tienes miedo de ir al troca con tu viejo?

—No, pero mejor lo dejamos para otro día, papi.

—No tengas miedo, Joaquín, vas a ver qué rico es echarse un buen polvito. Confía en tu viejo. Te estoy llevando al mejor troca de Lima. Vas a ver qué rico culean esas cholitas. Son chiquillas y las tienen bien limpiecitas. Después de tu primer polvo, te vas a sentir otra persona, muchacho.

—Como quieras, papi.

—Seguro que eres un pingaloca como tu viejo, ¿no?

Se rieron. Joaquín se rió sin ganas. Sintió que las manos habían comenzado a sudarle.

—¿Quieres que te cuente cómo debuté yo? —dijo Luis Felipe, mientras manejaba de prisa por la carretera a Lima.

—Si quieres —dijo Joaquín, mirando por la ventana.

—Porque yo no tuve la suerte de que mi viejo me llevase al troca a debutar. Tu abuelo era un jodido, Joaquín. Pero yo igual me las ingenié para cepillarme a una chola que trabajaba en casa de mis papás ¿Sabes que edad tenía cuando debuté con la chola Eugenia?

—No. ¿Qué edad?

—Trece años, Joaquín. Trece años. Para que veas que tu viejo era un pendejo desde jovencito. ¿Tú crees que yo a los quince años seguía cero kilómetros como tú? No, ya tenía mi kilometraje, muchacho, ya sabía lo que es bueno. ¿Tú no te has agarrado a ninguna de las cholas que trabajan en la casa, no?

—No, papi, ¿cómo se te ocurre?

—¿No te parece que a la Angélica se le puede hacer el favor? A esa cholita ya le pica la papa, Joaquín. Te digo, yo le tengo unas ganas salvajes, pero tu madre está en todas y nunca me deja solo con Angélica. Bueno, pero te estaba contando de mi debut. ¿Tú sabes cómo me la culeé a la chola Eugenia?

—No.

—Te cuento esto para que te relajes, muchacho, para que vayas calentando cuerpo.

Joaquín forzó una sonrisa.

—Me acuerdo que mis papás habían viajado a Europa —continuó Luis Felipe—. Eugenia era el ama de llaves de la casa. Para qué, era bien fea la pobre chola. Tenía una cara de caballo de la gran puta. Si la llevabas al hipódromo, la ensillaban y la hacían correr. Pero cuando uno es muchacho y está con toda la arrechura en la sangre, cualquier hueco es trinchera, ¿no es cierto? Así que una noche, callado nomás, me zampé al cuarto de la chola y me le fui encima, pero la yegua de Eugenia no quería abrir las piernas, y entonces le dije mira, chola malparida, si no te dejas cachar, les voy a acusar a mis papás que cuando estaban de viaje me violaste y te van a botar a patadas. Así que la chola se hizo la loca y se dejó nomás, pero bien que le gustó, bien que me gimió la pendeja. Dime si tu viejo no era un pendejo, muchacho. Trece años y ya me buscaba mis chuchas solito.

Luis Felipe soltó una carcajada. Joaquín sintió el mal aliento de su padre.

—Papi, ¿no te provocaría tomar un lonchecito en el Cream Rica? —preguntó.

—Las huevas, muchacho —dijo Luis Felipe—. Hoy te convierto en hombre aunque no quieras.

* * *

Un rato más tarde, entraron a un edificio a media cuadra de Miguel Dasso, subieron al tercer piso y Luis Felipe tocó el timbre de un departamento.

—Éste es un troca sumamente discreto —dijo, en voz baja—. No dejan entrar a cualquiera. Y están las mejores putas de Lima.

Joaquín sonrió. Le estaban temblando las piernas. Luis Felipe tocó el timbre de nuevo.

—¿Ya estás fierro? —preguntó.

—¿Fierro? —preguntó Joaquín, sin entender.

Luis Felipe se rió, metiendo las manos en los bolsillos.

—Al palo, pues, muchacho, con la pichula parada —dijo—. Tú no pareces hijo de tu viejo, carajo.

Una mujer abrió la puerta. Era gorda y morena. Podía tener alrededor de cuarenta años. Se había puesto ruleros en el pelo.

—Buenas, don Luis Felipe —dijo, sonriendo—. Qué alegría verlo por acá.

—Hola, Monique —le dijo Luis Felipe—. Te presento a Joaquín, mi hijo mayor.

Joaquín le dio la mano a Monique.

—Buenas, señora —le dijo.

Monique soltó una carcajada.

—Ay, qué tal piropo, a mí no me decían señora en años —dijo.

—Oye, chola, ¿nos puedes atender? —le preguntó Luis Felipe.

—Claro, don Luis Felipe —dijo Monique—. Para usted las chicas siempre están *ready*.

—Cojonudo, chola —dijo Luis Felipe—. Tú te pasas, no hay nada que hacer.

—¿Cuándo le he fallado yo, don Luis Felipe? —preguntó Monique—. ¿Cuándo lo he dejado sin el cariño de esta humilde casa?

Monique, Luis Felipe y Joaquín entraron al departamento. Era un un sitio oscuro y pobremente amoblado.

—Venimos para que me lo hagas debutar a mi cachorro, pues, chola —dijo Luis Felipe.

—¿Está pito todavía el chiquillo? —preguntó Monique, mirando a Joaquín.

—Sí, pues —dijo Luis Felipe—. Y ya está en edad de debutar.

—¿Qué edad tienes, hijito? —le preguntó Monique a Joaquín, acariciándole la cabeza.

—Quince, señora —dijo Joaquín—. Quince recién cumplidos.

—Uy, ya estás que te caes de maduro para probar a mis chicas —dijo Monique, sonriendo—. Y no me mires así, hijo, que se te va a salir la lechada por los ojos.

Luis Felipe soltó una carcajada y pellizcó a Monique en la barriga.

—Tienes que afeitarte ese bozo, Joaquincito —dijo Monique.

—¿Qué bozo? —preguntó Joaquín.

Monique lo acarició justo encima de la boca.

—Estos pelitos, pues, hijo —dijo, sonriendo—. Este bigotín de mariachi.

—¿Nunca te has afeitado, hijo? —preguntó Luis Felipe.

—Nunca, papi —dijo Joaquín.

Monique puso una mano entre las piernas de Joaquín.

—Para mí que ya no eres lampiño y que estos huevos no son de niño —dijo, con una sonrisa coqueta.

Monique y Luis Felipe se rieron a carcajadas. Joaquín sonrió sin ganas.

—Bueno, chola, a ver enséñanos a las chicas que tienes hoy —dijo Luis Felipe.

—Usted manda, don Luis Felipe, lo que usted pide es ley —dijo Monique—. Acompáñenme a la salita de estar, por favor.

Monique, Luis Felipe y Joaquín caminaron por el pasillo y entraron a una pequeña sala. Sentadas en el sillón de la sala, tres chicas estaban viendo televisión. Una tenía el pelo negro y los ojos achinados. Otra tenía el pelo pintado de rubio. La tercera era negra y parecía la más joven.

—Chicas, ustedes ya conocen a don Luis Felipe —dijo Monique.

—Buenas, don Luchito —dijo la rubia.

—Buenas, Luchín —dijo la achinada.

La negra se quedó callada, sin desviar la mirada del televisor.

—Qué tal, chicas —dijo Luis Felipe, sonriendo.

—Y éste es su primogénito, Joaquín, que acaba de cumplir quince abriles y viene a debutar oficialmente en esta casa del amor —dijo Monique.

—Ay, qué pichoncito tan rico —dijo la de los ojos achinados.

—Bien pepón el muchacho, don Luchito —dijo la rubia.

—Escoge la que quieras, Joaquín —dijo Luis Felipe.

Joaquín bajó la mirada.

—No sé —dijo—. Me da igual.

—Las tres son una garantía, hijito —dijo Monique—. Están sumamente higienizadas. Tienen su certificado de sanidad al día. Yo las hago chequear todas las semanas.

—Escoge sin miedo, muchacho, no seas tímido —dijo Luis Felipe.

—¿Quieres que te haga cositas ricas, papito? —le preguntó a Joaquín la chica de los ojos achinados.

Joaquín no supo qué contestar. La chica del pelo pintado lo miró y se levantó los senos, sonriendo. La negra siguió viendo televisión.

—¿Usted cuál me recomienda, señora? —le preguntó Joaquín a Monique.

Monique se rió de un modo algo forzado.

—Yo por ética profesional no te puedo recomendar a ninguna, hijito —dijo—. Pero te aseguro que las tres son muy rendidoras y saben trabajar al gusto del cliente.

—Bueno, Joaquín, si tú no sabes, yo escojo por ti —dijo Luis Felipe—. Yo me agarro a Amparo y tú debutas con Flora, ¿okay?

—¿Cuál es Flora? —preguntó Joaquín.

—Yo, para servirte, pichoncito —dijo la de los ojos achinados.

—Vamos, Amparo —dijo Luis Felipe—. Te llegó tu hora.

—Ay, don Luchito, no la dejan a una ver su novela —se quejó la del pelo pintado, y se puso de pie.

Tenía puesta una minifalda anaranjada y unos zapatos rojos de taco alto.

—Oye, Flora, trátamelo bien a mi cachorro, ah —dijo Luis Felipe.

—Claro, don Luchín, yo feliz de la vida de sacarlo de pito al chiquillo —dijo la de los ojos achinados.

—Pobre de ti que le vayas a soplar la pichula nomás —dijo Luis Felipe, y la de los ojos achinados se rió a carcajadas.

Luis Felipe puso una mano sobre el hombro de Joaquín.

—Hazla gemir, muchacho —le dijo.

* * *

Tan pronto Luis Felipe se fue de la sala acompañado de Amparo, Flora se puso de pie, cogió de la mano a Joaquín y lo llevó a uno de los cuartos. Entraron. Flora cerró la puerta con llave, corrió las cortinas y prendió la luz. Era un cuarto pequeño y algo sucio. Sólo había una cama con las sábanas revueltas.

—Quítate la ropa, papito —dijo Flora.

Joaquín sonrió. Le seguían temblando las piernas.

—No tengas miedo —dijo Flora, sonriendo—. No te voy a sacar conejos de la pinga.

Luego se quitó la blusa, la falda y los zapatos, y se quedó en un sostén y un calzón negros. Él no se atrevió a mirarla. Se desvistió lentamente, y se quedó en calzoncillos.

—Ahora ven un ratito al lavabo —dijo ella.

Pasaron a un baño diminuto y maloliente.

—Te voy a lavar tu cosita rica, ¿ya? —dijo ella.

Él se acercó al lavatorio. Ella le bajó el calzoncillo.

—Qué rica pichina, chibolo —dijo, sonriendo—. Pingoncito has salido como tu viejo.

Él trató de sonreír. Ella le lavó el sexo con agua y jabón.

—El agua está helada —se quejó él.

—Ay, lo siento, papito —dijo ella—. Es que la terma está desconectada por orden de la vieja tacaña de Monique.

Ella siguió jabonándole el sexo. Él temblaba de frío y de miedo.

—Listo, vamos a la cama —dijo ella, cuando terminó.

Volvieron al cuarto. Ella terminó de desvestirse, se echó en la cama y abrió las piernas. Él miró el sexo velludo de Flora y sintió náuseas. Luego se sentó al borde de la cama, sin saber qué hacer.

—¿Qué pasa? —preguntó ella, sorprendida—. ¿No tienes ganas? ¿No te gusta mi chuchita?

—No sé —dijo él—. No me siento bien.

—Es normal, papito, no te toques de nervios —dijo ella—. La primera vez siempre se muñequean un poco los chibolos. Ven que te voy a hacer mañoserías.

Él no se movió. Estaba de espaldas a ella.

—Ven, échate, papito —insistió ella—. Yo me desvivo por atender bien a los pititos como tú. Vas a ver que te voy a cachar rico. Después del polvito, si no mueres, quedas loco.

Ella lo abrazó por detrás y lo besó en la nuca. Él se echó en la cama, miró su cuerpo desnudo en el espejo del techo y cerró los ojos.

—Déjate llevar por la relax —susurró ella.

Luego se arrodilló y comenzó a chupársela. Él se concentró para tener una erección.

—Nada, papito —dijo ella—. Esto no se levanta ni con grúa.

—No importa, Flora —dijo él, alejándose un poco de ella—. Mejor nos vestimos nomás.

—¿Qué te pasa, chibolo? ¿Por qué estás tan muñequeado?

—No sé. Creo que no tengo ganas.

—¿No te gusto? Mira mis tetitas. Están bien duritas. Mira

mi chuchita. Huele rico. Está mojadita. ¿No te gusta mi chuchita?

—Eres muy bonita, Flora, pero no sé qué me pasa. Yo tengo la culpa.

—¿Quieres que te dé otra mamadita a ver si se te pone dura?

—No, gracias. Mejor no.

—Como quieras, chibolo. Para mí, el cliente siempre tiene la razón.

Él se levantó de la cama y recogió su ropa del piso. Ella entró al baño y se enjuagó la boca. Cuando salió, él le ofreció un billete de cinco mil soles.

—Por favor, no le vayas a contar nada a mi papá —dijo, en voz baja.

Ella cogió el billete y se lo guardó.

—Gracias, papito —dijo, sonriendo.

—Lo siento, Flora —dijo él—. Es mi culpa. Tú haces muy bien tu trabajo.

Joaquín tenía ganas de llorar. Tenía rabia. Tenía ganas de estrellar su cabeza contra la pared.

—Tranquilo, papito, yo estoy acostumbrada a estos imponderables —dijo ella, acariciándole la cabeza.

—Le dije a mi papá que no quería venir, pero el muy idiota me obligó —dijo él, haciendo esfuerzos para no llorar.

—¿Cuál es tu problema, chibolo? —preguntó ella—. ¿Te gustan las pichulitas?

—No, no —dijo él, sorprendido—. ¿Por qué crees eso?

—No, por nada, papito, por nada. Pero si te gustan las pichulitas, no te preocupes, déjate llevar por el instinto nomás. Si no, vas a sufrir por las puras.

—Gracias, Flora.

—Si quieres, regresa otra vez y tratamos de nuevo, chibolito. Yo por carne blanca y tiernecita, trabajo gratis.

Él se sentó en la cama y se puso los zapatos.

—Te ruego que no le cuentes a mi papá, ¿ya? —dijo, amarrándose los pasadores—. Por favor, no se lo digas a nadie, Flora.

—Tranquilo, papito —dijo ella, mientras terminaba de vestirse—. Yo soy una profesional.

Él se puso de pie y la miró a los ojos.

—Mil disculpas, Flora —dijo—. No sé qué hacer para que me perdones.

Luego se agachó y le besó una mano.

—Ay, qué romántico eres, pinchoncito —dijo ella, sonriendo.

Salieron del cuarto. Flora regresó a la sala y se sentó a ver televisión. Joaquín se quedó parado en el pasillo.

—¿Cómo te fue, hijito? —le preguntó Monique.

—Excelente, señora —dijo.

—¿Dupleteaste?

—¿Cómo es eso?

—¿Le metiste dos viajes o te quedaste muerto a la primera?

—Dos viajes, señora.

Monique se rió, llevándose una mano al pecho.

—Esta juventud de ahora, qué aprovechada es, caricho —dijo, y se fue a la sala a seguir viendo televisión.

Poco después, Luis Felipe y Amparo salieron de uno de los cuartos sonriendo y haciéndose bromas.

—¿Y? ¿Cómo te fue, muchacho? —le preguntó Luis Felipe a su hijo.

—La hice jadear, papi —dijo Joaquín.

Luis Felipe soltó una carcajada y palmoteó a su hijo en la espalda.

—¿Qué tal mi cachorro, Florita? —preguntó Luis Felipe.

—Un diablo, casi me mata de asfixia con ese troncazo —dijo Flora—. De tal palo tal astilla, pues, don Luchín.

Todos se rieron.

—¿Cuánto te debo, chola? —le preguntó Luis Felipe a Monique.

—Cincuenta, don Luis Felipe —dijo Monique, poniéndose de pie—. Le cobro servicio básico nomás. No le incluyo el segundo polvo de Joaquín.

—¿Dos polvos te metiste, desgraciado? —preguntó Luis Felipe.

—Hay que aprovechar la oportunidad, papi —dijo Joaquín.

—Ya sabía que me ibas a salir pingaloca, carajo —dijo Luis Felipe.

Luego sacó unos billetes y se los dio a Monique.

—Quédate con el vuelto —le dijo.

—Gracias, don —le dijo Monique—. Qué caballeroso eres.

—Ya te veo pronto, chola —dijo Luis Felipe.

—Y tú regresa cuando quieras, hijito —le dijo Monique a Joaquín—. Yo a los escolares y universitarios les hago su descuento de ley.

—Seguro, señora —dijo Joaquín, sonriendo—. Cualquier día me caigo por acá.

—Zamarro, caracho —dijo Monique, y pellizcó a Joaquín en la barriga—. Igualito que su papá.

Se rieron. Luis Felipe y Joaquín salieron del departamento.

—¿Y? ¿Cómo te sientes después de comerte una rica chuchita? —preguntó Luis Felipe, bajando las escaleras.

—Con hambre —dijo Joaquín, y se rieron.

Luis Felipe palmoteó a su hijo en la espalda.

—Ese mi cachorro, carajo —dijo, con orgullo.

* * *

Poco después, de regreso a la casa, Luis Felipe y Joaquín pararon a tomar lonche en el Bar BQ. En seguida, un mozo se acercó al carro. Luis Felipe y Joaquín pidieron un par de sánguches. El mozo no tardó en regresar con los sánguches. Todavía no era de noche.

—Ahora que ya eres un hombrecito, te voy a dar dos o tres consejos sobre mujeres —dijo Luis Felipe, cuando el mozo se retiró.

Joaquín mordió su sánguche y miró cómo se besaba la pareja del carro de al lado.

—Primer consejo: nunca te olvides que todas las mujeres son unas putas —dijo Luis Felipe.

Joaquín sonrió.

—No te rías —dijo Luis Felipe—. Hablo en serio.

—¿Todas? —preguntó Joaquín.

—Todas, hijo —dijo Luis Felipe—. Todas hacen cualquier cosa por una buena huasamandrapa.

—¿Qué es una huasamandrapa? —preguntó Joaquín, sonriendo.

—El animal que tenemos los hombres entre las piernas, pues —dijo Luis Felipe, tocándose los genitales.

Se rieron.

—Yo sé mucho de mujeres, hijo —continuó Luis Felipe—. Y créeme: todas son putas, sólo que unas lo saben y otras no.

—¿Mi mami también es una puta? —preguntó Joaquín.

Luis Felipe soltó una carcajada.

—No, pues, tu madre no —dijo—. Todas son putas, menos tu madre.

—Ya decía yo —dijo Joaquín.

—Tu madre es un caso raro, hijo —dijo Luis Felipe—. Yo no he conocido mujer como ella. Tu madre prefiere rezar que echarse un buen polvo. A veces, cuando me la he estado montando, he llegado a pensar que tu madre estaba rezando.

Se rieron de nuevo.

—Segundo consejo: nunca le hagas caso a una mujer cuando te dice que no —dijo Luis Felipe—. Acuérdate que todas son cachables. Unas atracan fácil y otras se hacen las estrechas, pero todas son cachables. Cuando una hembra te dice que sí quiere, es que quiere, y cuando te dice que no quiere, es que también quiere.

—¿Y tú cómo sabes, papi? —preguntó Joaquín.

—Porque sé, pues, muchacho, porque sé —dijo Luis Felipe—. Las que te dicen que no quieren son las más putas, Joaquín. Confía en tu viejo. Yo tengo muchas chuchas en mi haber.

Joaquín miró al carro del costado: la pareja seguía besándose.

—¿Mi mami nunca se ha enterado que le sacas la vuelta? —preguntó, sin mirar a su padre.

—No, pues —dijo Luis Felipe, sonriendo—. ¿Tú crees que yo soy un bolas de humo o qué? Tu mamá no se entera, nunca se ha enterado de nada. Yo hago mis correrías por mi cuenta. Además, a tu mamá yo la tengo bien satisfacida. ¿Se dice satisfacida o satisfecha?

—Satisfecha.

—Bueno, como mierda se diga.

Se rieron. Luis Felipe terminó su sánguche y prendió un cigarrillo.

—Tercer consejo, Joaquín: ponte siempre un condón —dijo, y botó el humo—. Lleva siempre un condón en la billetera. Nada de hacerlo a pelo, muchacho. Muy peligroso. Aunque la hembra te diga que no hay peligro, no le creas. Sé de muchos casos que las hembras se dejan llenar para hacerte un hijo y agarrarte de las pelotas. Y yo no quiero que me hagas abuelo antes de tiempo, muchacho.

—No te preocupes, papi —dijo Joaquín—. Yo tampoco tengo ganas de tener un hijo.

—Yo sé, muchacho, pero la arrechura es traicionera. ¿Tú crees que mucha gente planifica sus hijos? Cojudeces, pues. La gran mayoría de las personas estamos acá por arrechura, no por amor. La arrechura es la fuerza que mueve al mundo, Joaquín.

—Tienes razón, papi.

Se quedaron callados. Luis Felipe eructó.

—Y último consejo: no te me vayas a enchuchar, ah —dijo.

—¿Qué es eso? —preguntó Joaquín, sonriendo.

—No vayas a dejar que una hembra te domine por la chucha, pues —dijo Luis Felipe—. Cuántos amigos míos se han convertido en sacolargos, carajo. Cantidad, muchacho, cantidad. ¿Y por qué? Porque se enchuchan. No se enamoran: se enchuchan. Nunca permitas que una mujer se te amotine, Joaquín. A las hembras hay que acostumbrarlas a estar calladas y en la cocina, como tu mamá.

—Ya, papi.

—Te digo todo esto porque me gustaría que el día de mañana seas un gran pendejo como tu padre, Joaquín. Yo de muchacho no tuve un papá que me supiese aconsejar bonito, como te estoy aconsejando yo. Todo lo que sé de mujeres lo he tenido que aprender por mi cuenta.

—Mil gracias, papi. Tus consejos me van a servir un montón.

Luis Felipe prendió las luces del carro y pidió la cuenta.

—Tengo que decirte una cosa, Joaquín —dijo.

—Dime, papi.

—Hoy estoy orgulloso de ti.

* * *

—¿Cómo les fue? —preguntó Maricucha, cuando ellos entraron a la casa.

—Muy bien, muy bien —dijo Luis Felipe, y besó a su esposa en la mejilla.

Joaquín se quedó callado.

—¿Adónde fueron? —preguntó Maricucha.

—A tomar un lonchecito —dijo Luis Felipe.

—¿Estuvo rico? —preguntó Maricucha.

—¿Qué tal estuvo, Joaquín? —preguntó Luis Felipe.

—Riquísimo —dijo Joaquín.

Luis Felipe soltó una carcajada.

—¿De qué te ríes? —le preguntó Maricucha.

—De nada, mujer, de nada —dijo Luis Felipe—. ¿Qué pasa? ¿Está prohibido reírse en esta casa?

Luego abrió el bar y se sirvió un trago.

—¿No me das besito, Joaquín? —dijo Maricucha.

Joaquín besó a su madre en la mejilla.

—Aj, apestas a chola —dijo Maricucha, haciendo una mueca de asco.

Joaquín sintió que la cara se le había puesto caliente.

—¿Se puede saber dónde han estado? —preguntó Maricucha, frunciendo el ceño.

—Hijo, anda a darte un duchazo —dijo Luis Felipe—. Quiero hablar a solas con tu madre.

Joaquín fue a su cuarto caminando lentamente.

* * *

Lo primero que hizo Joaquín al entrar a su cuarto fue quitarse la ropa y meterse a la ducha. Parado bajo un chorro de agua caliente, tocó su sexo, lo enjabonó, lo hizo crecer. Luego cerró los ojos y se masturbó pensando en un chico del colegio. El chico se llamaba Billy. Era rubio, fuerte, muy bueno en los deportes. Joaquín lo había visto desnudo un par de veces en el camarín del colegio. Sintiendo el chorro de agua caliente en la espalda, las piernas relajadas, el sexo firme, Joaquín se imaginó a Billy sudoroso en el camarín, se imaginó bajándole el pantalón corto, bajándole el suspensor, chupándosela, echándose boca abajo para que Billy se la metiese, se imaginó a Billy moviéndose atrás suyo, mordiéndole la espalda. Sí, papito, hazme cositas ricas, dijo, mordiéndose los labios. Terminó. Abrió los ojos. Se rió solo pensando que había hablado como Flora.

* * *

Esa noche, Joaquín estaba metido en su cama cuando su madre entró al cuarto y se sentó en la cama.

—Hijo, tenemos que hablar —dijo.

Joaquín se sentó en la cama y se apoyó en una almohada.

—Dime, mami —dijo.

—No puedo hablar, mi amor —dijo Maricucha, y suspiró—. Estoy tan triste que no tengo palabras.

Luego se llevó las manos a la cara y rompió a llorar. Joaquín la acarició en la cabeza.

—¿Qué pasa, mami? —le preguntó—. ¿Por qué lloras?

—Ay, mi Joaquín, no puedo creer que tu papá haya hecho semejante barbaridad —dijo ella—. Estoy hecha pedazos.

—¿Qué barbaridad? —preguntó él, sorprendido.

—Ya me contó tu papá que te llevó a una casa de citas, mi amor —dijo ella, mirándolo a los ojos—. No me tienes que seguir escondiendo la verdad.

Ahora Joaquín estaba avergonzado. No sabía qué decir.

—Lo siento, mami —dijo, bajando la mirada.

—¿Cómo me manchan así a mi Joaquincito, por el amor de Dios? —dijo Maricucha, como hablando consigo misma—. ¿Cómo me ensucian su almita? ¿Cómo me lo inducen a pecar?

Ella seguía llorando. Joaquín también se puso a llorar.

—Yo no quería ir, mami —dijo—. Mi papi me obligó.

Maricucha abrazó a su hijo.

—Yo sé, mi amor, tu papá es una bestia machista —dijo—. Yo, si lo hubiera conocido bien, jamás me casaba con ese animal.

Joaquín sonrió.

—Qué triste debe estar el Altísimo ahorita —dijo Maricucha—. Debe estar llorando de pensar que mi Joaquincito ha estado con una prostituta. Cómo debe haber sufrido el Señor al verte jamonearte con esa chola indecente que ojalá le dé cáncer en sus partes íntimas.

—Yo no me jamoneé con la prostituta, mami.

—No mientas, Joaquín. No sigas pecando, que el Altísimo nos está mirando.

—Te juro, mami. Yo no hice nada. Me dio asco.

—¿No llegaste a pecar de fornicación?

—¿De qué?

—Tenemos que repasar juntos el Antiguo Testamento, mi amor. Te has olvidado de tus lecciones de fe. ¿Te aprovechaste de la prostituta o no?

—No pude, mami. No quise. Me dieron ganas de vomitar.

—¿No hiciste nada?

—Nada. Ella quiso, pero yo no me dejé.

Maricucha lo abrazó con fuerza y lo besó varias veces en la frente y las mejillas.

—No puedo creer que hayas tenido la templanza de guardar tu castidad, mi amor —dijo, sonriendo—. Yo siempre supe que tú eras un chico de una piedad tremenda, pero me has sorprendido. Hay que tener mucha fuerza de voluntad para no caer en la tentación de la carne.

Joaquín se sonó la nariz en el vestido de su madre.

—Estoy tan orgullosa de ti, mi amor —dijo ella—. Eres un alma tan pero tan pía.

—Fue horrible, mami —dijo él—. Nunca más quiero ir a un sitio así.

—No te preocupes, mi cielo. Yo voy a cuidar tu castidad como oro en polvo. Sobre mi cadáver te quitan tu castidad, Joaquín. Sobre mi cadáver.

Él siguió llorando.

—No sabes cuán orgullosa estoy de ti, mi Joaquín casto castísimo, mi hijo tan pío —dijo ella, abrazándolo.

—Mami, no le vayas a contar a mi papi lo que te he dicho, ¿ya?

—¿Por qué, mi amor? Un buen cristiano nunca se avergüenza de saber guardar su castidad.

—Es que le he mentido. Él cree que sí lo hice con la prostituta.

—¿Y por qué le mentiste? Le hubieras dicho que tú no eres un cochino mujeriego como él.

—No sé, me dio vergüenza decirle la verdad.

—No tengas miedo de pararle los machos a tu papá, Joaquincito. Acuérdate que el Señor está de tu lado.

—Te ruego que no le cuentes, ¿ya? Si le cuentas se va a molestar conmigo y va a ser peor.

—Bueno, no le voy a decir nada, pero tú prométeme una cosa.

—Lo que quieras, mami.

—Que nunca más vas a ir a una casa de citas.

—Nunca más. Te prometo.

—Y si tu papá te quiere llevar de nuevo, le dices: alto, pecador, aléjate de mí, y me vienes a acusar.

—Ya, mami.

Maricucha y Joaquín se abrazaron de nuevo.

—A veces no veo las horas de que el Señor me lleve al cielo —murmuró ella—. La vida terrenal es desilusión tras desilusión tras desilusión.

*   *   *

—Papi, esta mañanita me ardió fuerte al orinar —dijo Joaquín, al día siguiente.

Luis Felipe estaba echado en su cama, leyendo el periódico. Joaquín acababa de entrar al cuarto de su padre. Maricucha se había ido a misa.

—No friegues —dijo Luis Felipe, y dejó el periódico en la cama—. ¿Ahorita te duele la pichula?

—Ajá —dijo Joaquín—. Me ha dolido toda la noche.

—Carajo, no me digas que te quemó la chola. ¿Qué sientes?

—Como una quemazón. Como un ardor.

Era cierto: a pesar que no había sido capaz de tener sexo con Flora, Joaquín sentía un ardor intenso en la zona genital.

—Qué piña eres si te has quemado en tu debut, muchacho. Pero dime una cosa, ¿Flora no te puso un jebe?

—No, papi, no me puso nada.

—Chola mañosa, carajo, ya se jodió conmigo. Voy a hablar con la gorda Monique para que la bote.

—No es culpa de ella, papi.

—Yo nunca me he quemado donde Monique, muchacho. Nunca. Y tú a la primera sales premiado. Qué salado eres, caray.

—Eso me pasa por no ponerme condón, pues.

—Exacto. Siempre usa condón, hijo. Siempre.

Luis Felipe se levantó de la cama y se rascó los genitales. Seguía en piyama.

—Bueno, nos cambiamos al toque y vamos adonde el chino —dijo, y bostezó, estirando los brazos.

—¿Qué chino? —preguntó Joaquín.

—El chino de la farmacia Roosevelt, pues —dijo Luis Felipe—. Pone unas inyecciones antivenéreas como para caballo. En Lima, todo el que se quema pasa por donde el chino. A mí me ha salvado un par de veces.

—¿Tienen que ponerme inyección, papi? ¿No puedo tomar unas pastillitas nomás?

—No queda otra, muchacho. Si estás quemado, tienes que aguantar tu inyección y quedas listo para el combate. Así es la vida, pues. Para un buen cachero, cada quemada es como una medalla de guerra.

—Maldición, qué mala suerte. Yo detesto las inyecciones.

—Es un pinchón nomás, hombre, no seas detalloso. ¿O prefieres que se te caiga la pichula a pedazos?

—No —dijo Joaquín, riéndose.

—Cambiáte al toque y vamos adonde el chino antes que se entere la vieja —dijo Luis Felipe.

—¿Qué vieja?

—Perdón, tu madre.

* * *

Media hora más tarde, Luis Felipe y Joaquín entraron a la farmacia Roosevelt. Dos o tres personas estaban mirando las vitrinas. Un hombre de rasgos orientales atendía detrás del mostrador.

—Buenas, mi querido Akira —le dijo Luis Felipe al hombre de los ojos achinados, y le dio la mano.

—Qué tal, doctor Luis Felipe —dijo Akira, agachando ligeramente la cabeza.

—Acá le traigo a mi hijo Joaquín, pues —dijo Luis Felipe, y palmoteó a Joaquín en la espalda.

Joaquín le dio la mano a Akira.

—¿Qué tiene el jovencito? —preguntó Akira.

—Herido de guerra —dijo Luis Felipe, bajando la voz.

Akira se quitó los anteojos.

—¿Venérea, no? —susurró, acercándose a Joaquín.

—Ajá —dijo Joaquín.

—Ay, juventud, divino tesoro —dijo Akira, suspirando.

—Estos muchachos de ahora son unos fregados, pues, Akira —dijo Luis Felipe—. ¿Me lo puede atender al chico?

—Pero con el mayor de los gustos, doctor Luis Felipe —dijo Akira—. En un dos por tres se lo dejo sanito al muchacho.

Luego salió del mostrador y puso una mano sobre el hombro de Joaquín.

—Por aquí, caballerito —le dijo, señalando una cortina.

Akira y Joaquín pasaron por una cortina y entraron al almacén de la farmacia. Luis Felipe se quedó afuera.

—¿O sea que se le han metido bichos por la manguerita, no? —preguntó Akira, sonriendo.

—Así es, lamentablemente —dijo Joaquín.

—No se preocupe, caballerito, que a mí me dicen El Bombero de San Isidro: todo el que se quema, yo lo apago —dijo Akira, y se rió, achinando los ojos.

Luego se puso un mandil blanco y preparó la inyección.

—No me vaya a desmayar, porque yo les tengo pánico a las inyecciones —dijo Joaquín.

—No se preocupe, que no va a doler —dijo Akira—. Es un hinconcito nomás, como un mordisco de zancudo.

Joaquín cerró los ojos y maldijo a su padre. Akira terminó de preparar la inyección.

—¿Me muestra la nalga, si fuera tan amable? —dijo.

—¿Cuál de las dos? —preguntó Joaquín.

—Me da igual —dijo Akira, sonriendo—. Después de ver tantos culos, ya no tengo favoritismos, jovencito.

Joaquín se puso de espaldas a Akira, y se bajó el pantalón y el calzoncillo hasta las rodillas.

—Mejor usted escoja la nalga, señor —dijo.

—Por ley, nalga derecha es más suavecita —dijo Akira.

Luego pasó un algodón con alcohol por la nalga derecha de Joaquín y le clavó la inyección.

—Ya termino, ya termino, ya termino —dijo, mientras le ponía la inyección.

Unos segundos después, sacó la inyección.

—Listo, jovencito —dijo—. Con esto, tiene pichula para rato.

Joaquín se subió el pantalón.

—¿Seguro que con esto quedo bien? —preguntó.

—Ay, caballerito, si yo le dijera la cantitad de quemados que he curado, no me creería usted —dijo Akira—. Cantidad de pichulas me deben gratitud, caballerito. Cantidad.

Joaquín se rió.

—Gracias, señor —dijo.

—Vaya con cuidadito, que la salud de la pichula es lo más sagrado en el mundo —dijo Akira.

* * *

Cuando Luis Felipe y Joaquín llegaron de regreso a la casa, Maricucha estaba esperándolos, sentada en la puerta de entrada.

—¿Adónde fueron? —preguntó, no bien bajaron del carro. Parecía enojada.

—¿Qué pasa, mujer? —dijo Luis Felipe—. ¿No puedo salir a dar una vuelta con mi hijo?

—¿Adónde fueron, Joaquín? —preguntó Maricucha.

—A la farmacia, mami —dijo Joaquín.

—¿Seguro? —preguntó ella, mirándolo a los ojos—. ¿No me estarás mintiendo?

—Mujer, por favor, no seas ridícula —dijo Luis Felipe—. Hemos ido a la farmacia a comprar un par de cosas.

—¿Qué cosas? —preguntó Maricucha, poniéndose de pie—. ¿Dónde están las cosas que han comprado?

—Yo tenía dolor de barriga y me tomé las pastillas en la farmacia —dijo Joaquín.

—Y yo no tengo que rendirte cuentas, carajo —dijo Luis Felipe—. En esta casa el que manda soy yo.

—No voy a dejar que me lo malogres al chico, Luis Felipe

—dijo Maricucha, levantando la voz—. Eso sí que no te voy a permitir.

—Ya no es un chico, mujer —dijo Luis Felipe—. Ya es un hombre, ¿no es cierto, Joaquín?

—Sí, papi —dijo Joaquín.

—Pobre de ti que vuelvas a salir con Joaquín sin decirme nada, que te denuncio a la policía por corruptor de menores, desgraciado —le dijo Maricucha a su esposo.

Luis Felipe se rió con un aire cínico.

—Yo voy con mi hijo adonde me dé la santa gana —dijo.

—Viejo mañoso, caracho —dijo Maricucha—. ¿Cómo te atreves a malograrme a mi Joaquín?

—No lo estoy malogrando, mujer —dijo Luis Felipe—. Lo estoy haciendo hombre. El que lo malogra eres tú, con tus engreimientos. Me lo estabas haciendo maricón al muchacho.

—Mentira —gritó Maricucha—. Nada de maricón. Yo quiero que el chico sea un buen cristiano, y no un mañoso resabido viejo verde como su papá.

Luis Felipe le tiró una bofetada a su esposa.

—No me faltes el respeto, vieja ladilla —gritó.

—Pégame, mátame, pero no me malogres a mi Joaquín, desgraciado —gritó Maricucha.

Ahora ella estaba llorando.

—Joaquín va a ser un hombre con los huevos bien puestos, y no un maricón como tu hermano Micky —dijo Luis Felipe.

—Lo que pasa es que le tienes celos a Micky porque tiene más plata que tú —dijo Maricucha—. Te vas a ir al infierno por malvado, Luis Felipe.

Luis Felipe soltó una carcajada.

—Ay, Maricuchita, la menopausia te tiene jodida —dijo, y entró a la casa.

* * *

Meses después, Joaquín estaba en el Davory comiendo un helado cuando vio a Flora. Ella entró al Davory, pidió una naranjada helada y una butifarra con bastante cebolla, y se sentó en la barra. Entonces vio a Joaquín y lo reconoció.

—Hola, papito —le dijo, sonriendo—. De nuevo nos volvemos a encontrar.

—Hola, Flora —dijo Joaquín—. Qué gusto verte.

Flora se había puesto una peluca negra. Tenía las uñas pintadas de morado.

—Eres un ingrato —dijo—. No has ido a visitarme.

—Es que no he tenido tiempo —dijo Joaquín.

—Mentiroso —dijo ella—. Cuando hay ganas, uno se hace un tiempito.

Flora recibió su butifarra y le dio un gran mordisco.

—¿Y? ¿Sigues pito? —preguntó, bajando la voz.

Habló con comida en la boca. Él pudo ver el pedazo de butifarra en la lengua de Flora. Tuvo asco.

—Ajá —dijo, sin mirarla.

—¿No quieres tratar de nuevo? —preguntó ella.

—No, gracias —dijo él—. No tengo plata.

—No te cobro, papito —dijo ella—. Te regalo el polvo. ¿Sabes una cosa? Me he encariñado contigo. Se ve que eres un chico chévere, que tienes sentimientos.

Él siguió chupando su helado.

—¿Te animas o no? —dijo ella.

—No, mejor no —dijo él.

Ella se rió.

—¿Por qué te ríes? —preguntó él.

—Ya te entiendo, papito —dijo ella, y lo acarició en la espalda—. Te gustan las pichulitas ¿no es cierto? Eres una putita como yo.

—Nada que ver —dijo él, bajando la mirada.

—Reconoce, papito —dijo ella—. A mí no me tienes que engañar. Se ve a la legua que se te chorrea el helado.

Él chupó su helado de vainilla con *fudge*, y se quedó callado.

—Pobre mi papito —dijo ella—. Es loquita pero no quiere reconocer.

Luego terminó de comer su butifarra, se puso de pie y volvió a acariciarlo en la espalda.

—Chau, papito —le dijo—. Cuando quieras, ven a visitarme para conversar nomás. Y te voy a dar un consejito: prueba con las pichulitas, vas a ver que te van a gustar.

Joaquín se quedó callado, sin saber qué decir. Flora salió del Davory haciendo sonar sus tacos. Al verla pasar, el tipo que atendía en la caja le dijo un piropo. Ella lo miró, hizo una mueca de desprecio y siguió caminando.

LA CACERÍA

Era un domingo en la mañana. Joaquín estaba sentado en la sala, ojeando la página deportiva de *El Comercio*. Más temprano, había ido con sus padres a misa de ocho y luego había tomado desayuno. De pronto, Luis Felipe entró a la sala y lo miró de mala manera.

—¿Qué esperas para ir a recoger la caca de los perros? —le preguntó.

Todos los domingos, Joaquín tenía que lavar los carros de sus padres, regar el jardín y recoger las cacas de *Blackie* y *Orejón*, los perros de la casa.

—Ahorita voy, papi —dijo, sin mirar a su padre.

—Ya te he dicho que no leas el periódico antes que yo —dijo Luis Felipe—. Me jode que me lo dejes todo desordenado. Anda ahorita mismo a recoger las cacas, carajo.

—Ya estoy harto —murmuró Joaquín—. Yo no soy tu empleado.

—No seas insolente, muchachito del demonio —dijo Luis Felipe, levantando la voz—. Obedece inmediatamente.

Joaquín no se movió.

—Ah, carajo, rebelde eres —dijo Luis Felipe.

Entonces se acercó a Joaquín, lo cogió del brazo, lo zarandeó violentamente y lo arrastró hasta el jardín.

—Recoge las cacas, carajo —gritó, empujándolo frente a una mierda de perro.

—No quiero —dijo Joaquín.

Luis Felipe cogió fuertemente una de las manos de su hijo y la metió en la mierda de perro.

—Déjate de mariconadas, carajo —gritó—. Aprende a agarrar mierda como hombre.

Joaquín se puso a llorar mientras su padre le ensuciaba las manos con mierda.

—Ya estoy harto de tus engreimientos de señorita —gritó Luis Felipe—. A la fuerza te voy a hacer un hombre, carajo.

Luego entró a la casa y se sentó a leer el periódico. Joaquín corrió al baño a lavarse las manos. Se lavó las manos una y otra vez. Después se echó en su cama. Siguió llorando. Mientras lloraba, escuchaba cómo caminaban las palomas por el techo de la casa.

—Ya me hincharon las pelotas estas palomas, carajo —gritó Luis Felipe, poco después—. Todo el día están caminando por el techo. No lo dejan relajarse a uno.

Entonces se puso de pie, abrió el mueble donde guardaba sus armas, sacó una escopeta y salió al patio. Joaquín escuchó los disparos. Cuando salió al patio, vio las palomas muertas.

* * *

Al día siguiente, no bien regresó del trabajo, Luis Felipe entró al cuarto de Joaquín, quien estaba echado en su cama leyendo un libro de aventuras. Luis Felipe se sentó a su lado.

—¿Te gustaría ir este fin de semana de cacería? —le preguntó.

—No sé —dijo Joaquín, todavía resentido con su padre.

Luis Felipe lo palmoteó en una de las piernas.

—Hijo, perdona por la puteada que te metí el domingo —le dijo—. Creo que se me fue un poco la mano.

—No te preocupes, papi —dijo Joaquín.

Luis Felipe se puso de pie y prendió un cigarrillo.

—Estoy planeando ir este fin de semana al El Aguerrido, un coto de caza en la sierra de Piura —dijo, y botó el humo de su cigarrillo—. Sería el deshueve si te animas a venir, Joaquín. Podemos cazar ardillas, venados y hasta pumas.

—¿Hay pumas en Piura? —preguntó Joaquín, sorprendido.

—Ah, carajo, unos pumas grandotes, de campeonato —dijo Luis Felipe.

—¿Tú has cazado un puma, papi?

—Puma nunca, porque hay que tener mucha suerte, pero he matado varios venados.

—¿Yo también saldría a cazar?

—Claro, pues, hijo. Ya tienes quince años. Ya eres un hombrecito.

—¿Y si mi mami no me da permiso por el colegio?

—Que se joda la vieja —dijo Luis Felipe—. En esta casa el que manda soy yo.

Se rieron.

* * *

Esa noche, Joaquín se acercó a la puerta del cuarto de sus padres y escuchó: estaban discutiendo a gritos.

—Me lo vas a malograr a mi Joaquín —dijo Maricucha—. Me lo vas a meter a tu mundo de cacerías y mujeres.

—Lo voy a desahuevar, más bien —dijo Luis Felipe—. Tú me lo has convertido en una muñequita de porcelana. Tú tienes la culpa de sus mariconadas. Te has pasado la vida en-griéndolo, apañándolo.

—No es cierto, Luis Felipe. Yo le trato de inculcar disci-plina y valores morales porque no quiero que mi hijo sea un mujeriego y un salvaje como tú.

—Cállate, mujer. No me faltes el respeto.

—Y tú no me insultes, abusivo. Debería darte vergüenza hablarle así a una mujer embarazada.

—Estás embarazada por tu culpa, cojuda. Yo te dije para usar condón y tu dale con que la Iglesia lo prohíbe. Ya me tie-nes hinchado con tus cucufaterías. Y pobre de ti que me des otro hijo maricón. Pobre de ti.

Maricucha se puso a llorar.

—¿Cómo te atreves a decirme eso, desgraciado? —gritó—. Debí hacerle caso a mi madre. Nunca debí casarme contigo.

—Ya cállate, mujer. No llores. Vas a despertar a los chicos.

—Mi Joaquín no se va a ir de cacería contigo. Le vas a en-señar a ser malo y cruel como tú. No te voy a permitir que me lo corrompas tan jovencito. Mi hijo va a ser un hombre de bien.

—Tú lo que quieres es que el huevas de Joaquín termine metiéndose a cura, ¿no? Eso es lo que quieres. No sabes que todos los curas son una partida de maricas.

—Al infierno te vas a ir por hablar así, Luis Felipe. Al in-fierno.

—Calla, beata de los cojones. Y a Joaquín me lo llevo aun-que no quieras.

—Nunca debí casarme contigo. Nunca. Me has arruinado la vida, malo.

—Ya deja de llorar. Ven, chinita, ven aquí.

—No me toques.

—Yo te toco cuando me da la gana. Tú eres mi mujer.

—Déjame, abusivo.

—Tú eres mía, Maricucha. Yo te mantengo para que me abras las piernas.

—Déjame, Luis Felipe. Estoy embarazada. Me va a doler.

—A mí qué chucha. Te la voy a meter aunque no quieras, cojuda.

Joaquín corrió a su cuarto y metió su cabeza debajo de la almohada.

* * *

El día que Luis Felipe y Joaquín partieron de cacería, Ma-ricucha estaba llorando.

—No tienes que matar animalitos, mi amor —le dijo a Joa-quín—. No le hagas caso a la bestia de tu papá.

—No te preocupes, mami —dijo Joaquín—. Yo sólo quiero pasear. Tú sabes que a mí no me gusta cazar.

Ella lo acarició en la cabeza.

—Ten presente que los animalitos están en el mundo porque Dios los ha creado —le dijo—. Si tú matas a un animalito, estás ofendiendo a Dios.

—¿Y cuando matas una mosca también ofendes a Dios? —preguntó Joaquín.

—No, hijito, porque las moscas las creó el diablo.

—Ah, con razón.

—Hazte de oídos sordos cuando tu papá te hable de mujeres, ¿ya? No le hagas caso. Él ha perdido toda moral, toda moral.

—Ya, mami.

—Y no dejes que te hable mal de tu mamacita que tanto te quiere. Cuando te hable feo de mí, tú párale los machos y no lo dejes, Joaquín. Hazte respetar, mi hijito. Ten presente que tu madre es lo más sagrado en este mundo.

—Yo sé, mami.

—Y acuérdate de ofrecer tu día todas las mañanas y de dar las gracias en las noches. Tú papá ya no reza, pero no le copies los defectos, amor.

—Te prometo que voy a rezar bastante, mami.

Maricucha metió un libro en la maleta de Joaquín.

—Mira, llévate el *Camino* para que leas los pensamientos sabios del Padre —le dijo—. Eso va a compensar la mala influencia de tu papá.

Joaquín sonrió y besó a su madre en la mejilla.

—Y no te olvides: matar animalitos es pecado —le dijo ella.

* * *

Unos kilómetros después de pasar por Chiclayo, Luis Felipe detuvo su carro al borde de la carretera. Había manejado varias horas seguidas desde que salió de Lima.

—Vamos a bajar para echar una meada —dijo.

Luis Felipe y Joaquín bajaron del carro. Hacía calor. A ambos lados de la carretera había un desierto.

—No hay como mear al aire libre, carajo —dijo Luis Felipe, orinando frente a una de las llantas de su carro.

Joaquín sonrió.

—Mea tu también, hijo —dijo Luis Felipe—. Aprovecha.

—No tengo ganas, papi.

—Mea, hombre. No seas tímido, carajo.

Joaquín se paró frente a una llanta, se bajó la bragueta y trató de orinar. No pudo.

—¿Qué te parece si disparamos unos tiros para que vayas entrando en ambiente con las armas? —preguntó Luis Felipe, cuando terminó de orinar.

—Bestial —dijo Joaquín.

Luis Felipe entró al carro y sacó una pistola. Luego abrió una lata de jugo de naranja, tomó unos tragos y le dio la lata a Joaquín, quien terminó de tomarse el jugo y le devolvió la lata a su padre. Luis Felipe se alejó del carro, juntó unas piedras y puso la lata encima de las piedras.

—¿Se ve bien? —gritó.

—Perfecto —gritó Joaquín.

Luis Felipe regresó al carro y cargó la pistola.

—Dispara tú primero —dijo, y le dio la pistola a Joaquín.

—Yo no sé disparar, papi —dijo Joaquín.

—Carajo, ni que fuera una ciencia, muchacho —dijo Luis Felipe—. Apuntas bien y aprietas el gatillo nomás.

Joaquín apuntó y apretó el gatillo. No disparó.

—El gatillo está muy duro —dijo.

—Aprieta con fuerza —dijo Luis Felipe—. Como hombre, pues.

Joaquín apretó de nuevo. Disparó. Sintió un pito en los oídos. La lata quedó en pie.

—Hace mucha bulla la pistola —dijo.

Luis Felipe movió la cabeza, contrariado.

—¿La señorita quiere disparar con algodoncitos para proteger sus tímpanos pititos? —dijo, y se rió.

Joaquín le dio la pistola a su padre. Luis Felipe apuntó y disparó. La lata cayó al suelo.

—Qué buena puntería, papi —dijo Joaquín.

—Te voy a dar un consejo, muchacho —dijo Luis Felipe—. Para no fallar, imagínate siempre que estás disparándole a un cholo.

Se rieron a carcajadas. Subieron al carro.

* * *

Al día siguiente, Luis Felipe y Joaquín llegaron a El Aguerrido. Luis Felipe cuadró el carro frente a la casa hacienda. Bajaron, agotados por el viaje. Un hombre alto, moreno, de bigotes, salió de la casa y se acercó a ellos.

—Bienvenido a El Aguerrido, don Luis Felipe —dijo, sonriendo.

—Hola, mi querido Sixto —le dijo Luis Felipe, y le dio un abrazo—. ¿Qué ha sido de tu vida, pues, hombre?

—Acá, pues, jefe, pasándola nomás —dijo Sixto.

—Éste es Joaquín, mi cachorro —dijo Luis Felipe, señalando a Joaquín.

Sixto y Joaquín se dieron la mano.

—Sixto es el administrador de El Aguerrido —le dijo Luis Felipe a Joaquín.

—Mucho gusto, señor —le dijo Joaquín a Sixto.

Un chico salió de la casa y se acercó a ellos corriendo. Estaba sin zapatos. Tenía la cabeza rapada. Sonreía. Le faltaban los dientes del medio.

—Éste es Dioni, mi hijito menor —dijo Sixto.

Dioni les dio la mano a Luis Felipe y Joaquín.

—¿Qué edad tienes, Dioni? —preguntó Luis Felipe.

—Catorce, patrón —dijo Dioni.

—Uno menos que mi cachorro —dijo Luis Felipe, y palmoteó a Joaquín en la espalda.

—Altazo está el Joaquincito —dijo Sixto—. Parece sacuara. Flaco y altazo.

Joaquín sonrió y bajó la mirada.

—¿Quién pega? —preguntó Luis Felipe, mirando a Dioni y Joaquín.

—Su Joaquín, pues, don Luis Felipe —dijo Sixto—. Está mucho mejor papeado.

—¿Quién pega? —insistió Luis Felipe, mirando a su hijo.

—No sé —dijo Joaquín.

—Yo tiro mi mechadera —dijo Dioni—. No me chupo con mayores.

—Ah, carajo, esto no se queda así —dijo Luis Felipe, frotándose las manos—. Mil soles al que gane la mechadera.

Luego sacó su billetera y les enseñó un billete de mil soles.

—Pasumachu —dijo Dioni—. Yo por mil soles me mecho hasta con puma.

Sixto soltó una carcajada.

—Ese mi Dioni es un churre bien legal —dijo.

—A ver, Joaquín, deja bien puesto mi apellido —dijo Luis Felipe—. Desgranpútalo al chiquillo.

Joaquín sonrió.

—No, papi —dijo—. ¿Para qué nos vamos a pelear? Mejor vamos a conocer la casa hacienda.

—Méchalo, hombre —insistió Luis Felipe—. No seas maricón.

—Yo le saco el ancho —dijo Dioni, y escupió la palma de su mano.

—A ver, yo cuento hasta tres y comienza la mechadera —dijo Luis Felipe—. Vale todo, menos en los huevos.

—No lo obligue al muchacho, don Luis Felipe —dijo Sixto.

Luis Felipe empezó a contar.

—Uno, dos... —dijo.

—No voy a pelear, papi —dijo Joaquín.

—Tres —gritó Luis Felipe, y aplaudió.

Entonces Dioni se arrojó sobre Joaquín, le puso una zancadilla, lo derribó al suelo y lo sujetó del cuello.

—Yo gané, yo gané —gritó, sonriendo.

—Ese mi Dioni parece tigrillo —dijo Sixto, orgulloso de su hijo.

Luis Felipe le dio el billete a Dioni. Joaquín se levantó del piso. Estaba llorando.

—No llores, carajo —le dijo Luis Felipe—. Aprende de Dioni. Pareces señorita, muchacho.

* * *

Esa noche, después de comer, Joaquín se despidió de Sixto y de su padre, fue al cuarto que le habían asignado y se metió a la cama. Hacía calor. En el techo había un ventilador que giraba como una hélice. Joaquín prendió la luz de la mesa de noche y se puso a leer el *Camino* que le había dado su madre. Un rato más tarde, escuchó unos ruidos en el cuarto del costado. No pudo reprimir su curiosidad. Salió del cuarto en piyama. La casa estaba a oscuras. Se acercó a la puerta del cuarto del costado. Estaba entreabierta. Espió por la rendija. Vio que su padre estaba en la cama con una mujer. Los dos estaban desnudos. Luis Felipe se movía encima de la mujer. La cama crujía. La mujer era joven, morena. Tenía el pelo negro. Jadeaba.

—Te he extrañado, cholita rica —le dijo Luis Felipe, besándola.

Ella se sentó encima de él y echó la cabeza hacia atrás, jadeando de placer. Entonces Joaquín la reconoció. Era Marita, la hija de Sixto. Marita les había preparado la comida esa noche. Joaquín regresó a su cuarto. Le costó trabajo quedarse dormido.

* * *

A la mañana siguiente, después de tomar desayuno, Luis Felipe y Joaquín salieron de cacería.

—Yo voy a salir a cazar con Sixto y tú vas con Dioni —le dijo Luis Felipe.

—Perfecto, papi —dijo Joaquín—. Dioni me parece súper buena gente.

—Lleva esta carabina 22, hijo —dijo Luis Felipe, dándole una carabina a Joaquín—. Por si acaso, ya está cargada. Tiene una correa para que te la cuelgues en la espalda. Si ves un venado, le disparas al cuello. No lo vayas a dejar herido, ah. Mátalo al primer tiro. Si lo dejas herido, tienes que seguirle la huella hasta encontrarlo. Acuérdate, Joaquín: un solo tiro y al cuello.

Luis Felipe le dio el arma a su hijo. Joaquín lo besó en la mejilla y salió de la casa. Dioni lo esperaba con las dos mulas ensilladas.

—Disculpa por la mechadera, pero acá la plata escasea —dijo, y le dio la mano a Joaquín.

—No te preocupes —dijo Joaquín—. Yo entiendo.

Luego subieron a las mulas y se alejaron de la casa hacienda.

* * *

Unas horas más tarde, cerca del mediodía, Dioni detuvo bruscamente su mula y le hizo una seña a Joaquín.

—Mira, venado —susurró.

—¿Dónde? —preguntó Joaquín.

—Allá, atrasito de esas ramas —susurró Dioni.

Habían buscado un venado varias horas. Sólo habían visto ardillas y palomas. Bajaron de las mulas, tratando de no hacer ruido. Joaquín sacó la carabina.

—¿Dónde está? —preguntó.

Dioni señaló al venado. Recién entonces, Joaquín lo vio. Era un animal precioso: ágil, alerta, distinguido. No tenía cachos. Parecía un venado joven.

—Qué lindo —susurró Joaquín.

—Apúntale —dijo Dioni—. Ahoritita se nos va.

Joaquín levantó la carabina y apuntó al cuello del venado. Sintió que le temblaba el brazo.

—Mejor hay que dejarlo ir —dijo—. Me da pena matarlo.

—Dispárale, señor —dijo Dioni—. No lo dejes escapar. Es carne riquísima.

Joaquín le apuntó de nuevo. Pasaron uno, dos, tres segundos.

—No puedo —dijo—. Matar animales es pecado. Son creación de Dios.

Dioni no dejaba de mirar al venado. Lo tenían como a cincuenta metros.

—Es carne para chuparse los dedos —dijo—. Dame la pistola.

Joaquín le dio el arma a Dioni. Sin perder tiempo, Dioni apuntó y disparó. El venado lanzó una patada al aire y cayó al suelo.

—Lo acerté, lo acerté —gritó Dioni, entusiasmado.

Corrieron hasta donde había caído el venado. El animal estaba agonizando.

—Pobrecito —dijo Joaquín—. No debimos dispararle.

—Dispárale otra vuelta para que no sufra —dijo Dioni.

—Yo no puedo —dijo Joaquín—. Dispárale tú.

Dioni puso la carabina en el cuello del animal y apretó el gatillo.

* * *

Media hora después, Dioni y Joaquín llegaron a la casa hacienda con el venado que habían cazado.

—Carajo, Joaquín, primer día de cacería y regresas con un venado —gritó Luis Felipe, sonriendo.

—¿Quién lo cazó? —preguntó Sixto.

—El Joaquín, de una sola bala —dijo Dioni, bajando de la mula.

—No jodas —dijo Luis Felipe, sorprendido.

—Por Dios, patrón —dijo Dioni—. Buena puntería tiene el Joaquín.

Luis Felipe palmoteó a su hijo en la espalda.

—Estoy orgulloso de ti, muchacho —le dijo.

Joaquín forzó una sonrisa.

—Este venado está tiernito —dijo Sixto—. Debe estar suavecita la carne.

Sixto y Luis Felipe cargaron el venado y lo colgaron de la rama de un árbol. Después, Luis Felipe abrió un par de cervezas para festejar el acontecimiento.

—Hay que tomar fotos —dijo—. Mi cachorro ha cazado un venado. No lo puedo creer, carajo.

Luis Felipe entró a la casa hacienda y regresó con una cámara de fotos.

—Párate al lado del animal, muchacho —le dijo a Joaquín.

Joaquín se paró al lado del venado muerto.

—Agárralo de la cabeza —le dijo Luis Felipe—. Así se estila posar con tu trofeo de caza.

Joaquín cogió una de las orejas del venado. Unas moscas volaban alrededor del animal. Luis Felipe le tomó un par de fotos a su hijo.

—Ahora, como buen cazador, tienes que abrirlo —le dijo.

Entonces se acercó a Joaquín y le dio un cuchillo.

—No entiendo, papi —dijo Joaquín.

—Ábrele la panza y sácale las tripas —dijo Luis Felipe—. Tienes que abrirlo para cocinar su carne. Y después, córtale la cabeza para disecarla. Tienes que tener un recuerdo de tu primer animal, muchacho.

—No voy a poder, papi —dijo Joaquín.

—Desahuévate, hombre —dijo Luis Felipe, sonriendo—. Ya eres un cazador. Cazador que mata, abre su presa.

—Húndele la navaja, muchacho —dijo Sixto—. Total, ya está fallecido el animal.

—Me da asco —murmuró Joaquín.

Luis Felipe miró a su hijo con desconfianza.

—¿Seguro que Joaquín lo mató? —le preguntó a Dioni.

—Seguro, patrón —dijo Dioni.

Para no decepcionar a su padre, Joaquín cerró los ojos y clavó el cuchillo en el vientre del venado.

—Hazle un buen tajo —le dijo Luis Felipe—. Sin miedo, muchacho.

Joaquín hizo un corte en la barriga del venado. Vio las tripas del animal. Tuvo náuseas. Corrió a un árbol y vomitó.

—La puta que lo parió —murmuró Luis Felipe—. Este muchacho no tiene estómago de cazador.

* * *

Esa noche, Marita cocinó el venado que Dioni y Joaquín habían llevado a la casa hacienda, y lo sirvió con arroz y papas fritas. Luis Felipe, Sixto, Marita, Dioni y Joaquín se sentaron a comer a la luz de unas velas.

—Esta carne parece pollo, qué delicia —dijo Sixto, masticando un pedazo del venado.

—Suavecita, tiernita, sin nervio —dijo Luis Felipe.

Joaquín miró su plato. Le daba asco comer venado.

—Come, Joaquín —dijo Luis Felipe.

—No tengo hambre, papi —dijo Joaquín.

Todos siguieron comiendo, menos Joaquín, que no probó el venado.

—Yo me como su plato de Joaquín si quiere, patrón —dijo Dioni, cuando terminó de comer.

—No, gracias, Dionisito —dijo Luis Felipe—. Joaquín se va a comer su plato aunque no quiera.

—Come, chiquillo —le dijo Marita a Joaquín—. La carne de venado es recontra fuertísima en proteínas.

Joaquín sonrió y bajó la mirada.

—No le sirvas postre hasta que no termine su venado, Marita —dijo Luis Felipe.

Cuando terminó de comer, Marita se puso de pie, recogió los platos, fue a la cocina y sirvió los postres y el café. Todos comieron los postres, menos Joaquín, que siguió sin probar el venado enfrente suyo.

—No te vas a acostar si no has terminado tu comida —le dijo Luis Felipe a su hijo, mirándolo severamente.

Poco después, todos se pararon de la mesa. Joaquín se quedó sentado.

—Bien quisquilloso le ha salido su cachorro, don Luis Felipe —dijo Sixto.

—Es la mala educación de su madre, Sixto —dijo Luis Felipe, mientras caminaba a la terraza—. La cojuda de mi mujer lo ha acostumbrado a comer pollito con papas de El Rancho. Todo lo demás le da asco a este tremendo manganzón.

Sixto y Luis Felipe se sentaron a tomar un trago a la terraza. Marita se fue a lavar los platos a la cocina. Dioni se quedó al lado de Joaquín.

—¿Qué te pasa? —le preguntó, en voz baja—. ¿Por qué no comes?

—No puedo —dijo Joaquín—. Me da asco. Todavía me acuerdo de las tripas.

—Come, señor. Está riquísimo.

—Pobre venadito. No debimos matarlo, Dioni. Dios nos va a castigar.

Dioni miró a su padre y a Luis Felipe, se aseguró de que no estuviesen viéndolo, y empezó a comerse el venado que le habían servido a Joaquín.

—Gracias, Dioni —susurró Joaquín.

—Para servirle, patroncito —dijo Dioni, quien no tardó en terminarse el venado.

Luego se puso de pie y salió a la terraza.

—El Joaquín ya terminó de comer —dijo, sonriendo.

Luis Felipe no le creyó.

—Muchacho pendejo, carajo —le dijo, riéndose—. Qué tal buche tienes. Ven, tómate un trago con nosotros.

Dioni se acercó a Luis Felipe. Joaquín se levantó de la mesa y fue a su cuarto. No bien entró, cerró la puerta con llave, entró al baño y se sentó en el excusado a leer *Camino*. Estaba arrepentido de haber ido a El Aguerrido.

* * *

Joaquín estaba durmiendo cuando alguien lo despertó bruscamente.

—Hazme sitio, joven —escuchó, y sintió que alguien estaba acariciándole la cabeza.

Joaquín se despertó asustado. Había una mujer sentada en su cama. Era Marita. El cuarto estaba a oscuras.

—¿Qué haces aquí, Marita? —preguntó, en voz baja.

—Su papá me dijo —dijo ella.

Marita estaba en buzo. Sonreía.

—¿Te dijo qué? —preguntó Joaquín.

—Me dijo para que lo atienda a usted, joven —dijo ella, y siguió acariciándolo en la cabeza.

Luego se quitó la parte de arriba del buzo. No tenía sostén. Tenía unos senos pequeños, firmes.

—Yo estoy para servirte, joven —susurró, y lo besó en la frente.

Joaquín se sentó en la cama.

—No, no te preocupes, Marita —dijo.

—Yo cumplo órdenes del patrón Luis Felipe —dijo ella, y se bajó el pantalón del buzo.

—No, no te lo quites, Marita —dijo Joaquín—. Quédate vestida mejor.

—Como quieras, joven —dijo Marita, y se subió el pantalón.

Se quedaron callados.

—¿Qué más te ha dicho mi papá? —preguntó él.

—Que lo atienda a usted, pues —dijo ella—. Ya le dije enantes. ¿Quieres que te chupe tu cosita?

—No, gracias, Marita. ¿Mi papá te ha pagado?

—Claro, pues, joven. Generoso es el patrón Luis Felipe.

—¿Te dio plata para que te metas a mi cama?

—Eso mismito, pues. Me dijo que tú necesitas montar hembritas para hacerte bien macho.

Joaquín se quedó callado. Marita lo cogió de la mano y le hizo cariño.

—¿Él te paga por acostarse contigo? —preguntó Joaquín.

—Bien generoso es el patrón —dijo ella—. Sabe recompensarla a una.

—¿Y a ti te gusta?

—Una está para obedecer al patrón, joven.

Joaquín salió de la cama.

—Vístete, Marita —dijo.

—¿No quieres vaciarte conmigo? —preguntó ella, sorprendida—. Yo te atiendo bien rico. Lo que usted mande, joven.

—No, gracias —dijo Joaquín.

—Pero qué va a decir el patrón. Ya me pagó. Se va a calentar conmigo.

—No le digas la verdad. Cuéntale que me atendiste bien. Yo también le voy a decir eso, ¿ya?

Marita bajó la mirada, decepcionada.

—Déjate aunque sea una mamadita para que no se sulfure el patrón —dijo.

—No, Marita, mejor no —dijo Joaquín.

Luego cogió su pantalón y buscó su billetera.

—Te voy a dar una propina para que me ayudes, ¿ya? —dijo.

Sacó un billete y se lo dio a Marita.

—Dile a mi papá que todo estuvo bien —dijo—. Por favor, Marita, sé buena gente, ayúdame.

Ella se guardó el billete.

—Gracias, joven —dijo.

Luego se vistió y salió del cuarto.

* * * *

A la mañana siguiente, cuando Joaquín salió de su cuarto, Luis Felipe estaba tomando desayuno en la terraza.

—¿Qué tal dormiste anoche, muchacho? —preguntó.

—Súper bien, papi —dijo Joaquín, forzando una sonrisa.

—¿Te llegó mi sorpresa? —preguntó Luis Felipe, con una sonrisa pícara.

—Sí, mil gracias —dijo Joaquín, sin mirarlo a los ojos.

Luis Felipe soltó una carcajada.

—Ya me ha dicho la cholita que te la cepillaste bien —dijo, bajando la voz—. Así calladito y timidón, bien pingaloca me habías resultado.

—Sí, pues —dijo Joaquín.

—Siéntate, muchacho —dijo Luis Felipe—. Ahorita la chola te trae tu desayuno. Debes estar con un hambre padre, porque el cache abre el apetito.

Joaquín se sentó al lado de su padre.

—Es importante que sepas de mujeres, hijo —dijo Luis Felipe—. Y por eso te voy a dar un consejo para toda la vida. Hay dos tipos de mujeres: unas, con las que te casas, y otras, con las que te diviertes. Acuérdate de eso siempre.

—Gracias, papi —dijo Joaquín.

* * *

Esa mañana, Dioni y Joaquín salieron a cazar juntos, y Joaquín le dijo que no quería cazar más venados. Entonces Dioni sugirió ir a cazar palomas, y a Joaquín le pareció una buena idea. Fueron a un riachuelo, bajaron de las mulas y se echaron en el pasto.

—Hay que esperar calladitos a que bajen las palomas a tomar su agua —dijo Dioni.

—¿Demoran mucho? —preguntó Joaquín.

—No —dijo Dioni—. Al mediodía bajan siempre.

Siguieron esperando en silencio.

—Voy a orinar un cinquito —dijo Dioni.

Luego se puso de pie, se paró frente a un arbusto y se bajó la bragueta.

—Yo también —dijo Joaquín.

Se paró a su lado, se bajó la bragueta y miró el sexo de Dioni.

—Tu pipilín es diferente al mío —le dijo, mientras orinaban.

—¿Por qué? —preguntó Dioni, sorprendido.

—Porque al mío se le ve la cabecita y al tuyo no —dijo Joaquín.

Dioni miró el sexo de Joaquín.

—Tienes razón —dijo, sonriendo.

Cuando terminaron de orinar, se subieron la bragueta y se echaron en el pasto.

—A ver enséñame de nuevo tu pipilín —dijo Joaquín, poco después.

—¿Para qué? —preguntó Dioni.

—Sólo para ver —dijo Joaquín.

Dioni se desabrochó el pantalón y se bajó el calzoncillo.

—¿Lo puedo tocar? —preguntó Joaquín.

—No —dijo Dioni—. Hombres no se tocan.

Joaquín sacó un billete arrugado de su bolsillo.

—Te pago —dijo.

Dioni se guardó el billete.

—Bueno —dijo.

Joaquín acarició el sexo de Dioni. A Dioni se le paró.

—Ahí está la cabecita —dijo Joaquín—. Estaba escondida.

—Ya, señor, no me toques tanto —dijo Dioni, ruborizándose.

—¿No te gusta?

—Hombres no se tocan.

Joaquín se bajó el pantalón y se puso de espaldas a Dioni.

—Métemela —le dijo.

Dioni se subió el pantalón y se puso de pie.

—No —dijo—. Mejor vamos para la casa.

—Te doy más plata, Dioni —insistió Joaquín.

Dioni subió a su mula.

—Vamos regresando a la casa —dijo.

* * *

Esa tarde, después de almorzar, Luis Felipe le dijo a Joaquín que quería hablar a solas con él. Los dos entraron al cuarto de Luis Felipe.

—Cierra la puerta —dijo Luis Felipe, mirando a su hijo de mala manera.

Joaquín cerró la puerta. Cada vez que su padre lo miraba así, como odiándolo, a él le temblaban las piernas.

—Dioni le ha contado al viejo Sixto que ahora en la mañana le hiciste una mariconada —dijo Luis Felipe.

Joaquín bajó la mirada y se quedó callado.

—¿Es verdad que le tocaste la pinga? —preguntó Luis Felipe, levantando la voz.

Joaquín no le contestó.

—¿Es verdad? —insistió Luis Felipe.

—No pasó nada, papi —dijo Joaquín, sin mirar a su padre—. Dioni es un mentiroso.

—No te creo. Dioni es incapaz de inventar una cosa así. Qué vergüenza me has hecho pasar con Sixto, carajo.

—Hicimos pila juntos. Nada más.

—¿Le tocaste la pinga? ¿Sí o no?

Joaquín no contestó. Su padre le tiró un par de bofetadas.

—Eso me pasa por ir de cacería con maricones —dijo Luis Felipe—. Tú deberías estar con tu mamacita jugando a las muñecas, carajo. Ahora váyase a su cuarto y no salga de allí hasta que yo le diga.

*   *   *

Al día siguiente, Luis Felipe y Joaquín salieron a cazar juntos. Era la última mañana que iban a pasar en El Aguerrido. Estaban avanzando lentamente cuando Luis Felipe detuvo su mula.

—Mira ese ardillota —dijo, señalando las ramas de un árbol—. Parece un gato, carajo.

—¿Dónde está? —preguntó Joaquín.

—Allá, arriba del árbol, en esa ramita —dijo Luis Felipe.

—Ya la vi —dijo Joaquín—. Es inmensa.

—Bájatela. A ver si tienes buena puntería.

—No le voy a dar, papi. Está muy arriba.

Habían salido sin guías esa mañana. Cada uno estaba sentado a horcajadas sobre una mula.

—Dispárale, hombre —insistió Luis Felipe.

—Mi mami dice que es pecado matar animales —dijo Joaquín.

—Vieja cojuda —dijo Luis Felipe—. No creas sus cucufaterías.

Joaquín sacó su carabina y le apuntó a la ardilla.

—De repente es mamá y tiene crías —dijo.

—Dispara nomás —dijo Luis Felipe—. Después le preguntamos.

Joaquín disparó. La ardilla chilló y cayó el suelo.

—Buena, carajo —gritó Luis Felipe, sonriendo—. Ése es mi cachorro.

Bajaron de las mulas y encontraron la ardilla muerta.

—Ardillita, mi hijo quiere saber si has dejado huerfanitos —dijo Luis Felipe, y soltó una carcajada.

*   *   *

Un rato antes de que cayera la noche, Luis Felipe y Joaquín metieron sus maletas en el carro y se despidieron de Sixto, Marita y Dioni. En los tres días que habían pasado en El Aguerrido, Luis Felipe no había visto un solo venado. Apenas había matado unas cuantas palomas.

—Ha sido un gusto tremendo tenerlo de vuelta por El Aguerrido, don Luis Felipe —dijo Sixto.

—El gusto ha sido mío, hombre —dijo Luis Felipe, y abrazó a Sixto.

—¿Quién iba a decir que el Joaquín iba a ser el único en cazar venado? —dijo Sixto, sonriendo.

—Venado y ardilla —dijo Luis Felipe.

Joaquín le dio la mano a Sixto.

—Muchas gracias, don Sixto —dijo.

—Gusto conocerte, muchacho —dijo Sixto—. Regresa pronto, pues.

Entonces Joaquín le dio la mano a Dioni.

—Si nos mechamos de nuevo, te apuesto que te pego —le dijo.

Dioni y Joaquín no se habían hablado desde el incidente en el riachuelo.

—Yo te saco la mugre —dijo Dioni, sonriendo, muy seguro de sí mismo.

—Ah, carajo, ésta es bronca segura —dijo Luis Felipe, entusiasmado.

—Ese Joaquín quiere la revancha —dijo Sixto.

—¿Quién pega? —preguntó Luis Felipe.

Luego abrió su billetera y sacó un billete.

—Mil soles al ganador —dijo.

—¿De verdad quieren mechar? —preguntó Sixto, sorprendido.

—Sí —dijo Joaquín.

—Yo estoy listo —dijo Dioni, frotándose las manos con polvo.

—A ver, voy a contar hasta tres —dijo Luis Felipe.

Entonces, antes que su padre hiciera la cuenta, Joaquín se acercó rápidamente a Dioni, le dio una patada en los testículos y lo derribó al suelo. Luego hundió una rodilla en su estómago y le tiró un puñete en la cara.

—Esto te pasa por maricón —le dijo.

—Buena, Joaquín, lo agarraste desprevenido —gritó Luis Felipe—. Pendejo había resultado mi cachorro, carajo.

Después, Dioni y Joaquín se separaron. Dioni se llevó una mano a la nariz: estaba sangrando. Luis Felipe le dio el billete a Joaquín, quien miró a Dioni y sonrió. Ya estamos parejos, conchatumadre, pensó.

* * *

Era de noche. Luis Felipe iba manejando a ciento veinte por la carretera de regreso a Lima. Joaquín estaba medio dormido.

—¿Cómo cuánto falta para llegar a Lima? —preguntó.

—Cuatro, cinco horas —dijo Luis Felipe—. Estamos saliendo de Chimbote.

—Apesta —dijo Joaquín.

—Es la harina de pescado —dijo Luis Felipe—. Todo Chimbote apesta como los cojones.

De pronto, un hombre apareció en la carretera. Tenía la camisa abierta. Parecía borracho.

—Mierda —gritó Luis Felipe.

Frenó violentamente y trató de desviar el carro, pero no pudo evitar atropellarlo. Se escuchó un impacto fuerte. El tipo voló y cayó en la pista.

—Conchasumadre, cholo de mierda —dijo Luis Felipe, y aceleró.

Joaquín volteó, asustado. No pudo ver al tipo que acababan de atropellar. Todo estaba demasiado oscuro.

—Mejor paramos, papi —dijo.

—¿Estás huevón? —dijo Luis Felipe—. Yo no voy a recoger a ese cholo borracho. Ya debe estar muerto además. Lo tendríamos que llevar a la clínica y nos joderíamos con su familia. Tratarían de sacarme plata los pendejos. Que se joda por imbécil el cholo huevón.

Luis Felipe puso las luces altas y aceleró todo lo que pudo. El carro corría a ciento cuarenta, ciento cincuenta kilómetros por hora.

—¿Tú crees que ya está muerto? —preguntó Joaquín.

—Sí, lo agarré con todo —dijo Luis Felipe—. Ese cholo no queda vivo ni cagando.

Luego prendió un cigarrillo, dio una pitada y botó el humo.

—Así es la vida, pues —dijo, sonriendo—. No cacé nada en El Aguerrido, pero al regreso me cargué un cholo. Algo es algo, ¿no?

LA FUGA

Todas las noches, antes de acostarse, Joaquín y Fernando, su hermano menor, rezaban tres padrenuestros y tres avemarías arrodillados al pie del camarote donde dormían. Después se persignaban y apagaban la luz. Casi siempre, Fernando se dormía primero. Joaquín solía quedarse despierto, observándolo. Le gustaba espiar sus movimientos, escuchar su respiración, imaginar sus sueños. Le gustaba pensar que Fernando soñaba con él. Una noche de verano, Joaquín bajó del camarote y se metió a la cama de su hermano. Fernando balbuceó algo incomprensible y siguió durmiendo. Joaquín cerró los ojos y acarició el sexo de su hermano, quien siguió con los ojos cerrados, respirando profundamente, mientras Joaquín lo tocaba suavemente. De pronto, Joaquín abrió los ojos, vio el cuadro de la Virgen en la pared y se asustó: le pareció que la Virgen estaba mirándolo a los ojos. Entonces besó a su hermano en la frente y subió a su cama. No pudo dormir. Rezó tres misterios del rosario, pidiéndole a la Virgen que por favor lo perdonase.

* * *

A la mañana siguiente, la familia Camino llegó tarde a la misa de ocho en la parroquia de Chaclacayo. Como de costumbre, Luis Felipe entró a la iglesia con una pistola debajo de la correa, y se quedó parado detrás la última fila. Con el rostro cubierto por una mantilla, Maricucha llevó a Joaquín y Fernando a una banca cercana al altar. (Ximena, la hermana de Joaquín, estaba en un internado de monjas alemanas.) Joaquín no se atrevió a rezar. Se sentía sucio, avergonzado. Cuando Maricucha y Fernando cantaron, él permaneció en silencio. A la hora de la comunión, se quedó sentado en la banca. Para su sorpresa, Fernando, que comulgaba todos los domingos, tampoco fue a comulgar. Sorprendida, Maricucha miró a Fernando y le dijo al oído:

—En la casa quiero hablar contigo.

* * *

Esa mañana, mientras Joaquín lavaba los platos del desayuno, Maricucha llevó a Fernando a su cuarto. Unos minutos más tarde, llamó a gritos a Joaquín, quien corrió al cuarto de su madre con las manos mojadas. Maricucha lo esperaba en la puerta. Sentado en la cama de sus padres, Fernando lloraba. Tenía puestos unos pantalones cortos y un polo de los Miami Dolphins.

—Asqueroso —gritó Maricucha, y le dio una bofetada a Joaquín.

Joaquín corrió a su cuarto, se encerró en el baño y se miró en el espejo. La cara le hervía de vergüenza. Poco después, sintió que alguien entró a su cuarto y tiró la puerta. Salió del baño inmediatamente. Se encontró cara a cara con su padre, quien tenía un fuete en la mano.

—Bájate los pantalones, muchachito de mierda —gritó Luis Felipe.

Joaquín le obedeció. Le dio la espalda a su padre y contó los veinte latigazos que él le dio en el trasero.

—Un hijo maricón —murmuró Luis Felipe, haciendo un gesto de desprecio—. Hubiera preferido un mongolito, carajo.

* * *

Ese domingo, Luis Felipe y Maricucha no llamaron a almorzar a Joaquín. Mientras sus padres estaban en el comedor, Joaquín entró al cuarto de su madre, abrió el cajón donde ella guardaba sus joyas y sacó el collar que le pareció más valioso. Sin perder tiempo, volvió a su cuarto y metió en un maletín algo de ropa, una radio a pilas y un revólver de fogueo que le había regalado su padre. Luego escondió la joya entre su ropa, cerró el maletín y salió a escondidas por la cocina, sin que lo viesen Irma y Meche, las empleadas de la casa. Entonces corrió lo más rápido que pudo hasta el paradero. El sol de Chaclacayo quemaba. Al llegar a la carretera, mirando el río seco, respiró profundamente y se sintió libre, ligero. Poco después, subió a un ómnibus con destino a Lima. Aturdido por el calor, el ruido y la gente, se quedó dormido. Tuvo un sueño. A menudo tenía ese sueño:

Él estaba al borde de la piscina de la casa de sus padres.

—A ver, tírate una cabecita —le dijo su padre.

—No, papi, mejor no —dijo él.

—Cabecita, carajo, y nada de maricodadas, que hay invitados —le dijo su padre, mirándolo de mala manera.

Él sabía que no le iba a salir la maldita cabecita. Saltó al agua y le salió un panzazo. Le dolió la barriga. Al salir de la piscina, escuchó las risas ahogadas de los invitados.

—Pareces una señora embarazada —le dijo su padre.

Joaquín se despertó sudando y con sed. Bajó en el parque Universitario, en el centro de Lima. Caminó a ninguna parte entre locos, rateros, putas y mendigos.

* * *

Unas horas después, cansado de dar vueltas por el centro de Lima, Joaquín se propuso vender la joya que le había robado a su madre. Caminando por el jirón Quilca, vio un letrero que decía: Compro oro, plata, dólares. Sin pensarlo dos veces, subió por unas escaleras y tocó el timbre. Un hombre abrió la puerta.

—¿Sí? —preguntó—. ¿En qué lo puedo servir, amigo?

Era un tipo bajo, moreno y barrigón.

—Quisiera vender un collar de oro —dijo Joaquín.

El tipo le dio la espalda.

—Oye, socio, ven atiende a la clientela, pues —gritó.

Un tipo delgado se acercó a la puerta.

—Pasa, chiquillo, pasa —dijo, sonriendo—. Aquí pagamos los mejores precios del mercado.

El tipo barrigón jaló una silla.

—Toma asiento, por favor —le dijo a Joaquín—. Es lo único que te podemos dar de tomar —añadió, y soltó una carcajada.

El más flaco cerró la puerta, se sentó en un escritorio y sacó una balanza.

—Aquí todo es por la legal —dijo.

—Muestra, pues, lo que tienes —le dijo el gordo a Joaquín.

Joaquín sacó la joya.

—Uy, eso parece fantasía —dijo el más flaco, moviendo la cabeza, como decepcionado.

—No creo —dijo Joaquín.

—A ver, déjame ver —dijo el flaco.

Joaquín le dio la joya. El tipo la puso en una balanza y sacó una calculadora.

—Te puedo dar máximo cinco lucas por este collarín —dijo, y mordió un palito de fósforo.

—Pero eso no es nada —dijo Joaquín.

—Es su precio justo, por mi santa madre que está en el cielo —dijo el tipo.

—Por ese precio ni hablar, prefiero llevármela —dijo Joaquín.

—Nadie te va a dar más que eso, chiquillo, no te pongas sabrosón —dijo el gordo, levantando la voz.

El flaco abrió un cajon, sacó una pistola y la puso sobre la mesa.

—Lo que más te conviene es venderlo por cinco luquitas y

seguimos siendo amigos, chiquillo —dijo, con una sonrisa forzada—. Total, esto te lo has choreado, ¿no? Si no, muéstranos la factura, pues.

—No tengo factura —dijo Joaquín.

—Cómo vas a tener, si te lo has choreado, pues —dijo el gordo.

—Toma tus cinco lucas y arranca nomás —dijo el más flaco—. Pon primera antes que te llevemos a la comisaría por choro.

Joaquín se guardó el billete y cargó su maletín.

—Gracias de todas maneras —dijo.

Al bajar las escaleras, escuchó que los dos se reían a carcajadas.

* * *

Sin saber adónde ir, Joaquín compró una entrada en el cine Colón. Estaban dando *El último tango en París*, una película para mayores de veintiún años. Joaquín todavía tenía quince años. Por eso, el portero del cine le impidió entrar. Joaquín le rogó que le permitiese pasar.

—Tráeme un Sublime y te dejo pasar, chibolo —le dijo el portero, en voz baja.

Joaquín compró el chocolate, se lo dio al portero, entró al cine y subió a la cazuela. Había pocos asientos vacíos. Se sentó en la última fila, cerca de los baños. Apestaba. Las luces estaban prendidas. Todos los espectadores eran hombres. Casi todos estaban solos. Muchos se agazapaban detrás de algún periódico de la tarde. Un tipo escuchaba un partido de fútbol en una radio portátil. Cuando comenzó la función, el tipo dejó la radio prendida. Nadie protestó. Minutos más tarde, el locutor de la radio gritó un gol. Hubo algunos aplausos en la cazuela. Joaquín sonrió y continuó viendo la película. Poco después, tuvo ganas de masturbarse. Entonces fue al baño, se bajó la bragueta y pensó en Raúl, su primo. Raúl era moreno, decía lisuras y escupía a cada rato. Cerró los ojos y recordó una tarde en casa de Raúl:

Estaban echados en la alfombra, viendo televisión. La empleada les trajo una bandeja con galletas, leche y plátanos. Dejó la bandeja en la alfombra y se retiró.

—Te regalo mi plátano —dijo Raúl.

—Bueno —dijo Joaquín.

Raúl se bajó la bragueta y le enseñó su sexo a Joaquín.

—Toma, cómetelo —le dijo.

Joaquín miró el sexo de su primo.

—Cómo te gusta, primito —dijo Raúl, sonriendo—. Tócalo.

Joaquín tuvo ganas de tocarlo, pero no hizo nada.

—Eres tan cabro que ni siquiera te atreves a ser cabro —dijo Raúl, y se subió la bragueta.

—¡Incendio, carajo! —gritó alguien en la platea del Colón. Joaquín salió del baño y vio que una cortina estaba incendiándose al lado de la pantalla. Las luces se prendieron. El público corrió a las salidas de emergencia. La película no se interrumpió. Mientras los espectadores pugnaban por salir, Brando y la Schneider hacían el amor en la pantalla, algo cubierta ya por el humo. Entre codazos y empujones, Joaquín bajó por una escalera y salió a la calle.

—Se quemaron por pajeros, se quemaron por pajeros —gritaban unos muchachos, riéndose de la gente que salía a toda prisa del Colón.

Dos policías de turismo trataban de poner orden frente al cine. A lo lejos se oía una sirena. Joaquín corrió y subió a un colectivo con destino a Miraflores. Se sentó en la última fila, jadeando.

—Tiene la botica de turno —le dijo una mujer sentada enfrente suyo.

Se subió la bragueta disimuladamente.

* * *

Al llegar a Miraflores, Joaquín se dio cuenta que tenía hambre. Caminando por la avenida Larco, rebuscó sus bolsillos y vio que la poca plata que tenía no le alcanzaba para comprar una hamburguesa o un sánguche mixto. Entonces se acordó que tenía un revólver de fogueo en el maletín. Dispuesto a usar el revólver para conseguir un poco de dinero, buscó una calle tranquila. Dio varias vueltas antes de escoger la calle San Martín. Caminó dos o tres cuadras, alejándose de la avenida Larco. Sacó el revólver de su maletín, lo escondió en uno de sus bolsillos y se paró en una esquina hasta encontrar la oportunidad propicia. Esperó unos minutos que se le hicieron largos, hasta que vio a una mujer caminando sola por la vereda de enfrente. Cruzó la pista, se acercó a ella y se paró enfrente suyo, interrumpiéndole el paso.

—Su cartera, señora —le dijo, con una voz temblorosa—. Déme su cartera.

Ella miró a Joaquín en los ojos. Era una mujer bastante mayor. Tenía el pelo canoso, la cara arrugada. Podía tener setenta años o más.

—Déme su cartera —insistió él—. Tengo una pistola.

Entonces sacó el revólver y le apuntó a la mujer.

—Démela o disparo —le dijo.

Ella lo miró, aterrada. Él jaló la cartera, pero ella se resistió.

—¡Ratero, ratero! —gritó la mujer.

—Cállate, vieja de mierda —dijo él, y disparó dos veces.

Ella se llevó las manos al pecho y se recostó en la pared.

—Me han matado —gritó, llamando la atención de algunos transeúntes.

Joaquín corrió a toda prisa rumbo al malecón.

—Socorro, llamen a una ambulancia —gritó la mujer.

Joaquín siguió corriendo sin voltear atrás. Corrió diez, veinte cuadras. Extenuado, se sentó en el malecón y se rió a carcajadas recordando la cara de la mujer cuando le disparó.

* * *

Cuando se hizo de noche, Joaquín decidió quedarse a dormir en el parque Kennedy. Ya se había hecho tarde, y no tenía plata para alquilar un cuarto. Unas horas antes, los vendedores ambulantes se habían marchado del parque, dejándolo lleno de desperdicios. Echado en el pasto, Joaquín se quedó mirando la luna llena y recordó lo que su madre solía decirle en noches como ésa:

—Ahí están la Virgen y el Niño, los veo clarito.

Estaba tratando de dormir cuando sintió que algo se movió cerca suyo. Era una rata. Estaba como a un metro de su cara. Él quiso salir corriendo, pero no pudo moverse. La rata se le acercó un poco más. Él juntó saliva y le escupió. La rata huyó dando unos chillidos agudos, alarmando a muchas otras ratas que se habían adueñado del parque Kennedy.

* * *

—Documentos, jovencito —dijo un policía, iluminándolo en la cara.

Joaquín se despertó bruscamente. Estaba echado en una banca del parque Kennedy. Había logrado dormir un rato.

—Documentos —repitió el policía.

—No tengo, jefe —dijo Joaquín, poniéndose de pie.

—¿Cómo que no tiene? —dijo el policía, levantando la voz—. Documentos o lo arresto ahorita mismo por indocumentado y sospechoso de terrorismo, carajo.

—Me han robado la billetera, jefe —dijo Joaquín—. Por eso no tengo ningún documento.

—¿Y qué aquí echado a estas horas de la madrugada? —preguntó el policía—. ¿Por qué no se va a su casa?

Era un hombre bajo, barrigón, de bigotes. Tenía puesto un uniforme verde oscuro. Estaba fumando.

—He salido tarde de una fiesta y ya no hay ómnibus para mi casa, jefe —dijo Joaquín—. Yo vivo en Chaclacayo.

—¿Ha estado libando bebidas alcohólicas?

—No, jefe. Yo no tomo.

—A ver, sópleme en la cara.

—¿En la cara?

—Efectivamente. Le voy a hacer un dosaje etílico instantáneo.

Joaquín se acercó al policía y le sopló en la cara.

—Más fuerte —dijo el policía—. ¿Le falta fuelle o qué?

Joaquín sopló más fuerte.

—Carajo, qué tal turrón —dijo el policía.

—Mentira, jefe, si no he tomado nada —dijo Joaquín.

—Igual te apesta la boca, chiquillo —dijo el policía, con una sonrisa burlona—. ¿Eres flete?

—¿Qué es eso? —preguntó Joaquín.

—No me hueve, oiga, que lo meto preso por falta de respeto a la autoridad —dijo el policía, llevándose las manos a la cintura—. ¿Trabaja en el parque?

—No, jefe. Yo soy estudiante.

—¿Qué estudia? ¿Ciencias ocultas?

Se rieron.

—No —dijo Joaquín—. Estoy en el colegio.

—¿Qué colegio? —preguntó el policía—. Y hábleme como hombre, carajo, no me hable con esa vocecita de estreñido.

—Estoy en el Markham, jefe. Pero ahora estamos de vacaciones por el verano.

—Ah, carajo. ¿Billetón eres? ¿En qué trabaja su señor padre?

—En un banco, jefe.

—Ay, chucha. ¿Tiene fichas tu viejo?

—Bueno, más o menos.

—¿Tiene una tarjeta de su señor padre?

—Ahorita no tengo, jefe, pero le puedo conseguir.

—¿En qué banco trabaja?

—En el Continental.

—Bueno, bueno, recién nos vamos entendiendo, joven. Casualmente estoy necesitando un préstamo de alguna entidad bancaria para financiarme un lote en Las Lomas de Pachacamac. El sueño de la casa propia, usted sabe, jovencito.

—Entiendo, jefe. A lo mejor mi padre le puede facilitar el préstamo.

El policía sacó una libreta y un lapicero de sus bolsillos.

—Nombre, dirección y teléfono de su señor padre —dijo—. Cante.

Joaquín le dio los datos de su padre. El policía los apuntó en su libreta. Luego apuntó su nombre y su teléfono en otro papel, arrancó el papel y se lo dio a Joaquín.

—A ver si me hace la palanca respectiva con su señor padre —le dijo—. Si no, lo tengo que llevar preso por indocumentado.

Joaquín leyó el papel: cabo Eudocio Rabanal.

—No se preocupe, jefe —dijo—. Mañana mismo hablo con mi papá. Esto lo arreglamos como amigos.

—¿Dónde va a dormir ahora? —preguntó el policía.

—No sé —dijo Joaquín.

—¿Por qué no vamos a la comisaría y lo hago dormir en el cuarto de los invitados?

—¿Pero no me está arrestando, no?

—Al contrario, pues. Lo estoy invitando a la comisaría para que no pase la noche a la intemperie, jovencito. Además, el parque está lleno de malos elementos, oiga usted. Mucha marica da vueltas por acá. En cualquier momento se lo levantan y le rompen el chico.

Se rieron.

—Vamos al patrullero —dijo el cabo Rabanal.

—Gracias, jefe —dijo Joaquín.

Caminaron por el parque y subieron al patrullero. Era un carro viejo, con un par de raspones y abolladuras. Rabanal trató de prender el carro. No prendió. El motor hizo un ruido metálico cada vez que Rabanal trató de ponerlo en marcha.

—Conchasumay —dijo Rabanal—. Este patrullero es una chatarra de mierda.

Joaquín se rió. Poco después, Rabanal logró prender el patrullero. Manejó despacio por la avenida Larco. Todas las tiendas estaban cerradas.

—Llamando águila negra, llamando águila negra —se oyó una voz en la radio del patrullero—. Aquí pantera blanca. Cambio.

Rabanal cogió la radio.

—Aquí águila negra —dijo, con una voz ronca—. ¿Quién es pantera blanca? Cambio.

Se oyó una carcajada en la radio.

—Oye, gordo, maricón, ¿ya te olvidaste los nombres en clave? —dijo la voz.

—No jodas con la clave, pues, carajo —dijo Rabanal—. ¿Quién eres? ¿Elmer, no?

—No, tu vieja —dijo la voz.

Se rieron.

—¿Dónde andan, chochera? —preguntó Rabanal.

—Abajo, en la Costa Verde. ¿Vas a venir o no? No te hagas de rogar, pues, gordo.

—¿Qué andan haciendo, ociosos?

—Estamos en El Solitario, bajándonos unas chelitas. La negra Judith nos ha hecho unos picaroncitos bien chéveres.

Y te estamos esperando para jugar fulbito de mano, pues, Eudocio.

—Voy a dejar a un sospechoso en la comisaría y bajo al toque, chochera. Guárdame picarones, ah.

—Apúrate, gordo rosquete. Prende tu sirena y maneja rápido, que se están acabando los picarones.

Se rieron a carcajadas. Rabanal colgó la radio y aceleró.

—Unos colegas en servicio —dijo.

—Ajá —dijo Joaquín.

Poco después, Rabanal se desvió de la avenida Arequipa, cruzó Petit Thouars y cuadró frente a la comisaría de Miraflores. Bajaron del patrullero. Entraron a la comisaría. Unos guardias estaban jugando cartas y tomando pisco. Rabanal se cuadró y saludó al comisario.

—Acá traigo a un indocumentado para que pase la noche —le dijo.

—Esto no es un hotel, Rabanal —dijo el comisario.

—Conozco al señor padre del indocumentado —dijo Rabanal—. Pido permiso para depositarlo en el cuarto de huéspedes hasta mañana a primera hora.

—Ya, llévalo nomás, y regresa a la calle —dijo el comisario, sin desviar la mirada de las cartas que tenía en la mano.

Rabanal llevó a Joaquín a un cuarto de la comisaría. Luego abrió el candado y lo hizo entrar a un cuarto oscuro.

—Mañana mismo llamo a tu viejo —le dijo—. Pobre de ti que me hayas cojudeado, que te busco y te meto preso.

—No se preocupe, jefe —dijo Joaquín—. Llámelo nomás.

—Recomiéndame bonito, ¿ya?

—Seguro, jefe.

—Gracias, chiquillo.

—A usted, jefe.

Rabanal cerró la puerta y se marchó.

* * *

—Bienvenido al Sheraton —escuchó Joaquín, no bien Rabanal cerró la puerta.

Se asustó. Había alguien más en el cuarto. Era un chico. Estaba echado en el suelo, sobre unos trozos de cartón.

—Hola —dijo Joaquín.

Se sentó al lado del chico. Lo observó. Era joven, tan joven como él. Tenía el pelo largo, los ojos achinados y la piel morena.

—¿Qué pasó? —preguntó el chico.

—Me encontraron durmiendo en el parque —dijo Joaquín.

El chico sonrió y se quedó callado.

—¿Y tú por qué estás aquí? —preguntó Joaquín.

—Me agarraron en una batida —dijo el chico—. Estos tombos de mierda no me dejan chambear tranquilo.

—¿En qué trabajas?

—Soy flete.

—¿Flete? ¿Qué es eso?

El chico se rió.

—¿No sabes? —dijo—. Trabajo en el parque.

—¿Qué haces?

—Tengo mis clientes. Mañana te explico, mejor.

—¿Cómo te llamas?

—Pedro.

—Yo me llamo Joaquín.

Se dieron la mano.

—Hay que tirar una pestañita —dijo Pedro—. Me cago de sueño.

Pedro y Joaquín se echaron en el suelo y se dieron la espalda.

*   *   *

Al amanecer, los echaron de la comisaría. Era un espléndido día de verano. Pedro sugirió ir a su cuarto en Barranco, y Joaquín dijo que le parecía una excelente idea, pues no tenía adónde ir. Tomaron un taxi y fueron al cuarto de Pedro. Al llegar, Pedro pagó la carrera. Bajaron del taxi. Entraron al cuarto. Había un colchón en el suelo, un equipo de música, revistas viejas y un póster de Marley en la pared.

—Es la hora de las espinacas, Popeye —dijo Pedro, con una sonrisa pícara.

Luego abrió el clóset y sacó una bolsa de marihuana. Joaquín se sentó en el colchón. Pedro armó el troncho y lo prendió. Dio varias pitadas. Tosió. Le ofreció el troncho a Joaquín.

—Dale —le dijo.

—No, gracias —dijo Joaquín.

Pedro no insistió. Siguió fumando. Cuando terminó, puso un casete de *reggae* y se echó en el colchón.

—Cómo cambia todo después de un tronchito —dijo, sonriendo—. Yo ya no puedo vivir sin mis espinacas.

El cuarto olía a marihuana. A Joaquín le gustó ese olor.

—Ahora cuéntame qué chucha hacías durmiendo en el parque —dijo Pedro—. ¿Querías que te violen o qué?

Se rieron.

—No —dijo Joaquín—. Me he escapado de mi casa.

—Somos dos —dijo Pedro.

—¿Tú también te has fugado?

—Yo me quité de mi casa cuando cumplí catorce. Alucina.

—¿Y ahora cuántos tienes?

—Diecisiete.

—¿Y no has vuelto a tu casa?

—Nunca. Sólo los cabros regresan. Lo jodido es aprender a vivir en la calle, chochera.

—Carajo, te admiro. ¿Y cómo te mantienes?

—Chambeando como flete, pues. Ya te dije.

—No se qué mierda significa flete, Pedro.

—Yo tampoco, pero a los patitas como yo nos dicen fletes.

—¿Y qué haces en el parque? ¿Cómo es el negocio?

—Es un negocio pendejo. Hay que tener estómago. ¿Tú cuando te has fugado?

—Ayer.

—Uy, ¿o sea que eres nuevo? ¿O sea que no tienes nada de calle?

—No, pero puedo aprender.

—No cualquiera aguanta la calle, choche. No cualquiera.

—¿Tú crees que podría chambear en tu negocio? ¿Me podrías ayudar a conseguir una chamba, Pedro?

—¿Alguna vez te has atorado a un cacanero?

—¿Qué?

Pedro se rió.

—¿No sabes lo que es un cacanero? —preguntó.

—No —dijo Joaquín.

—Estás verde, choche. Estás en nada.

—¿Qué es un cacanero? Enséñame a aprender, Pedro. Ganas no me faltan.

—Un cacanero es un viejo al que le gusta recibir por el culo. De ésos hay montones en Miraflores. En las noches van al parque y te levantan y te llevan abajo a la Costa Verde y les metes un viaje y después te dejan buen billete y a veces hasta se caen con un reloj o unas zapatillas. ¿Ves estas tabas que tengo?

Pedro le enseñó las zapatillas que tenía puestas. Eran blancas, con rayas anaranjadas fosforescentes.

—Lindas —dijo Joaquín.

—Importadas, nuevecitas —dijo Pedro—. Me las regaló uno de mis clientes cacaneros.

—¿Y cuánta plata te levantas al mes?

—Depende. No es negocio fijo. Hay noches buenas y noches malas. Pero en promedio me hago unos quinientos dólares mensuales.

—Carajo, nada mal.

—Gano más que mi viejo, alucina —dijo Pedro, y se rió.

—¿En qué trabaja tu viejo?

—Es empleado público. Le pagan una mierda. Y todo el día paran haciendo huelga. Yo prefiero mi chamba como flete, chochera. Nadie me quita mi libertad.

103

—Claro, entiendo.

—¿Y por qué te has largado de tu casa? —preguntó Pedro—. ¿Estás en roche con tus viejos?

—Sí, mis viejos son una ladilla. No me dejaban vivir tranquilo.

—¿Te ampayaron drogas?

—No, nada que ver. Pero ya no los aguanto.

—Te digo una cosa, choche, vivir en la calle es recontra jodido. Si quieres, quédate por mientras en mi cuarto hasta que te consigamos un hueco.

—Excelente, Pedro. Mil gracias.

—Y ahora vamos a la panadería que me cago de hambre. Esta hierba me ha dado una hambruna garrafal.

—Vamos. Pero yo no tengo un centavo.

—Yo te presto. A la noche me pagas en el parque.

—¿Con qué plata?

—Yo te voy a enseñar a hacer plata, choche —dijo Pedro—. Con ese culito, tienes el futuro asegurado.

Se rieron y salieron del cuarto.

* * *

—Vamos a chambear —dijo Pedro—. La noche es virgen.

Acababa de despertarse de una larga siesta. Joaquín estaba a su lado, ojeando un *Caretas* viejo. Antes de salir, Pedro prendió un troncho y le dio un par de pitadas. Luego salieron del cuarto y caminaron un par de cuadras hasta la avenida Grau. Subieron a un taxi. Fueron a Miraflores. Bajaron en el parque Kennedy: parecía una feria. Pasearon entre fotógrafos al paso, gitanas, heladeros, predicadores, jubilados, *hippies* y lustrabotas.

—Siéntate y chequea cómo es el negocio —dijo Pedro.

Joaquín se sentó en una banca. Pedro se llevó un chicle a la boca, metió las manos en los bolsillos y se paró en una esquina a mirar los carros que pasaban al lado del parque. Cuando algún conductor lo miraba, Pedro le sonreía, le hacía guiños, se mordía los labios, se sobaba entre las piernas. Poco después, un carro se detuvo a su lado. Pedro se acercó al carro, habló con el conductor y corrió adonde Joaquín.

—Vamos —le dijo—. Tú no haces nada. Sólo miras.

Antes de contestarle, Joaquín ya había subido al carro. El tipo que manejaba era un hombre de mediana edad. Estaba en saco y corbata. Miró a Joaquín por el espejo.

—¿Eres nuevo, no? —le preguntó.

—Mi coleguita recién está aprendiendo —dijo Pedro.

—Bienvenido, chiquillo —dijo el tipo—. ¿Cómo te llamas?

—Jorge —dijo Joaquín.

—Mejor ponte Coco —dijo el tipo—. Tiene más *charm*.

Joaquín sonrió y se quedó callado. El tipo manejó por un camino empedrado rumbo a la playa. Tras manejar lentamente por la Costa Verde, se detuvo frente al mar y apagó el carro. Ya era de noche. Pedro le guiñó el ojo a Joaquín. El tipo se sacó la corbata y los anteojos.

—Cada día tengo más arrugas —dijo, mirándose en el espejo—. Qué barbaridad, la estrés me está matando.

Luego abrazó y besó a Pedro.

—Ay, cómo me gusta chupetearte, Pedrito —dijo.

Joaquín bajó la ventana. La playa olía a cerveza, a condones.

—Métemela, Pedrito —dijo el tipo.

Pedro miró a Joaquín mientras complacía a su cliente. Asqueado, Joaquín bajó del carro y se sentó en la playa. El rumor del mar se confundía con los jadeos de los amantes.

* * *

Con la plata que ganaron esa noche, Pedro y Joaquín comieron una pizza y tomaron una jarra de sangría en un restaurante de la avenida Diagonal. No bien terminaron de comer, fueron en taxi al cuarto de Pedro. Al llegar, Pedro se quitó la ropa y fumó marihuana. Joaquín se sentía algo mareado. Había tomado mucha sangría, y no estaba acostumbrado a tomar. Se quitó la ropa y se echó en calzoncillos al lado de Pedro.

—Gracias, Pedro —le dijo, y le dio un beso en la mejilla—. Eres buenísima gente.

Pedro se alejó bruscamente de él.

—Suave, chochera, no te confundas —dijo—. Yo no soy rosquete como tú.

Luego le dio la espalda y se durmió. Joaquín se quedó despierto, escuchando los ronquidos de Pedro.

* * *

—Vamos un rato a la iglesia —le dijo Pedro a Joaquín, al día siguiente, cuando llegaron al parque—. Allí está más fresco.

Hacía calor. Pedro y Joaquín estaban sentados en una banca, comiendo un helado. Se pusieron de pie, caminaron lentamente, como fatigados, y entraron a la parroquia de Miraflores. No había nadie. Pedro se echó en una banca y prendió un troncho.

—No deberías fumar aquí —dijo Joaquín.

—¿Por qué? —preguntó Pedro.

—Porque supuestamente es la casa de Dios.

Pedro soltó una carcajada que el eco trajo de vuelta.

—La casa de Dios y la chucha del gato —dijo.

Una mujer entró a la iglesia y caminó hasta el confesionario. Con las manos juntas en el pecho, se arrodilló, dijo sus culpas y se marchó a pasos lentos. Entonces, aprovechando que Pedro parecía haberse quedado dormido, Joaquín se acercó al confesionario y se puso de rodillas.

—Avemaría purísima —dijo el sacerdote que estaba detrás de la rejilla.

—Sin pecado concebida —dijo Joaquín.

—Dime, hijo.

—Padre, he cometido un acto impuro.

—Cuéntame, hijo.

Joaquín se quedó callado unos segundos.

—No puedo —dijo—. No sé cómo decírselo.

—Déjame ayudarte, hijo. ¿Fue con una mujer?

—No, padre.

—¿Has ofendido al Señor con tus pensamientos? ¿Has pecado a solas? ¿Te has tocado indebidamente?

—Bueno, sí, pero eso no es lo peor.

—Cuéntame, hijo. No tengas vergüenza. Yo estoy aquí para perdonarte.

—Fue con mi hermano menor.

—Caramba. ¿Qué fue lo que pasó, hijo?

—Me metí en su cama una noche.

—¿Hubo toqueteos?

—Ajá.

—¿Sodomía?

Joaquín nunca había oído esa palabra.

—No —dijo.

—¿Y lo volverías a hacer?

—No —dijo Joaquín, y sintió que había mentido.

El sacerdote dijo unas palabras en latín.

—En penitencia, reza diez avemarías —dijo luego—. Ahora puedes irte, y deja en paz a esa criatura, por el amor de Dios.

Joaquín regresó a la banca donde Pedro estaba echado. Se arrodilló. Cerró los ojos. Trató de rezar las diez avemarías, pero se quedó a la mitad. Sintió que estaba perdiendo el tiempo.

* * *

Esa noche, en el parque, Pedro subió al carro de uno de sus clientes, y Joaquín se puso en su lugar. Tratando de llamar la atención de algún transeúnte, imitó las poses de Pedro, su mirada coqueta, su sonrisa descarada, pero nadie se detuvo a recogerlo. Cuando estaba a punto de darse por vencido, un Volvo pasó a su lado, sobreparó y siguió su marcha. Decepcionado, Joaquín se sentó en una banca. Para su sorpresa, el Volvo regresó y esta vez se detuvo al lado del parque. Joaquín se puso de pie y se acercó al carro. El conductor bajó la ventana, sonriendo. Era un tipo calvo. Al verlo de cerca, Joaquín lo reconoció en seguida: era Micky, su tío.

—Qué sorpresa —dijo Micky, con una voz algo chillona—. ¿Qué haces tú por aquí?

—Nada, tío —dijo Joaquín—. Pateando latas nomás.

—¿Cómo están tus padres? Tiempo que no los veo.

—Supongo que bien.

Micky tenía un pañuelo de seda alrededor del cuello. Parecía algo nervioso.

—Sube, por favor —dijo—. Te llevo adonde quieras.

Joaquín subió al carro de su tío. El Volvo olía a carro nuevo. Micky aceleró. Joaquín se sintió en un avión.

—¿Tienes hambre? —preguntó Micky.

—Un montón —dijo Joaquín.

—¿Qué te parece si tomamos un lonchecito en la Tiendecita Blanca?

—Perfecto, tío. Donde tú quieras.

Un par de cuadras más allá, Micky cuadró su carro. Todavía algo nerviosos por ese encuentro inesperado, Micky y Joaquín bajaron y entraron a la Tiendecita Blanca. Micky saludó a un senador famoso por el poder de su elocuencia. Se abrazaron, comentaron los últimos chismes de la política local y se despidieron entre sonrisas. Después de hacerle reverencias a Micky, un mozo los llevó a la mesa al lado del pianista. Micky pidió espárragos y una copa de vino blanco, y contestó desdeñosamente el saludo del pianista. Joaquín pidió una hamburguesa con queso y un *milkshake* de chocolate. Tras anotar el pedido, el mozo se retiró arrastrando los pies.

—¿Se puede saber qué hacía en el parque de Miraflores un jovencito decente como usted? —preguntó Micky, con una sonrisa burlona.

—Me he escapado de mi casa, tío —dijo Joaquín, en voz baja.

Micky soltó una carcajada algo estridente.

—¿Y por qué has hecho semejante disparate? —preguntó, mirándose las uñas.

—Porque odio a mis papás —dijo Joaquín—. Ya me tienen harto. No me dejan vivir tranquilo.

—No digas necedades, muchachito —dijo Micky—. Tus padres son buenas personas. Tienes que aprender a comprenderlos y perdonarlos.

—Mis padres son unos estúpidos, tío. Ya no los aguanto más.

—Tus padres son tus padres, y no hables mal de ellos. Un caballero no habla mal de sus padres.

—Lo que pasa es que tú no los conoces bien, tío. No te imaginas lo mal que me tratan.

—Todos los muchachos se quejan de sus padres. Es la ley de la vida, Joaquincito. Yo te aconsejo que regreses a tu casa, que es donde un muchachito como tú debería estar a estas horas.

—No voy a regresar, tío.

Micky sonrió, tapándose la boca.

—Eres terco como la beatita de tu mamá —dijo.

Joaquín se rió.

—¿Tú crees que podría quedarme unos días en tu casa, tío? —preguntó.

Micky dejó de sonreír.

—Mi casa no es un reformatorio —dijo, con una voz cortante.

En ese momento, el mozo se acercó a ellos con un azafate y puso en la mesa la comida que habían pedido. Micky probó el vino y asintió sin mucho entusiasmo. Joaquín sorbió su *milkshake* con una cañita. El mozo se retiró, siempre arrastrando los pies.

—Entonces ¿me podrías prestar un poco de plata, tío? —preguntó Joaquín.

—¿Para qué quieres la plata? —preguntó Micky, rascándose la cabeza.

—Para comer. Para alquilarme un cuarto. No tengo un centavo, tío. Estoy en la calle.

—Nunca digas eso, Joaquín. Así nunca vas a hacer dinero.

—Por favor, préstame plata, tío.

Micky hizo un gesto de disgusto.

—No me hables de plata mientras comemos —dijo—. Es de pésima educación.

Joaquín se quedó callado. Comieron en silencio. Micky partió los espárragos con mucha delicadeza. Joaquín devoró la hamburguesa en cinco o seis bocados.

—Voy al baño un segundo —dijo, cuando terminó de comer.

Se puso de pie y entró al baño. Estaba bajándose la bradueta cuando vio entrar a su tío. No había nadie más en el baño. Micky puso pestillo.

—¿Quieres ganarte unos dolarillos? —preguntó, sonriendo.

—Claro —dijo Joaquín—. Por plata hago cualquier cosa, tío.

Micky se acercó a Joaquín y agachó la cabeza.

—Bésamela —le dijo.

—¿Qué? —preguntó Joaquín, sorprendido.

—La cabeza —dijo Micky—. Bésame la cabeza.

Joaquín besó la cabeza calva de su tío: estaba llena de lunares, olía a Old Spice.

—Ahora lámela —dijo Micky, siempre con la cabeza agachada.

Joaquín pasó la lengua una sola vez. Se quedó con un sabor amargo.

—Ay, qué rico —murmuró Micky.

Sacó su billetera y le dio un billete de veinte dólares a Jaoquín.

—Salúdame a tus padres —le dijo, y lo palmoteó en el hombro.

Luego salió del baño y se marchó de la Tiendecita Blanca a pasos rápidos.

—Tacaño —murmuró Joaquín.

* * *

Un rato después, Joaquín llegó al cuarto de Pedro y tocó la puerta. Pedro abrió la puerta y no dijo una palabra. Estaba con el torso desnudo. Dejó pasar a Joaquín y se puso a levantar pesas frente a un espejo rajado. Parecía molesto. Joaquín se echó en el colchón. El cuarto olía a marihuana. Pedro estaba escuchando *reggae*.

—¿Por qué no me esperaste en el parque? —preguntó, sin mirar a Joaquín.

—Porque me encontré con mi tío y me llevó a tomar lonche —dijo Joaquín.

—Quedamos en encontrarnos, huevón. Te esperé como media hora.

—*Sorry*, Pedro. Me cagaba de hambre.

Al levantar las pesas, Pedro hizo una mueca de dolor.

—No te puedes quedar esta noche —dijo—. Tengo un calentado.

—¿No jodas? —dijo Joaquín.

—Sí, va a venir a visitarme una ex hembrichi.

—No te preocupes, yo zafo en un ratito.

Pedro siguió levantando las pesas.

—Te propongo un negocio —dijo Joaquín.

—Habla —dijo Pedro.

—Quiero hacerlo contigo.

Pedro no dijo nada. Ni siquiera lo miró.

—Quiero que me la metas —dijo Joaquín.

Pedro tosió y escupió al piso.

—Ya te he dicho que no soy un rosquete como tú —dijo.

Joaquín sonrió. Sintió que deseaba y despreciaba a Pedro al mismo tiempo.

—Tengo plata —dijo—. Te pago.

Pedro miró a Joaquín por el espejo. Siguió haciendo sus pesas.

—Si te doy la plata, ¿me la metes? —preguntó Joaquín.

Pedro no contestó.

—Veinte dólares —dijo Joaquín, mostrándole el billete que le había dado Micky en el baño de la Tiendecita Blanca.

Pedro tiró las pesas al suelo. El cuarto retumbó.

—Rosquetes de mierda —dijo—. Todos son iguales.

Joaquín se asustó. Pensó que Pedro le iba a pegar.

—Date la vuelta y bájate el pantalón —dijo Pedro.

Joaquín le obedeció. Bruscamente, Pedro se echó encima de él.

—Házmelo bonito, por favor —dijo Joaquín.

—Calla, maricón —dijo Pedro, y hundió su sexo entre las nalgas de Joaquín.

Pedro se movió violentamente, con rabia. Joaquín mordió el colchón para no gritar de dolor. Cuando Pedro terminó, Joaquín se secó las lágrimas y le dio la plata.

—¿Te gustó? —le preguntó.

—No —dijo Pedro—. Fue como culearme a un perro.

Joaquín se vistió y salió del cuarto sin despedirse de él. No sabía adónde ir. No tenía plata. No quería volver a la casa de sus padres. Caminó por la avenida Grau. Se sintió un tonto porque se puso a llorar.

110

SEGUNDA PARTE

SEGUNDA PARTE

LA FIESTA

Era la primera vez que ella lo llamaba por teléfono al hostal donde él vivía.

—Me caso este sábado y me encantaría que vayas —le dijo a Joaquín su hermana Ximena.

Ximena se casaba con José Luis, el único enamorado que había tenido. Ximena era alta, guapa, de pelo negro y ojos grandes; siempre había sido un poco gordita, pero había adelgazado bastante para su matrimonio. José Luis era alto, algo rollizo; tenía el pelo corto y usaba unos anteojos gruesos. Ella soñaba con tener varios hijos y viajar todos los años a Miami. Él soñaba con ser millonario y vivir en una casa con piscina. Ambos habían soñado con casarse desde el día que se conocieron, cuando todavía eran niños.

—Yo sé que te friega ver a papi y mami, pero hazlo por mí —dijo Ximena.

—Te prometo que voy a ir —dijo Joaquín.

—¿Me prometes?

—Te prometo.

* * *

El día del matrimonio de su hermana, Joaquín se puso su mejor terno, aspiró un par de líneas de coca y fue en taxi a la Virgen del Pilar. Llegó tarde a la misa. Prefirió quedarse de pie, detrás de la última fila. Sintió algunas miradas desaprobatorias. Trató de ignorarlas, poniendo cara de distraído.

Entonces recordó cómo se conocieron Ximena y José Luis. Se acordaba muy bien de ese día: José Luis llegó junto con otros chicos del club Saeta a la casa de sus padres en Chaclacayo, y en cuestión de minutos instalaron un campamento en el jardín. Muy inquieta por la presencia de tantos chicos, Ximena se pasó el día entero en la cocina, preparando alfajores, torta de chocolate, bolitas de coco y bizcocho esponjoso de naranja. Cuando terminó, se quitó el mandil, se pintó los labios, se sacó los ganchos del pelo y bajó al jardín, acompañada por dos empleadas que llevaban los dulces recién hechos y varias jarras de chicha morada. Años después, Ximena le dijo a Joaquín que ella presentía que se iba a enamorar de uno de los chicos del campamento, y que al ver a José Luis no dudó en partir el pedazo más grande de la torta de chocolate para él.

Al terminar la ceremonia, los novios pasaron a uno de los salones de la iglesia, seguidos por la numerosa concurrencia. Joaquín se encerró en un confesionario vacío y aspiró un poco más de coca. Sin ese estímulo, tal vez no hubiera sido capaz de ponerse en la cola para saludar a su hermana y a su flamante cuñado.

—Monguito, pensé que no venías —le dijo Ximena, abrazándolo, cuando él llegó al pequeño tabladillo donde su hermana y José Luis estaban recibiendo los saludos de parientes y amigos.

—Felicitaciones, Xime —dijo Joaquín, y besó a su hermana en la mejilla.

—Cuñadito, qué gusto verte —dijo José Luis, sonriendo, palmoteándole la espalda.

—Muchas felicidades, don José Luis —dijo Joaquín.

Parados al lado de los novios, vestidos en sus mejores trajes, Luis Felipe y Maricucha miraron a Joaquín. Parecían sorprendidos de verlo allí, después de tanto tiempo.

—Hola, mi hijito, qué flaco estás —dijo Maricucha, dándole un beso en la mejilla.

—No estoy tan flaco, mamá —dijo Joaquín.

—Estás hecho un palo —dijo Maricucha, pellizcándole los cachetes, algo que le había gustado hacer desde que él era muy pequeño—. Pareces una escoba: flaco, flacuchento y pelucón. Ya ves, eso te pasa por no venir a comer a la casa de vez en cuando.

Luis Felipe miró a Joaquín en los ojos y le dio la mano con una cierta frialdad.

—¿Vienes a la casa para la recepción, no? —le dijo.

Joaquín pensó que su padre se veía más viejo y más cansado que la última vez que lo había visto.

—Claro, por supuesto —dijo, y se acercó a saludar a los padres del novio.

—Ay, qué sorpresa, apareció la oveja negra de la familia Camino —dijo la señora Angelita, madre de José Luis, y apachurró y besó a Joaquín, dejándole la mejilla algo babosa.

* * *

Un rato más tarde, Joaquín tocó el timbre de la casa de sus padres.

—¿Puedo ver su invitación? —le dijo el vigilante que abrió la puerta, un hombre de piel morena y corta estatura.

—No tengo, pero ésta es la casa de mis padres —dijo Joaquín.

—¿Me permite algún documento? —dijo el vigilante.

Joaquín sacó su billetera y le dio su brevete. El vigilante lo revisó, iluminándolo con una linterna.

—Perdone, joven, pero es mi obligación —dijo, y abrió la puerta.

Joaquín entró a la casa de sus padres caminando lentamente. Una docena de mozos recorrían la casa, preparando los últimos detalles de la fiesta. En el jardín al lado de la piscina, habían levantado un toldo que cubría varias mesas. La fiesta todavía no había comenzado. Joaquín entró a la cocina.

—Joven Joaquín, qué milagro por aquí —dijo Meche, la mujer baja, gorda y desdentada, que había trabajado casi veinte años como empleada en esa casa.

—¿Qué ha sido de tu vida, Mechita? —dijo Joaquín.

—Acá, pues, joven, apenados porque se nos casa la niña Ximena.

—Así es la vida, pues, Meche.

—¿Y usted cuándo se nos casa, joven Joaquín?

—Cuando tú te decidas a aceptarme, Mechita —dijo él, y ella soltó una risotada.

Tras servirse un trago, Joaquín subió al segundo piso y entró al cuarto donde había dormido cuando era más joven. Todo seguía como lo había dejado cuando se fue: sus diplomas del colegio, los afiches de fútbol en la pared, la colección de *El Gráfico*, los libros de aventuras, el juego de ajedrez, los guantes de box que le regaló su padre. Abrumado por los recuerdos, entró al baño y aspiró un par de líneas de coca. Al salir, cogió su álbum de fotos y se sentó en la cama a ojearlo. Vio las fotos en blanco y negro de su mama Eva, todavía joven, con el pelo recogido y la mandíbula prominente, siempre vestida de blanco, siempre cargándolo a él. Vio las fotos de sus primeros cumpleaños: las mesas repletas de cancha, chicha morada y sanguchitos de pollo, él vestido con su uniforme del Barcelona FC de España, rodeado de sus mejores amigos, listos todos para ir a jugar fútbol después de cantar el *Happy birthday*. Vio las fotos del día que hizo su primera comunión, vestido todo de blanco y en pantalones cortos, el mismo día que su madre, enjugándose las lágrimas, le dijo que el Señor lo había escogido para una tarea muy grande, que ella estaba segurísima que algún día él iba a sentir el llamado del Señor, y que nada la haría más feliz que ver a su Joaquincito adorado llevando por el mundo la palabra del Señor, mientras él sólo pensaba que el cuello de su camisa era muy duro y le ajustaba demasiado. Vio las fotos de la cacería que él y su padre hicieron en El Aguerrido, aquella vez que su padre lo obligó a abrir con un cuchillo el vientre de un venado muerto. Arrancó una por una las páginas del álbum, las rompió en pedazos y las tiró a la basura. Luego sintió que necesitaba urgentemente un trago más. Se puso de pie y bajó al jardín.

* * *

—Mamá, quiero hablar contigo un ratito —le dijo Joaquín a Maricucha, un rato después, cuando la fiesta ya había comenzado.

Estaba excitado por la coca que había aspirado, y tenía ganas de decirle a su madre algo que le parecía muy importante. Maricucha seguía hablando con sus amigas de lo guapa que estaba su hija Ximena esa noche. Ella lo miró, le pellizcó las mejillas y sonrió.

—Ven, churro, vamos a bailar —le dijo, cogiéndolo del brazo, llevándolo a la pista de baile, donde los novios y otras parejas bailaban al ritmo de la música que había puesto Michi Belaunde, el más conocido animador de fiestas en Lima.

Por el brillo de sus ojos, Joaquín se dio cuenta que su madre había tomado varias copas de champagne.

—Mami, hace tiempo quiero decirte algo —le dijo, mientras los dos trataban de bailar, al mismo ritmo, una canción en inglés de Julio Iglesias.

—¿Necesitas plata, mi amor? —preguntó ella, en voz baja—. Queridísimo, tú sabes que yo te daría todo lo que tengo, te daría ahorita mismo estos aretes, este collar, este anillo, pero tu padre me ha prohibido terminantemente que te dé más plata. Tienes que hablar con él, mi amor, tienes que hacer las paces con tu papi. No puedes seguir viviendo así por tu cuenta y riesgo, como un huerfanito.

—No, mamá, no quería hablar de plata.

—Ay, tienes una cochinadita blanca en la nariz, límpiate, hijito.

—Son las gotas —mintió él, limpiándose discretamente la nariz—. Estoy medio resfriado, estoy usando gotas.

—Ay, tú siempre resfriado —dijo ella, suspirando—. Si le hicieras caso a tu madre que tanto te quiere, si fueras al gimnasio todos los días, como siempre te he aconsejado, no vivirías resfriado, no estarías todo flaco y paliducho, Joaquín.

—Mamá, quería decirte algo importante.

—Dime, hijo, tú sabes que yo te adoro más que a nadie en el mundo —dijo Maricucha, bailando con esa elegancia que en ella había sido siempre tan natural.

—Quería que sepas que soy homosexual, mami.

Maricucha inclinó la cabeza hacia atrás y soltó una carcajada.

—Ay, por Dios, no digas sonseras, Joaquín —dijo—. Tú siempre con tus bromas de mal gusto.

—No estoy bromeando, mamá —dijo Joaquín—. A mí me gustan los hombres.

Maricucha pasó sus manos por el pelo de su hijo, y lo miró con ternura.

—No, mi amor, qué ocurrencia, a ti siempre te han gustado las chicas —dijo—. Lo que pasa es que ahora estás pasando por un mal momento, estás medio confundido, seguro que por culpa de esas malas influencias que tienes en la universidad —añadió, sonriendo, haciéndole adiós a alguien—. Aj, no te imaginas, con estos tacos es un suplicio bailar.

—No estoy confundido, mamá, estoy más seguro que nunca —dijo Joaquín—. A mí me gustan los chicos. Siempre, desde que me acuerdo, me han gustado los chicos.

—No hables tan fuerte, alguien te puede escuchar.

—No me importa.

—A mí sí me importa, y mucho, la reputación de mi familia, hijito.

—Es que me molesta que te hagas la que no te acuerdas, mamá. Tú sabes muy bien que cuando yo era niño ya tenía tendencias homosexuales.

—Qué tendencias homosexuales ni qué ocho cuartos, mi hijito. Acuérdate cómo te morías por Tati. Acuérdate cómo te morías por Sonia, la hija de tu tía Milagritos. Me acuerdo como si fuera ayer, se te caía la baba por ellas. ¿Te acuerdas que una vez le escribiste una canción a Tati? Ay, tú siempre has sido tan romántico, Joaquín.

—Nunca estuve enamorado de ellas, mamá. Eran mis amigas, nada más.

—Ay, bueno, si eso no era amor, entonces yo no sé lo que es el amor, querido —dijo Maricucha, suspirando.

No bien terminó la canción, Michi Belaunde puso un disco con todos los éxitos de Sinatra. Maricucha y Joaquín siguieron bailando, cogidos de la cintura.

—Lo que pasa es que te mueres de miedo de aceptar que soy homosexual, mami —dijo él.

—No, mi amor, no —dijo ella—. ¿No te das cuenta que yo te digo todo esto por tu bien? Yo quiero que seas una persona normal. Yo quiero que seas el hombre más feliz del mundo. Yo te adoro, mi vida, y no quiero que seas un enfermo, un acomplejado.

—La homosexualidad no es ninguna enfermedad, mamá. Es la cosa más normal del mundo.

—Eso será lo que dicen tus malas juntas de la universidad (no creas que yo no sé de tus amiguitos, estoy súper enterada de todo), pero para mí los maricones no son personas normales, son personas súper traumadas y súper infelices, Joaquín. Además, Su Santidad el Papa ha dicho bien claro que la Iglesia está en contra de los maricones, y que todos los maricones se van de frente al infierno.

—Ay, mamá, perdóname, pero eso es una gran estupidez, pues.

—Mi hijito, no hables así, no le faltes el respeto al Papa.

—Es que Dios y el Papa no tienen nada que ver en esto, mamá.

—Claro que tienen que ver, mi vida, claro que tienen que ver. Ése es tu problema, justamente, que te has alejado del Señor, has ido perdiendo tu fe, mi amor, tu fe se ha ido marchitando como una flor.

—Mamá, no seas huachafa, por favor.

—Es la pura verdad, Joaquín. Por eso ahora tienes esas ideas absurdas que no sé quién te ha metido en la cabeza. Pero no te preocupes, mi vida, estás pasando por una crisis de identidad que ya vas a superar.

Joaquín sintió que estaba perdiendo el tiempo y que le hacían falta un par de líneas de coca.

—Ven, mi amor, te voy a presentar a la hija de tu tía Natalia —le dijo Maricucha, señalando a una chica rubia que estaba comiendo bocaditos cerca de la pista de baile—. Mírala, pues, dime si no es una preciosura.

—Ahorita vengo, mamá —dijo Joaquín, y se zafó de los brazos de su madre—. Tengo que ir al baño.

Caminando rumbo al baño, murmuró: vieja loca, nunca me vas a entender.

* * *

Alejado del bullicio de la fiesta, don Nicolás Camino, un hombre delgado, de costumbres austeras, incapaz de algún exceso, estaba conversando con otros señores de edad avanzada.

—Joaquincito, ven que quiero presentarte a un viejo amigo de la familia —dijo don Nicolás.

—Claro, papapa —dijo Joaquín, y se acercó a su abuelo.

—Este señor es Paco de Soria, un viejo amigo mío —dijo don Nicolás, señalando a un hombre canoso, de baja estatura—. Tú no llegaste a verlo, Joaquín, pero Paco ha sido la figura más importante en la historia de la televisión peruana. Tenía unos programas estupendos que hicieron época.

Paco de Soria sonrió y le dio la mano a Joaquín.

—Eres el vivo retrato de tu abuelo —le dijo, con una voz ronca.

—En sus años de gloria, Paco era el hombre más querido de todo Lima —dijo don Nicolás.

—Encantado, señor —dijo Joaquín, mirando con curiosidad a ese hombre menudo, con el pecho inflado y los ojos acuosos, como de pescado—. ¿Qué tipo de programas hacía usted?

—Tremendos programas culturales, tremendos programas —dijo don Nicolás.

—De todo un poco, muchacho —dijo Paco de Soria—. Más que nada, programas para culturizar a la juventud, para alejarla del terrible flagelo de las drogas. Y eso que en mi tiempo no corría la pichicata como ahora.

—Qué interesante —dijo Joaquín.

—La televisión de antes, ésa era buena televisión —dijo don Nicolás—. Ahora hay pura chabacanería, pura vulgaridad.

—Modestia aparte, yo creo que no han surgido en el Perú animadores como los de mi tiempo —dijo Paco de Soria.

—¿Y por qué se retiró usted de la televisión? —preguntó Joaquín.

—Porque ya era hora de dar paso a las nuevas generaciones, muchacho —dijo De Soria—. Había que dejarle la posta a la juventud.

—Tú siempre tan generoso, Paco, caracho —dijo don Nicolás.

—Bueno, permiso, voy a tomar algo —dijo Joaquín.

—Somos dos, yo también voy por un trago —dijo Paco de Soria.

Entraron a la cocina y se sirvieron un par de tragos.

—Caramba, no sabía que mi amigo Nicolás tenía un nieto tan buenmozo —dijo De Soria, palmoteándolo en la espalda.

—Gracias, gracias —dijo Joaquín.

—¿Cómo la estás pasando? ¿Triste porque se casa la hermanita querida, ah?

—Sí, pues, así es la vida.

—Oye, muchachón, quería hacerte una preguntita, me vas a perdonar la confianza, pero yo me siento un muchacho como tú —dijo De Soria, guiñándole un ojo—. ¿Por casualidad no tendrás un poquito del polvo que levanta muertos?

—No, no —dijo Joaquín, sorprendido.

—Vamos, muchachón, no me cojudees, pues —dijo De Soria—. Yo seré viejo pero no cojudo.

—No sé a qué se refiere, señor.

—A las caspas de Atahualpa, pues, hombre. Al talco de los dioses.

—¿Qué es eso?

—No te hagas el cojudo conmigo, pues, Joaquincito, que a mis años yo ya he visto todo, ya estoy de vuelta. Ven, vamos al baño, muchachón, ten piedad de este pobre viejo.

Paco de Soria salió de la cocina y se dirigió al baño. Joaquín lo siguió. De Soria echó un vistazo para asegurarse de que nadie estuviese viéndolos, entró con Joaquín al baño de visitas, cerró la puerta y puso pestillo. Bajo la intensa luz del baño, De Soria se veía aún más viejo, la cara arrugada de tanto sonreír a sueldo, los ojos vidriosos, los dientes amarillentos de fumador veterano. Sin decir una palabra, Joaquín sacó la cocaína de su billetera.

—Te pasas, muchachón —dijo De Soria—. Yo sabía que me ibas a dar una levantadita.

Luego palmoteó a Joaquín con tanto entusiasmo que la coca se cayó y se desparramó en el piso.

—Mierda —dijo Joaquín.

—Conchasumadre, qué mala suerte, carajo —dijo De Soria—. No te preocupes que yo la recojo, muchachón.

Entonces se arrodilló, agachó la cabeza hasta el suelo y aspiró la coca con una fuerza descomunal.

* * *

Cogidos de la mano, Ximena y José Luis paseaban alrededor de una mesa llena de dulces. Tratando de olvidar el incidente del baño de visitas, Joaquín se acercó a su hermana.

—De verdad no sabes cuánto te agradezco que hayas venido —le dijo ella, llevándose a la boca un pequeño maná en forma de pajarito.

—Nunca te he visto más linda que hoy, Xime —dijo él.

—Ay, si supieras el trabajo que me ha costado —dijo ella, suspirando—. Horas de horas en la peluquería.

—¿Y tú cuándo te casas, pues, Joaquincito? —preguntó a gritos José Luis.

—No sé, no sé —dijo Joaquín.

—Ya es hora de sentar cabeza, cuñadito —dijo José Luis, con una sonrisa burlona—. Te digo una cosa, el matrimonio da miedo, pero es un paso importante que hay que dar en la vida.

—Sumamente importante, sumamente —añadió Ximena, probando una bolita de chocolate.

—La verdad, yo no pienso casarme —dijo Joaquín.

—Eso dicen todos, eso dicen todos, pero después terminamos enterrando el pico —dijo José Luis, sonriendo.

—Yo no pienso enterrar ningún pico —dijo Joaquín, que no podía disimular la antipatía que sentía por su cuñado.

—Está bien, pero no te piques, pues, cuñadito —dijo José Luis, palmoteándolo en el brazo.

—¿De verdad no te gustaría casarte? —le preguntó Ximena a su hermano.

—De verdad —dijo Joaquín.

—No te creo —dijo Ximena, sorprendida—. ¿Por qué, ah?

En ese momento, Joaquín tuvo ganas de estropear el cuento de hadas que había sido la vida de su hermana Ximena.

—Porque soy homosexual —le dijo, mirándola a los ojos.

No bien lo dijo, ya estaba arrepentido.

Y pensó: cuando estoy duro, siempre hablo demasiado.

Jose Luis lo miró, desconcertado. Ximena sólo atinó a pestañear nerviosamente.

—Qué malo eres —dijo ella, el ceño fruncido, los labios apretados—. ¿Cómo me dices eso el día de mi matrimonio?

Una lágrima corrió por su mejilla, arruinando el maquillaje de tantas horas.

—¿No te da vergüenza hacer llorar a la novia? —dijo José Luis.

* * *

Cuando amaneció, todos los invitados ya se habían marchado. Un par de horas antes, Ximena y José Luis se habían cambiado, habían salido entre una lluvia de arroz y se habían dirigido al aeropuerto para subir a un avión que los llevaría al Caribe. Después de acompañar a los últimos invitados hasta la puerta, Maricucha se quitó los zapatos, se echó en uno de los sillones de la sala y se quedó dormida. Sentado en una de las mesas del jardín, Luis Felipe estaba tomando un trago más. Joaquín salió al jardín y se sentó al lado de su padre. No había hablado con él en toda la noche. En realidad, no había hablado con él en mucho tiempo.

—¿Qué te pareció la fiesta? —le preguntó.

Luis Felipe había bebido todo lo que había podido. A esas horas, ya no podía disimular los estragos del licor.

—Todo estuvo perfecto —dijo, con una voz ronca.

Gracias a la coca que había aspirado toda la noche, Joaquín estaba más despierto que su padre.

—Me da gusto que hayas venido a la casa después de tanto tiempo —dijo Luis Felipe.

Se quedaron callados.

—Papá, hay algo que hace tiempo quiero decirte —dijo Joaquín, hablando lentamente.

Sentía la boca seca, los labios rajados.

121

—No me lo tienes que decir, hijo —dijo Luis Felipe—. Ya lo sé. Lo supe desde que eras chico.

Hubo un silencio. A lo lejos se oían las cornetas de un panadero.

—¿Estás avergonzado de mí, no es cierto? —preguntó Joaquín.

Luis Felipe tomó un trago. Su mano derecha tembló un poco.

—No —dijo, y tosió fuertemente—. Pero no eres el hijo que me hubiera gustado tener.

—¿Cómo te hubiera gustado que yo sea, papi? —preguntó Joaquín.

—Militar —dijo Luis Felipe, sin dudarlo un segundo—. Yo siempre quise que mi hijo mayor fuera militar.

Joaquín recordó las tantas veces que su padre trató de convencerlo para que entrase a la Marina.

—Aunque no me lo hayas pedido, te voy a dar un consejo franco con el cariño que te sigo teniendo, porque seas como seas, con todos tus defectos, sigues siendo mi hijo —dijo Luis Felipe, la voz muy ronca, castigada por los excesos de esa noche—. Tienes que irte de Lima, Joaquín. Esta ciudad es muy chica. Aquí todos nos conocemos. Tu estilo de vida va contra nuestra moral, contra la moral de las familias decentes de Lima. Ándate lejos y vive como te dé la gana, pero no hagas sufrir más a tus padres, que siempre han querido lo mejor para ti.

Joaquín se quedó callado, sin saber qué decir. Luis Felipe bostezó, empujó su silla hacia atrás y trató de pararse. Entonces se tambaleó como un animal herido y se fue de espaldas al suelo.

—Carajo, pisé mal, se me adormeció la pierna —dijo, tratando de levantarse.

Joaquín ayudó a su padre a levantarse y le limpió el saco, dándole unas palmadas en la espalda.

—¿Estás bien? —le preguntó.

—¡Firmes! —gritó Luis Felipe, juntando bruscamente sus pies, llevándose una mano a la frente, saludando como militar.

AMISTADES PELIGROSAS

Alfonso y Joaquín se hablaron por primera vez el día que los expulsaron de la universidad. Estaban esperando sus cartas de expulsión en la oficina del doctor Villalba, el decano de letras, cuando Alfonso miró a Joaquín y sonrió.

—¿En qué te jalaron? —le preguntó.

—En lógica —dijo Joaquín—. ¿Y a ti?

—En historia universal.

—No friegues. Yo pensé que ese curso era fácil.

—Nada que ver.

Se quedaron callados. No había nadie más en la pequeña sala de espera donde estaban sentados. Alfonso era alto, muy blanco. Tenía el pelo marrón y los ojos celestes. Joaquín lo había visto varias veces dando vueltas por la rotonda de la universidad, y le había parecido un chico bastante atractivo.

—¿Crees que nos botan de todas maneras? —preguntó Alfonso.

—Ajá —dijo Joaquín—. Villalba es un cabrón. Le encanta botar gente.

—Mis viejos me van a cortar los huevos cuando se enteren —dijo Alfonso—. Por suerte están de viaje. Al menos tengo una semana para pensar bien lo que les voy a decir.

Poco después, una secretaria salió de la oficina de Villalba y les entregó unos sobres manila.

—Sus cartas de expulsión, jóvenes —les dijo—. El doctor Villalba lamenta que no hayan sido capaces de rendir a la altura de esta casa de estudios.

—Gracias —dijeron los dos, al mismo tiempo, y salieron de la oficina.

Leyeron sus cartas de expulsión, mientras caminaban al estacionamiento de la universidad.

—Por fin se acabó esta farsa —dijo Joaquín.

—Pero nunca vamos a ser profesionales —dijo Alfonso.

—Qué chucha —dijo Joaquín—. En este país los que suben no son los profesionales sino los pendejos. Acá el cartón no vale nada. Lo importante en el Perú es saber de mañas.

—Sí, pues, tienes razón.

Cuando llegaron al estacionamiento, Alfonso se detuvo frente a su carro y sacó sus llaves.

—¿Quieres que te jale? —preguntó.

—No, gracias —dijo Joaquín—. Yo también estoy en carro.

—¿Tienes algo que hacer?

—No. Pensaba bajar al Suizo a comer un pescadito.

—¿Por qué no te vienes a mi casa y almorzamos en la piscina?

—¿En serio?

—Claro. Hay que aprovechar que mis viejos están de viaje, ¿no?

—Bueno, yo encantado. Mil gracias, Alfonso.

—¿Me sigues?

—Perfecto.

—A ver si llegamos a La Planicie en menos de trece minutos y rompo mi récord.

Alfonso subió a su carro y lo puso en marcha. Al pasar al lado de Joaquín, sobreparó, rompió en pedazos su carta de expulsión y la arrojó por la ventana.

—Villalba chuchatumadre, que te cache un burro ciego —gritó, y aceleró de golpe, haciendo chirriar las llantas de su carro.

Joaquín se rió, prendió su carro y aceleró, tratando de alcanzar a Alfonso. Los dos salieron de la universidad haciendo un estruendo de motores.

—Más despacio, jijunas —les gritó Poma, el vigilante de la universidad.

Alfonso y Joaquín manejaron como unos enloquecidos: cruzaron semáforos en rojo, hicieron toda clase de maniobras temerarias, estuvieron a punto de arrollar a algún peatón, provocaron insultos, bocinazos y gestos obscenos. Quince minutos después, llegaron a La Planicie.

—Casi batimos el récord —dijo Alfonso, al bajar de su carro.

—Sentí como si estuviésemos jugando Nintendo —dijo Joaquín.

Apagaron los carros y entraron a la casa. Era una casa grande, moderna, con piscina y amplios jardines.

—Charito, ya llegué —gritó Alfonso—. Haz almuerzo para dos.

—Ahorita joven —gritó Charito, la empleada, desde la cocina—. Diez minutitos nomás que se termine la novela, no sea malito.

—Ya está que pide castigo la Charito —dijo Alfonso, bajando la voz, sonriendo.

—¿Qué edad tiene la chola? —preguntó Joaquín.

—Diecisiete, dieciocho, algo así —dijo Alfonso—. Ya está como para reventarle la piñata.

Se rieron. Entraron al cuarto de Alfonso. Era un cuarto

grande, alfombrado, con aire acondicionado. Alfonso sacó un par de ropas de baño de su clóset.

—¿Qué tal un piscinazo? —dijo.

—Genial —dijo Joaquín.

Se cambiaron y fueron a la terraza. A pesar que todavía no era verano, había una resolana en La Planicie.

—Linda casa —dijo Joaquín, mirando los jardines de la casa, que se extendían hasta las laderas de un cerro.

—Mi viejo no sabe si venderla —dijo Alfonso—. Está medio preocupado por la situación. Está pensando zafar si las cosas empeoran.

—Yo si tuviera plata me iría del Perú mañana mismo.

—Yo también, hermano.

Alfonso se tiró de cabeza a la piscina y buceó de un extremo a otro. Joaquín entró a la piscina por las escaleras. Charito salió a la terraza con limonadas y bocaditos.

—Buenas tardes, jóvenes —dijo.

Era una mujer joven, de aspecto agradable. Estaba uniformada con un vestido celeste y una chompa azul.

—Charito, acá mi amigo dice que te puede hacer feliz a la noche —dijo Alfonso.

—Joven Alfonsito, si me sigues fastidiando le voy a decir a tu mamá —dijo ella, sonriendo, y regresó a la cocina.

—Chola pendeja, uno de estos días te voy a contrasuelear —dijo Alfonso, bajando la voz.

—¿Te la has agarrado? —preguntó Joaquín.

—Un par de veces, pero no se deja cachar —dijo Alfonso—. Ahora que mis viejos están de viaje, va a tener que pagar peaje.

Nadaron un poco y se sentaron en las escaleras de la piscina.

—¿Tus viejos ya saben que te han choteado de la universidad? —preguntó Alfonso.

—No —dijo Joaquín—. Y me llega al pincho si se enteran, porque yo vivo solo.

—¿No jodas? ¿Cómo así?

—Hace tiempo vivo solo. No aguanto a mis viejos.

—¿Dónde vives?

—En un hostalito frente al Olivar.

—¿Y no te cuesta un culo de plata?

—No tanto, es barato. Además, me lo paga mi vieja.

—Carajo, bien por ti.

Se quedaron callados. Alfonso se zambulló tirando la cabeza para atrás. Salió del agua peinado.

—Oye, ¿no te gustaría venirte una semanita a mi casa mientras mis viejos estén de viaje? —preguntó.

—No, ni hablar —dijo Joaquín—. Sería una gran conchudez de mi parte.

—Ninguna conchudez, hombre, si yo te estoy invitando. Eso sí, sólo mientras mis viejos estén de viaje. El día que ellos vengan, tú zafas al toque.

—No sé, Alfonso. Recién nos hemos conocido. No quiero pasarme de conchudo.

—Aprovecha, hombre. Te ahorrarías algo de plata y nos vacilaríamos un montón. Tenemos toda la casa para nosotros.

—Déjame pensarlo.

—El almuerzo está servido, jóvenes —gritó Charito, poniendo unos platos en la mesa de la terraza.

—Almorzamos y vamos a recoger tus cosas al hostal —dijo Alfonso, y los dos salieron de la piscina.

* * *

Esa noche, después de comer, Alfonso, su hermana Tati y Joaquín se sentaron a ver televisión. Tati tenía dieciséis años, cuatro menos que Alfonso y Joaquín. Era una chica no muy alta, de pelo rubio y largo. Tenía, como su hermano, unos ojos grandes y celestes.

—Bueno, Tati, ya es hora de que te vayas a dormir —le dijo Alfonso, mirando su reloj—. Mañana tienes que levantarte temprano para ir al colegio.

—Ay, qué pesado eres, Alfonso —dijo Tati—. Yo ya estoy grandecita para saber a qué hora me voy a acostar.

—A dormir, niña —dijo Alfonso, y apagó el televisor.

—Aj, te odio cuando te crees el papá de la casa —dijo Tati.

Luego se puso de pie, entró a su cuarto y tiró la puerta. Alfonso prendió el televisor y fue cambiando de canales. Eran las doce de la noche. En todos los canales estaban tocando el himno nacional.

—Qué canción tan fea, carajo —dijo, y apagó el televisor—. No puedo escuchar este himno ridículo. Me deprime.

Se puso de pie y miró a Joaquín con una sonrisa pícara.

—¿Qué tal si vamos un ratito al cuarto de Charito? —dijo.

—No, mejor no —dijo Joaquín—. La pobre Charito ya debe estar dormida.

—Acompáñame, no seas cabro. Nos vamos a cagar de risa.

—Todavía está muy chiquilla la Charito, hombre. No la vayamos a traumar.

—Parece chiquilla, pero es una sapaza. Yo sé lo que te digo, Joaquín.

—¿Y si después le cuenta a tu mamá?

—No, yo me la tengo comprada a Charito. La chola es fiel conmigo.

—Bueno, vamos, pero yo me quedo afuera de su cuarto.

Entraron a la cocina y salieron al patio trasero. Había ropa húmeda colgada en varios alambres, y un fuerte olor a lejía y jabón barato. Alfonso tocó la puerta del cuarto de Charito.

—Charito, abre, soy soy —dijo, en voz baja.

Charito abrió la puerta. Estaba en piyama. Tenía puesto un buzo gris que decía «Colegio La Musa».

—¿Qué desea, joven Alfonsito? —preguntó.

—Abre, pues, Charo —dijo Alfonso—. He hablado por teléfono con mi mamá y ella me ha pedido que hable contigo.

—Dígame, joven.

—Déjame pasar, que no soy el cuco.

Alfonso entró al cuarto de Charito y se sentó en la cama.

—Hablé por teléfono con mi mamá —dijo—. Dice que de todas maneras nos mudamos a Caracas.

—Qué bueno, joven —dijo Charito, sonriendo.

—Y yo le dije que tú tienes que venir con nosotros, Charo.

—Ay, joven, qué buenísimo es usted, no sabe cuánto le agradezco.

—La verdad, Charito, mi mamá no está muy convencida, porque dice que allá se consigue fácil empleadas baratas, pero yo le he dicho que tenemos que llevarte porque eres una buena chica y haces bien tu trabajo.

—Gracias, joven Alfonsito.

—¿A ti te gustaría venir, no es cierto?

—Ay, por supuestísimo, joven, yo feliz de la vida me voy con ustedes.

—Pero no va a ser fácil, Charito, voy a tener que convencer a mis papás.

—Sí, pues, joven, pero usted los convence, usted tiene su buena labia, y para la señora su opinión es ley.

—Yo te prometo que los voy a convencer, pero tú tienes que hacerme un favorcito, Charo.

—Dígame, joven, lo que usted mande.

—Una chupadita a mi amigo y a mí.

Charito se asomó afuera del cuarto y vio a Joaquín escondido detrás de la ropa colgada

—Joven Alfonsito, qué atrevido eres —dijo—. Váyase de mi cuarto, por favor.

—Charito, si quieres que te ayude, tienes que portarte bien —dijo Alfonso.

—No sea malcriado, pues, joven, qué va a decir su amigo —dijo ella.

—Mi amigo dice que eres una cholita bien rica y que ya te debe picar la chuchita —dijo Alfonso.

—Joven, no hable así —dijo ella, riéndose nerviosamente.

—Ven, Charito, dame una chupadita, primero yo y después mi amigo —dijo Alfonso.

—Yo mejor no —dijo Joaquín.

—Ya ve, joven Alfonsito, aprenda de su amigo que no es tan sabido —dijo Charito.

Alfonso abrió su bata y le enseñó a Charito su sexo erguido.

—Joven, qué barbaridad, tápese —dijo ella, llevándose una mano a la boca.

—Charito, si quieres venir a Caracas tienes que hacerme el favorcito —dijo Alfonso—. Ven, arrodíllate. Ven, pues, no te hagas la difícil.

Ella se arrodilló frente a Alfonso.

—¿Pero me promete que me llevan a Caracas? —preguntó.

—Te prometo, Charito —dijo Alfonso—. De todas maneras vienes con nosotros.

Ella se tapó los ojos con una mano y metió el sexo de Alfonso en su boca.

—Muy bien, mi cholita, muy bien —dijo Alfonso, sonriendo.

* * *

Al día siguiente, Alfonso y Joaquín se despertaron después del mediodía y fueron a almorzar al club de La Planicie. Había poca gente en el club. El día estaba espléndido: había salido el sol y corría una brisa fresca. Se sentaron en una de las mesas de la terraza y comieron todo lo que les provocó.

—Me encanta almorzar en este club porque uno se olvida que está en Lima —dijo Alfonso, cuando terminaron.

—Sí, este sitio es precioso —dijo Joaquín.

—Además, acá se come que da gusto —dijo Alfonso, frotándose la barriga—. Y lo mejor es que no hay cholos. A este club los cholos sólo entran como mozos.

Se rieron. Alfonso pidió la cuenta. Un mozo de piel oscura y pelo engominado agachó la cabeza y fue a la caja registradora.

—Ay, carajo, si mis viejos se mudan a Caracas, voy a extrañar la buena atención de la indiada peruana —dijo Alfonso, y eructó ruidosamente.

El mozo se acercó con la cuenta. Alfonso la firmó sin revisarla.

—Invita mi viejo —dijo.

—Mil gracias —dijo Joaquín.

Se pusieron de pie, salieron del club y regresaron a la casa de los padres de Alfonso, que estaba a tres cuadras del club. Tati todavía no había llegado del colegio. Charito estaba viendo televisión en la cocina.

—Charito, no me pases llamadas que voy a hacer siesta —gritó Alfonso.

—Ya, joven —gritó Charito, desde la cocina.

Alfonso entró a su cuarto, seguido por Joaquín. Luego cerró la puerta y prendió el aire acondicionado.

—Ahora sería perfecto rematar el almuerzo con un tronchito —dijo, quitándose la ropa—. Pero como gran huevón me he olvidado de comprar marihuana.

—Yo tengo un poquito —dijo Joaquín.

—¿No jodas? Yo pensé que tú eras sanísimo.

—Las apariencias engañan.

Joaquín sacó un poco de marihuana de su maleta y se la enseñó.

—Está fresquita —dijo Alfonso, después de olerla—. ¿Tienes papel?

—También.

—Carajo, qué maravilla.

Sentados en la cama, separaron las pepitas de la marihuana, enrollaron la hierba en uno de los papeles y prendieron el troncho.

—Está buenaza —dijo Alfonso, tosiendo, luego de dar la primera pitada.

Dieron varias pitadas más y apagaron el troncho. Alfonso cerró las cortinas y el cuarto se oscureció. Luego se echaron en la cama, uno al lado del otro. Se quedaron callados. Tenían los ojos hinchados, enrojecidos.

—¿Es verdad lo que Carlos Miranda decia de ti en la universidad? —preguntó Alfonso.

—¿Qué decía?

—Que una vez se la chupaste.

Joaquín no supo qué decir.

—Carlos Miranda es un hijo de puta —dijo—. Pero es verdad que se la chupé.

—¿O sea que eres maricón?

—No sé. Creo que sí. ¿Te jode?

—No, para nada.

—Es algo que no puedo evitar, Alfonso. Por más que quiera cambiar, no puedo.

—No me tienes que explicar nada. Yo sé cómo es eso. A veces yo también me siento medio maricón, sobre todo cuando he fumado un troncho.

—¿Ah, sí? Qué sorpresa. No me lo hubiera imaginado.

—Yo tampoco me imaginaba que tú fumabas tronchos.

—Fumo porque la marihuana me hace sentir muy maricón, me hace sentir como soy de verdad.

Se quedaron callados. De pronto, Alfonso cogió a Joaquín de la mano. Se miraron a los ojos.

—Me gustas —dijo Alfonso.

—Tú también me gustas —dijo Joaquín.

129

Se besaron. Se acariciaron.

—¿Quieres hacerlo? —preguntó Alfonso.

—No sé —dijo Joaquín—. Duele.

—Cuando hay cariño no duele —dijo Alfonso.

Hicieron el amor despacio, con cariño.

* * *

—¿Qué tal si nos metemos una gran pichanga esta noche? —preguntó Alfonso, cuando se despertaron de una larga siesta.

—¿Tienes chamo? —preguntó Joaquín.

En Lima, a la coca le decían chamo, paco, paquirri, falso, falso Paquisha, blanca, blancanieves. Lo más común era decirle chamo.

—No, pero sé adonde podemos conseguirlo —dijo Alfonso.

—¿Dónde?

—En el parque Torres Paz, entrando a Barranco.

—Por si no sabías, Marianito Peschiera cayó comprando coca en Torres Paz.

—No jodas, no tenía la más puta idea.

—Le compró coca a un policía vestido de paquetero y se lo cargaron a la comisaría. Tuvo que pagar una coima de la gran puta para salir.

—Bien salado Marianito, porque yo nunca he tenido problemas en Torres Paz. Yo tengo mi contacto, Chongo, que vende un chamo de primera.

Joaquín dudó.

—No sé si pichanguearme —dijo—. Odio la resaca.

—No te preocupes, hombre, que la coca de Chongo no deja resaca.

Alfonso abrazó a Joaquín.

—¿Alguna vez lo has hecho armado? —le preguntó, hablándole al oído.

—Nunca —dijo Joaquín—. No puedo. No se me para cuando estoy armado. Más bien la pinga se me achica.

—No digas huevadas. Hacerlo armado es una experiencia del carajo.

—Te juro, Alfonso. Yo con coca no puedo.

—Probemos esta noche. Te apuesto que te va a gustar.

—Bueno, ya, vamos.

Entraron al baño, se ducharon juntos usando jabones de almendras, se echaron cremas para evitar la sequedad de la piel y se vistieron con ropas importadas. Luego salieron a la cochera y Alfonso decidió usar el Mercedes de su padre.

—Es una sedita este carro —dijo, prendiendo el motor—. Corre como un avión.

Joaquín abrió la guantera del carro y buscó un casete, mientras Alfonso manejaba a toda velocidad por las curvas de La Planicie.

—A ver si encuentras algo de Luis Miguel —dijo Alfonso—. Ese chiquillo tiene algo.

—Sí. Canta bien y está buenazo.

—La verdad, no es mi tipo.

—Pero no puedes negar que tiene una boquita que provoca.

Joaquín encontró un casete de Luis Miguel, lo puso en el equipo de música y lo retrocedió hasta el comienzo.

—Me parece increíble estar hablando así contigo —dijo Alfonso—. Parecemos dos cabrazos.

—No parecemos. Somos.

—Yo no me considero un cabro, Joaquín.

Luis Miguel empezó a cantar. El Mercedes subía a toda velocidad las empinadas laderas de La Molina.

—Algún día voy a dejar las drogas y los chicos, y me voy a tener que casar —dijo Alfonso, contemplando desde allá arriba las luces de la noche limeña.

Joaquín lo miró y vio en su rostro un gesto de resignación.

—Pero mientras se pueda, hay que disfrutar de la vida —añadió Alfonso, y entró a una curva haciendo chirriar las llantas.

* * *

Un rato después, Alfonso cuadró el carro en una esquina del parque Torres Paz, apagó el motor y abrió la puerta.

—Espérame aquí —dijo—. No me demoro más de cinco minutos.

—Ni cagando —dijo Joaquín—. Yo voy contigo.

—Bueno, como quieras.

Cerraron el carro con llave y caminaron hacia una bodega. El parque estaba sucio, descuidado. Tres de los cuatro postes de luz que debían iluminarlo estaban a oscuras. En una banca, una pareja estaba besándose.

—Oye, chochera, ¿qué andas haciendo? —gritó un hombre bajo, de bigotes, desde la vereda de enfrente.

—Chonguito, hermano —dijo Alfonso, sonriendo—. Justo te estaba buscando.

Alfonso y Joaquín cruzaron la calle y le dieron la mano a Chongo, quien estaba vestido con una camisa abierta, unos pantalones cortos y unas sandalias de jebe.

—Canta, mi chochera —dijo Chongo, bajando la voz—. Lo que tú digas es orden.

—Quiero el mejor chamo que tengas, Chonguito —dijo Alfonso—. Acá para agasajar a mi amigo que se ha graduado de la universidad.

—Ah, carajo, un señor profesional —dijo Chongo, y nuevamente le dio la mano a Joaquín—. Respetos guardan respetos, mi estimado.

—Purita, Chongo, ah —dijo Alfonso—. Que no deje resaca.

—Ese mi chochera, cómo le gusta su coquita rica —dijo Chongo, sonriendo—. ¿De cuánto quieres el falso? ¿De cincuenta o de cien?

—De cien, mejor, para no quedarnos cortos —dijo Joaquín.

—Pasumachu, el profesional está embalado —dijo Chongo, sobándose la barriga.

—Purita, Chongo, ah —insistió Alfonso.

—Te digo, pues, te voy a dar la que jalan los capazotes de Colombia —dijo Chongo—. Anda trayendo el carro que voy por tu paquirri.

Alfonso y Joaquín subieron al carro, sacaron la plata y se acercaron con las luces apagadas a la puerta de un callejón donde había entrado Chongo, quien no tardó en salir. Echó un vistazo a los alrededores, le dio la coca a Joaquín y recibió de manos de Alfonso el dinero acordado.

—Está purito cristal, chocheras —advirtió, y escupió al suelo—. No se engolosinen, inviten bastante, que si no, van a rebotar tres días seguidos.

—Gracias, Chongo —dijo Alfonso.

—Chau, pues, gringuitos —dijo Chongo—. Provecho.

Alfonso aceleró, dobló en la esquina y prendió las luces. Antes de bajar al zanjón, miró por el espejo y se aseguró de que nadie los estuviese siguiendo.

—Listo, carajo —gritó, entusiasmado—. ¿No te dije que no había roches?

—¿La probamos? —preguntó Joaquín.

—Sólo un par de tiros.

—Nada más. Sólo para probarla.

Aspiraron un par de líneas mientras bajaban a la Costa Verde. El Mercedes corría como un avión. Bajaron las ventanas y sintieron el olor a mar, a cerveza, a picarones.

—Quítalo a ese huevón de Luis Miguel —dijo Alfonso—. Pon Doblenueve, más pilas.

Joaquín puso Doblenueve y subió el volumen.

—El Perú será una mierda, pero acá se consigue a precio huevo la mejor coca del mundo —dijo Alfonso—. Te digo una cosa, si mis viejos deciden largarse, voy a extrañar como mierda este país.

—¿Adónde vamos? —preguntó Joaquín.

—Allá arriba, a la cruz del Papa —dijo Alfonso, señalando la cruz iluminada en la cima del morro Solar.

—¿Se puede subir hasta la cruz?

—Claro, allá arriba la vista es el deshueve.

Alfonso siguió manejando rápido. Subieron por un camino de tierra, lleno de curvas, hasta la cima del morro. Al llegar, Alfonso apagó el carro. Bajaron.

—Conchasumadre, Lima se ve preciosa desde aquí arriba —dijo Joaquín.

Veían el mar oscuro, los acantilados por donde tantos suicidas se habían arrojado, las pálidas luces del malecón.

—Vamos al carro —dijo Alfonso.

Se metieron al carro, cerraron todas las ventanas, aspiraron más coca y se besaron.

—¿Estás bien armado? —preguntó Alfonso.

—Durazo —dijo Joaquín.

—Entonces cachemos.

Antes de hacerle el amor a Joaquín, Alfonso mojó uno de sus dedos con saliva, lo metió al paquetito de coca y puso un poco de coca en la punta de su sexo.

—Vas a ver qué rico se siente con chamo en la puntita —dijo.

Luego se amaron con los ojos bien abiertos para no perderse esa hermosa vista de Lima.

* * *

—Te voy a contar algo que nunca le he contado a nadie —le dijo Alfonso a Joaquín.

Estaban de regreso en la casa de La Planicie. Se habían metido al *jacuzzi* de los padres de Alfonso. Seguían aspirando coca, cada vez con más frecuencia, con más ganas de hablar.

—Te prometo que de aquí no sale —dijo Joaquín.

—Cuando era chico, una vez me violaron —dijo Alfonso.

—¿Cómo así? —preguntó Joaquín, sorprendido.

Alfonso aspiró más coca y bebió un trago de whisky puro. Luego habló lentamente.

—Vivíamos aquí, en La Planicie. Yo tenía doce o trece años, no me acuerdo bien. Estaba de vacaciones en el colegio. Todos los días iba al club a tomar clases de golf. Mi casa quedaba cerca del club, o sea que me iba a pata. Un día, un tipo muy amigo de mi papá, que iba al club a jugar golf en las tardes, me dijo para traerme de regreso a la casa. El tipo era buenísima gente. Aparte, tenía un culo de plata, no por negocios sino de familia. Bueno, la cosa es que me subí a su carro y en el camino me dijo para parar un ratito en su casa. Tenía un caserón increíble, la mejor casa de La Planicie. Me paseó por su casa, me enseñó su cuarto, la piscina, el gimnasio, todo de lo más buena gente. De repente me dijo qué tal si sudamos un ratito en el sauna, es muy saludable. Al lado de su cuarto, el tipo tenía un sauna chiquito. A mí me pareció medio raro, pero no dije nada. El tipo prendió el sauna y se calateó al toque. Yo me quité la ropa y entré al sauna tapándome con una toalla. Él se sentó a mi lado, calato. Para esto, ya se le había parado. Entonces, como quien no quiere la cosa, me preguntó si alguna vez había visto una pinga tan grande como la suya. Yo le dije que no y traté de hacerme el loco. No sabía qué carajo hacer, me cagaba de miedo, pero ya estaba metido allí, tenía que tirar para adelante nomás. Él se rió y me preguntó de qué tamaño la tienes tú, Alfonsito, a ver déjame ver. Yo se la enseñé, y él me dijo no está mal, tienes una buena pistolita. Al poco rato, salimos del sauna, nos dimos un duchazo y el tipo me dijo para darme unos masajes. Yo le dije que mejor no, pero él no me hizo caso. Me eché en su cama y empezó a hacerme masajes en la espalda. Se había echado algo en las manos. Resbalaban, las tenía como grasosas. De repente, empezó a tocarme el poto sin decirme nada, todo muy normal. En eso sentí una presión fuerte en el poto y el tipo me la empujó con todo. Me dolió como mierda. Grité. Me acuerdo clarito que él se movía atrás mío y me decía que si me portaba bien me iba a dar un premio. No sabes cómo me dolió, Joaquín. De ahí me regaló uno de sus palos de golf y me trajo a mi casa como si nada.

Se miraron largamente, sin pestañear, con los ojos muy abiertos por la coca. El *jacuzzi* estaba hirviendo. Un chorro de agua caliente los golpeaba en la espalda.

—¿Y no les dijiste nada a tus viejos? —preguntó Joaquín.

—No —dijo Alfonso—. Me quedé callado.

—¿Y qué fue de ese cabrón?

Alfonso inclinó su cabeza hacia la fuente de plata donde había dividido la coca, y aspiró un par de líneas con una cañita de plástico.

—Al poco tiempo se mató en un accidente bien raro —dijo—. Una noche salió con tragos del club, iba de regreso a su casa y se dio una vuelta de campana. Salió volando por la ventana. El carro le cayó encima y lo aplastó. Murió chancado como una cucaracha. Quedó hecho mierda. Mis viejos fueron a su entierro. Yo no quise ir. Me acuerdo que al regreso del cementerio mi vieja lloraba y decía que ese tipo era uno de los hombres más buenos que había conocido.

* * *

—Si no tomamos unas pastillas, no vamos a poder dormir —dijo Alfonso.

A esa hora de la madrugada, ya se habían quedado sin

coca. Alfonso tenía los ojos muy abiertos y la nariz hinchada. Se sonaba constantemente la nariz con un pañuelo mojado en agua caliente. A Joaquín le temblaban las manos.

—Es peligroso tomar pastillas cuando uno está armado —dijo.

—Cojudeces —dijo Alfonso.

Luego abrió los cajones del baño de sus padres, buscando alguna pastilla para dormir.

—Por acá deben estar —dijo, rebuscando entre perfumes, polvos de maquillaje, cremas y medicamentos—. Mi vieja tiene un montón de pepas.

Por fin, encontró un frasco de somníferos. Tomó tres pastillas y le dio el frasco a Joaquín.

—Con esto duermes como un niño y sueñas con negros calatos —le dijo, sonriendo.

Joaquín tenía la cara tan dura que no pudo sonreír. Sacó un par de pastillas y se las tragó con dificultad. Luego fueron al cuarto de Alfonso y se echaron boca arriba.

—Haber nacido en el Perú y ser homosexual es como una maldición —dijo Joaquín.

—Trata de no pensar —dijo Alfonso—. Cuando uno está de bajada lo peor es pensar.

—Yo quería ser presidente, pero todo se jodió porque soy homosexual.

—Tranquilo, Joaquín, no te pongas depresivo. Los buenos pichangueros aguantan la bajada sin deprimirse.

—¿Tú crees que yo hubiera sido un buen presidente?

—Serías un presidente del carajo. Desde ahorita cuenta con mi voto.

—Nadie votaría por un rosquete para presidente. Salvo los rosquetes, claro.

—Pero nadie tiene por qué saber que eres maricón. Te casas con una rubia (porque tú sabes que los cholos no votan por cholos), tienes un par de hijos bonitos y listo, no te para nadie, el dos mil tú eres el hombre. ¿Te imaginas las orgías de la gran puta que podríamos armar en Palacio con esos edecanes churrazos?

—Sí, no suena nada mal.

—Además, te apuesto que no serías el primer presidente maricón.

—Pero es imposible, Alfonso. Soy maricón, soy un coquero, me han botado de la universidad. Digamos que no tengo currículum como para ser presidente.

—Huevón, en el Perú cualquiera con buena pinta y buena labia es presidente.

—Además, yo no podría tener hijos.

—Los hijos son para hacer pantalla nomás. Un presidente

con un par de hijos rubios y un perrito en el jardín siempre se ve mejor.

—Yo no puedo con las mujeres, Alfonso.

—En ese caso me prestas a tu esposa, me la cepillo y te la dejo llenita. Te saldría un cachorrito blanco y con ojos azules.

—Buena idea.

—Ahora tratemos de dormir, y mañana comenzamos a planear tu campaña.

Poco después, Joaquín se puso de pie, caminó al baño, se sonó varias veces la nariz y se quedó un rato frente al espejo, dando una imaginaria conferencia de prensa como presidente del Perú.

* * *

—Mierda, qué dolor de cabeza —fue lo primero que dijo Alfonso, a la mañana siguiente.

Tenía la cara hinchada, los labios rajados, la mirada sosa. Joaquín estaba echado en la cama, sonándose la nariz a cada rato. Había puesto un rollo de papel higiénico a su lado. Después de sonarse, tiraba los papeles arrugados a la alfombra.

—Le voy a decir a Charito que nos prepare un desayuno de la gran puta —dijo Alfonso, levantándose de la cama con dificultad.

Fueron a la cocina en bata y con anteojos oscuros. Caminaron lentamente, con las manos en los bolsillos.

—Me duele el pecho, Alfonso.

—No exageres, Joaquín. Sólo ha sido una pichanguita.

—Si sigo metiéndome tiros, voy a morir durazo una noche.

Entraron a la cocina. Charito estaba leyendo la sección de espectáculos de *El Comercio*.

—Ay, jóvenes, qué barbaridad —dijo—. Qué tales caras me han sacado para el diario.

—Haz dos desayunos con todo, Charo —dijo Alfonso.

Salieron a la terraza. El día estaba nublado. Apenas podían verse los cerros detrás del jardín de la casa.

—Deberíamos largarnos unos días a una playa tranquila —dijo Alfonso.

—Yo feliz, porque la coca me está matando —dijo Joaquín.

Alfonso se sacó los anteojos oscuros y sonrió.

—Ya sé —dijo—. Vámonos a Punta Sal.

—Qué rico sería.

—Nos encerramos en un *bungalow* a fumar tronchos todo el día.

—Suena delicioso.

—Vámonos hoy mismo, Joaquín.

—Pero creo que Punta Sal es caro.

—No te preocupes, mis viejos han dejado plata de sobra. Alfonso entró a la sala, volvió a la terraza con un teléfono inalámbrico, y, mientras tomaba desayuno, hizo los arreglos del viaje. Esa misma tarde subieron a un Aeroperú con destino a Talara. Cada uno llevaba veinte tronchos de marihuana en los bolsillos.

* * *

—¿Cuándo descubriste que te gustaban los hombres? —preguntó Alfonso, echado en una hamaca.

Ya era de noche. Estaban en la terraza de una cabaña del hotel de Punta Sal. El clima estaba fresco, agradable. Una luna llena, de matices amarillos, iluminaba el cielo del norte peruano.

—Cuando era un niño —dijo Joaquín.

—Cuéntame cómo fue.

—Una vez que fui de paseo con un tío a su casa en el campo.

—¿No jodas que tu tío se pasó de pendejo contigo?

—No, con mi tío no pasó nada. Él es un caballero, es bien buena gente, aunque curiosamente también es maricón.

—Bueno, sigue.

—Una vez fui a casa de mi tío en Canta, como a tres horas de Lima. Fuimos mi tío, un amigo suyo de la Marina y yo.

—¿Cuántos años tenías?

—Diez, once, no estoy seguro. Era un chiquillo de lo más inocente. Por supuesto, no tenía idea que mi tío era maricón. Este tío tiene un montón de plata. Le fascinan los chicos de la Marina. Es famoso porque arma unas orgías increíbles con los marinos más churros del Perú.

—Carajo, deberías presentármelo.

—El marino era bien guapo y fortachón. Se llamaba Zaric, capitán de fragata Zaric. Una tarde, mi tío salió a cazar vizcachas, y Zaric y yo nos quedamos solos. Nos pusimos a jugar cartas y Zaric me dijo que el ganador de tres juegos seguidos escogía el castigo del otro. Como te imaginarás, Zaric jugaba mucho mejor que yo, o sea que me ganó tres juegos seguidos. Entonces me dijo que mi castigo era encontrar el periscopio que tenía escondido entre su ropa.

—Qué tal pendejo el capitán Zaric.

—Yo me senté a su lado y empecé a rebuscar los bolsillos de su casaca, de su camisa, y él me decía frío, frío, estás lejos del periscopio, y yo metí mis manos a los bolsillos de su pantalón y él dijo tibio, tibio, y luego, como jugando, metí mi mano adentro de su pantalón y él dijo caliente, caliente, y cuando le toqué la pinga, él dijo ajá, encontraste el periscopio,

137

y yo saqué mi mano al toque, medio nervioso. Entonces él me dijo si quieres te enseño mi periscopio y así podemos jugar al submarino. De repente se bajó la bragueta y me la enseñó. Me acuerdo que no le habían hecho la circuncisión. Medio en broma, Zaric me dijo para jugar al submarino, y yo le pregunté cómo se jugaba eso, y él se la agarró y me dijo cuando yo diga a flote, tú bajas tu mano y sale la cabecita a flote, y cuando yo diga submarino, tú subes y la cabecita se mete abajo del agua. Él se echó en el piso, agarró mi mano y la puso encima de su pinga. De ahí empezó a decir a flote, y yo bajaba, submarino, y yo subía, a flote, submarino, a flote, submarino, más rapido, marinerito, más rapido, a flote, submarino, y en eso dijo alístese, marinerito, que vamos a disparar unos proyectiles a las naves enemigas, y eyaculó tan fuerte que me manchó la cara. Después nos limpiamos y seguimos jugando cartas.

Alfonso se levantó de la hamaca, se arrodilló al lado de Joaquín y lo besó en la boca.

—Eres un puto, chiquillo —le dijo.

—Yo sé, yo sé —dijo Joaquín—. Pero no puedo evitarlo.

Luego fumaron marihuana y fueron a bañarse en la piscina.

* * *

A la mañana siguiente, Alfonso y Joaquín todavía dormían cuando tocaron la puerta de la cabaña donde se habían alojado. Alfonso se levantó, se puso una bata y abrió la puerta.

—¿El señor Alfonso Cisneros? —le preguntó una mujer.

—Así es —dijo Alfonso.

—Encantada —dijo la mujer—. Soy Carolina Gonzales, la administradora del hotel.

Joaquín saltó de la cama y se asomó a la puerta.

—Lamento haberlos despertado, pero es un asunto bastante delicado —dijo ella.

Era una mujer de mediana edad. Estaba vestida con una blusa amarilla, una falda negra y unos zapatos de taco alto.

—Dígame en qué la puedo servir —le dijo Alfonso.

—Mire, señor Cisneros, me veo obligada a informarle que esta mañana hemos recibido quejas de varios huéspedes en relación a la conducta que usted y su amigo han tenido anoche en las instalaciones del hotel —dijo la mujer.

—Ajá —dijo Alfonso.

—¿Y por qué se han quejado esos huéspedes, señorita? —preguntó Joaquín.

—Mire, le repito, es algo muy delicado, pero algunos huéspedes han venido a la administración a informarnos que ustedes han estado anoche en la piscina observando una conducta indebida, una conducta que está reñida con las reglas morales de este hotel.

—Bueno, sí, anoche nos hemos bañado en la piscina, pero yo no sabía que eso estaba prohibido —dijo Alfonso.

—Desde luego que eso no está prohibido, señor Cisneros —dijo la mujer—. Lo que sí está prohibido es que dos hombres se besen en la piscina del hotel a vista y paciencia de los demás huéspedes.

—Con todo respeto, señorita, me parece que está usted exagerando —dijo Joaquín.

—Por último, ¿qué tiene de malo que nos hayamos besado? —preguntó Alfonso—. ¿Acaso le hemos hecho daño a alguien?

—Por supuesto que sí, señor Cisneros —dijo la mujer—. Este hotel tiene una reputación muy bien ganada y no puede permitir esas muestras de inmoralidad. Dos hombres besándose constituyen una ofensa a la ética y la moral de nuestros clientes. Además, tengan en cuenta que tenemos alojados menores de edad que podrían presenciar ese espectáculo vergonzoso.

—Dos hombres besándose no son una inmoralidad ni una vergüenza, señorita —dijo Joaquín.

—Ésa será su opinión, joven, pero la administración del hotel no coincide con usted —dijo la mujer.

—Bueno, mil disculpas, señorita —dijo Alfonso—. Le aseguro que esto no se va a repetir.

—Lamento tener que decirles que no pueden permanecer en el hotel —dijo la mujer—. Han cometido una falta grave que viola nuestro reglamento interno, de manera que les ruego que abandonen el hotel antes del mediodía.

—Esto es increíble —dijo Alfonso—. Debería darle vergüenza.

—A usted debería darle vergüenza andarse besuqueando con hombres —dijo la mujer.

—Seguro que usted es una solterona —dijo Alfonso.

—Oiga, señor Cisneros, no me falte el respeto, por favor, que está tratando con una dama —dijo la mujer, subiendo la voz.

—Voy a mandar una carta a *Caretas* para que todo el país se entere de esto —la amenazó Joaquín.

—Hagan lo que quieran, pero por favor márchense antes del mediodía —dijo la mujer, y bajó las escaleras de la cabaña.

—Solterona aguantada —gritó Alfonso.

Joaquín soltó una carcajada, espantando a algunos cangrejos que zigzagueaban en la arena.

* * *

—¿Tú te atreverías a contarles a tus viejos que eres homosexual? —preguntó Joaquín, en el avión de regreso a Lima.

—Ni hablar, estás loco, me harían un escándalo del carajo —dijo Alfonso.

—Pero si los quieres, deberías ser franco con ellos.

—Al revés, justamente porque los quiero prefiero que nunca lo sepan. Si se enteran, los haría muy infelices.

—Algún día se van a enterar por otro lado, Alfonso, y eso sería peor, porque quedarías como un mentiroso.

—No creo que se enteren, Joaquín. En Lima hay un montón de gente que lleva una doble vida. Es cuestión de saber hacerla bien.

—¿Pero no te sentirías más tranquilo si les cuentas la verdad?

—No. En este país hay ciertas cosas que no se deben hablar, y nuestra debilidad por los hombres es una de esas cosas. En el Perú puedes ser coquero, ladrón o mujeriego, pero no te puedes dar el lujo de ser maricón.

—Que se jodan los cucufatos y los intolerantes que no están dispuestos a aceptar a la gente como es. Que se vayan al carajo.

—Claro, suena cojonudo, pero tienes que aceptar que el mundo es una gran pendejada, Joaquín. Los idealistas terminan pateando latas. Si quieres estar arriba, tienes que ser pragmático, frío.

—Sólo se vive una vez, Alfonso. Si no me atrevo a ser como soy, voy a llegar a viejo odiándome, frustrado, lleno de amargura.

—Tú no me entiendes, pues. Yo no estoy en contra de la homosexualidad. Lo que te digo es que lo hagas por lo bajo, que no hagas un escándalo, que no jodas tu reputación.

—Es que yo no podría casarme para cuidar mi reputación y para contentar a mis viejos, Alfonso. Me sentiría una rata, un manipulador. No podría mirarme en el espejo todas las mañanas.

—El matrimonio tiene sus ventajas, hombre. Si nunca te casas, vas a terminar solo, amargado, como esos viejos verdes que van al Haití a ver si se levantan a uno de esos actores de medio pelo que se pasean por Miraflores. Piensa: debe ser rico llegar a tu casa y que tu esposa te prepare una buena comida, que tenga tus camisas planchaditas, que te corte las uñas y te eche talquito en los huevos, que tus chibolos jueguen contigo y te hagan cagar de risa. Porque déjate de cojudeces, Joaquín, la vida familiar es un deshueve. Yo de todas maneras quiero tener unos cachorritos para verlos crecer.

—Y cuando tienes ganas de estar con un hombre, ¿qué haces?

—Sales a dar una vuelta, te levantas a alguien, te meten un viaje y listo. Es como cuando tu carro empieza a fallar: lo llevas al taller, le hacen su afinamiento, su lavado y engrase y ya está, te lo dejen sedita.

—Me parece horrible que los hombres estén ahí solamente para que te hagan un cambio de aceite de vez en cuando, Alfonso. A mí me gustaría tener una pareja, vivir con él.

—Eso es imposible en este país, Joaquín. Fíjate lo que nos acaba de pasar en Punta Sal. Si quieres vivir con un hombre y hacer una vida de pareja, vas a tener que largarte del Perú. El Perú no es Dinamarca, compadre.

—Yo sé, yo sé, pero si todos somos unos cobardes y seguimos metidos en el clóset, las cosas nunca van a cambiar.

—Yo prefiero quedarme tranquilito en el clóset. Si crees que tu misión es inmolarte por la causa de unos cuantos maricas y travestis que están tomando su chelita en la calle de las pizzas, te felicito, me quito el sombrero y te deseo toda la suerte del mundo, pero no me pidas que salte contigo al precipicio.

—En el fondo te cagas de miedo, Alfonso.

—No es que tenga miedo, Joaquín. Es que no soy un suicida como tú.

* * *

—Joaquín, por favor, ven a mi cuarto, hay algo que me gustaría decirte —dijo Tati.

—Claro, encantado —dijo Joaquín.

Alfonso y Joaquín acababan de regresar de Punta Sal. Joaquín entró al cuarto de Tati. Ella estaba sentada en su cama. Todavía no se había quitado el uniforme del colegio.

—Hay una cosa que me tiene súper preocupada, Joaquín —dijo—. No sé qué hacer. De repente tú me puedes ayudar.

—Dime, Tati.

—Este sábado es mi fiesta de pre prom, y no sé con quién ir.

—Diantres, Tati, eso sí que es grave.

—Mi plan era ir con Polito, mi enamorado, pero ahora estamos peleados a muerte y no sé qué hacer.

—Caray.

Se quedaron callados.

—¿A ti te gustaría venir a mi pre prom? —preguntó ella.

Joaquín sonrió, sorprendido.

—No, yo ya estoy un poquito viejo para una pre prom —dijo.

—Ay, no te hagas el tonto, estás regio, hijito. Estoy segurísima que la pasaríamos súper, Joaquín.

—La verdad, Tati, yo bailo pésimo.

—Ya, pues, Joaquín, no seas malito, no te hagas de rogar.

—Por mí, encantado, pero primero tengo que hablar con Alfonso.

—Pobre de Alfonsito que no esté de acuerdo. Pobre de él.

—Bueno, entonces voy a hablar con él ahorita mismo.

Joaquín salió del cuarto de Tati y entró al cuarto de Alfonso.

—Tati me acaba de invitar a su fiesta de pre prom —dijo.

Alfonso soltó una carcajada. Estaba echado en su cama viendo televisión.

—Linda parejita —dijo.

—Huevón, no te rías, no es broma. Tu hermana dice que no quiere ir con su enamorado porque están peleados.

—Yo feliz que no vaya con el mañoso ése de Polito.

—¿Qué hago, Alfonso? ¿Qué me aconsejas?

—Caballero nomás. Acompáñala.

—¿No te jodería?

—Al revés, me parece un cague de risa.

—Para serte franco, no tengo muchas ganas de ir a una cojuda pre prom del Santa Úrsula.

—Es sólo una noche, Joaquín. Hazlo por ella.

—En todo caso, lo voy a hacer por ti.

—Sólo te pido una cosa.

—Lo que quieras.

—No te metas tiros esa noche.

—Te prometo que no.

* * *

—Joaquín, apúrate que vamos a llegar tarde a la misa —gritó Tati.

Era la noche de su fiesta de pre prom. Joaquín estaba en el baño, poniéndose un poco más de gel en el pelo.

—¿Qué misa? —gritó.

—Hay una misa en el colegio antes de la fiesta —gritó Tati—. Les he jurado a las monjas que voy a ir. Es un ratito nomás.

—Ahorita salgo —gritó Joaquín.

Luego se amarró el nudo de la corbata, sonrió frente al espejo, se peinó una vez más y salió del baño. Tati lo esperaba caminando nerviosamente de un lado a otro de la sala. Estaba muy maquillada. Olía a perfumes de señora. Una orquídea colgaba de su vestido, a la altura del pecho. Alfonso estaba sentado en la sala, tomándose un trago.

—Estás guapísima, Tati —dijo Joaquín.

—Vamos de una vez, que estamos con las justas —dijo Tati, mirando su reloj.

—¿En qué carro van? —preguntó Alfonso.

—¿Podemos ir en el Mercedes de papi? —preguntó Tati.

—Bueno, pero sólo porque es tu pre prom —dijo Alfonso.

—Gracias, Alfonsito —dijo Tati, y besó a su hermano en la mejilla.

—Anda subiendo al carro, Tati —dijo Alfonso—. Tengo que hablar una cosita con Joaquín.

—Al toque, ah, que estamos tardísimo —dijo Tati, y salió a la cochera.

Alfonso se puso de pie y le arregló el nudo de la corbata a Joaquín.

—Si quieres agarrarte a Tati, no hay problema —dijo, bajando la voz—. No soy un hermano celoso.

—Si quisiera agarrar rico, me quedaría contigo, huevón —dijo Joaquín.

Se dieron un beso. Después, Joaquín salió a la cochera y subió al carro del padre de Alfonso. Tati estaba pintándose las uñas. Saliendo de La Planicie, Joaquín hizo correr el Mercedes.

—¿No te molesta si prendo la radio? —preguntó Tati.

—Para nada —dijo Joaquín.

—Tú dirás que soy una huachafa de lo peor, pero yo muero por la música de RBC.

Tati prendió la radio y buscó RBC, una de las tantas estaciones del dial.

—Ay, qué emoción, esta canción me fascina —dijo, y cantó:

> sospecho
> que no tienes prisa
> y que te complace
> ver que poco a poco
> sólo pienso en ti,
> sólo pienso en ti...

En ese momento, Joaquín pensó que tenía que conseguir algo de coca para aguantar a Tati toda la noche.

—¿Sabes qué, Tati? —dijo—. Me muero de hambre.

—No te preocupes, que en la fiesta van a servir un montón de comida.

—No llego a la fiesta, Tati. Tengo que comer algo ahorita.

—Ay, qué horror, todos los hombres son unos tragones. Yo me muero de pica porque ustedes comen y comen como barriles sin fondo y nunca engordan. En cambio las mujeres comemos un poquito y engordamos al toque. Es algo rarísimo y además injustísimo.

143

—Es porque los hombres cagamos mejor que las mujeres.

—Ay, qué grosero eres —dijo Tati, riéndose—. Pero sí, pues, debe ser eso, porque yo entre los cólicos de la regla y el estreñimiento me estoy volviendo loca, oye.

Poco después, Joaquín cuadró el carro frente al Pacífico Chicken, un restaurante de San Isidro.

—Entro y salgo —dijo—. No me demoro.

Tati asintió, moviendo la cabeza. Estaba cantando una canción de Isabel Pantoja. Joaquín entró al Pacífico Chicken y preguntó por Coqui, el administrador.

—Está en su oficina del tecer piso —le dijo uno de los mozos—. Tócale la puerta nomás.

Joaquín pidió un cuarto de pollo, subió las escaleras y tocó la puerta de la administración. Un tipo joven abrió la puerta. Era Coqui.

—Carajo, qué elegancias maestro, bien a la telita —dijo, sonriendo.

—Necesito vitaminas, Coqui —dijo Joaquín—. ¿Tienes?

—Para los buenos clientes como tú siempre hay, pues, hermanito.

—Al toque, Coqui. Me voy a una prom y mi pareja me está esperando en el carro.

—Tranquilo, hermanito, no te pongas ansioso.

Coqui abrió uno de los cajones de su escritorio, sacó un paquetito con coca y se lo dio a Joaquín.

—¿Cuánto te debo? —preguntó Joaquín.

—Nada, hermanito —dijo Coqui—. Después arreglamos.

—Eres un caballerazo, Coqui.

—Gracias, hermanito. Si puedes, cómprate un pollito a la salida para barajarla.

Joaquín guardó el paquetito en su bolsillo y se despidió de Coqui. Luego se metió al baño y aspiró las primeras líneas de coca de la noche. Al salir del Pacífico Chicken, recogió el cuarto de pollo que había pedido y corrió al carro.

—Perdón por la demora, había una colaza —le dijo a Tati, entrando al carro—. Ahora sí, de frente a la misa.

Sin perder tiempo, prendió el carro, le dio un mordisco al pollo y aceleró por Conquistadores. Poco después, llegaron a la capilla del Santa Úrsula. La misa ya estaba terminando.

—Al menos voy a comulgar —susurró Tati.

—Yo también —dijo Joaquín.

Ella lo miró sorprendida.

—Pero tú acabas de comer pollo a la brasa —dijo.

—Eso no importa —dijo Joaquín—. Dios sabe perdonar el hambre.

—Ay, bueno, yo no me meto con tus pecados —dijo ella.

Comulgaron. Para Joaquín, fue una sensación extraña tener, al mismo tiempo, una hostia en la boca y un poco de coca en la nariz.

Esto debe ser un sacrilegio, pensó, después de comulgar.

* * *

—No lo puedo creer, mira quién está allí —le dijo Tati a Joaquín, hablándole al oído.

Estaban sentados en el jardín de una casona de la avenida Salaverry, donde se celebraba la fiesta de las chicas de cuarto de media del Santa Úrsula.

—Estoy sin anteojos, no veo bien —dijo Joaquín, y escupió en una servilleta la comida que tenía en la boca.

Se había metido tanta coca de golpe que no lograba pasar un bocado.

—No puedo creer que Polito me haga esto —dijo Tati.

—¿Qué Polito? —preguntó Joaquín.

—Polito, pues, mi enamorado. Mejor dicho, mi ex enamorado.

—¿Dónde está?

—Allí, bajando las escaleras.

—¿Ha venido a la fiesta? ¿Tu enamorado está acá?

—No puedo creer que Polito me haya traicionado de esta manera y que encima tenga el cuajo de venir con la horrible de Mariana Torero.

—¿Quién es Mariana Torero?

—Esa cara de poto que está con Polito. No los mires. No los mires, caracho. No quiero que Polito me vea.

—Pobrecita. No es tan fea la chica.

—Aj, se nota que estás birolo, oye. Mariana es un espanto. Tiene unos fierrotes que parece caballo. Y encima habla como una mongolita. Aparte que tiene granos en el poto.

—¿Le has visto el poto?

—No, pero podría jurar que Mariana Torero tiene granos en el poto.

—Come, Tati. Olvídate de Polito. Tu comida se va a enfriar.

—Tú también come. No has comido nada, Joaquín.

—Es que no tengo hambre. Perdóname un ratito, pero tengo que ir al baño.

—¿Otra vez?

—*Sorry*, Tati, pero estoy un poquito mal de la barriga.

—Ay, pobre, qué piña.

Joaquín se puso de pie, subió al baño del segundo piso y aspiró un par de líneas de coca. Cuando bajó al jardín, algunas parejas ya habían comenzado a bailar.

—Vamos a bailar, Joaquín —le dijo Tati.

—Te aviso que yo bailo pésimo —dijo Joaquín.

—No importa. Yo te enseño.

Fueron a bailar. Estaban tocando una salsa de moda.

—Bien que te gusta mover el esqueleto —dijo Tati, mientras bailaban.

—Se hace lo que se puede, se hace lo que se puede —dijo Joaquín.

Bailaron varias canciones seguidas, hasta que él sintió la urgencia de meterse más coca.

—Voy al baño un toque —dijo.

—Ay, esto es increíble —dijo Tati, llevándose las manos a la cintura—. No puedo creer que mi pareja tenga diarrea el día de mi pre.

—Cosas de la vida, Tati —dijo Joaquín, y fue al baño de prisa.

No bien entró al baño, se metió a un urinario y se terminó la coca. Después lamió el papel que envolvía la coca, lamió las esquinas del brevete que había usado para acercar la coca a su nariz, lamió sus labios, se lamió los dedos. Cuando volvió a la pista de baile, estaba nervioso, malhumorado. Lo único que le interesaba en ese momento era conseguir un par de gramos más de coca.

—Bailemos —le dijo Tati, cogiéndolo de la mano.

—No puedo —dijo Joaquín—. Me siento mal.

—¿Qué tienes?

—No sé. Estoy cansado.

—Bailemos una más, no seas malito.

Joaquín cogió a Tati de la cintura y bailaron una canción lenta. Terminando la canción, Polito se acercó a Tati.

—¿Quieres bailar conmigo? —le preguntó.

Polito era un muchacho bajo, de nariz aguileña, ojos vivaces y pelo negro. Parecía algo borracho. Tati no le contestó.

—Oye, no seas ridícula, te estoy hablando —le dijo Polito.

Tati se quedó callada, ignorándolo, mirando hacia otra parte.

—Ven, bicho, vamos a bailar —dijo Polito, y la cogió del brazo.

Tati dio un respingo.

—No me toques, y no te atrevas a decirme bicho —gritó.

—Qué tienes, oye, por qué te picas así —le dijo Polito, sonriendo—. Sólo quiero tirar un *dancing* contigo.

Tati abrazó a Joaquín.

—¿Me prestas a tu pareja, flaco? —le preguntó Polito a Joaquín.

Joaquín trató de contestarle, pero no fue capaz de decir una palabra. Se había metido demasiada coca.

—Carajo, tu amigo está durazo —le dijo Polito a Tati—. Ven, bicho, vamos a bailar.

—Déjame, estúpido, y no me digas bicho —dijo Tati.

—Cuando te achoras te ves más rica, bichito —dijo Polito, sonriendo, y trató de besar a Tati en la mejilla.

—Suéltame, mañoso de porquería —gritó Tati, y se zafó de los brazos de Polito.

En medio del estruendo de la música, pocas parejas se percataron de esos forcejeos.

—Joaquín, haz algo por favor —dijo Tati.

—Joaquín está de estatua —dijo Polito.

—Es la diarrea —explicó Tati.

—Yo me voy —dijo Joaquín—. No me siento bien.

—Pero si recién es temprano y el plan es ir a comer chicharrones a Lurín cuando amanezca —dijo Tati, sorprendida.

—No puedo más —dijo Joaquín—. Si quieres, tú quédate con Polito.

—Muchos tiros, pues, flaco —dijo Polito.

Joaquín salió de la fiesta caminando lentamente. Tati se despidió de sus amigas y fue tras él.

—No puedo creer que todo haya salido tan mal esta noche —dijo ella, al borde de las lágrimas, caminando por la avenida Salaverry—. Me encuentro con el imbécil de Polito, a ti te da diarrea y para colmo me sacas de la fiesta a la una de la mañana.

No bien entraron al carro, Tati se puso a llorar. Joaquín recién se dio cuenta que le habían robado las cuatro llantas al Mercedes cuando aceleró y aceleró y el carro no se movió.

* * *

Media hora más tarde, Tati y Joaquín llegaron en un taxi a la casa de los padres de Alfonso. Tati bajó del taxi descalza, con los zapatos en una mano, y corrió a la casa. Había llorado todo el camino hasta La Planicie. Joaquín pagó el taxi y bajó lentamente. Tati hizo tanto ruido al entrar a la casa, que Alfonso salió de su cuarto en calzoncillos y con una pistola en la mano.

—Conchasumadre, no me digas que chocaste —le dijo a Joaquín, parado en la puerta de la casa.

—No —dijo Joaquín, sin mirarlo a los ojos.

—¿Entonces dónde está el Mercedes?

—La robaron las llantas, Alfonso.

—¿Dónde?

—En la puerta de la fiesta.

—¿Todas las llantas?

—Las cuatro. Está sobre ladrillos.

—Carajo, qué piñas. Ya sabía que algo malo iba a pasar.

Entraron a la casa. Alfonso prendió las luces.

—Huevón, estás armadazo —dijo.

Joaquín se quedó callado. Se había metido tanta coca que no podía hablar bien.

—Me prometiste que hoy no te ibas a armar —dijo Alfonso.

—Lo siento —dijo Joaquín.

—¿Tati se ha dado cuenta?

—No. Cree que estoy con diarrea.

Fueron al cuarto de Alfonso, quien se quitó el piyama y se vistió de prisa.

—Eres un gran cagón, Joaquín —dijo—. Hay que saber cuándo meterse tiros y cuándo no.

Alfonso estaba molesto. Joaquín sacó sus maletas del clóset.

—Cualquiera es un coquero, Joaquín, pero no cualquiera es un buen coquero —dijo Alfonso—. Y a ti te falta mucho para aprender a ser un buen coquero.

Joaquín recogió su ropa de la alfombra y la metió en una de sus maletas.

—El buen coquero sabe sus límites —continuó Alfonso—. El buen coquero se arma sin que nadie se dé cuenta. El buen coquero no hace muecas ni habla cojudeces. El buen coquero jamás se pone tieso y mudo como estás tú ahora. Pero tú no eres un buen coquero, pues. Tú eres un pichanguerito más.

Joaquín cargó sus maletas y salió del cuarto.

—¿Adónde vas? —preguntó Alfonso.

—Regreso al hostal —dijo Joaquín.

Alfonso se acercó a él y lo cogió del brazo.

—Tranquilo, no tienes que irte ahorita —le dijo.

—Prefiero irme —dijo Joaquín.

—Carajo, tú tambien eres una dama, no se te puede decir nada.

—Así es, me siento una dama, y si te jode, mala suerte.

—Huevón, no te piques así, quédate unos días más.

—Gracias, pero mejor me voy ahorita.

—Bueno, como quieras.

Caminaron a la cochera en silencio y metieron las maletas en el carro de Joaquín.

—¿Vas a poder manejar? —preguntó Alfonso.

—Creo que sí —dijo Joaquín.

—¿Dónde está el Mercedes?

—En la cuadra treinta y tres de la Salaverry.

—No te preocupes, yo me encargo de todo. Fúmate un troncho y ándate a dormir.

Se miraron a los ojos. Se abrazaron. Joaquín se sonó con su corbata de seda azul.

148

—Oye, antes de que te vayas, ¿no te habrá sobrado un poquito de chamo? —preguntó Alfonso.

—No —dijo Joaquín—. Me lo terminé todo.

—Lástima. Me habían provocado unos tiritos mañaneros.

Alfonso subió a su carro y salió manejando de prisa, mientras marcaba unos números en su teléfono celular. Joaquín salió de La Planicie manejando a veinte kilómetros por hora. Miraba constantemente por el espejo. Podía jurar que alguien lo estaba siguiendo.

* * *

Unos días después, Alfonso fue al hostal donde vivía Joaquín. No se habían visto desde la noche de la fiesta de Tati. Joaquín pensaba que Alfonso ya no quería verlo más.

—Mis viejos me mandan a estudiar a Estados Unidos —dijo Alfonso, no bien entró al cuarto, y se sentó en la cama.

—¿Cómo así? —preguntó Joaquín, sorprendido.

—Charito encontró marihuana en mi cuarto y le tiró dedo a mi vieja.

—¿No jodas?

—Sí, me traicionó la Charito. Tuve una mala suerte del carajo. Justo ese día había comprado una marihuana rojita en La Mar y la había escondido en mi clóset adentro de unos zapatos viejos. Y justo ese día a mi vieja se le ocurre hacer una limpieza en la casa porque acababa de regresar de Caracas. Dime si no soy piña, Joaquín. Encima, yo no estaba, había ido a tomar mis clases de golf. Bueno, mi vieja le dijo a Charito que ordene mi clóset y que limpie todos mis zapatos, y la chola estaba lustrando mis zapatos cuando encontró la hierba, y lo primero que hizo la muy cojuda fue llevarle a mi vieja el moñazo de marihuana. Chola de mierda, carajo, por qué tenía que tirarme dedo.

—¿Y cómo reaccionó tu vieja?

—Eso fue lo peor, porque en vez de esperarme y hablar conmigo, mi vieja se tocó de nervios, llamó a mi viejo a la oficina y le dijo que había encontrado drogas en mi cuarto. Mi viejo salió al toque de la fábrica y regresó a la casa hecho un pichín. Cuando yo llegué del club, mis viejos estaban sentados en la sala, esperándome con el pacazo de marihuana.

—Mierda, qué escena.

—Una pinga, mi viejo estaba hecho una pinga. Me hizo un culo de preguntas, tipo ¿desde cuándo estás en drogas?, ¿cuándo fue la primera vez?, ¿quién te invitó? Yo me hacía el cojudo nomás. Mi vieja lloraba como una histérica y gritaba yo no quiero que mi hijo sea un droguista, yo no quiero que mi hijo sea un droguista, completamente histérica la vieja, y

entonces yo le dije mamá, no se dice droguista, se dice drogadicto, y mi viejo hecho una pinga me dijo no le faltes el respeto a tu madre, carajo, y ella seguía gritando como una loca,
le decía a mi viejo que tenían que internarme en la clínica
San Felipe para que me hagan una cura del sueño, que era
cuestión de vida o muerte, que ella conoce a un médico chino,
el famoso doctor Pin, que te cura de las drogas clavándote
unas agujitas, y todo ese escándalo por un poquito de marihuana, conchasumadre.

—Qué cague de risa, Alfonso.

—Espérate, ahí no termina la cosa. Lo peor vino cuando
yo me empinché y le dije a mi vieja que la marihuana no hace
daño, y que si ella se fumase un tronchito dejaría de gritar
como una loca y se relajaría un poco, y después le dije a mi
viejo que la media botella de whisky que él se baja todos los
días hace mucho más daño que los tronchitos que yo me
fumo de vez en cuando. Puta, para qué abrí la boca, Joaquín,
ahí sí que se armó el despelote. Mi viejo se me vino encima y
me tiró un par de sopapos, y mi vieja se quedó sin aire y se
desmayó. Alucina que tuvimos que llevarla de emergencia a la
clínica Tezza. Lo más gracioso es que en el camino la vieja no
paraba de decir si me muero, es de pena que mi hijo sea un
droguista.

—Qué cague de risa. Y total, ¿qué tenía tu vieja?

—No tenía un carajo, le dieron un par de pastillitas y la
llevamos de vuelta a la casa, y al día siguiente la muy pendeja,
sin decirme nada, fue calladita a la universidad a averiguar si
yo estaba yendo a clases, qué notas me estaba sacando, todo
eso, y habló con el chuchasumadre de Villalba, y ahí se enteró
que me habían choteado.

—¿Y cómo así te vas a Estados Unidos?

—Bueno, la cosa es que cuando mi viejo se enteró que me
habían botado de la universidad, se movió al toque, habló con
sus amigos gringos de la embajada y me matriculó en un cur-
sito de inglés en una universidad de Colorado. Me voy pasado
mañana a un sitio que se llama Pueblo, ¿qué tal suena eso? El
pueblo adonde voy a vivir se llama Pueblo. Dime si no es un
cague de risa.

—¿Y tienes ganas de ir?

—Sí, porque aquí me había quedado pateando latas.

Se quedaron callados.

—Te voy a extrañar —dijo Joaquín.

—Huevón, tienes que venir a visitarme —dijo Alfonso.

—Sí, me caería bien salir de Lima y dejar las drogas un
tiempito.

—Claro, sería el deshueve estar juntos allá.

—Te voy a extrañar, cabrón.

Se besaron, entraron al cuarto y terminaron haciendo el amor. Luego, Alfonso se vistió de prisa.

—Nos vemos en Colorado —le dijo a Joaquín, y le dio un beso.

* * *

Unos meses después, Joaquín viajó a Denver para visitar a Alfonso. Cuando llegó, Alfonso estaba esperándolo en el aeropuerto. Se dieron un abrazo y caminaron hacia el estacionamiento.

—Qué gusto verte, maricón —dijo Alfonso.

—Tiempo sin vernos —dijo Joaquín.

—He engordado como quince kilos. Estoy hecho una vaca.

—No exageres, hombre. No estás tan gordo.

—Estoy chancho, Joaquín. Nunca en mi vida he pesado tanto. Lo que pasa es que éste es el país ideal para engordar. Hay unos gordos tipo tractor por todas partes. ¿Qué tal el viaje?

—Un coñazo. En el vuelo entre Lima y Miami, se sentó a mi lado este cómico Pacochita, que por supuesto estaba en una tranca de la gran puta. Bueno, no me vas a creer, Pacochita estaba tan borracho que se paró en medio del pasillo y se puso a contar unos chistes vulgarísimos de maricones, y como te imaginarás, el avión entero se reía a gritos, lo aplaudían y le pedían más chistes, y todo el mundo chupaba como si fuese un café teatro, y lo más gracioso fue cuando Pacochita se puso medio pálido, dijo un comercial y regreso, agarró esas bolsitas para vomitar que ponen en los aviones y buitreó ahí en pleno pasillo. Eso ya fue demasiado. Algunas señoras protestaron. Las azafatas tuvieron que llevárselo atrás a Pacochita.

—Carajo, a ti te pasan unas cosas increíbles —dijo Alfonso, riéndose.

—Y no sabes lo que me pasó en Miami —dijo Joaquín.

—Cuenta.

—Me alojé en un hotelito de Miami Beach y fui a Warsaw, la mejor discoteca *gay* de por ahí, y adivina con quién me encontré, con Piero Santoro y Francesco Martínez, los famosos galanes de la televisión peruana.

—No jodas que Santoro y Martínez son pareja.

—No sé, pero sospecho que están en algo, porque medio que se paltearon cuando les pasé la voz.

—Es que si sale en *Teleguía* que Santoro y Martínez son amantes, habría una jodida ola de suicidios entre las quinceañeras, Joaquín. Se tirarían un montón de escolares de la azotea del Centro Cívico.

—Sí, pues, esos galancitos de la televisión, todos son unos cabrazos —dijo Joaquín, y se rieron.

No bien subieron al carro, Alfonso le dio un beso.

—Te he extrañado, maricón —le dijo.

—Yo también —dijo Joaquín.

Alfonso puso en marcha el carro. Pagaron el peaje, salieron del estacionamiento y entraron a una autopista.

—¿Has estado jalando mucho últimamente? —preguntó Alfonso.

—Todos los fines de semana, una pichanga sin falta —dijo Joaquín—. Pero aquí he venido a desintoxicarme.

—Lástima. Justo había conseguido una marihuana jamaiquina para darte la bienvenida al pelotudo estado de Colorado.

Alfonso sacó un troncho del bolsillo de su casaca.

—¿Cómo así consigues hierba acá? —preguntó Joaquín, sorprendido.

—Yo no pierdo el tiempo, pues, chochera.

—Puta madre, eres una bala perdida, Alfonso.

—¿Fumamos?

—No sé, mejor no.

—Carajo, cómo has cambiado.

—Me cago de ganas, pero quería desintoxicarme unos días.

—Como quieras. Tú solito te lo pierdes.

Alfonso prendió el troncho y dio un par pitadas. Joaquín olió el humo de la marihuana y cambió de opinión.

—Sólo un toque para relajarme —dijo.

Alfonso se rió y le pasó el troncho.

—Fuma, maricón —le dijo—. No te hagas de rogar.

Joaquín dio una larga pitada.

—Hay dos cosas que me van a gustar toda la vida —dijo, reteniendo el humo—. La marihuana y los chicos guapos.

* * *

Llegando al departamento de Alfonso, hicieron el amor. Luego se quedaron desnudos, echados en la cama, escuchando un disco de Tracy Chapman.

—¿Sabes qué? —dijo Joaquín—. Estoy harto de Lima.

—No es la primera vez que lo dices —dijo Alfonso.

—En serio, Alfonso, me encantaría irme a vivir a otra parte.

—¿Por qué? No seas huevón. En Lima vives como un príncipe, Joaquín.

—Quiero irme de Lima, Alfonso. Necesito irme de Lima. Esa ciudad es una mierda. Y yo no quiero pasarme toda mi vida viviendo en una ciudad de mierda.

—No te aloques, Joaquín. Tómate las cosas con calma.

—Aparte que quiero estar lejos de mi familia. Mis viejos me han hecho la vida imposible. Los odio. A veces creo que preferiría no verlos nunca más.

Joaquín se puso a llorar en el pecho de Alfonso.

—Eso te pasa por fumar mucha marihuana —le dijo Alfonso—. Siempre que fumas mucho te deprimes. Ven, vamos a dar una vuelta para que conozcas Pueblo, Colorado.

—Hace mucho frío. Estoy cansado. No me provoca.

—Vamos a comprar algo para que te sientas mejor, hombre. Lo mejor cuando uno está deprimido es salir a comprar.

—Bueno, vamos.

Se abrigaron, se pusieron anteojos oscuros para ocultar la hinchazón de sus ojos y fueron al único centro comercial de Pueblo, Colorado.

—Voy a ver unas pelotas de golf que mi viejo me ha encargado —dijo Alfonso, no bien entraron a Burdines, y se dirigió a la sección de artículos deportivos.

Joaquín paseó por Burdines hasta que vio las corbatas. Se detuvo frente a ellas y las observó con cuidado. Siempre había tenido una debilidad por las corbatas. Escogió las diez más bonitas, miró a su alrededor y las escondió debajo de su casaca. Luego se acercó a Alfonso.

—Me ha caído bien salir un rato de compras —le dijo.

—Eres una señorita limeña —dijo Alfonso, sonriendo—. Te da un ataque de nervios y tienes que ir corriendo al *shopping center* más cercano.

Cuando salieron de la tienda, un tipo obeso cogió del brazo a Joaquín.

—*Security* —le dijo—. *Please follow me.*

—¿Qué pasa? —preguntó Alfonso, sorprendido.

—Espérame aquí —le dijo Joaquín—. Ya te explico después.

El tipo llevó a Joaquín a un cuarto al lado de los vestidores. En ese cuarto, dos empleados de seguridad observaban, en varias pantallas de televisión, diferentes ambientes de la tienda.

—*Another fucking latin american* —comentó uno de ellos.

El tipo obeso metió una mano en la casaca de Joaquín, sacó las corbatas y las revisó. Luego le preguntó su nombre y su dirección. Joaquín contestó. El tipo apuntó los datos en una cartilla y le tomó varias fotos con una máquina instantánea. Una vez que tuvo las fotos reveladas, le explicó que tenía dos opciones: obligarlo a comprar las corbatas o llamar a la policía. Joaquín dijo que prefería comprar las corbatas. El tipo sacó la cuenta y le dijo el precio. Joaquín pagó en efectivo y firmó un papel, prometiendo no pisar ninguna tienda Burdines durante un año. Luego, le dijeron que podía irse.

—*For a latin american, you have pretty good taste* —le dijo el tipo obeso, mirando las corbatas.

Joaquín le agradeció y salió de la tienda. Alfonso estaba esperándolo en la puerta. Joaquín le enseñó las corbatas y le contó lo que había ocurrido.

—Eres un gran huevón —dijo Alfonso, riéndose—. Acá cuando robas tienes que tener mucho cuidado. Los gringos no son tan cojudos como parecen, Joaquín. En este país, si quieres robar legalmente, tienes que ser banquero.

* * *

—Vamos al billar a tomar unas cervezas —dijo Alfonso, al salir del centro comercial de Pueblo, Colorado.

—Yo encantado, pero me he quedado sin plata —dijo Joaquín.

—No te preocupes, yo invito.

Subieron al carro. Era una noche helada. La calefacción del carro no funcionaba bien.

—Me pica la nariz —dijo Alfonso, camino al billar—. ¿Qué tal unos tiritos?

—¿Tienes? —preguntó Joaquín.

—No, pero puedo conseguir.

—¿Dónde?

—He conocido a un peruano. Es un tartamudo que ya quemó cerebro. Es un cague de risa el patita. Él me vende coca de vez en cuando.

—Hecho. Vamos.

Joaquín prendió la radio y subió el volumen.

—Cuéntame de este peruano tartamudo —dijo.

—Se llama Augusto, Augustito para sus amigos. Es un vago de la gran puta. Su viejo caga plata. Augustito vive con su hembrita, una gringa coqueraza. La pobre es más fea que una patada en los huevos. Augustito le ha hecho creer que es un experto en computación, pero en realidad lo único que sabe hacer es jugar Pacman.

Se rieron.

—Es increíble cómo hay peruanos por todas partes, ¿no? —dijo Joaquín.

—En cualquier parte del mundo hay por lo menos un peruano y un colombiano que venden la mejor coca del barrio —dijo Alfonso, y se rieron de nuevo.

Poco después, llegaron al departamento de Augusto. Alfonso bajó del carro, corrió a la puerta del edificio, tocó el timbre, habló por el intercomunicador y volvió al carro.

—Tenemos suerte, ahorita baja —dijo, frotándose las manos.

Augusto no se demoró en salir. Corrió al carro de Alfonso y entró al asiento de atrás. Era un tipo bajo, gordo, con una cara redonda y llena de granos.

—Mi amigo ha venido a visitarme y quiero tratarlo con cariño, pues, Augustito —dijo Alfonso, dándole la mano.

—Para eso estamos, para eso estamos —dijo Augusto.

—¿Tienes? —preguntó Alfonso.

—Dos gramos, cien cocos —dijo Augusto—. Precio especial para compatriotas.

—Hecho —dijo Alfonso—. Al toque.

—Ya regreso —dijo Augusto.

Bajó del carro y entró corriendo al edificio.

—Estamos con suerte, carajo —dijo Alfonso, entusiasmado, y sacó unos dólares de su billetera—. Por algo dicen que no hay maricón sin suerte, ¿no?

—Qué ganas tengo de meterme unos tiritos —dijo Joaquín—. Y yo que había venido a desintoxicarme.

—Ya no podemos tirarnos para atrás, Joaquín. No podemos dejar de ser coqueros. No podemos dejar de ser maricones. Es cuestión de acostumbrarnos nomás.

Augusto regresó al carro, sacó un sobre y lo abrió cuidadosamente, mostrándoles la cocaína.

—Calidad de exportación —les dijo—. Pureza cien por ciento.

Alfonso le dio la plata y se guardó la coca.

—Por si acaso, a fin de mes me llega un pedido a Los Ángeles en el buque escuela de la Marina —dijo Augusto.

—No jodas —dijo Alfonso.

—Sí —dijo Augusto—. Tengo un amigo en la Marina que me está trayendo dos kilazos de coca purita comprada en Tocache. Alucina eso, voy a levantarme un culo de plata.

—Dos kilos es un huevo de coca, Augustito —dijo Alfonso.

—Eso no es nada, hermanito —dijo Augusto—. El buque viene repleto de coca. Casi todos los cadetes traen algo. El que menos trae su kilito y regresa a Lima bien forrado.

—¿Y tu amigo no podría traer un poquito más para mí? —preguntó Alfonso.

—No, pues —dijo Augusto—. El barco ya despegó.

—Dirás ya zarpó, huevón —dijo Alfonso, riéndose—. Los barcos no despegan.

—Bueno, es la misma mierda —dijo Augusto, también riéndose—. No te hagas el estrecho, pues, Alfonsito.

—Ojalá no te acabes toda la coca solito, cabrón —dijo Alfonso.

—Qué rica concha, Alfonsito —dijo Augusto—. Tú te jalas hasta las líneas del *free way*.

Luego bajó del carro y entró corriendo al edifico.

* * *

Esa noche, después de jugar varios partidos de billar, Alfonso y Joaquín decidieron volver al departamento. Entre partido y partido, se habían metido bastante coca en el baño. Estaban en la autopista cuando escucharon una sirena. Alfonso miró por el espejo y se puso tenso.

—Mierda —dijo—. Policía. La cagada.

—Tranquilo —dijo Joaquín—. No aceleres.

La sirena sonaba con más fuerza. A Joaquín le temblaban las piernas. Alfonso miraba por el espejo una y otra vez.

—Estamos jodidos —gritó.

—¿Qué hacemos con la coca? —preguntó Joaquín.

Les quedaba más de la mitad de la coca que le habían comprado a Augusto. Joaquín la tenía en su billetera.

—Dámela —gritó Alfonso.

Joaquín pensó tirar la coca por la ventana.

—Dámela, huevón —insistió Alfonso.

Joaquín le dio el paquetito de coca. Alfonso se lo llevó a la boca, lo masticó y se lo tragó.

—Voy a parar —gritó.

—Tranquilo, tranquilo, no se van a dar cuenta —gritó Joaquín.

Alfonso detuvo bruscamente el carro. Perplejos, vieron pasar una ambulancia. Joaquín estaba tan tenso que no pudo sonreír. Alfonso bajó del carro y se metió un dedo a la boca, forzándose a vomitar.

* * *

Llegando al departamento, se echaron en la cama de agua de Alfonso y prendieron un troncho para relajarse un poco.

—Nunca más me meto un tiro —dijo Joaquín—. Nunca más.

—No hables huevadas, hombre —dijo Alfonso.

—No, hablo en serio, Alfonso. Estoy harto de pichanguearme. Si seguimos así, vamos a acabar mal.

—No empieces, Joaquín. Estamos con la bajada. Eso es todo.

—Yo no quiero ser un coquero toda mi vida.

Ahora Joaquín estaba llorando.

—Mierda, siempre terminas llorando —dijo Alfonso—.

Después de una pichanga siempre terminas llorando. Y a los dos días estás olfateando la alfombra como un perro a ver si encuentras un poquito de coca.

—Te prometo que esta vez sí dejo la coca para siempre, Alfonso. Te prometo.

—Sí, claro. Todos los coqueros dicen eso cuando están con la bajada.

—¿Sabes qué? Me jode que no me creas. Me jode que no me ayudes a dejar el chamo.

—¿No me dijiste una vez que querías probar todo y morir joven?

—Eso es una cojudez, hombre. Me arrepiento de haberte dicho semejante huevada. La vida de un coquero es una vida miserable. Sólo los estúpidos se quedan enganchados en las drogas, Alfonso. Yo dejo la coca hoy mismo.

—«Hoy un juramento, mañana una traición.»

—Claro, hazte el cínico.

—Te aconsejo que no te hagas promesas imposibles, Joaquín. Después recaes y te arrepientes peor.

—No es imposible dejar el chamo. Tú también puedes dejarlo. Es cuestión que te lo propongas de verdad.

—Yo no tengo ningún problema con la coca. Yo no me considero un adicto. A mí la coca no me controla. Yo la controlo.

—Eso mismo dicen todos los coqueros de Lima, huevón.

—Por favor, párala, Joaquín. Cállate y aguanta la bajada como hombre.

—Perfecto, no te jodo más, pero tampoco quiero quedarme aquí.

—No digas huevadas, hombre. Acabas de llegar. ¿Adónde te vas a ir?

Joaquín se sonó la nariz y tiró el papel higiénico a la alfombra.

—Me regreso a Lima —dijo—. Tú me haces daño, Alfonso.

—Ah, carajo, ¿o sea que yo soy un amigo descartable?

—No. Tú sabes que me encanta estar contigo, pero no puedo dejar las drogas estando contigo. Por eso me voy.

—Perfecto, perfecto. Si quieres irte, ándate. Pero en ese caso prefiero no verte más.

Se quedaron callados.

—En el fondo no me quieres —dijo Joaquín—. Sólo te gusta cacharme.

—No seas ridículo —dijo Alfonso.

Joaquín se sonó de nuevo la nariz.

—Ven —dijo Alfonso, con una voz tierna—. No llores.

Joaquín se echó a su lado.

—Tienes que aprender a ser un hombre —dijo Alfonso, y

157

lo abrazó—. Que seas maricón no significa que te comportes como una niña.

—Es que no quiero ser un coquero, no quiero ser un coquero —dijo Joaquín.

Alfonso trató de bajarle los pantalones.

—No tengo ganas —dijo Joaquín.

—Déjate. No seas cabro. Nos va a hacer bien. Nos va a relajar.

—Es la última vez que lo hacemos, Alfonso.

Hicieron el amor hundidos en la cama de agua. Después, Alfonso tomó unas pastillas y se quedo dormido. Joaquín se quedó viendo un partido de básquet en la televisión. Estaba tan nervioso que sus brazos y sus piernas se movían como si él también estuviese jugando el partido. Cuando amaneció, cargó sus maletas y llamó a un taxi. Esa mañana, se fue de Colorado con la nariz llena de coca y con diez corbatas nuevas en la maleta.

* * *

Joaquín no tuvo noticias de Alfonso en un par de años. Una noche, llegó a su departamento y escuchó un mensaje suyo en la grabadora del teléfono.

—Hola, Joaquín. Soy Alfonso. Estoy en Caracas. Tengo una buena noticia que darte. Llámame si puedes.

Joaquín apuntó el número de teléfono que Alfonso le dejó en la grabadora. No bien terminó de escuchar el mensaje, lo llamó. Alfonso contestó al primer timbre.

—Hola, Alfonso. Soy Joaquín.

—Joaquín, qué gusto oírte. Pensé que no me ibas a llamar.

—¿Por qué?

—No sé. Pensé que a lo mejor seguías empinchado conmigo.

—Nada que ver.

—Tiempo sin vernos ¿no?

—Sí. ¿Cómo conseguiste mi número?

—Llamé a casa de tus viejos y les pedí tu teléfono. ¿Te jode?

—Para nada, para nada. Cuéntame de ti. ¿Qué estás haciendo en Caracas?

—Estoy viviendo aquí.

—¿No jodas? Yo te hacía en Colorado.

—No, eso se fue al carajo. Ahora estoy viviendo aquí con la familia. Chambeo en la fábrica de mi viejo. Mis viejos se largaron de Lima y se vinieron a Caracas hasta con Charito.

—Bien por ella. Cuéntame la buena noticia. Me muero de curiosidad.

Alfonso se quedó callado unos segundos.

—Me voy a casar —dijo.

Joaquín no supo qué decir.

—Hombre, felicitaciones —dijo.

—Gracias, gracias. Supongo que estarás contento ¿no?

—Sí, claro. Si tú estás contento, yo también. ¿Cómo así te casas?

—Ya es hora de sentar cabeza, ¿no te parece?

—Sí, supongo. ¿Quién es la afortunada?

—Es una chica de aquí, una venezolana.

—Cuéntame de ella.

—Es una chica muy tranquila, muy de su casa. Te caería bien.

—¿Cómo se llama?

—Maricarmen.

—Ajá. ¿Y hace cuánto tiempo la conoces?

—Déjame ver, ya va como medio año que salimos juntos.

—¿Nada más? Medio año no es nada, Alfonso.

—Para mí es suficiente.

—¿Y estás seguro que quieres casarte?

—Cien por ciento. Hace más de un año que estaba buscando novia.

—¿En serio estabas buscando novia?

—Yo siempre te dije que el matrimonio estaba en mis planes, Joaquín. Además, tuve una conversación con mi viejo que cambió mi vida.

—¿No jodas? Cuéntame.

—No sé si sabías que a mi viejo le dio un infarto.

—Carajo, no tenía idea.

—Casi se muere, se salvó de milagro. Tuvieron que hacerle un montón de operaciones. Después del susto, tuvimos una conversación del carajo. Nunca habíamos hablado así. Mi viejo todavía estaba en cuidados intensivos y yo me quedaba en su cuarto a acompañarlo todas las noches. Una noche le conté todo. No sé por qué, tuve ganas de franquearme y le conté todo.

—Caray, bien por ti.

—Sí, fue alucinante. Mi viejo lloró. Nunca lo había visto llorar así. Los dos lloramos abrazados. Él me dijo que me perdonaba todo y yo le prometí que iba a comenzar una nueva vida. Y él me pidió que me case y que tenga hijos. Me dijo que ésa es la alegría más grande que yo podría darle. Y yo le prometí que me iba a casar.

—Entiendo, entiendo. ¿Te puedo hacer una pregunta personal, Alfonso?

—No te hagas el diplomático, huevón. Entre nosotros no hay secretos.

—¿Te has acostado con Maricarmen?

—Claro, qué pregunta.

—¿Y qué tal te llevas con ella sexualmente?

—Bueno, con las mujeres es otra cosa, pues. No es tan intenso, tú me entiendes.

—Perfectamente. Yo prefiero una buena corrida de paja que un polvo con una venezolana.

Alfonso se rió.

—Eres una loca perdida, Joaquín —dijo.

—Para mí, hacer el amor con una hembrita es como comer comida vegetariana: todo muy rico, pero sientes que falta un pedazo de carne —dijo Joaquín.

Alfonso se rió de nuevo.

—¿Y cuándo te casas? —preguntó Joaquín.

—A fines de mes, en la iglesia San Francisco de Barranco. Supongo que irás, ¿no?

—Por supuesto.

—Genial. Entonces te mando el parte mañana mismo.

—Gracias. Y mil gracias por acordarte de mí.

—¿Nos vemos el día de mi matrimonio?

—Ahí nos vemos, Alfonso.

Joaquín colgó el teléfono, puso un disco de Morrissey y bailó una canción que decía:

> *why do you come here*
> *when you know it makes*
> *things hard for me*
> *when you know, oh*
> *why do you come?*

* * *

Joaquín llegó a la iglesia San Francisco de Barranco cuando el matrimonio ya estaba terminando. Tan pronto como concluyó la misa, la gente que estaba en la iglesia se precipitó a un salón contiguo para felicitar a Alfonso y Maricarmen. Sólo después de hacer una cola muy larga, Joaquín pudo saludar a los recién casados.

—Hola, qué gusto verte —le dijo Alfonso.

Había adelgazado bastante y se había dejado barba. Estaba vestido con un terno negro, una camisa blanca y una corbata gris. Joaquín quiso darle un abrazo, pero Alfonso le dio la mano fríamente.

—Que sean muy felices —dijo Joaquín.

—Gracias, gracias —dijo Alfonso, sin sonreír.

En seguida, Joaquín le dio la mano a la novia.

—Se ve espléndida, Maricarmen —le dijo.

—Gracias, muy amable —dijo ella.

Era una chica baja, un poco morena, de pelo negro. A Joaquín no le pareció una chica atractiva.

—Muchas felicidades, pues —dijo.

—Gracias mil —dijo ella, con una sonrisa congelada.

Alfonso le guiñó el ojo a Joaquín.

—Te veo en la recepción —le dijo, sonriendo.

—Ahí nos vemos —dijo Joaquín.

A continuación, saludó a los padres de Alfonso —un hombre alto, algo calvo, de ojos azules y aspecto demacrado; una mujer baja, rolliza, con el pelo pintado de rubio y la cara cubierta por varias capas de maquillaje— y salió de la iglesia lo más rápido que pudo. Luego subió a su carro y se dirigió a la casa de La Molina, donde se iba a celebrar el matrimonio. Fue uno de los primeros en llegar a la recepción. Como el champagne estaba delicioso, aprovechó para tomar todas las copas que le ofrecieron. Un rato después, los novios llegaron a la fiesta en medio de aplausos, y bailaron cogidos de la mano. Joaquín tuvo que ir al baño. Estaba aliviándose de todo el champagne que había tomado cuando tocaron la puerta del baño.

—Ocupado —dijo.

—Abre, huevón —dijo Alfonso.

Joaquín abrió de inmediato. Alfonso entró al baño, puso pestillo y sonrió.

—Pensé que no ibas a venir, maricón —dijo.

—¿Estás loco? —dijo Joaquín—. Cómo se te ocurre que me iba a perder tu matrimonio.

Alfonso abrazó a Joaquín.

—Me cago de miedo —dijo—. No sé si voy a aguantar.

—Tranquilo —dijo Joaquín—. Todo va a salir bien.

—Por lo menos hasta que mi viejo se muera, ¿no?

—Claro. Y después la choteas a la venezolana.

—Adivina cómo se va a llamar mi primer cachorrito.

—No tengo idea.

—Joaquín.

—No, Alfonso. Te ruego que no. Tú sabes que mi nombre me parece horrible.

—Dame un beso, maricón.

Joaquín besó a Alfonso.

—No deberíamos —le dijo—. Ahora eres un hombre casado.

—La última vez —dijo Alfonso—. Te juro que la última vez.

Se besaron de nuevo.

—Ahora sí, nunca más —dijo Alfonso.

—Anda a buscar a tu esposa, canalla —dijo Joaquín.

—Te prometo que en la luna de miel me la voy a cachar pensando en ti —dijo Alfonso, sonriendo.

Luego salió del baño y cerró la puerta. Cuando Joaquín volvió a la fiesta, Alfonso estaba bailando con su esposa.

—Hacen una linda pareja, ¿no? —le comentó una señora.

—Lindísima —dijo Joaquín, sonriendo.

UN AMOR IMPOSIBLE

Un día de verano, Joaquín caminaba frente a la Virgen del Pilar cuando una chica le tocó bocina y le hizo adiós desde un carro en marcha. Él la reconoció en seguida: era Alexandra López de Romaña. Ella detuvo su carro y le hizo señas para que se acercase. Él corrió hasta el carro y le dio un beso.

—¿Adónde vas? —preguntó ella, sonriendo.

—Aquí nomás, a Dasso —dijo él.

—Sube, te jalo —dijo ella.

—Genial —dijo él, y subió al carro.

Alexandra y Joaquín se habían conocido en la universidad Católica. No habían llegado a hacerse amigos, pero siempre que se encontraban, se saludaban con cariño. Ella tenía el pelo rubio y enrulado, unos ojos expresivos, y la sonrisa fácil de una chica limeña que había crecido con muchas cosas bonitas a su alrededor. Ese día, tenía puestos unos aretes de plata quemada, anteojos oscuros, un overol de *blue jeans* y zapatillas blancas.

—Me muero de ganas de tomar un *cappuccino* en el D'Onofrio —dijo—. ¿Me acompañarías?

—Genial —dijo él—. Vamos.

Ella sonrió y aceleró por Camino Real. Estaba escuchando un casete de Charlie García. Él la miró de reojo y pensó lo que siempre había pensado cuando se encontraba con ella en la Católica: eres preciosa, Alexandra, la más linda de todas.

—No sabes la penita que me dio cuando me enteré que te botaron de la Católica —dijo ella, manejando despacio.

—Sí, pues, así es la vida —dijo él, fingiendo una cierta tristeza.

—Es que tú también eras un vago, Joaquín. Jamás ibas a clases.

—Sí, pues.

—¿Y ahora qué estás haciendo?

—No mucho. Pateando latas.

—Vago —dijo ella, riéndose.

Poco después, Alexandra entró a la calle Dasso y cuadró en el primer sitio que encontró libre. De inmediato, fue rodeada por unos chicos que se ofrecieron a gritos a cuidarle el carro. Alexandra y Joaquín bajaron del carro, les dijeron a los chicos que lo cuidasen bien, entraron al D'Onofrio, se sentaron en una mesa al lado de la ventana y pidieron dos *cappuccinos*. Ella prendió un cigarrillo, cruzó las piernas y sonrió.

—¿Y tú qué tal con Ricardo? —preguntó él.

Ricardo estudiaba derecho en la Católica. Alexandra y Ricardo solían estar juntos en la universidad.

—¿No sabías que hemos peleado? —dijo ella.

—No tenía idea —dijo él, sorprendido—. Cuéntame.

—La verdad, ya estaba un poco harta de él. Llevábamos más de dos años juntos y ya estaba necesitando un *break*.

—¿Tú peleaste?

—Bueno, peleamos los dos, pero yo peleé primero.

—¿Y ahora estás mejor?

—Uf, mil veces mejor, súper aliviada. Disfrutando mi soledad. Escuchando mi musiquita de Charlie García, Sui Géneris, Nito Mestre, Serú Girán. Tomando clases de francés en la Alianza. Haciendo mil cosas que cuando estaba con Ricardo no podía hacer, Joaquín.

Alexandra abrió su cartera, sacó un sobre de Equal, lo abrió y lo vació en su taza de café.

—Aj, estoy hecha una chancha —dijo.

—No seas exagerada —dijo Joaquín—. Estás preciosa, Alexandra.

—Tú eres el que está muy bien, guapetón —dijo ella, sonriendo—. Ahora cuéntame de ti. ¿Estás saliendo con alguien?

—No.

—No lo puedo creer, Joaquín. Qué desperdicio, oye.

—Así es la vida, pues. Nadie me quiere.

—Tú siempre solitario cual gato techero —dijo ella, con una sonrisa coqueta—. ¿Por qué no me dejas tu teléfono y nos vemos un día?

—Claro, buena idea.

Joaquín apuntó su teléfono en una servilleta y se la dio.

—Te prometo que te llamo uno de estos días —dijo ella, y miró su reloj—. Ay, me había olvidado de las tangas —añadió, haciendo un gesto de preocupación.

—¿Qué tangas? —preguntó él.

—Tengo que irme a ver unas tangas que ha traído una amiga de Brasil. Me han contado que son unas tangas preciosas.

—Anda nomás, no te preocupes.

—*Sorry* que te deje, Joaquín, pero tengo que irme volando —dijo ella, poniéndose de pie—. No sabes cómo nos arranchamos las chicas esas tangas brasileras.

Luego besó a Joaquín en la mejilla y salió del D'Onofrio sin acordarse de pagar su *cappuccino*.

* * *

Unos días después, Alexandra llamó a Joaquín y le dijo que necesitaba verlo en ese momento. Eran pasadas las doce de la noche. Él no dudó en darle su dirección. Diez minutos más tarde, ella llegó a su departamento. Entró llorando, lo abrazó y se sentó en el sillón.

—¿Qué ha pasado? —preguntó Joaquín.

—Ricardo fue a mi casa y me trato pésimo —dijo ella—. Me dijo unas cosas horribles. Yo no sabía lo malo que podía llegar a ser ese tipo.

Él se sentó a su lado y le acarició el pelo.

—¿Qué te dijo? —le preguntó.

—Que soy una histérica y una puta —dijo ella, casi gritando—. Que por mi culpa se jodió nuestra relación. Que maldice el día que me conoció y que le va a contar a todos sus amigos que yo se la chupé una vez.

—¿De verdad se la chupaste?

—Bueno, sí, pero sólo una vez y porque estaba súper borracha. Y no sabes cómo me arrepiento ahora, Joaquín. No sabes lo mal que me siento ahora.

—Espérate un ratito. Voy a traerte un papel higiénico para que te suenes.

Joaquín fue al baño, sacó un poco de papel higiénico y se lo dio. Ella se sonó la nariz y siguió hablando.

—Todo se jodió por su culpa, Joaquín, créeme —dijo, todavía bastante alterada—. Ricardo es un machista, un posesivo. No me dejaba hacer nada. No quería que yo haga mis clases de baile. No quería que tome mis clases de francés. No me dejaba crecer, madurar, ser una mejor persona, ¿tú me entiendes? Ricardo sólo quería que yo estuviese todo el día a su lado, cocinándole cositas ricas, engriéndolo, haciéndole cariñito en la espalda, reventándole los granos. Fresco, caracho, que le reviente los granos su abuela. Y lo peor es que cuando estábamos juntos, no sabes, era un arrecho de porquería. Perdona la franqueza, Joaquín, pero es verdad, él sólo pensaba en eso. Todo el día estaba como un enfermo tratando de desvestirme. Yo tenía que decirle no a cada rato y él, malísimo, me decía cosas horribles, me decía eres una anormal, una frígida, y yo al comienzo te juro que me lo creía, no sabes lo mal que me sentía por su culpa. Y yo no soy ninguna frígida, pues. Lo que pasa es que tampoco soy una linfómana.

—Ninfómana, Alexandra. Con «ene».

—Bueno, ninfómana, da lo mismo, no seas maniático.

Se rieron. Se abrazaron

—Perdón por venir así, pero necesitaba verte —dijo ella, ya más tranquila.

—Yo feliz de que hayas venido —dijo él.

Luego prendió el televisor y bajó el volumen.

—Ay, no sabes cómo tengo la espalda, estoy súper tensa —dijo ella—. ¿Me harías un masajito?

—Encantado —dijo él.

Se arrodilló detrás de ella y empezó a hacerle masajes en la espalda.

—Ahí, ahí, justo ahí, hazme chichirimico —dijo ella, cuando él comenzó a masajearla.

Luego bajó la cabeza y cerró los ojos. Él siguió haciéndole masajes. Cuando se cansó, la besó en la nuca y se puso de pie.

—Listo —le dijo.

—Uf, qué rico, soy otra persona —dijo ella.

Miró su reloj y se paró de un salto.

—Mierda, faltan diez minutos para el toque de queda —dijo—. Ya no llego a mi casa.

—Quédate a dormir aquí —dijo él, sonriendo—. Yo feliz.

—Ay, qué vergüenza, qué distraída soy.

—No te preocupes. Llama a tu casa de una vez y avísales que no vas a ir a dormir.

Sin perder tiempo, Alexandra llamó por teléfono a casa y le dijo a su madre que se iba a quedar estudiando en casa de su amiga Claudia.

—*Sorry*, Joaquín, soy una conchuda —dijo, cuando colgó el teléfono.

—No seas tonta —dijo él—. A mí me encanta estar contigo. Más bien, ¿te molestaría si fumo un poquito de marihuana?

—No, para nada —dijo ella.

Joaquín entró a su cuarto, abrió el cajón de su mesa de noche y sacó un troncho. Luego lo prendió y dio varias pitadas.

—¿Quieres? —dijo, ofreciéndole el troncho.

—Ay, no sé, nunca he probado —dijo ella.

—Prueba un poquito, no hace daño.

—Bueno, pero sólo una pitada, ¿ya?

Ella cogió el troncho y aspiró suavemente. Luego tosió.

—Aj, raspa la garganta —dijo.

Él se rió.

—Dale otra pitada —dijo—. La primera siempre deja un sabor feo.

Ella aspiró de nuevo, retuvo el humo y le devolvió el troncho. Después de fumar un poco más, él apagó el troncho y puso un casete de Mecano.

—Mostro, Mecano me fascina —dijo ella

Luego se puso de pie y bailó una canción que decía:

ay qué pesado, qué pesado
siempre pensando en el pasado
no te lo pienses demasiado
que la vida está esperando...

Él apagó la luz y bailó con Alexandra. La marihuana solía darle ganas de bailar. Cuando terminó la canción, la abrazó y la besó.

—No tan fuerte —dijo ella—. Bésame más despacio.

Él la besó suavemente.

—Eres la chica más linda de Lima —le dijo.

—Lo dices porque estamos a oscuras —dijo ella.

Se echaron en la alfombra y, sin dejar de besarse, empezaron a desvestirse.

—No deberíamos estar haciendo esto —dijo ella—. Mañana me voy a arrepentir.

Él siguió besándola, se echó encima de ella y le bajó el calzón.

—No, Joaquín, mejor no —dijo ella.

Él no tenía ganas de seguir acariciándola, pero se sintió obligado a continuar. Trató de hacerle el amor. No pudo. No tenía una erección.

—Tengo que ir al baño —dijo, poniéndose bruscamente de pie.

Luego se encerró en el baño, se sentó en el excusado y se puso a llorar. Le daba rabia no poder hacer el amor con una chica tan linda como Alexandra. Poco después, ella tocó la puerta del baño.

—¿Que te pasa? —preguntó—. ¿Te sientes mal?

—No, no es nada —dijo él—. Ahorita salgo.

Se sonó la nariz, se echó unas gotas en los ojos y salió del baño. Alexandra estaba parada en la puerta. Al verla, él se puso a llorar de nuevo. Ella lo abrazó con fuerza.

—¿Qué tienes? —le preguntó.

—Es muy complicado —dijo él—. No entenderías.

—Oye, tontito, cuéntame tus problemas, a mí puedes contarme todo —dijo ella.

Joaquín apoyó su cabeza en uno de los hombros de Alexandra.

—Me odio porque no se me para —dijo.

—¿Eres estéril? —preguntó ella, sorprendida.

—Impotente, dirás. Estéril es otra cosa.

—Bueno, da igual, tú sabes a lo que me refiero.

—No, no soy impotente. Cuando estoy solo, se me para. Pero si estoy con una mujer, no puedo.

—Pobrecito. Ven, Joaquín, vamos a la cama.

Entraron a su cuarto. Se echaron en la cama. Ella estaba en sostén y calzón. Él, en polo y calzoncillos.

—Ahora cuéntame todo, pero cuéntamelo bonito —dijo ella.

—Lo que pasa es que me gustan los chicos —dijo él—. Me odio por eso. Yo no quiero ser así.

167

—¿Desde cuándo te pasa eso?

—No me acuerdo bien, pero es raro, porque antes me gustaban las chicas.

—Pobrecito, Joaquín. Debes sufrir un montón.

—Yo no quiero ser maricón, Alexandra.

—No te preocupes, Joaquín. No llores. Yo te voy a ayudar a que dejes ese trauma.

Ella lo abrazó y lo besó en la frente. Él siguió llorando.

* * *

Al día siguiente, Joaquín estaba durmiendo una siesta cuando tocaron el timbre de su departamento. Se despertó malhumorado, se levantó de la cama y miró por la ventana. Era Alexandra. Sorprendido, pues no la esperaba, fue a la cocina y le abrió. Ella subió por el ascensor y entró al departamento. No bien entró, abrazó a Joaquín.

—¿Qué te parece si vamos juntos al siquiatra? —le preguntó.

—Perfecto, me parece una gran idea —dijo Joaquín, sonriendo.

—Genial, porque he hecho una cita con el doctor Mori para esta misma tarde —dijo ella.

—¿Quién es el doctor Mori? —preguntó él, sorprendido.

—El siquiatra de mi mami —dijo ella—. Un súper trome. Mi mami dice que no estaría viva si no fuese por el doctor Mori. Perdóname que no te avisé antes, Joaquín, pero tú sabes que yo soy una alborotada, y además lo hago por tu bien.

—¿A qué hora es la cita?

—A las tres. O sea que tenemos media hora para llegar. Y no te preocupes, que el doctor Mori no cobra la primera cita.

—Eres increíble, Alexandra.

—Lo hago porque te quiero ayudar, Joaquín.

—Yo sé, yo sé.

Joaquín entró al baño, se puso unas gotas en los ojos y se echó colonia para no oler a marihuana. Antes de quedarse dormido, había fumado un troncho. Todas las tardes, después de almorzar, solía fumar marihuana.

—Vamos de una vez —dijo ella, cuando él salió del baño—. Odio estar apurada.

Bajaron por el ascensor, salieron del edificio y entraron al carro de Alexandra, quien puso un casete de Sui Géneris y manejó en silencio. Al llegar al malecón Balta, cuadró el carro frente al consultorio del doctor Mori. Esperaron unos minutos. A las tres en punto, bajaron del carro y tocaron el timbre. Un hombre de mediana edad, delgado, con anteojos, algo canoso, abrió la puerta.

—Buenas, doctor Mori —le dijo Alexandra—. Soy Alexandra López de Romaña. Vengo de parte de mi mamá.

—Buenas, encantado —dijo el doctor Mori, y le dio la mano.

—Él es Joaquín Camino, mi amigo —dijo Alexandra.

—Mucho gusto, doctor —dijo Joaquín, y le dio la mano al doctor Mori.

—Adelante, por favor —dijo el doctor Mori.

Los tres pasaron al consultorio y se sentaron en unos sillones de cuero. El doctor Mori cruzó las piernas y sonrió. Al fondo se oía música clásica.

—¿En qué los puedo ayudar? —preguntó Mori.

Alexandra tomó aire. Parecía algo nerviosa.

—Mi amigo Joaquín tiene un problema, y queríamos saber si usted nos podría ayudar —dijo.

Mori miró a Joaquín.

—¿Cuál es el problema de Joaquín? —preguntó.

—Joaquín tiene un trauma con las mujeres —dijo Alexandra.

—¿Un trauma de qué tipo? —preguntó Mori.

—O sea, le gustan las mujeres pero no es capaz de tener una eyaculación —dijo Alexandra.

—Una erección —corrigió Joaquín.

—Perdón, una erección —dijo Alexandra.

—Ajá —dijo Mori.

—Y por eso se le ha metido en la cabeza que es homosexual, pero él no quiere ser homosexual —dijo Alexandra.

—Ajá —dijo Mori.

—Y queríamos saber si usted puede hacer que Joaquín no se crea homosexual, y sobre todo que pueda acostarse normalmente con una mujer, o sea, no conmigo, sino con una mujer en general —continuó Alexandra.

—Ya entiendo, ya entiendo —dijo Mori.

—Porque Joaquín me ha contado que desde chico ha tenido fantasías con mujeres —siguió Alexandra, hablando muy de prisa—. De hecho, a él siempre le han gustado las mujeres.

—Claro, claro —dijo Mori.

—Yo, la verdad, creo que Joaquín es súper normal, pero está traumado porque la primera vez que lo hizo fue con una prostituta, y lógicamente no funcionó, cosa que a mí me parece de lo más normal, porque si yo fuese hombre (y por si acaso no me gustaría ser hombre, no me vaya a malinterpretar, doctor), si yo fuese hombre, le decía, estoy segura, segurísima, que no podría acostarme con una prostituta, me daría un asco total —dijo Alexandra.

—Ya, ya —dijo Mori.

—Y yo no quiero que Joaquín siga sufriendo, doctor, yo

169

quiero ayudarlo a ser feliz, plenamente feliz —dijo Alexandra.

Entonces se llevó las manos a la cara y rompió a llorar. Mori cogió una caja de *kleenex* y se la acercó a ella.

—Gracias, doctor —dijo Alexandra, y se sonó la nariz con un *kleenex*—. Lo siento, pero yo soy muy, muy emocional.

—Me temo que no los voy a poder ayudar, pero les puedo recomendar a un colega —dijo Mori.

—Claro, doctor, por supuesto —dijo Joaquín.

—¿O sea que usted no quiere atendernos? —preguntó Alexandra.

—No es eso, señorita López de Romaña, sino que yo me especializo en otras áreas del comportamiento humano —dijo Mori.

—Ajá —dijo Alexandra, y se sonó de nuevo la nariz.

Mori escribió un nombre y un número en un pequeño papel amarillo y le dio el papel a Alexandra.

—Aquí tienen el teléfono del doctor Fernández —le dijo—. Se lo recomiendo. Lamento no poder ayudarlos.

Luego miró su reloj, se puso de pie y los acompañó a la puerta. Parecía aliviado cuando los vio salir de su consultorio.

—Aj, qué espeso, qué antipático —dijo Alexandra, no bien entró a su carro—. ¿Qué se cree este tipo, ah? ¿Viste con qué aires de superioridad nos miraba? ¿Este cholo blanco se alucina el nieto de Freud o qué?

* * *

Unos días después, Alexandra pasó por el departamento de Joaquín, y los dos fueron a tomar un café a La Baguette.

—¿Y si yo soy lesbiana? —preguntó ella, sacándose los anteojos oscuros, bajando la voz.

—Eso es una tontería, Alexandra —dijo Joaquín, sonriendo—. Tú no eres lesbiana. No te puedes convertir en lesbiana a los diecinueve años. Te hubieras dado cuenta mucho antes.

—Pero tú mismo me has contado que de chico no te sentías *gay*, Joaquín.

—Es diferente, pues. Yo siempre me he fijado en los chicos. Te aseguro que tú nunca has tenido fantasías con mujeres.

—No, nunca, y eso es porque tengo la imaginación de una hormiga. Pero me acuerdo que de chiquita me encantaba quedarme a dormir en casa de mis amiguitas. Adoraba quedarme los fines de semana en casa de Aracelli, y las dos dormíamos juntitas, apachurraditas, felices. De repente ésa era una primera tendencia de lesbianismo, Joaquín.

—Nada que ver, Alexandra, eso es lo más normal del

mundo. Más bien, tendrías que acordarte si alguna vez has tenido ganas de hacer el amor con una chica.

—Ay, Joaquín, ni que yo fuera una mañosa, oye.

—Entonces olvídate de tu crisis de lesbianismo, pues. La homosexualidad no es una enfermedad contagiosa, querida. No porque yo sea *gay* tú te vas a convertir en lesbiana.

—Ay, no sé, estoy preocupadísima, Joaquín. Anoche no he podido dormir pensando que soy lesbiana. Si soy lesbiana se me viene el mundo abajo, Joaquín. Te juro que se me viene el mundo abajo.

—Te voy a hacer una pregunta tonta. Imagínate que sólo te queda una noche de vida. Sabes que te vas a morir al día siguiente. Esa noche, ¿te gustaría hacer el amor con un hombre o con una mujer?

—Qué pregunta más tétrica, Joaquín. Con ninguno, pues. Si es mi última noche de vida, me gustaría pasarla con mis papás, con mi hermanita adorada, con mi gato *Zigzag*, con mi tortuga *Pasmosa*.

—Bueno, ya, entonces imagínate que no te vas a morir.

—Ay, qué alivio.

—Imagínate que estás en una playa maravillosa del Caribe, una playa desierta, sola para ti, y tú estás desnuda, echada en la arena, y te mueres de ganas de hacer el amor. ¿Piensas en un hombre o en una mujer?

—Primero que nada, pienso en la erisipela, en el cáncer a la piel y en la arenita que se te mete al poto y después te deja toda escaldada.

—Contigo no se puede, Alexandra —dijo él, riéndose.

—Es que yo no soy una hiperactiva sexual, pues —dijo ella.

Luego abrazó a Joaquín y suspiró.

—Yo no voy a dejar que tú seas maricón, y tú no dejes que yo sea lesbiana, ¿ya? —le dijo.

—Te prometo —dijo él.

* * *

Una tarde, después de fumar marihuana, Alexandra y Joaquín se echaron en la alfombra del departamento, se besaron, se quitaron la ropa y él le pidió que se la chupase.

—No sé, mejor no —dijo ella—. Sólo he hecho eso una vez con Ricardo, y creo que no me gustó.

—Si me la chupas, a lo mejor se me para y me curas de mi trauma —dijo él, y se sintió un manipulador.

Ella dejó de lado todo su pudor y empezó a chupársela.

—Se te ha parado, se te ha parado —dijo, con entusiasmo, al ver que el sexo de Joaquín se había puesto duro.

—Ven, hay que aprovechar, siéntate encima mío —dijo él.

—Joaquín, hay algo que quiero decirte.

—Dime, pero apúrate antes que se me ponga blanda de nuevo.

—Soy virgen.

—No te preocupes, yo también.

—Pero yo no sé si quiero hacerlo. Después me voy a arrepentir, voy a sentir que he perdido una parte íntima de mi ser.

—Sólo la puntita, Alexandra. Te prometo que sólo la puntita.

—Porfa, sólo la puntita, ¿ya?

—Te lo prometo.

Ella se quitó el calzón y se sentó encima de Joaquín. Él trató de metérsela.

—Ay, despacio, no seas bruto —se quejó ella.

—Perdón, es la arrechura —dijo él.

Luego se la fue metiendo con dificultad. Sudaba. Estaba tenso.

—Joaquín, me dijiste que sólo la puntita —protestó ella.

—Perdón, se me resbaló —dijo él—. Muévete nomás, no te preocupes.

—Pero no la vayas a dar adentro, ¿ya?

—Te prometo que te la saco antes de darla.

Alexandra recién comenzaba a moverse cuando Joaquín terminó adentro suyo.

—Estúpido, te pedí que no la des adentro —gritó ella, y se separó bruscamente de él.

—Lo siento, no pude evitarlo —dijo él.

Ella se sentó en la cama.

—Mierda, la cagada, de repente me has dejado embarazada —dijo.

Luego se paró de un salto y corrió al baño. Joaquín se subió el pantalón. Poco después, ella salió del baño. Estaba llorando.

—Te apuesto que estoy embarazada —gritó—. Ya nos jodimos, Joaquín, ¿ahora qué vamos a hacer?

—No estás embarazada, Alexandra —dijo él—. No digas cojudeces.

—Éstos son justo mis días más peligrosos, Joaquín. Te apuesto lo que quieras que estoy embarazada.

Joaquín pensó que tenía que hacer algo para calmarla.

—No te preocupes —dijo—. Tengo un tío que es ginecólogo. Lo llamo ahorita y él nos arregla el problema.

Alexandra se sentó en la cama con las piernas cruzadas.

—Aunque no me creas, sentí cómo corrían tus bichitos en busca del óvulo —dijo—. Fue como si me hubiesen metido un alkaseltzer por la chucha.

Joaquín buscó el número de teléfono de su tío, el doctor Lucho Tudela. No bien lo encontró, llamó a su consultorio.

—No le vayas a decir mi nombre, no quiero que medio Lima se entere que he perdido mi virginidad —dijo ella.

—No te preocupes, nadie se va a enterar, mi tío Lucho es buenísima gente —dijo Joaquín.

El teléfono timbró varias veces. Por fin, Joaquín escuchó la voz de su tío.

—Tío, hola, soy Joaquín Camino, tu sobrino —le dijo—. Te llamo porque he tenido un percance.

—Cuéntame, sobrino, dime en qué puedo ayudarte —dijo el doctor Tudela, con una voz muy cordial.

—Acabo de acostarme con mi enamorada y ella está segura que la he dejado embarazada, y no sabemos qué hacer, porque como comprenderás no podemos tener un hijo, tío.

—Caramba, Joaquincito, veo que usted no pierde el tiempo, ah —dijo Tudela—. Pero qué gusto me dar oír eso, porque por ahí decían que usted era del otro equipo, mi querido sobrino.

—No, tío, cómo se te ocurre, eso jamás.

—Mira, Joaquincito, ven ahorita mismo con tu chica y les voy a dar una pastillita que no falla. Se llama la píldora del día siguiente. Ella se la toma ahorita y va a tener una bajadita de motor. Con eso, problema arreglado.

—No sabes cuánto te agradezco, tío. Voy para allá inmediatamente.

—Aquí te espero, sobrino.

Joaquín colgó el teléfono. Alexandra seguía llorando.

—Mira lo que me has hecho —dijo—. Yo estaba tratando de ayudarte con tu trauma y tú me dejas embarazada.

—Bueno, ya, pero no hay problema porque mi tío Lucho te va a dar la píldora del día siguiente —dijo él.

—¿Y qué cochinada es ésa? —preguntó ella, haciendo una mueca de asco.

—Alexandra, no hables así, mi tío Lucho Tudela es el mejor ginecólogo de Lima. Él me ha dicho que te tomas esa pastillita y tienes una bajada de motor, o sea, te viene la regla y ya no estás embarazada.

—No puede ser. Debe ser un invento del mañoso de tu tío.

—Vamos, apúrate, que mi tío nos está esperando.

Salieron del departamento y trataron de bajar por el ascensor, pero les fue imposible, pues acababa de producirse un apagón. Bajaron por las escaleras y subieron al carro de Alexandra. Él manejó a toda prisa, mientras ella se agarraba la barriga.

—Si es hombre, ¿qué nombre le pondríamos? —preguntó ella, camino al consultorio.

—No tengo idea —dijo él—. Nunca había pensado en eso.

—Felipe me encanta, Diego no está mal, pero mi preferido es Paul.

—Sí, Paul es bonito.

—¿Y si es mujer?

—Ni idea. Tú dirás.

—Si es mujer tendría que llamarse Paola o Verónica. Ésos son mis nombres preferidos.

Poco después, llegaron a un edificio al lado de la clínica Americana. Joaquín cuadró el carro y apagó el motor.

—Yo me quedo —dijo ella, y prendió la radio.

—Baja, no seas tonta —dijo él.

—No puedo, me muero de la vergüenza, tu tío va a creer que soy una puta.

—Bueno, como quieras.

Joaquín bajó del carro, entró a la clínica, subió doce pisos por las escaleras y llegó al consultorio de su tío. Jadeando, le dijo su nombre a la secretaria. Ella lo hizo pasar en seguida.

—Hola, Joaquincito, qué ha sido de tu vida, sobrino —dijo el doctor Tudela, levantándose de su escritorio.

Era un hombre robusto, de ojos achinados y mirada pícara. Tenía una cara redonda y sonrosada.

—Aquí, pues, tío, no tan bien como tú —dijo Joaquín, y abrazó a su tío.

—¿Y tu enamorada, sobrino? —preguntó Tudela.

—Se quedó en el carro, no quiso bajar.

—Cuéntame, pues, de ella. ¿Qué edad tiene la chica?

—Dos años menos que yo, o sea, diecinueve.

—Qué rico, está en la flor de la juventud la chiquilla. Qué tal Joaquincito, caray, o sea que te las has llenado a tu hembrita, ah. Y yo que pensaba que usted tenía la huacha medio floja, sobrino.

—No tío, qué ocurrencia, cómo va a ser eso.

—Cuéntame una cosa, Joaquincito, ¿cuánto tiempo aguantas allí adentro de su chuchita? Porque tú debes ser un gallito de pelea, la metes y ahí nomás entierras el pico, ¿no?

—Sí, pues, al toque nomás la doy, no aguanto nada.

El doctor Tudela soltó una carcajada.

—A tu edad todos son así, sobrino, no duran nada, se rinden al toque —dijo—. Yo en cambio, así viejo como me ves, ¿sabes cuánto aguanto? Media hora como si nada, media hora un polvo promedio.

—Carajo, qué envidia, tío.

—Tiempo al tiempo, sobrino, tiempo al tiempo. Con los años vas aprendiendo a tirar cache. Yo ya tengo muchos kilómetros recorridos.

—Me imagino, tío, me imagino.

—Pero tienes que cuidarte, pues. Ponte siempre un jebecito por si las moscas, ¿ya?

—No te preocupes, tío, esto no me vuelve a ocurrir.

—Mira, sobrino, aquí tienes la pastilla que te prometí. Dile a tu chica que se la tome ahorita mismo.

El doctor Tudela le dio una pastilla envuelta en un plástico transparente.

—Caramba, tío, no sabes cuánto te agradezco, me has sacado de un apuro —dijo Joaquín—. ¿Cuánto te debo, por favor?

—No, pues, Joaquincito, qué ocurrencia, todo queda en familia.

Se rieron. Joaquín guardó la pastilla y se despidió de su tío.

—Qué tal pinga loca había resultado el Joaquincito, carajo —dijo el doctor Tudela, sonriendo, haciéndole adiós a su sobrino.

Joaquín bajó corriendo las escaleras del edificio. No bien entró al carro, le enseñó la pastilla a Alexandra.

—He cambiado de opinión —dijo ella.

Joaquín la miró, sorprendido.

—Si es mujer, se llamaría Alexandra como yo, pero le pondría Alessandra, con doble «ese», porque me parece que eso le da un cierto caché, ¿no te parece? —dijo ella.

Él la cogió de la mano.

—Acompáñame a la sanguchería de enfrente —le dijo—. Tienes que tomar la pastilla ahorita mismo.

Ella bajó del carro. Caminaron hasta una sanguchería frente a la clínica Americana. Joaquín pidió dos jugos de fresa.

—¿Solos o con leche? —le preguntó la mujer que atendía.

—Aj, leche ni hablar, que ahorita me comienzan a crecer las tetas —dijo Alexandra.

Poco después, la mujer le dio los jugos a Joaquín. Él sacó la pastilla y se la dio a Alexandra.

—Tómatela —le dijo.

Ella se persignó y cerró los ojos.

—Perdóname, Diosito, pero ni siquiera he terminado la universidad —dijo.

Luego se llevó la pastilla a la boca y la tomó con un poco de jugo.

—Chau Paul, chau Alessandrita —dijo, y rompió a llorar.

* * *

Unos días después, Alexandra y Joaquín estaban viendo televisión. Era un viernes en la noche.

—Me muero de ganas de ir a Studio One —dijo él.

—¿Qué es eso? —preguntó ella.

—Es una discoteca *gay* en Miraflores. ¿Me acompañarías?

—No sé, Joaquín, qué vergüenza. De repente nos encontramos con alguien conocido.

—Vamos un ratito nomás a curiosear un poco. No seas maricona.

—Bueno, vamos, pero si está feo nos salimos al toque, ¿ya?

—*Okay*, como quieras.

Antes de salir, fumaron marihuana. Luego subieron al carro de Alexandra. Joaquín manejó hasta llegar a Studio One. La discoteca quedaba en un callejón sin salida, cerca de la avenida Benavides. Cuadraron el carro, bajaron y se acercaron a la puerta de Studio One.

—Por si acaso, esta discoteca es de ambiente —les advirtió el chico que cobraba las entradas.

—¿Cómo que de ambiente? —preguntó Alexandra.

—O sea, pues, de ambiente *inn* —dijo el chico, sonriendo.

—Ya sabemos que es una discoteca de maricas, hijo —dijo Alexandra.

—No digas maricas, eso ofende —dijo el chico—. Es más legal decir «homos».

Alexandra se rió. Joaquín pagó las entradas.

—Esto parece la jaula de las locas —dijo ella, no bien entraron a la discoteca.

—Cállate, no hables tan fuerte —dijo él.

Se sentaron en una esquina de la barra y pidieron dos cervezas. La discoteca estaba repleta de hombres, casi todos en pantalones muy ajustados. Una música estridente golpeaba los tímpanos.

—Estoy impresionadísima, Joaquín —dijo ella—. Jamás me imaginé que hubiesen tantos maricones en Lima.

—Y algunos no están tan feos —dijo él.

—Perdóname, pero todos me parecen súper vulgares, súper disforzados. Ni siquiera las mujeres somos tan femeninas como estos tipos.

—¿Te parece que yo soy afeminado, Alexandra?

—Nada que ver. Tú no eres como ellos, Joaquín. Tú eres súper normal.

Tomaron sus cervezas del pico de la botella.

—¿Te has dado cuenta que también hay chicas? —dijo ella.

—Deben ser lesbianas, ¿no? —dijo él.

—Yo no sé por qué las lesbianas siempre son tan feas, oye.

—No digas tonterías, Alexandra, también hay lesbianas preciosas.

—Yo jamás he conocido a una lesbiana bonita. Para mí, todas son unas frustradas que no pueden conseguir chicos y de puro amargadas se meten a lesbianas como premio consuelo.

—Nadie se mete a lesbiana o maricón, Alexandra. Tu orientación sexual viene contigo desde el principio. Tú no la escoges. Ella te escoge a ti.

—Pero no me puedes negar que los *gays* suelen ser guapos, y las lesbianas, más feas que una patada en los huevos.

—También hay maricones espantosos.

—Claro, pero siempre están arregladitos, bien al bigotín, al polito ajustado, al pantalón al cuete. En cambio, las lesbianas andan todas zarrapastrosas, todas maltrajeadas. Tan es así que una vez mi mami me vio saliendo de la casa con mis trapos de *hippie* y me dijo: ay, hijita, vístete bonito que pareces lesbiana.

Se rieron.

—Tengo que ir a miccionar —dijo él—. Ahorita vengo.

—Huachafo —dijo ella, riéndose.

Había tanta gente en Studio One que a duras penas se podía caminar. Joaquín llegó al baño y se encerró en un urinario. Estaba bajándose la bragueta cuando un tipo asomó su cara por un orificio en la pared de madera del urinario.

—¿No quieres que te dé una mamadita, pingón? —preguntó.

—No, mil gracias —dijo Joaquín.

—La pones en este huequito y te hago un chup que te quedas bizco —insistió el tipo.

—Un millón de gracias, pero estoy apurado —dijo Joaquín.

—Tacaño eres —dijo el tipo, y retiró su cara del orificio.

Joaquín orinó tan rápido como pudo y salió del baño. Alexandra seguía en una esquina de la barra. Una chica de pelo rapado y nariz aguileña estaba hablándole al oído. Alexandra miró a Joaquín como pidiéndole ayuda. Joaquín se acercó a ella y la abrazó.

—Linda parejita, pero se me hace que ella se aburre contigo —le dijo la chica del pelo rapado.

—En todo caso, no es tu problema —dijo él.

—Machito eres, mira cómo tiemblo de miedo —dijo la chica.

Parecía algo borracha.

—Para eso tomas, para emborracharte —le dijo Joaquín.

—¿No te aburres con este payaso? —le preguntó la chica a Alexandra—. ¿No te gustaría salir conmigo, mamita?

Luego puso una mano entre las piernas de Alexandra y trató de besarla.

—Aj, estúpida, déjame —gritó Alexandra, indignada.

—Oye, marimacha, enana de mierda, deja tranquila a mi enamorada —dijo Joaquín.

La chica se puso de pie y le tiró un puñete a Joaquín, quien perdió el equilibrio y cayó al suelo.

—Machito eres, payaso, maricón reprimido —gritó la chica.

El tipo que atendía en el bar salió de la barra, agarró a la chica y la empujó hacia la puerta. Joaquín se levantó a duras penas.

—Vámonos de este antro —dijo Alexandra.

Joaquín y Alexandra salieron de la discoteca.

—Nunca más regreso a este sitio asqueroso —dijo él.

* * *

El fin de semana siguiente, Joaquín y Alexandra viajaron al Cusco. Él la invitó, y ella se atrevió a viajar sin permiso de sus padres.

—Los incas solitos no hicieron esto ni cagando —dijo ella, mirando las ruinas de Machu Picchu—. Esto tienen que haberlo hecho los marcianos.

Tenía los ojos achinados y los labios rajados. Joaquín la escuchaba sentado a su lado. Habían fumado marihuana llegando a Machu Picchu. Cada uno tenía un *walkman* conectado a sus oídos. Ella escuchaba Peter Gabriel. Él, Marillion.

—Joaquín, juraría que hay una señora igualita a ti que te está haciendo adiós —dijo ella.

—Debes estar alucinando —dijo él.

—No, en serio, mira, allí —dijo ella, señalando a una mujer.

Cuando Joaquín vio a su madre haciéndole hola, pensó que estaba alucinando.

—No puede ser —dijo—. Es mi vieja.

—Qué linda tu mami, es idéntica a ti —dijo Alexandra.

Maricucha seguía sonriendo y haciéndoles hola. Resignado, Joaquín se acercó a ella.

—Habla poco, no vayas a decir una burrada, que estamos voladísimos —le dijo a Alexandra, bajando la voz.

—Hola, mi amor, qué sorpresota encontrarte aquí —dijo Maricucha.

—Hola, mami —dijo Joaquín, y besó a su madre en la mejilla.

—Ésta es Alexandra, una amiga —le dijo.

—Por fin me presentas a tus amigas, mi amor —dijo Maricucha.

—Buenas, señora —dijo Alexandra—. Estoy impresionadísima. Usted y Joaquín son como dos gotas de agua.

—Ay, hija, si vieras fotos de antes te caes sentada —dijo Maricucha—. Ahora mi Joaquín está con la cara toda chupada, porque seguro que no estás comiendo bien, ¿no hijito?

—¿Qué haces acá, mami? —preguntó Joaquín.

—Ay, hijo, ya estoy harta de Miami —dijo Maricucha—. Ahora me he propuesto conocer el Perú, que tiene tantos sitios lindos. Eso sí, ni te cuento cómo está tu papi. Está hecho un pichín. Dice que es súper peligroso por el terrorismo que yo venga sola al Cusco. Pero nadie muere en la víspera, pues, hijo. Además, Lima se ha puesto horrible últimamente. Hay que ver lo que están robando ahora los cholos en la puerta de Wong. El otro día a la salida de María Reina le arrancharon su cartera a tu tía Camincha, que dicho sea de paso no sabes cómo está que sufre con las hemorroides la pobre.

—Lima ahorita es mucho más peligroso que Cusco —dijo Alexandra—. Ya no sabemos en qué momento nos va a explotar un coche bomba al ladito.

—Aparte que Cusco tiene una magia bárbara, ¿no es cierto? —dijo Maricucha—. Aquí una se culturiza horrores. A propósito, chicos, tienen que leer el libro de Shirley McLaine sobre la cuestión extrasensorial, que está divino.

—¿Dónde te estás quedando, mami? —preguntó Joaquín.

—En la *suite* del Libertador, que tiene tu tío Micky —dijo Maricucha.

—No sabía que Micky tenía una *suite* en el Libertador —dijo Joaquín.

—Ah, no sabes, una *suite* regia con *jacuzzi* y chimenea —dijo Maricucha.

—Nosotros estamos en un hostalito de lo más simpático a un par de cuadras de la plaza de Armas —dijo Alexandra.

—En cuartos separados, supongo —dijo Maricucha.

Alexandra sonrió. Joaquín no supo qué decir. Maricucha soltó una carcajada.

—Estoy bromeando, chicos —dijo.

De pronto, un hombre delgado y moreno llamó a Maricucha.

—¿Quién es ese huanaco? —preguntó Joaquín.

—Ay, Joaquín, no seas racista —dijo Alexandra.

—Es mi guía, el guía del *tour* —dijo Maricucha—. Y así, cholito como lo ves, se sabe la historia del Cusco mejor que tú y que yo. Su quechua es más fluido que mi inglés. Debe ser la reencarnación de Atahualpa, lindo mi guía.

—Tiene pinta de terrorista —dijo Joaquín.

—Bueno, chicos, me tengo que ir, nunca es tarde para culturizarse un poquito —dijo Maricucha—. Pero antes, una fotito, ¿no?

Luego se sacó la máquina de fotos que tenía colgada en el pecho, se acercó a un turista y le pidió que les tomase una foto.

—Es mi hijo que no lo veo hace siglos —le explicó, señalando a Joaquín.

El hombre aceptó encantado y preparó la máquina de fotos.

—Ay, yo soy lo más antifotogénica del mundo —dijo Alexandra.

Maricucha abrazó a Alexandra y Joaquín.

—Mejor ustedes solos —dijo Alexandra.

—No, hija, qué ocurrencia, los tres juntos —dijo Maricucha.

—Es que voy a malograr la foto —dijo Alexandra.

—No digas necedades, hija, te ves divinamente bien —dijo Maricucha—. Eso sí, sonrían con la boca un poquito abierta para que no se noten las arrugas.

Los tres sonrieron con la boca entreabierta. El hombre les tomó un par de fotos. Luego, insistió en tomarse una foto con Maricucha.

—Qué tal cirio este gringo apestoso —dijo Maricucha, bajando la voz.

Joaquín les tomó una foto a su madre y al turista. Después, el turista se marchó encantado.

—Para que veas que todavía tengo mi jale —le dijo Maricucha a su hijo.

Luego besó a Alexandra en las dos mejillas.

—Hazlo comer a este flacucho, ¿ya? —le dijo.

—Ay, señora, si viera el platazo de tallarín con huevo frito que el flacucho se comió ayer —dijo Alexandra.

—Chaucito, pues —le dijo Maricucha a Joaquín, y le dio un beso en la mejilla—. Llámame al hotel a la noche a ver si salimos a comer los tres.

—Ya, mami —dijo Joaquín.

Maricucha se puso su sombrero de paja y se fue caminando de prisa para alcanzar al guía del *tour*.

* * *

Esa noche, Joaquín y Alexandra fueron al Kamikaze, una de las mejores discotecas del Cusco, donde Pochi Gonzales y su grupo estaban tocando sus canciones más populares frente a la pista de baile.

—Me encanta la música de Pochi Gonzales —dijo Alexandra, mientras bailaba con Joaquín.

—A mí también —dijo él, apenas moviéndose, porque no le gustaba bailar.

—Una ex enamorada de Pochi me ha contado que él la amarraba en la cama, alucina —dijo ella—. ¿Tú amarrarías a tu pareja en la cama?

—Prefiero que me amarren a mí —dijo él.

Bailaban abrazados, hablándose al oído.

—Yo jamás dejaría que me amarren —dijo ella—. Me sentiría una esclava, un objeto sexual.

—Debe ser riquísimo que a veces te traten como un objeto sexual —dijo él.

—Ay, Joaquín, por favor, no te pases de mañoso —dijo ella, riéndose.

Cuando terminó la canción, se sentaron en una mesa. Al medio de la mesa había una vela encendida. Alexandra se puso a jugar con la vela, pasando sus dedos por la llama.

—¿Qué es lo más degenerado que has hecho en tu vida? —preguntó Joaquín, bajando la voz.

—Yo jamás he hecho algo degenerado —dijo ella, sonriendo—. Yo soy una chica del Villa María, hijito.

—Mentirosa. Todos escondemos algún secreto.

—En todo caso, primero dime tú.

Él apoyó su cabeza en una mano, recordando.

—Una vez, cuando era chico, un amiguito y yo violamos a una gallina —dijo.

Ella soltó una carcajada, tapándose la boca.

—Par de abusivos, pobre gallinita —dijo.

—La gallina murió en el acto, yo creo que de pura vergüenza.

Ella siguió riéndose.

—Ahora te toca a ti —dijo él.

—Ay, no sé —dijo ella.

—Cuéntame algo, no seas maricona.

—Bueno, pero jura que no se lo dices a nadie.

—Te lo juro.

—En las vacaciones de tercero de media me fui a esquiar a Chile con una amiga del colegio y sus papás. Un día estábamos en la nieve y teníamos que subir en esas cabinas que van colgadas a una altura maldita. Creo que se llaman funiculares, ¿no? Yo, por supuesto, me cagaba de miedo. Me puse a llorar toda cobarde, y el papá de Pilar, Cara de Huevo (todas le decíamos Cara de Huevo, claro que no en su cara), Cara de Huevo dijo yo voy con Alexandra, ustedes vayan adelante, porque en cada carrito entraban dos personas nomás. O sea que Pilar y su mami se subieron en un carrito, y Cara de Huevo y yo subimos juntos a otro carrito. Yo miré para abajo y me dio pánico. Entonces Cara de Huevo me abrazó y me sentó encima suyo, lo más paternal del mundo. De repente, yo ni me había dado cuenta, y él ya tenía una mano en mis tetas y la otra abajo de mi calzón. Cara de Huevo me manoseó como le dio la gana, porque el viajecito fue interminable. Yo me dejé, no le dije nada, y debería darme vergüenza contarte esto, Joaquín, pero la verdad que lo disfruté. Terminé mojadísima. Qué horror, qué puta me siento.

En ese momento, un chico se acercó a Alexandra y se quedó mirándola.

—¿Ya no te acuerdas de mí? —le preguntó.

—¿Quién eres? —preguntó ella, sonriendo.

—Conejita, soy yo —dijo el chico—. No puedo creer que te hayas olvidado de mí. Acuérdate del día que ganamos el festival de La Honda y fuimos famosos.

Ella se levantó de un salto y lo abrazó.

—José Antonio —gritó—. No lo puedo creer, no te había reconocido.

—Años que no nos vemos —dijo él.

—Éste es Joaquín, un amigo —dijo ella.

—Encantado —dijo José Antonio, y le dio la mano a Joaquín.

—José Antonio y yo cantamos juntos en La Honda un verano hace mil años —dijo Alexandra.

—Ganamos con *Arena blanca, mar azul*, ¿te acuerdas? —dijo José Antonio.

—Qué emoción, la mar de años que no te veo —dijo Alexandra.

—Es que yo desde que entré a la Marina dejé de ver a todo el mundo —dijo José Antonio.

—¿Jura que estás en la Marina? —preguntó Alexandra, sorprendida.

—Alférez del Solar, a sus órdenes —dijo José Antonio, sonriendo, haciendo el clásico saludo militar.

—¿Y se puede saber qué hace un marino en el Kamikaze? —preguntó Alexandra, con una sonrisa coqueta.

—Vamos a bailar y ahí te lo explico —dijo José Antonio.

—Bestial —dijo Alexandra.

—¿Se puede, no? —le preguntó José Antonio a Joaquín.

—Hombre, por supuesto —dijo Joaquín.

Alexandra y José Antonio se perdieron entre la multitud que estaba bailando en el Kamikaze. Joaquín aprovechó para ir al baño. Estaba tratando de orinar, cuando escuchó a un tipo ofreciendo coca en el baño.

—A veinte dólares el tiro, veinte dólares el tiro —dijo el tipo.

—¿Cuánto cuesta un paco? —le preguntó Joaquín.

—Yo no vendo pacos, sólo vendo tiros por unidad —dijo el tipo.

—Tú debes saber dónde puedo conseguir un buen tamal, hermano —dijo Joaquín.

El tipo se quedó callado y miró a Joaquín a los ojos.

—¿La U o Alianza? —preguntó, con una voz muy grave.

—La U para todo el mundo —dijo Joaquín.

—Venga ese abrazo, choche —dijo el tipo.

Los dos se abrazaron.

—Abajo, en el Café Literario, pregunta en la barra por Quique —dijo el tipo en el oído de Joaquín.

—Gracias, hermano— dijo Joaquín.

Luego salió del baño, vio que Alexandra y José Antonio seguían bailando, bajó por las escaleras, cruzó la calle y entró al Café Literario. No bien entró, preguntó en la barra por Quique. Una mujer señaló a un tipo gordo que estaba ojeando un viejo ejemplar de *Bohemia*. Joaquín le agradeció y se acercó al tipo.

—¿Usted es Quique? —le preguntó.

—El mismo que viste y calza —dijo el tipo.

—Vengo del Kamikaze —dijo Joaquín.

—Habla —dijo el tipo.

—Necesito un paquirri.

—¿Para cuándo?

—Para ahorita.

—No, pues, flaco, imposible. Los pedidos se hacen con un día de anticipación.

—Te pago lo que quieras, Quique.

—Mira, flaco, estás con suerte, te voy a vender la de mi consumo personal, pero te sale a cuarenta locos el falso.

—Hecho. Gracias, Quique. Eres un caballerazo.

—Vamos al fresco, que aquí hay mucho sapo.

Quique se puso de pie y salieron a la calle. En cuestión de segundos, hicieron la transacción.

—Me dejarás que dé el *play* de honor, ¿no? —dijo Quique.

—Por supuesto, Quique, sigue nomás —dijo Joaquín, y abrió el paquetito de coca.

Quique cogió un poco de coca con los dedos y se la llevó a la nariz.

—Suave nomás, que la coca en altura es traicionera —dijo.

—No te preocupes, hermano —dijo Joaquín.

Luego sacó su libreta electoral y aspiró toda la coca que pudo. Tras despedirse de Quique, subió al Kamikaze y buscó a Alexandra. Ella estaba sentada con José Antonio.

—¿Adónde te metiste? —preguntó.

—Bajé a tomar un cafecito —dijo Joaquín, tratando de disimular las muecas.

—No sabes la cantidad de cosas bacanes que hemos estado acordándonos con José Antonio —dijo Alexandra.

—Recordar es vivir, no hay nada que hacer —dijo José Antonio, y acarició el pelo de Alexandra.

—Bueno, mejor los dejo a solas —dijo Joaquín, y fue a la barra.

Alexandra se paró y fue tras él.

—Oye, ¿qué te pasa? —le dijo, cogiéndolo de la mano.

—Eres increíble, Alexandra —dijo Joaquín, sin poder ocultar que estaba furioso con ella—. Te traigo al Cusco, se te cruza este marinerito de acequia y me dejas botado.

—Yo no te he dejado botado, tú desapareciste, y no me hables así de José Antonio, que es un amor —dijo ella.

—Es un sapazo, lo único que quiere es acostarse contigo —dijo él.

Ella sonrió y lo abrazó.

—Estás celoso —dijo—. Me encanta cuando te achoras, Joaquín. Te ves más guapo.

—Voy a comprar un par de chelas y tú chotéalo al marinerito —dijo él—. Marino mercante será ese pavazo.

—No puedes negar que está buenote, Joaquín.

—Sí, pero debe tener gonorrea. Por si no sabes, casi todos los marinos tienen gonorrea.

Ella se rió y volvió la mesa. Él compró dos cervezas, entró al baño y le dio una cerveza al tipo que vendía coca en el baño.

—¿Conseguiste? —le preguntó el tipo.

—Todo perfecto —dijo Joaquín—. Mil gracias.

Luego sacó la coca, se metió un par de tiros y se puso a hablar de fútbol con el tipo que vendía coca. De pronto, tres policías irrumpieron en el baño del Kamikaze.

—Quietos, carajo, esto es una batida —gritó uno de ellos.

La determinación de esos hombres en uniforme acalló de golpe el griterío en el baño del Kamikaze.

—Ésta es una inspección de rutina para agarrar a paqueteros y demás malos elementos que hacen uso de sustancias estupefacientes en locales nocturnos —dijo el policía que parecía estar al mando de la operación—. Ahorita mismo me hacen dos colas, una extranjeros, otra nacionales. Vamos a chequearlos uno por uno. Y al primer movimiento sospechoso, corre bala, carajo.

Sin ningún orden aparente, se formaron dos colas en el baño, y todos fueron sometidos a una revisión policial.

—Estos dos van adentro por marihuaneros —dijo un policía, al encontrar marihuana en los bolsillos de dos turistas.

Luego encañonó a los turistas y los arrinconó contra la pared. Eran dos tipos barbudos, de pelo rojizo.

—Ajá, un tremendo paco —dijo otro policía, poco después, y sacó una bolsa con cocaína del calzoncillo del tipo que vendía tiros en el baño.

—No diga paco, cabo Martínez —dijo el policía que parecía estar al mando—. Diga paquete.

—Perdón, mi sargento —se disculpó el cabo.

Entonces llegó el turno de Joaquín. Un policía le revisó la billetera y encontró el paquetito de coca que había comprado en el Café Literario.

—Arrestado por posesión de cocaína de alto poder narcotizante —le dijo.

Cuando terminó la inspección, los cuatro arrestados salieron del baño custodiados por la policía; Joaquín era uno de ellos. El concierto de Pochi Gonzales se había interrumpido. Había un ambiente de tensión y nerviosismo en el Kamikaze.

—Joaquín, ¿qué pasa? —preguntó Alexandra, al ver que la policía se lo llevaba a empujones.

—Nada, no te preocupes, es un malentendido —alcanzó a decirle Joaquín.

Los cuatros arrestados fueron conducidos, en dos patrulleros, a la comisaría del Cusco. Después de darle sus datos personales al comisario, Joaquín fue encerrado en una celda que apestaba a mierda.

* * *

Una hora más tarde, Joaquín estaba narrando un imaginario partido de fútbol cuando escuchó los gritos de su madre.

—¿Dónde está mi hijito, qué le han hecho a mi hijito adorado? —gritó Maricucha, entrando a la comisaría del Cusco.

Después de calmarla y revisar sus documentos, el comisario la acompañó hasta la celda donde estaba Joaquín.

—Su hijo fue encontrado en posesión de varios gramos de cocaína —le dijo.

Era un hombre moreno, rollizo, de bigotes. Maricucha tenía puestos un poncho y un sombrero de paja. A su lado, Alexandra sollozaba.

—No puede ser, mi hijo no es un droguista, esto tiene que ser un error —dijo Maricucha.

—Joaquín es un chico conflictivo pero sano —dijo Alexandra.

—Lo siento, pero el joven ha incurrido en una falta grave tipificada en el código penal —dijo el comisario.

—Ay, mi comandante, yo no sé qué podríamos hacer para arreglar esto como amigos —dijo Maricucha.

El policía tosió y jugó con sus bigotes.

—Lo que usted diga, jefe, lo que usted mande —dijo Maricucha.

—Por favor, señor policía, sea buenito —dijo Alexandra.

—Casualmente estamos construyendo una ampliación de la comisaría, y estamos algo bajos de fondos —dijo el comisario—. La verdad que estamos bastante urgidos de donaciones.

—Ay, mi comandante, yo encantadísima de la vida de colaborar con las fuerzas del orden en una causa tan noble —dijo Maricucha, y abrió su cartera—. ¿Aceptan tarjetas de crédito?

—No, qué ocurrencia, acá no estamos tan modernizados, señora —dijo el comisario.

—La chequera, la chequera, ¿dónde está la chequera? —dijo Maricucha, como hablando consigo misma.

—Yo quisiera contribuir con un poquito —dijo Alexandra, y le dio al comisario dos o tres billetes arrugados.

—Gracias por la donación voluntaria, señorita —dijo el comisario—. Ahora a la salida le entrego su recibo y su calcomanía de amiga de la policía cusqueña.

Maricucha sacó su chequera.

—¿Cuánto necesita para terminar las obras, mi comandante? —preguntó.

—No, señora, lo que sea su voluntad nomás —dijo el comisario.

—Ay, jefe, no sea tan tímido, yo sé lo que sufren ustedes con la recesión y toda la situación —dijo Maricucha—. ¿Le hago el cheque en soles o en dólares?

—La verdad que en dólares la moneda se conserva mejor —dijo el comisario.

Maricucha escribió unos números y le enseñó el cheque.

—¿Esto alcanzará? —preguntó.

—Caramba, señora, con eso nos va alcanzar hasta para dar dos manitos de pintura a todo el local —dijo el comisario.

—Ay, mi comisario, no sabe usted lo contenta que estoy de poder ayudar a una causa justiciera —dijo Maricucha.

Luego firmó el cheque, lo arrancó y se lo dio al comisario.

—A la salida le doy su recibo y su calcomanía, señora —dijo el comisario—. A ver, Lobatón, ábrame esta reja —gritó, dirigiéndose a uno de sus subordinados.

Un policía con cara de asustado corrió hasta la celda y abrió el candado. Joaquín salió de la celda.

—Queda usted en libertad, y que esto no se vuelva a repetir —le dijo el comisario.

—No se preocupe, jefe —dijo Joaquín.

Maricucha abrazó a su hijo.

—¿Estás herido, mi hijito? —le preguntó.

—Te está saliendo un poco de sangre por la nariz —dijo Alexandra.

—Es por el frío —dijo Joaquín.

En realidad, sangraba por la coca que había aspirado.

—Ay, qué vergüenza, estamos haciendo una escena, ¿qué va a pensar el señor comisario? —dijo Maricucha.

Maricucha, Alexandra y Joaquín salieron de la estación policial del Cusco, acompañados por el comisario.

—Jefe, no sé cómo agradecerle su benevolencia —dijo Maricucha.

—Al revés, señora, la policía del Cusco le queda infinitamente agradecida —dijo el comisario.

Maricucha le dio la mano, y el policía le hizo una reverencia. Luego, los tres se alejaron de la comisaría.

—Si este cholo pensaba que me iba a despedir con besito, estaba muy pero muy equivocado —dijo Maricucha.

Alexandra soltó una carcajada.

* * *

El teléfono sonó cuando Joaquín todavía dormía. Había regresado del Cusco la noche anterior. Tenía ganas de dormir tres días seguidos.

—Buenas, soy Nicanor López de Romaña, el papá de Alexandra —escuchó.

—Ah, mucho gusto, señor —dijo.

—Mi hija habla mucho de ti últimamente. Me gustaría conversar contigo.

—Encantado, señor, cuando usted quiera.

—¿Por qué no te vienes esta tarde a mi oficina?

—Perfecto, ningún problema.

Apuntó la dirección del señor López de Romaña. Quedaron en verse a las seis.

—Ah, y por favor, no le vayas a comentar nada a Alexandrita —dijo el señor López de Romaña—. Esto es algo entre tú y yo.

—Claro, señor, no se preocupe.

Colgó el teléfono, puso el despertador a las cinco de la tarde y siguió durmiendo hasta esa hora. Después de ducharse, fue a la oficina del señor López de Romaña. Llegó a las seis en punto. La secretaria lo hizo pasar inmediatamente.

—Hola, gracias por venir —le dijo el señor López de Romaña, dándole la mano.

Era hombre rubio, algo gordo, de mediana edad.

—Asiento, por favor —dijo, señalando un sillón de cuero negro.

Llamó a su secretaria y le dijo que no iba a recibir llamadas. Tras prender un cigarrillo, se sentó, cruzó las piernas y sonrió. Joaquín sonrió también, sin saber por qué sonreían los dos.

—Te voy a hablar con toda franqueza —dijo el señor López de Romaña—. Te he llamado para hablarte de mi hija.

Joaquín asintió y no dijo nada.

—Mi mujer y yo estamos muy preocupados porque la conducta de Alexandra ha cambiado mucho desde que sale contigo —continuó el señor López de Romaña—. Para comenzar, a mí no me gusta que ella vaya siempre a tu departamento y

187

que tú nunca vengas a la casa. Le hemos dicho varias veces a Alexandrita que te invite a comer a la casa, que queremos conocerte, pero ella dice que tú no quieres. Eso es lo primero que no me gusta, Joaquín. ¿Y sabes por qué? Porque cuando yo era muchacho, había dos tipos de chicas: las decentes y las mediopelo, y si tú querías salir con una chica decente, tenías que ir a su casa bien vestido y presentarte ante sus padres. La cosa era así, muy clara, meridianamente clara. Desde entonces, muchas cosas han cambiado en Lima, muchas cosas se han ido a la mierda en Lima, pero eso es algo que no ha cambiado. Y Alexandra es una chica decente, decente con «de» mayúscula. ¿En eso estamos claros, no?

—Clarísimos, señor.

—Me alegra, me alegra. Bueno, la otra cosa que me preocupa es que Alexandra está medio descuidada. Se pone insolente con su mamá, se pasa todo el día en la calle, trae ideas raras a la casa, ideas que jamás ha tenido. ¿De cuándo acá mi hija dice que la universidad no sirve para nada? ¿De cuando acá dice que la marihuana no hace daño? ¿De cuándo acá se nos escapa un fin de semana al Cusco? No, pues, esas cosas me tienen que llamar mucho la atención, Joaquín. Para mí está muy claro, meridianamente claro, que tú le has metido esas malas ideas en la cabeza, y yo no voy a dejar que Alexandrita se me malogre, pues. Tú le estás lavando el cerebro a mi hija, me la estás malogrando, y yo no puedo permitir eso. Yo voy a hacer todo lo que sea necesario para que Alexandrita siga siendo una chica decente. ¿En eso estamos claros, no?

—Muy claros, señor.

—Me alegra, me alegra. Ahora, yo te sugiero una cosa (y te digo esto con un cariño casi paternal, por el bien de Alexandra y por tu propio bien), te sugiero que se dejen de ver un tiempo prudencial y que las aguas vuelvan a su nivel, ¿okay? De esa forma, todos seguimos siendo amigos y nadie sale perdiendo. ¿Estamos claros?

—Clarísimos, señor.

—En el fondo eres un buen muchacho, Joaquín.

El señor López de Romaña se puso de pie y acompañó a Joaquín hasta la puerta de su oficina.

—Como comprenderás, no conviene que Alexandrita se entere de esta conversación, o sea que todo lo que se ha hablado en este cuarto queda entre nosotros. ¿Estamos claros, muchacho?

—Muy claros.

El señor López de Romaña abrió la puerta y le dio la mano a Joaquín.

—Saludos a tus padres —le dijo, sonriendo.

* * *

Al día siguiente, Alexandra pasó por el departamento de Joaquín y le dijo que tenían que hablar. Joaquín se puso unas gotas en los ojos, porque acababa de fumar marihuana, y fueron a La Herradura. Al llegar, cuadraron el carro frente al mar y pidieron dos cervezas

—Tenemos que separarnos, Joaquín —dijo ella—. No podemos seguir así.

—Como quieras —dijo él.

—Tú me estás haciendo un daño terrible. Desde que salimos juntos, me he llenado de paltas, he perdido mi paz interior. Creo que lo mejor sería dejar de vernos un tiempo.

—Tienes razón, Alexandra. Eso es lo mejor para los dos.

—Todo esto que he vivido contigo ha sido demasiado para mí. Estoy hecha puré.

—Tal vez deberías ver a un siquiatra, ¿no?

—Sí, y tú también.

—Yo estoy bien así.

—No, no estás bien. Lo que pasa es que ya te acostumbraste a estar mal, Joaquín.

—Por favor, Alexandra, me estás hablando como me hablaría mi mamá.

—Es que te quiero, Joaquín. Tienes que reconocer que estás mal, que estás enfermito.

—Yo estoy bien así.

—Bueno, yo no, pues. Primero me sales con que eres maricón. Después me vengo a enterar que eres un coquero de lo peor. Y lo que me duele horrores es que no me hayas tenido la confianza de decírmelo, que te hayas metido coca a mis espaldas, dejándome como la típica chica cojuda del Villa María que no sabe que su enamorado es un coquero. Eso sí que no te lo perdono, Joaquín.

En el Cusco, Joaquín le había confesado que jalaba coca de vez en cuando, y ella seguía furiosa por eso.

—Me jode que hables de mí como tu enamorado, Alexandra. Yo nunca me he sentido tu enamorado.

—Yo sí, pues. Yo dejé de ser virgen contigo. Yo pensé que estábamos enamorados, imbécil.

Alexandra se llevó las manos a la cara. Estaba llorando.

—Lo siento —dijo él—. Te prometo que voy a dejar la coca, Ale.

—Mejor no nos veamos por un tiempo —dijo ella.

—Como quieras —dijo él.

* * *

Unos meses más tarde, Joaquín estaba caminando por el aeropuerto de Miami cuando se encontró con Alexandra. No dudó en pasarle la voz. Al verlo, ella se detuvo y sonrió. Se abrazaron fuertemente, como en los tiempos de la universidad.

—Joaquín, qué sorpresa, ¿qué haces aquí? —dijo ella.

—Nada, esperando mi vuelo a Lima —dijo él.

Alexandra estaba acompañada por una mujer.

—Mira, ésta es Adriana, mi mami —dijo, señalando a la mujer.

Joaquín y Adriana se dieron un beso.

—Mucho gusto, señora —dijo él.

—Ay, hijo, no seas cruel, no me señorees, dime Adriana nomás —dijo ella.

—Ay, mami, tú no puedes con tu genio, se te sale la coquetería por los poros —dijo Alexandra.

—¿Adónde van? —les pregunto él.

—Vamos camino a Nueva York a hacer un poco de *shopping*, hijo —dijo Adriana—. Hay que salir de Lima de vez en cuando para desintoxicarse, pues.

—Caramba, qué suerte —dijo él—. El que puede, puede.

—¿No quieres venir con nosotras? —preguntó Adriana.

Joaquín pensó que era una broma. Sonrió.

—Claro, genial, acompáñanos Joaquín —dijo Alexandra.

—Sólo si puedes nomás —dijo Adriana—. A lo mejor tienes algo importante que hacer en Lima.

—No, no tengo ningún apuro por volver a Lima —dijo Joaquín.

—Entonces, hijo, no seas tonto, aprovecha la oportunidad —dijo Adriana—. No te preocupes por los gastos, que yo corro con todo. Bueno, en realidad mi marido corre con todo, porque yo firmo la tarjetita nomás.

Adriana y Alexandra se miraron y se rieron a carcajadas, como dos niñas traviesas.

—Vamos, Joaquín, anímate, aprovecha que mi mami invita —dijo Alexandra.

—Bueno, ya que insisten, las acompaño, pero yo me pago mis gastos —dijo Joaquín.

—No, pues, hijito, trágate tu orgullo y déjate invitar, no te hagas el dificultoso —dijo Adriana.

—Como quiera, señora —dijo Joaquín, sonriendo.

—Adriana, hijo, nada de señora, ya te dije que no me hagas sentir una vejeta.

Una hora más tarde, los tres subieron a un avión con destino a Nueva York.

* * *

Llegando a la recepción del hotel en Manhattan donde había hecho sus reservaciones, Adriana de López de Romaña se sacó el sombrero, suspiró y pidió dos habitaciones: una doble para ellas y una simple para Joaquín. Un empleado del hotel le dijo que sólo tenía disponible la habitación doble que ella había reservado, y le sugirió poner una cama adicional para Joaquín.

—¿Te molestaría dormir con nosotras en una camita del hotel, Joaquín? —preguntó Adriana.

—Para nada, encantado —dijo Joaquín.

—Cuidadito nomás que la vieja es una loba —susurró Alexandra en el oído de Joaquín, y los dos se rieron.

Tras registrarse en la recepción, los tres subieron al cuarto, dejaron las maletas y salieron a comer algo.

—Esta ciudad me fascina, tiene una electricidad increíble, me siento tan joven, tan llena de vida aquí —dijo Adriana, caminando por las calles de Manhattan.

—A mí los rascacielos me dan miedo, de noche parecen unos monstruos horribles —dijo Alexandra.

—Es que al lado de esta ciudad, Lima es un pueblito de tres por medio, pues —dijo Adriana.

—Por eso te digo, pues, mami, y tú me porfías, que nacer en el Perú fue una mala suerte de los mil diablos —dijo Alexandra.

—No creas, hijita, yo prefiero ser clase alta en Lima que clase media acá —dijo Adriana—. Allá nosotras vivimos como reinas. Si quisiéramos vivir acá con los engreimientos que nos damos allá, uf, tendríamos que ser unas supermillonarias.

—Pero allá tenemos terroristas que nos quieren matar sólo por ser blancas y lindas, tenemos cholos que nos odian y nos dicen piropos cochinos —dijo Alexandra—. Acá la gente es más *cool*, no es tan achorada como allá.

—Ni te creas, hijita, acá los negros son una cosa tremenda —dijo Adriana—. Si bajamos al *subway*, nos agarran los negros de todas maneras y nos violan hasta por el ombligo, yo sé lo que te digo.

—Total, que ya no sé si te gusta Nueva York, mami —dijo Alexandra.

—Me encanta, me fascina, me aloca (a esta ciudad yo la adoro como la vaca al toro), pero no se puede negar que tiene su lado peligroso, pues —dijo Adriana.

—Puede ser, pero acá una puede ir por la calle y ver gente bonita —dijo Alexandra—. En Lima todos son unos huacorretratos que te miran como si estuviesen aguantados de años.

—Eso no te lo voy a negar, pero no te olvides que acá de repente estás caminando por la calle y, pum, te atropella una gorda —dijo Adriana—. Y te digo una cosa, esas gordas, de un caderazo, de un golpe de teta, te pueden matar. Es como que te atropelle un camión Volvo. Porque una cosa terrible de esta

191

sociedad tan materialista (y conste que yo no tengo nada contra el materialismo, ah, a mí me gusta estar bien puestecita), una cosa terrible aquí es la gordura, en ninguna parte del mundo hay tantos gordinflones como aquí.

—A propósito de comida, mami, se me está abriendo el apetito —dijo Alexandra.

—Ay, sí, yo estoy con un hambre atroz —dijo Adriana.

Sin perder tiempo, cruzaron la calle, entraron a un restaurante de comida italiana, escogieron una mesa en la sección de no fumadores y pidieron tres pizzas vegetarianas y una botella de vino sin alcohol.

—Tengo que confesarte que eres más churro de lo que Alexandra me había contado —le dijo Adriana a Joaquín, cuando el mozo se retiró, tras anotar el pedido.

Joaquín sonrió y no supo qué decir.

—Mami, por favor, no comiences —dijo Alexandra.

—Es que yo creo en la libre competencia, hijita —dijo Adriana, y soltó una carcajada—. Ay, qué barbaridad, no me debo reír por las arrugas —añadió.

Luego, mientras comían, Joaquín contó los últimos chismes políticos de Lima.

—Yo a este chico le veo pasta de político —dijo Adriana—. Deberías estudiar ciencias políticas, sociología, una cosa así que suene bonito, y después te lanzamos como candidato presidencial, hijo, porque en el Perú necesitamos una esperanza blanca como tú.

*　*　*

De regreso en la habitación del hotel, Adriana, Alexandra y Joaquín se turnaron en entrar al baño para ponerse piyama.

—Mañana vamos de museos temprano y de compras más tardecito —dijo Adriana, echada en su cama.

Antes de acostarse, se había puesto en la cara unas cremas contra las arrugas.

—Ay, mami, tú sabes que yo me aburro a mares en los museos —dijo Alexandra.

—Alexandrita, no seas inculta, debería darte vergüenza hablar así delante de Joaquín —dijo Adriana.

—Yo no tengo que hacerme la muy culta para impresionarlo —dijo Alexandra.

Adriana soltó una carcajada chillona.

—Qué horror, qué picona eres, hijita —dijo—. Joaquín, ¿estás bien en la camita?

—Perfecto, señora, comodísimo, mil gracias.

—Si me vuelves a decir señora, te boto del cuarto, ya sabes.

—Bien hecho, mami, eso te pasa por hacerte la quinceañera.

—Bueno, chicos, hasta mañana, que sueñen con los ange-
litos —dijo Adriana—. Ah, y por favor, si digo algo no me hagan caso, que yo hablo de noche.

Luego apagó la luz de su mesa de noche y cerró los ojos.
Joaquín se quedó dando vueltas en la cama sin poder dormir.
Cuando estuvo seguro que Adriana estaba dormida, salió de la
cama plegable y se pasó a la cama de Alexandra.

—Joaquín, no seas loco, ¿qué haces aquí? —susurró Alexandra, asustada.

—No puedo dormir —susurró Joaquín—. Un ratito nomás.

—Si la vieja se despierta, nos mata.

Él la acarició en las piernas.

—Estás calientita —susurró.

—Joaquín, mejor no, me cago de miedo —susurró ella.

—Tranquila, no va a pasar nada —susurró él—. Con miedo
es más rico.

Estaban acariciándose en silencio cuando Adriana tosió, se
levantó de su cama y caminó hacia el baño. Entonces, al pasar al lado de la cama plegable, se dio cuenta que Joaquín no
estaba allí. Alarmada, se detuvo y prendió la luz. Alexandra y
Joaquín cerraron los ojos.

—¿Se puede saber qué significa esto? —preguntó Adriana.

Alexandra y Joaquín abrieron los ojos, fingiendo que habían estado dormidos.

—¿Qué haces ahí, mami? —preguntó Alexandra—. Pareces
un fantasma.

—Oye, muchachita insolente, no le faltes el respeto a tu
madre —dijo Adriana—. Y tú, desvergonzado, sal inmediatamente de la cama de mi hija —añadió, dirigiéndose a Joaquín.

Joaquín salió de la cama de un salto.

—Mami, qué te pasa, no seas histérica —dijo Alexandra.

—Qué se habrán creído, par de descarados, tirando como
conejos delante de una dama —dijo Adriana.

—No estábamos haciendo nada malo, mami —dijo Alexandra.

—No ha pasado nada, señora, sólo estábamos conversando
—dijo Joaquín.

—Lo que pasa es que estás celosa, Adriana, te mueres de
celos —dijo Alexandra.

—Cállate la boca, atrevida —dijo Adriana.

—Bien que te hubiera gustado si Joaquín se pasaba a tu
cama —dijo Alexandra.

—Insolente —gritó Adriana, y le dio una bofetada a su
hija.

Alexandra se llevó las manos a la cara y se puso a llorar.

—Muchachita del demonio, cómo te atreves a tratar de
puta para abajo a tu propia madre —gritó Adriana—. Y tú,

malagradecido, retírate de mi habitación, no quiero verte más —le gritó a Joaquín.

—Lo siento, señora —dijo Joaquín, y entró a cambiarse al baño.

—Si él se va, yo también me voy —gritó Alexandra.

—Váyanse de una vez, par de descarados —gritó Adriana.

Alexandra saltó de la cama, se puso un buzo y cargó su maletín

—Eres una bruja, Adriana, te mueres de envidia, eres una aguantada de porquería —gritó.

—Cállate, insolente —gritó Adriana.

Joaquín salió del baño, cargó su maleta y abrió la puerta del cuarto.

—Permiso, señora —dijo.

—Permiso, señora —lo remedó Adriana, poniendo cara de tonta—. Me hubieras pedido permiso antes de manosear a mi hija delante mío, sinvergüenza.

Alexandra y Joaquín salieron del cuarto tan rápido como pudieron.

—Vieja menopáusica —gritó Alexandra, y tiró la puerta.

—Puta, puta —gritó Adriana.

* * *

Esa noche, Alexandra y Joaquín tuvieron que ir de un hotel a otro hasta que consiguieron un cuarto en un hotel de tres estrellas.

—¿Cómo se te ocurre meterte a mi cama con mi mami allí al lado? —preguntó Alexandra, no bien entraron al cuarto.

—Pensé que no se iba a dar cuenta —dijo Joaquín—. No me pude aguantar. Tú tienes la culpa de darme esas arrechuras, pues.

Se sentaron en la cama. Prendieron el televisor.

—Pobrecita mi mami, la hemos dejado solita —dijo Alexandra, poco después.

Cogió el teléfono y llamó a su madre. Sus manos temblaban al marcar los números.

—Mami, hola, soy yo —dijo—. Quería saber cómo estabas.

Se quedó callada. Empezó a llorar.

—*Sorry*, mami, no sabes cuánto lo siento —dijo.

Joaquín fue al baño en busca de papel higiénico.

—No, no, yo tengo la culpa —continuó Alexandra.

Joaquín le dio el papel higiénico. Ella se sonó la nariz.

—Estoy en un hotelucho lleno de cucarachas —dijo, y se rió—. Ahorita voy para allá, espérame que en un segundo estoy allí.

Colgó el teléfono. Suspiró. Se sonó la nariz con su chompa.

—Lo siento, Joaquín, pero no puedo dejarla sola —dijo.

* * *

Al día siguiente, Alexandra llamó por teléfono a Joaquín. Era pasado el mediodía. Joaquín había dormido toda la mañana.

—¿Qué tal con tu mami? —preguntó.

—Regio, de lo más bien, ya le pasó la calentura —dijo Alexandra—. En la mañana fuimos de museos, lo más culturosas del mundo las dos. Ahora ella quiere echarse a dormir una siestacha, o sea que si quieres podemos aprovechar para ir al cine.

—Genial. ¿Qué te provocaría ver?

—Me muero de ganas de ver la última de Harrison Ford.

—Buena idea.

—Sí. Tú sabes que yo me muero por Harrison. Para mí, Harrison es el más churro de todos los churros.

—Entonces me doy una ducha y paso por ti.

—¿Qué? ¿Sigues en piyama?

—Ajá.

—Flojonazo. Oye, ponte guapo, ah. Péinate como a mí me encanta y vístete de negro, que adoro como te queda el negro.

—Te prometo.

Joaquín colgó el teléfono, se duchó, se peinó como le gustaba a Alexandra —con un poco de gel, el pelo algo tirado para atrás y un mechón caído sobre la frente— y se vistió de negro. Luego salió del hotel y subió a un taxi. Unos minutos después, recogió a Alexandra y fueron juntos al cine.

—Estos árabes son unos brutos para manejar, manejan como fanáticos —dijo ella, cuando bajaron del taxi—. Con las justas tienen brevete para manejar camello, y se meten a hacer taxi los muy conchudos.

Entraron al cine, compraron cancha con mantequilla y cocacolas extra grandes, y se sentaron en la última fila.

—Odio sentarme en la última fila —dijo ella—. Parece que hubiésemos venido a chapar.

—Hemos venido a chapar —dijo él, con una sonrisa coqueta.

Ella se rió.

—Joaquín, compórtate por favor —dijo.

—Mira, se me ha parado —dijo él, tocándose entre las piernas.

—Hola, *junior* —dijo ella, sonriendo, y tocó a Joaquín entre las piernas.

Poco después, una chica y un chico se sentaron en la última fila, a un par de asientos de Alexandra. Joaquín miró al chico: le pareció muy atractivo. Segundos después, el chico le devolvió la mirada. Se miraron a los ojos, sin sonreír. Antes que se apagasen las luces, se miraron de nuevo. No bien comenzó la película, el chico se puso de pie, miró a Joaquín, le hizo una seña con la cabeza y salió de la sala. Joaquín sintió un cosquilleo en la espalda. Sabía que no iba a poder resistir la tentación.

—Tengo que darles de comer a los chilenos —le dijo a Alexandra, hablándole al oído.

Había aprendido esa expresión de un tío abuelo suyo, que solía decirla antes de ir al baño. Ella se rió, tapándose la boca.

—¿Se mueren de hambre los chilenos? —preguntó.

—Están hambrientos los pobres, ya les toca comer —dijo él.

—Apúrate, apúrate, yo te cuento lo que te pierdes —dijo ella, riéndose.

Joaquín se puso de pie y fue al baño. No bien entró, el chico lo miró y sonrió. No había nadie más en el baño. Se metieron a un excusado y cerraron la puerta. Se besaron. Joaquín le bajó la bragueta y se la chupó. Después, volvieron al cine.

—¿Qué tal comieron los chilenos? —preguntó Alexandra.

—Riquísimo —dijo Joaquín—. Fue un banquete.

* * *

Cuando Alexandra y Joaquín salieron del cine, ya era de noche. Decidieron ir a comer algo. Caminaron un par de cuadras, entraron a un restaurante de comida rápida y se sirvieron dos ensaladas grandes. Luego se sentaron uno frente al otro.

—Una amiga me ha contado que han abierto una discoteca increíble acá en Manhattan —dijo Alexandra, mientras comía su ensalada—. Es un iglesia que quebró y los curas la vendieron, algo así, y ahora la han convertido en discoteca.

—Suena cojonudo —dijo Joaquín.

—Dicen que es enorme y que va una gente alucinante. Tenemos que ir, Joaquín, debe ser toda una experiencia cultural.

—Lo malo es que yo ahorita no tengo ningún documento. Tendríamos que pasar por mi hotel para sacar mi pasaporte.

—No hay problema, de paso aprovecho para darle una llamadita a la vieja.

—Mejor no la llames, no vaya a ser que se ponga su ropa psicodélica y nos acompañe a la discoteca —dijo él.

—No, la vieja ya se jubiló de todo eso —dijo ella, riéndose—. ¿Te he contado que mis papás llegaron a probar marihuana cuando las drogas estaban de moda en Lima?

—¿Ah, sí? Por lo que yo sé, creo que todavía no han pasado de moda, Alexandra.

—Mi mami dice que su experiencia con la marihuana fue alucinante. Dice que la primera vez que fumó, empezó a alucinar ovejitas que saltaban, una ovejita, dos ovejitas (así como les enseñan a los chiquitos que no pueden dormir), y contó un montón de ovejitas, y de repente, las ovejitas dejaron de tener cara, se fueron deformando y pum, se convirtieron en alfajores, unos alfajores grandotes, repletos de manjar blanco, y en ese instante mi mami se dio cuenta que se cagaba de hambre, un hambre demencial, el antojo de dulce más grande había tenido en su vida, tan grande que despertó a las empleadas y las obligó a preparar alfajores, las pobres empleadas en piyama haciendo alfajores a las tres de la mañana, alucina, las pobres pensaban que la vieja se había vuelto loca, y cuando por fin estuvieron listos los alfajores, Adriana se comió tantos pero tantos alfajores que después mi papi tuvo que llevarla de emergencia a la clínica Tezza para que le hicieran un lavado de estómago.

Se rieron a carcajadas.

—Ay, Alexandra, tú tienes cada historia —dijo él.

—Te juro que es verdad, Joaquín —dijo ella—. Te juro.

Cuando terminaron las ensaladas, salieron del restaurante y fueron en taxi al hotel donde Joaquín se había hospedado.

—Mejor le aviso a mi mami que voy a llegar tarde —dijo Alexandra, no bien entraron al cuarto.

Luego se sentó en la cama y llamó por teléfono a su madre.

—Mami, hola, soy yo —dijo—. Buenaza la película, no te la puedes perder, ah. ¿Tú qué tal? ¿Llegaste a descansar un poquito? Ay, qué bien, nada como una siestacha con piyama y chocolatito de menta al despertarte, mujer. ¿Qué planes tienes? No, ya me comí una ensaladota, o sea que no te acompaño, pero mándales saludos a Álvaro y Marcela, porfa. Yo, nada, creo que voy a ir a bailar un ratito, y de allí voy al hotel, ¿ya? No, no te preocupes, mami, voy a estar con Joaquín, él me cuida muy bien. No, mami, nadie me va a convidar chocolates con drogas. Mami, estás loca, no es así, nadie me va a meter pastillas en mi trago, nadie hace eso, las drogas son demasiado caras para regalarlas así. No, no es que yo sepa el precio de las drogas, digo por decir. Sí, sí, no te preocupes, no voy a llegar tarde. Chaucito, pues, mami, come rico, ¿ya? Chau, chau.

Alexandra colgó el teléfono y se acomodó los aretes. Joaquín abrió la mesa de noche, sacó su pasaporte y se lo dio.

—Tú guárdalo, porfa —le pidió.

Ella metió el pasaporte en su cartera. Salieron del cuarto, bajaron a la calle, subieron a un taxi y fueron a la discoteca. Llegaron en pocos minutos.

—¿No es preciosa la iglesia? —dijo ella, señalando la discoteca-iglesia, cuando bajaron del taxi.

—Lindísima —dijo él—. Más bonita que la catedral de Lima.

—¿No sería genial que la Virgen del Pilar se convierta en una súper discoteca tipo el Nirvana II, Joaquín?

—Sería increíble. Sería un gran éxito.

Había una fila de gente esperando entrar a la discoteca. Alexandra y Joaquín se pusieron en la cola y avanzaron lentamente. Cuando por fin llegaron a la puerta, un tipo les pidió sus documentos.

—Mierda, mi cartera —dijo Alexandra.

—¿Dónde está? —le preguntó Joaquín.

—La dejé en el taxi —dijo Alexandra—. Me la olvidé en el taxi.

Le pidieron disculpas al portero y se alejaron unos pasos de la gente.

—No lo puedo creer —dijo Joaquín, llevándose las manos a la cintura.

—Lo siento, soy una cojuda —dijo Alexandra.

—Así es, eres una gran cojuda —dijo Joaquín, sin poder ocultar la rabia que sentía hacia ella.

—Cállate, malo, yo me puedo decir cojuda, pero tú no, ¿ya? —dijo ella, levantando la voz.

—Alexandra, cállate por favor, estás haciendo una escena —dijo él, alejándola un poco más de la gente.

—No me calles, ya estoy harta de que me calles a cada rato —gritó ella—. Eres un represivo, un machista, no me dejas ser como soy.

—¿Ah, sí? Si estás harta de mí, entonces lárgate —dijo él.

—Sí, me largo —dijo ella—. Y por favor, no me llames más.

—Yo no te llamé, tú me invitaste a Nueva York —dijo él.

—Yo no te invité, fue la loca de mi mami —dijo ella.

Alexandra subió a un taxi y se marchó tapándose la cara. Joaquín se pasó varias horas buscando la cartera en las estaciones de taxi de Manhattan, pero no logró encontrarla. A la mañana siguiente, subió a un tren con destino a Miami. Veinte horas más tarde, y con una diarrea atroz, llegó a Miami. En el consulado peruano, se demoraron una semana en darle un nuevo pasaporte. Recién entonces, pudo seguir viaje a Lima.

* * *

Unos meses después, Alexandra y Joaquín se encontraron en una discoteca de la avenida Pardo. Él estaba tomando una cerveza en la barra del Biz Pix cuando la vio bailando sola un *reggae* de moda. Sin pensarlo dos veces, se acercó a ella y se puso a bailar a su lado. Al verlo, ella lo abrazó. Bailaron juntos sin decirse nada. Después se sentaron en una esquina. Se abrazaron de nuevo.

—Me porté como un patán en Nueva York —dijo él—. Lo siento.

—No, fue mi culpa, Joaquín —dijo ella.

Se cogieron de la mano. Él la besó en la frente y en las mejillas.

—Lo que más pica me dio fue que nunca llegamos a entrar a esa discoteca —dijo ella—. Yo regresé unos días después. Y no te imaginas, Joaquín. Nunca había visto tanta gente bonita. Las chicas, súper fachosas, todas parecían Madonna. Yo me sentía un estropajo al lado de ellas. Y los chicos, churrísimos, buenotes, todos bailando sin polo con unos cuerpazos tipo propaganda de yogurt Milkito, no sabes qué cuerpos tan agarrables, Joaquín.

—¿Fuiste sola?

—No, fui con mi mami. Y no te imaginas lo que fue, un cague de la risa. La vieja se puso unos *jeans* bien al cuete, unos tacos que parecían el Empire State, se pintarrajeó la cara cual vampiresa y me dijo hijita, me vas a disculpar, pero hoy tengo ganas de echarme un polvito, así me dijo, Joaquín, así como lo oyes. Yo no lo podía creer. No sé cuántos vodkas se zampó la vieja esa noche. Estaba deschavada la Adriana. Negro que veía bailando, pum, la Adriana se ponía a su lado y lo coqueteaba sin asco. Yo me arrastraba de la risa. Por supuesto, nadie le dio ni bola a la pobre, y a las seis de la mañana terminamos las dos borrachísimas llorando en el hotel, y mi mami vomitó hasta el alma.

Joaquín se rió.

—¿Y qué dijo tu mami cuando se enteró que habíamos peleado? —preguntó.

—Para serte franca, medio que se alegró la vieja —dijo Alexandra—. Me dijo algo así como: por fin te sacaste a ese marica de encima, los maricones siempre traen mala suerte. Ay, vamos a bailar, Joaquín, esta canción de Sting me fascina.

Fueron a bailar, cogidos de la mano.

—Aj, mira a esos cholos achorados, los odio, bailan Sting como si fuese salsa —dijo ella, poco después, mirando a unos chicos que estaban bailando a su lado.

—Sí, pues, este sitio se ha choleado mucho últimamente —dijo Joaquín—. ¿Por qué no vamos un ratito a mi depa?

—Genial —dijo ella.

Salieron de la discoteca y subieron a sus carros. Ella lo siguió hasta llegar al edificio donde él vivía.

—Está lindo —dijo, no bien entraron al departamento de Joaquín, en la avenida Pardo.

Él la abrazó y trató de besarla.

—Joaquín, no comiences por favor —dijo ella.

—¿Por qué? —preguntó él—. ¿No tienes ganas?

—Es que estoy saliendo con alguien.

—No me digas. ¿Quién es el afortunado?

—No lo conoces. Se llama Aldo. Es pintor.

—¿Muy guapo él?

—Guapísimo. Tan guapo, que no parece de Lima.

—¿Ah, sí? Creo que lo vi una noche en el Solari.

—No creo, porque Aldo sale poquísimo. Le encanta estar solo.

—Bien por él. ¿Y qué tal se llevan?

—De lo más bien. Es chistosísimo, no sabes cómo me hace reír. Y es adorable, me trae flores, me escribe poemas, me regala libros, me hace sentir la mujer más interesante de Lima.

—Lo eres, Alexandra.

—Demagogo. Siempre fuiste un demagogo.

Se quedaron callados. Se sentaron en el sillón. Él la acarició en el pelo.

—Te he extrañado, preciosa —le dijo.

—Yo también, pero es mejor estar separados, Joaquín, porque juntos nos hacemos daño —dijo ella.

Él la besó. Ella cerró los ojos y se dejó.

—No deberíamos —dijo.

Él la abrazó y la besó de nuevo.

—Vamos a la cama, Alexandra —dijo.

—No —dijo ella—. No puedo hacerle esto a Aldo.

—Pero Aldo no se va a enterar. No tiene por qué enterarse.

Ella se mordió los labios, como dudando.

—¿Tienes condones? —preguntó, con una sonrisa coqueta.

—No, pero la doy afuera —dijo él.

—Ni cagando, Joaquín. Yo a ti no te creo nada. Con condones o nada.

—Qué horror. Qué dogmática eres, Alexandra.

—Lo siento, Joaquín, pero no quiero salir embarazada.

—Pero a esta hora es imposible conseguir un condón.

—La farmacia Meza abre las veinticuatro horas, querido.

—Genial. Vamos al toque.

Sin perder tiempo, bajaron por el ascensor, subieron al carro de Joaquín y fueron a la farmacia Meza.

—Mierda, está cerrada —dijo él, al llegar.

—No —dijo ella—. Toca la puerta y te abre el guachimán.

Joaquín bajó del carro y tocó la puerta metálica de la farmacia. Poco después, un vigilante abrió la puerta a medias.

—¿Qué desea? —preguntó.

—Preservativos importados, mister —dijo Joaquín.

—Otro cacherito, carajo —murmuró el vigilante, y cerró la puerta.

Joaquín sonrió. El vigilante no tardó en regresar con una caja de preservativos.

—No me dejan dormir los cacheritos, carajo —dijo, y le dio los preservativos—. Compre sus condones con la debida anticipación, pues, joven. No hay que dejar las cosas para el último momento.

—Para la próxima, mister —dijo Joaquín, y le pagó.

Luego entró al carro y le enseñó los condones a Alexandra. Ella sonrió y le dio un beso.

—Me encanta sentir que te arrecho un montón —dijo.

Regresaron al departamento sin decirse una palabra, acariciándose las piernas. Al llegar, se desnudaron y se metieron a la cama.

—¿Te has acostado con Aldo? —preguntó Joaquín, mientras hacían el amor.

—Ajá —dijo ella.

—¿Qué tal es?

—Tú lo haces mejor.

—¿La tiene grande?

—Regular.

—¿Se la has chupado?

—Ajá.

—Dime que te gustó.

—Me gustó, sí, me gustó.

—Dime que eres una puta.

—Soy una puta, Joaquín, contigo soy una puta.

—La voy a dar, Alexandra.

—Yo también. No pares, no pares.

* * * *

Al día siguiente, Joaquín llamó a Alexandra y le dijo para ir a tomar lonche a la Tiendecita Blanca. Alexandra aceptó encantada. Quedaron en encontrarse en la Tiendecita Blanca a las seis en punto de la tarde. Los dos llegaron puntuales. Joaquín sugirió sentarse en una de las mesas de afuera, pero Alexandra insistió en entrar, así que entraron y ella escogió la mesa al lado del pianista.

—No hay que sentarse afuera, porque una nunca sabe en qué momento tiran una bomba los terroristas —dijo.

Poco después, un mozo se les acercó. Ella pidió un *croissant* y un café con leche. Él, una bola de helado de chocolate.

—Anoche estuvo riquísimo, Joaquín —dijo ella, no bien el mozo se retiró a la cocina—. Poco a poco he ido superando mis represiones. Ahora soy capaz de disfrutar del sexo mucho más. ¿No te parece que anoche estuvo buenote?

—Tengo que decirte la verdad, Alexandra —dijo él, muy serio—. Para mí no estuvo tan rico.

—¿A qué te refieres? —preguntó ella, sorprendida.

—A que cada vez que hago el amor contigo, es como si me diese una patada en el alma. Después me deprimo, me siento horrible, me odio.

Alexandra frunció el ceño, desconcertada.

—Te confieso que no entiendo nada, Joaquín —dijo—. Tú quisiste ir a tu depa conmigo, tú quisiste ir a comprar los condones, ¿y ahora me dices que yo te tiré una patada en el alma? Te confieso que ya no entiendo nada.

—No te estoy echando la culpa, Alexandra. No me malinterpretes.

—Yo siempre te malinterpreto, yo siempre te malinterpreto. Deberías contratar a un intérprete cada vez que hablas conmigo.

—Alexandra, no te pongas así, sólo estoy tratando de ser franco contigo.

—Hubieras sido franco conmigo anoche antes de llevarme a tu cama, pues.

—Sí, tienes razón, pero estaba medio borracho y me provocó.

—Claro, claro, estabas borracho, típica excusa de pendejito limeño.

—No estoy dándote excusas, Alexandra. Estoy tratando de decirte la verdad. Aunque nos duela, tienes que entender que a mí no me gusta acostarme con una mujer, ni siquiera si es una chica súper *sexy* y súper inteligente como tú.

—Puedes ahorrarte los elogios, querido.

—Te lo digo de verdad, Alexandra. Tú eres una chica preciosa. Adoro estar contigo. Pero yo no siento nada cuando me acuesto con una chica. Imagínate que para excitarme tengo que pensar en un chico. Y eso me deja hecho mierda, pues. Después me siento un mentiroso, un mentiroso de lo peor.

—Sólo explícame una cosa, Joaquín. Si no te gusta acostarte conmigo, ¿por qué cada vez que nos encontramos me dices que te mueres de ganas de hacerme el amor?

—No sé, no sé. Tal vez porque no termino de aceptar mi homosexualidad.

—¿Sabes qué, Joaquín? Ya estoy harta de tu bendita homosexualidad.

—Bueno, lo siento, pero así soy yo.

—Si quieres irte a la cama con todos los chicos guapos de Lima, perfecto, es tu problema. Pero te odio cuando una noche me dices que te cagas por mí y terminamos haciendo el amor, y al día siguiente me dices que estás arrepentidísimo y que yo te hago daño.

—Lo siento, Alexandra, yo sé que no debimos hacerlo.

—Puedes estar seguro que nunca más lo vamos a hacer, Joaquín. Por eso adoro salir con Aldo, porque él me quiere de verdad, no como tú, que eres un gran manipulador.

—Tienes razón, no deberíamos volver a acostarnos. Porque además, yo también estoy saliendo con un chico.

—¿Con quién?

—No lo conoces. Es un cantante.

—¿Y cómo sabes que no lo conozco?

—Porque no lo conoces, pues.

—Oye, hijito, yo conozco a todos los chicos guapos de Lima. ¿Cómo se llama?

—Michael.

—¿El que canta en Papaya Pop?

—Ajá.

—La verdad, Joaquín, creo que podrías picar un poquito más alto.

—¿No te parece que tiene un aire a Mick Jagger?

—Debes estar medio templado, hijito.

—A mí me parece un chico súper *sexy*.

—Ese chico es un vago, un cochino y un drogadicto, Joaquín.

—Ni siquiera lo conoces, Alexandra.

—Lo conozco perfectamente, Joaquín. Ese chico me ha sacado a bailar cincuenta mil veces en el Tarot y en el Nirvana. Y cada vez que terminábamos de bailar, el muy conchudo me pedía plata para ir a comprar drogas.

—Si está en drogas, es su problema. A mí me encanta hacer el amor con él.

—¿Qué? ¿Qué has dicho, Joaquín? No puedo creer que te hayas acostado con ese tipo.

—¿Por qué?

—No puedo creer que lo hayas hecho con ese drogadicto y que después te hayas acostado conmigo.

—Ay, Alexandra, por favor. Anoche me puse condón, si tanto asco te da.

—No lo puedo creer, Joaquín. Nunca me he sentido tan humillada. Nadie me había hecho una perrada así.

—Me parece que estás exagerando, querida.

—No me digas querida, estúpido. Te odio cuando me dices querida. Tú no me quieres, nunca me has querido. Tú eres un manipulador de porquería, eso es lo que eres. Puedes irte a la mierda con tu amorcito Michael, estúpido.

Alexandra se puso de pie bruscamente y salió de la Tiendecita Blanca. Algunas señoras voltearon a mirar a Joaquín.

* * *

Meses después, Joaquín estaba en su departamento viendo televisión cuando sonó el teléfono.

—Hola Joaquín, soy yo —escuchó.

Era Alexandra. No habían vuelto a verse desde esa tarde en la Tiendecita Blanca.

—Hola, preciosa, qué sorpresa —dijo él.

—Te llamaba para despedirme, Joaquín —dijo ella—. Viajo en un par de horas y no quería irme sin decirte chau.

—¿Adónde te vas?

—Me voy a estudiar a Boston. Mis papás hace tiempo querían mandarme afuera, y yo la verdad ya estoy harta de Lima.

—Qué bien. Me parece una excelente idea. Te felicito, Alexandra.

—Si, la verdad que me da ilusión estar un tiempo afuera.

—Claro, te entiendo. ¿Y qué fue de Aldo?

—No, tiempo que no lo veo. No funcionó. Es demasiado loco para mí.

—¿Has estado saliendo con alguien últimamente?

—No, y me he sentido muy sola, Joaquín. Siento que ya he conocido a todos los chicos interesantes de Lima, que además son poquísimos, y que si me quedo en esta ciudad voy a terminar sola y amargada.

—Seguro que en Boston vas a conocer un montón de chicos guapos, Alexandra.

—Ojalá, y no sólo eso, sino que también voy a poder salir a montar mi bici, voy a poder ir a tomar mi cafecito sin que los cirios me digan cochinadas, voy a poder hacer una vida normal, Joaquín. Ya estoy harta de los apagones, de los toques de queda y de las duchas con baldecito, pues.

—Te entiendo perfectamente.

—Cuéntame de ti. ¿Qué fue de Michael?

—¿Michael? Dejamos de vernos. Le dije que tenía que escoger entre la coca y yo, y por supuesto escogió la coca.

—Mejor para ti, Joaquín. Yo te dije. Ese chico es un drogadicto asqueroso.

Se quedaron callados.

—Te voy a extrañar, Alexandra —dijo él.

—Yo también te voy a extrañar horrores —dijo ella.

—Te quiero —dijo él.

—Te adoro —dijo ella, y colgó.

Joaquín se quedó tan inquieto que tuvo que salir a comprar marihuana. Manejó hasta la calle La Mar, se detuvo en una esquina y compró un paquete de marihuana. Luego fue al malecón, cuadró el carro en una calle tranquila, armó un troncho y lo fumó contemplando el mar, pensando en ella.

EL FUTBOLISTA

Esa mañana, la selección peruana de fútbol viajaba a Puerto España para jugar un partido con la selección de Trinidad y Tobago. En el aeropuerto de Lima, los jugadores peruanos se despidieron de sus familiares y amigos, firmaron autógrafos, accedieron a tomarse fotos con algunos de sus admiradores y prestaron declaraciones a la prensa local. Joaquín viajaba acompañando a la selección como reportero del diario *Expreso*. Poco antes de subir al avión, saludó a Gianfranco Bonelli, uno de los jugadores más populares de la selección. Gianfranco era un muchacho alto, blanco, de pelo enrulado y ojos claros.

—Muchas gracias por los artículos tan elogiosos que has escrito de mi persona —le dijo a Joaquín, dándole la mano.

—Tú te los mereces, hombre —dijo Joaquín.

—Gracias, gracias —dijo Gianfranco, sonriendo—. Ya nos vemos en el avión.

Poco después, los miembros de la selección peruana subieron al avión sin poder ocultar un cierto nerviosismo, pues no hacía mucho los futbolistas del club Alianza Lima habían muerto al caer al mar el avión en que viabajan. Antes que el avión despegase, Gianfranco se levantó de su sitio y se sentó al lado de Joaquín, dejando entre los dos un asiento desocupado.

—¿No te molesta que me siente aquí, no? —preguntó.

—Al revés, yo encantado —dijo Joaquín, sonriendo.

—¿Vienes para ver el partido?

—Sí, me manda el periódico.

—Qué raro que un muchacho blancón como tú se dedique al periodismo deportivo, que está lleno de cholos rateros.

—Es que siempre me encantó el fútbol.

—Pero te deben pagar bajo, ¿no?

—Bajo, bajo.

—Por eso, pues, son tan coimeros los periodistas deportivos. Y encima esos pendejos tienen varias queridas.

Se rieron. Cuando el avión levantó vuelo, Gianfranco se persignó tres veces seguidas.

—No me acostumbro a los aviones, choche, me pongo medio saltón —dijo

—Yo también siempre rezo un poco por si las moscas —dijo Joaquín.

—De verdad, no sabes cuánto te agradezco que hayas escrito esas columnas tan elogiosas sobre mi persona.

—Yo encantadísimo, Gianfranco. Tú mereces esos elogios y muchos más.

Las azafatas no tardaron en servir el desayuno. Gianfranco y Joaquín comieron en silencio.

—¿En Lima sales con alguien, tienes hembrita? —preguntó Gianfranco, no bien terminó su desayuno.

—Ahorita no, pero hace poco tenía —dijo Joaquín.

—¿La choteaste?

—No, ella me choteó a mí. Se fue a estudiar a Estados Unidos y me dejó tirando cintura.

—Así es el fútbol, choche.

—Así es el fútbol, pues. ¿Y tú tienes hembrita?

—Sí, estoy medio amarrado. Estoy saliendo con una chiquilla del barrio. Todavía no ha terminado el colegio, pero es bien madura la chica, me gusta como piensa.

—¿Le gusta el fútbol?

—No es fanática, pero los domingos que me toca jugar en Lima, va a verme al estadio. Y alucina que se sabe de memoria la tabla de posiciones.

—Caramba, qué bonito, eso es amor.

Gianfranco sonrió, bostezó, estiró los brazos.

—¿En qué hotel te vas a quedar? —preguntó.

—En el Holiday Inn, el mismo que ustedes —dijo Joaquín.

—Qué bien, qué bien. Pero me han dicho nomás que hay que tener cuidado con esos zambazos de Trinidad. Hay andar siempre de espaldas a la pared. Esos cocodrilos son bravos, no creen en nadie. Tú sabes que carne blanca, aunque sea varón...

Se rieron.

* * *

En la noche, al terminar la comida, los jugadores de la selección peruana subieron a sus habitaciones en el hotel Holiday Inn de Puerto España. Camino a su cuarto, Gianfranco se detuvo y se sentó al lado de Joaquín, que estaba comiendo unos helados.

—¿Todo bien? —le preguntó Joaquín.

—Todo chévere —dijo Gianfranco—. Me gustaría llamar a mi chiquilla nomás. La extraño un culo, pero las llamadas salen muy caras, pues.

—Si quieres, llámala de mi cuarto —dijo Joaquín—. No te preocupes por la plata. Paga el periódico.

—¿En serio? —preguntó Gianfranco, sorprendido.

—Claro, el periódico me paga todas las llamadas cuando estoy de comisión. Aprovecha.

—Sería mostro, flaco. Te pasarías de vueltas.

—Vamos de una vez, si quieres.

—Hecho.

Joaquín firmó la cuenta y subieron a su habitación.

No bien entraron al cuarto, Gianfranco se sentó en la cama y ojeó un libro que Joaquín había dejado en la mesa de noche.

—Qué tal ratón de biblioteca eres —dijo—. Con razón eres un cerebro.

Joaquín sonrió y descolgó el teléfono.

—¿Cuál es el número de tu enamorada? —preguntó.

Gianfranco le dijo el número de memoria. Joaquín lo marcó y le pasó el teléfono.

—Te dejo solo —dijo, cuando la llamada empezó a timbrar.

—No seas huevón —dijo Gianfranco—. Quédate nomás, no hay problema.

—¿Seguro?

—Seguro.

Joaquín prendió el televisor, se sentó en la alfombra y fue cambiando de canales hasta que encontró CNN. Se quedó viendo las noticias para ver si salía algo sobre el Perú.

—Aló, Rosita, hola, soy yo —dijo Gianfranco—. Todo bien por acá, Rosita, el calor recontra fuerte nomás. Sí, sí, un calorazo. La ciudad está bien bonita, se ve que hay más billete que en Lima, carros bien lindos, las calles limpias, no tanta cochinada como allá. Lo único malo que hay morenos por todas partes, parece La Victoria de noche.

Se echó en la cama y siguió hablando.

—¿Cómo estás tú, cholita? ¿Me extrañas?

Joaquín entró al baño, cerró la puerta y siguió escuchando.

—Oye, Rosa, no me vayas a sacar la vuelta con los sapazos del barrio, ah. Mira que yo los tengo a todos bien chequeados. No, no te preocupes, acá nos acostamos temprano. Ni siquiera nos dejan salir de noche, nos tratan como a presos. Además, ni aunque quisiera, chola, porque acá sólo hay hembras de color, y tú sabes que yo no les entro a las zambas, Rosita, yo no puedo con las cocodrilas, yo tengo mi estómago, qué crees. Oye, chola, ¿qué cosita quieres que te lleve de regalo? Piensa, pues, piensa rápido que esta llamada sale cara. ¿Un reloj pulsera? Ya, Rosita, de todas maneras, y pórtate bien, ah, no me converses mucho con los mañosos esos del barrio. Sí, mañana jugamos, sí, sí, contra los monos de aquí de Trinidad, mírame por la television, ¿ya? Chau, Rosita, salúdame a tus papás, un beso, chola, chau, pues.

No bien Gianfranco colgó el teléfono, Joaquín salió del baño.

—¿Todo bien? —preguntó.

—Sí, muchas gracias, chochera, te has pasado —dijo Gianfranco.

Joaquín se sentó en la cama.

—¿La quieres mucho, no? —preguntó.

—Sí, le tengo camote a la Rosita —dijo Gianfranco—. Lo que pasa es que esta chiquilla me pone enfermo. Todavía no me la he comido. No se deja cachar la chiquilla. Está pitito, virgencita, y todo el barrio se la quiere comer. Eso es lo que me da miedo, compadre, que algún pendejo se la agarre a la Rosita cuando yo estoy de viaje.

Joaquín notó que Gianfranco tenía una erección.

—¿No quieres quedarte a dormir? —le dijo.

—No, no puedo —dijo Gianfranco—. En un rato pasa el jefe de equipo a revisar todos los cuartos.

Luego se levantó de la cama.

—Bueno, compadre, me voy a jatear —dijo—. Un millón de gracias por la llamada.

Le dio la mano a Joaquín y caminó hacia la puerta.

—Ven cuando quieras —dijo Joaquín.

—Gracias, compadre —dijo Gianfranco, sonriendo, y salió de la habitación.

* * *

Un rato más tarde, Joaquín bajó al bar del hotel.

—Joaquincito, ¿qué haces a estas horas por aquí? —le dijo Mamerto Salgado, un veterano periodista deportivo del diario *El Nacional*—. Ven, siéntate, flaco, te invito un trago.

Mamerto Salgado era un tipo alto, flaco, cachetón. Tenía unos anteojos gruesos y el pelo teñido de negro. Joaquín se sentó a su lado.

—¿Cómo ves el partido de mañana, Mamerto? —le preguntó.

—Jodido, flaco, jodido —dijo Salgado—. Trinidad está jugando un fútbol total, con jugadores polifuncionales. Se han superado una inmensidad estos cocodrilos.

Salgado llamó al mozo y pidió dos cervezas más.

—¿Tú sabes que yo llegué a jugar en las inferiores de la U? —dijo.

—Hombre, no tenía idea —dijo Joaquín.

—Jugaba de medio volante. Movía mi pelota, flaco. Llegué a jugar en la cancha del Nacional. Una emoción de la gran puta jugar en esa cancha, y eso que el estadio estaba vacío. Pero un día, en una pichanga (fíjate que ni siquiera había puntos en juego, eso fue lo peor) un zambo malnacido me metió un planchazo artero y me rompió la pierna. Y ahí mismo se acabó la gracia, pues. Tuve que colgar los chimpunes nomás, caballero. Pero te digo una cosa, flaquito, el fútbol peruano se perdió un gran medio volante.

—Pero al menos ganó un gran periodista deportivo, Mamerto.

—Sí, bueno, uno hace lo que se puede, pero esta profesión (te lo digo a ti que recién comienzas, que recién estás haciendo tus pininos), esta profesión es una buena mierda, flaco, está llena de coimeros, de lameculos, de mermeleros que se venden por un chancay con mantequilla, gente de una ignorancia supina, supina, gente que no sabe un carajo de fútbol. Porque el fútbol hay que saber verlo, pues, no es cuestión de saberse de memoria las alineaciones.

El mozo se acercó a Salgado y le dijo que el bar estaba cerrando. Luego le entregó la cuenta.

—¿O sea que nos estás botando, zambito? —le dijo Salgado—. ¿Nos estás tirando arroz, ah?

El mozo sonrió. Salgado firmó la cuenta, haciendo un gesto desdeñoso.

—En mi cuarto hay un barcito bien surtido —dijo—. Si quieres, podemos subir a tomarnos un último trago, el del estribo.

—*Okay*, yo me tomo un juguito —dijo Joaquín.

—Carajo, esta nueva generación, esta generación cocacola, yo no sé qué le pasa —dijo Salgado, mientras caminaban hacia los ascensores—. No chupan, no fuman, no cachan, casi no comen. Eso no es vida, pues, flaco. En mis tiempos, yo me zampaba un apanado con frijoles, me cachaba tres putas al hilo, y con las mismas jugaba entero, fresquito, los noventa minutos del partido. Ahora, los muchachos de la selección unas damas son. Se concentran, hacen dietas especiales, se acuestan tempranito, nada de hembras, ni siquiera se corren la paja porque dicen que quita físico, y total, juegan como el culo, a la media hora ya están pidiendo su cambio con la lengua afuera.

Salieron del ascensor y caminaron por un pasillo alfombrado. Al llegar a su habitación, Salgado trató de abrir la puerta usando una tarjeta de plástico con varios orificios.

—La puta que los parió a estos zambos —murmuró, enojado—. Yo he usado llave toda mi vida y ahora me vienen a joder con estas tarjetas de mierda.

Luego pateó la puerta un par de veces.

—Una llave es una llave y una tarjeta es una tarjeta —dijo,

levantando la voz—. ¿Por qué chucha tienen que complicarme las vida estos zambos piojosos?

Entonces Joaquín le dijo que estaba metiendo la tarjeta al revés. Salgado metió la tarjeta en la posición correcta y la puerta se abrió.

—Yo no he nacido para esta época de las computadoras, pues, carajo —dijo, entrando al cuarto.

Salgado abrió el bar de su habitación, sacó una pequeña botella de vodka y la destapó con los dientes.

—Vamos al fresco —dijo, y abrió una puerta corrediza.

Salieron al balcón. El rumor del tráfico se mezclaba con una música festiva que se escuchaba a lo lejos.

—Linda vista —dijo Joaquín.

—Sí, pero nada como mi Callao natal —dijo Salgado.

Tomó un par de tragos y eructó.

—Me vas a disculpar, flaco, pero tengo que echar una meada, y no hay cosa más rica que orinar en el fresco —dijo.

Mamerto Salgado se bajó la bragueta y sacudió su sexo. La piscina del hotel brillaba abajo de ellos.

—Hazme caso, flaquito, no te dediques a esta profesión, no vale la pena, es una buena mierda —dijo Salgado, orinando a la piscina desde el piso decimoquinto.

* * *

Al día siguiente, en un partido algo aburrido, Perú le ganó a Trinidad y Tobago dos goles a uno. Gianfranco metió el primer gol peruano y fue uno de los mejores jugadores de la cancha. Al final del partido, Joaquín bajó al camarín peruano para felicitarlo. No bien entró al camarín, se encontró con él.

—Felicitaciones —le dijo, dándole la mano—. Jugaste excelente, Gianfranco. Fuiste el mejor.

Como los demás jugadores peruanos, Gianfranco estaba quitándose la ropa.

—Gracias, choche, gracias —dijo, la respiración todavía agitada, el cuerpo empapado de sudor—. La verdad que sí, hoy me salieron bien las cosas.

—¿Me regalarías tu camiseta? —le preguntó Joaquín.

—No, pues, cómo se te ocurre que te la voy a dar así, apestosa, toda sudada —dijo Gianfranco, sonriendo.

Luego le hizo unas señas al utilero de la selección.

—Oye, chino, pásame una camiseta nueva aquí para el señor periodista que mañana va a hablar bien de ti en el periódico —gritó.

El utilero sacó una camiseta limpia y se la dio a Joaquín,

haciéndole una reverencia. Era un hombre gordo, bajito, de ojos achinados.

—Yo tengo el mayor respeto por el periodismo nacional —le dijo.

—Ya, chino, no seas sobón —dijo Gianfranco.

—Mil gracias, señor —dijo Joaquín.

—No le digas señor, huevón, que se la va a creer —dijo Gianfranco.

Un fuerte olor a sudor de hombres jóvenes había invadido el camarín peruano.

—Bueno, me tengo que ir al hotel a escribir sobre el partido —dijo Joaquín.

—Trátame con cariño, choche —dijo Gianfranco.

Llegando al hotel, Joaquín escribió una larga crónica del partido, elogiando en varias ocasiones el juego de Gianfranco. «Jugador de espíritu indomable y de gran riqueza técnica, Gianfranco Bonelli, el héroe del partido, dio en Puerto España una lección de fútbol práctico y a la vez vistoso, convirtió un bellísimo gol y condujo a la victoria a la selección peruana», escribió.

* * *

Esa noche, los jugadores de la selección peruana se reunieron en el pasillo del último piso del hotel para festejar el triunfo. A pedido de los dirigentes peruanos, la administración del hotel hizo subir varias cajas de cerveza. Después de mandar sus crónicas a Lima, Joaquín subió para unirse a los festejos. Entonces buscó a Gianfranco entre los muchachos peruanos, pero no lo encontró.

—Les rompimos el culo a los monos, les rompimos el culo a los monos —gritó Bambam Aguirre, moreno centrodelantero de la selección peruana.

—Cállate, oye, orangután, sacolargo —gritó Piticlín Núñez, jugador flaco y habilidoso—. En tu casa no abres la boca y vienes a gritar acá.

Todos se rieron a carcajadas. Estaban en buzos rojos y zapatillas, bastante borrachos. Había unas cuantas latas de cerveza tiradas en el pasillo.

—¿A qué hora llega la carne? —gritó Pañalón Chany, el arquero peruano.

—Que me traigan una zambita para hacerle el helicóptero —gritó El Apático Reyes, defensor de juego fino y elegante.

—¿Van a venir chicas? —le preguntó Joaquín a Ronald Muchotrigo, uno de los suplentes del equipo.

—Dicen que la dirigencia nos va a premiar con unas chiquillas —dijo Muchotrigo.

Joaquín se frotó las manos.

—¿Y alcanzarán hembras para todos? —preguntó, con una sonrisa pícara.

—Sí, pero los periodistas no están incluidos —dijo El Chino Fukuda, puntero izquierdo de la selección.

—¿Siempre que ganan festejan con chiquillas? —preguntó Joaquín.

—Eso depende de la dirigencia, pero de nuestra parte siempre hay voluntad —dijo Fukuda.

Fue entonces cuando Piticlín Núñez se acercó por detrás a Bambam Aguirre y le bajó el pantalón del buzo.

—Qué rico poto, mi negro —gritó.

Todos se rieron a carcajadas.

Furioso, Bambam persiguió a Piticlín hasta los ascensores. Entonces vio el extinguidor de emergencia y no pudo resistir la tentación. Rompió los cristales, sacó el extinguidor y regresó al pasillo.

—Fuego, fuego —gritó, disparando el extinguidor sobre sus compañeros.

—Oye, negro, no seas salvaje —gritó Tito Rodríguez, mediocampista de corta estatura.

—Negro animal, regresa a tu zoológico —gritó El Cirujano Díaz, recio zaguero central, antes de entrar a su habitación.

* * *

Minutos después, Joaquín entró al ascensor y se encontró con Gianfranco.

—Oye, choche, dónde estabas, te andaba buscando —le dijo Gianfranco, y lo abrazó.

—Yo también estaba buscándote —dijo Joaquín.

Gianfranco olía a cerveza. Tenía puesto un buzo rojo y unas zapatillas blancas, como sus compañeros de equipo.

—Quería llamar a mi hembrita, choche —dijo—. No sé si sería posible que me prestes el teléfono. Tú sabes que los viáticos que nos dan los dirigentes son bastante míseros.

—Claro, hombre, encantado —dijo Joaquín, y apretó el botón del piso siete—. Vamos a mi cuarto.

—Te pasas, choche. Eres todo un caballerito.

—Tremenda fiesta la del último piso, ¿no?

—Sí, pues, me vas a disculpar, pero estoy medio chispeado.

—Después del partidazo que te jugaste hoy, te lo mereces, Gianfranco.

—Tú siempre tan benévolo con mi persona, choche.

Salieron del ascensor, entraron al cuarto de Joaquín y llamaron a Rosita.

—Chola, soy yo —dijo Gianfranco, echándose en la cama

con el teléfono—. Yo bien, Rosita, más bien cómo estás tú, mamita, te extraño un montón. ¿Pasaron el partido allá? ¿Lo viste? Sí, gracias, cholita, la verdad que las cosas me salieron bien, se dieron como yo quería, creo que moví mi pelota, ¿no? Lo malo que los monos de Trinidad son unas jijunas, metieron machete que daba miedo. No, no, no te preocupes, Rosita, estoy entero, un par de raspones nomás, lo de siempre. ¿Qué te pareció mi gol? ¿Chévere, no? Sí, gracias, y para que sepas, lo primero que pensé cuando metí mi gol fue en ti, chola, te lo dediqué a ti. No, por Dios, no te estoy meciendo, ahí mismito que la pelota entró me acordé de ti y dije gol peruano, carajo, toma, Rosita, va para ti. No, de nada, chola, de nada. Oye, cuéntame, mamita, ¿no habrás estado parando con el Toni, con el Chamán, con Malaspecto, no? ¿Franco, franco, no me estarás cojudeando? Te digo, pues, Rosa, te digo porque esos patas son unos malandrines, son malas juntas para ti. Lo único que quieren es ponerte las manos encima, llevarte al catre y contrasuelearte, pues, chola. Te digo yo que los conozco, Rosita, hazme caso. ¿Cómo está la familia, todos bien? Salúdamelos a todos, ¿ya? Bueno, ya tengo que colgar porque estas llamadas me van a dejar misio y no voy a tener billete para comprarte tu reloj pulsera, Rosita. Chau, cholita, chau, ya nos vemos, yo también te extraño, chau.

Mientras Gianfranco hablaba por teléfono, Joaquín se había puesto la camiseta de la selección que le habían regalado en el camarín.

—Te queda bien chévere —le dijo Gianfranco, tras colgar el teléfono.

—Gracias —dijo Joaquín—. ¿Quieres un trago?

—Hecho —dijo Gianfranco.

Joaquín abrió el minibar, mezcló un poco de ron con cocacola y le dio un trago.

—Salud por mi Rosita, que está pitito —dijo Gianfranco, sonriendo.

—Salud por ella —dijo Joaquín.

Hicieron chocar sus vasos. Tomaron.

—Cuéntame, choche, ¿qué escribiste del partido? —preguntó Gianfranco.

—¿Quieres ver el artículo?

—A ver, a ver.

Joaquín le dio el artículo que había enviado a Lima. Gianfranco se echó en la cama y comenzó a leerlo.

—Carajo, qué florido eres, se nota que eres un cerebro, flaquito —murmuró, mientras leía.

Antes de llegar al final de la primera página, cerró los ojos, apoyó la cabeza en la almohada y comenzó a roncar. Joaquín retiró su artículo de las manos de Gianfranco y se quedó sentado a su lado. Luego cerró los ojos y recordó el cuerpo desnudo de Gianfranco en el camarín. Entonces tuvo ganas de tocar ese cuerpo joven, firme, musculoso. No pudo contenerse. Puso su mano en el vientre de Gianfranco y fue bajándola, acariciándolo. Tocó su sexo. Lo acarició. Lo sintió crecer, ponerse duro. De pronto, Gianfranco se despertó bruscamente.

—Oye, choche, ¿qué pasa? —preguntó, asustado.

—Nada, nada —dijo Joaquín—. Sólo quería hacerte un poquito de cariño.

—Chucha, qué bravo habías sido flaquito —dijo Gianfranco.

Se quedaron callados.

—¿Te la puedo chupar un poquito? —preguntó Joaquín, sin mirarlo a los ojos.

—Qué vamos a hacer —dijo Gianfranco—. Ya me pusiste al palo. Sigue nomás.

Joaquín le bajó el pantalón del buzo y se la chupó.

—¿Quieres metérmela? —preguntó, poco después.

—¿Te gusta que te atoren?

—Ajá.

—¿Tienes vaselina?

—Ajá.

Joaquín fue al baño y volvió con un frasco de vaselina. Luego se quitó el pantalón y se echó boca abajo. Gianfranco puso un poco de vaselina en su sexo y se lo metió a Joaquín.

—Sí, Rosita, sí, muévete rico, cholita —dijo, moviéndose.

Sintiendo, a la vez, placer y dolor, Joaquín mordió su camiseta de la selección peruana.

* * *

Gianfranco y Joaquín volvieron a verse un par de días después, en el avión de regreso a Lima.

—Qué tal tranca que me metí esa noche —fue lo primero que dijo Gianfranco—. Me quedé privado. No me acuerdo de nada.

—Yo tampoco me acuerdo de nada —dijo Joaquín.

Luego se sentaron en filas separadas y no se hablaron en todo el vuelo. Cuando el avión aterrizó en el aeropuerto de Lima, Joaquín se atrevió a acercarse a Gianfranco.

—¿Me darías un autógrafo? —le preguntó.

—Claro, choche —dijo Gianfranco.

Algo impaciente, escribió unas palabras en una hoja y se la dio a Joaquín. Luego se dieron la mano, y Gianfranco se dirigió a la puerta del avión. Joaquín leyó la hoja. «Un abrazo de tu sincero amigo, Gianfranco», decía.

SÁBADO EN LA NOCHE

Era un sábado en la noche. Joaquín no tenía ganas de salir. Quería quedarse echado en su cama viendo cualquier cosa en televisión.

Estaba cambiando de canales cuando sonó el timbre. Saltó de la cama, apagó las luces, se asomó a la ventana y miró hacia abajo. Reconoció a Juan Carlos. Corrió a la cocina y levantó el intercomunicador.

—Juan Carlos, qué sorpresa —dijo.

—Joaquincillo, ¿qué andas haciendo?

—Tranquilo.

—¿Tranquilo como operado?

—Tranquilo como operado.

—Vamos a dar una vuelta.

—Listo. Me cambio y bajo.

—No te olvides de ponerte tu mimosa.

Se rieron. Se habían conocido en una fiesta en La Honda, un par de años atrás. Desde entonces, se veían muy de vez en cuando. Joaquín se cambió de prisa y bajó a la calle. Entró al carro de Juan Carlos. Se dieron la mano. El carro olía a marihuana. La radio estaba prendida en Doblenueve.

—¿Qué ha sido de tu buena vida, pues, rosquete? —dijo Juan Carlos, sonriendo.

Era alto, rubio, delgado. Tenía veintidós años, uno más que Joaquín.

—Ahí, como siempre —dijo Joaquín—. ¿Adónde vamos?

—Gustavito está solo. Sus viejos están de viaje. Me dijo que nos caigamos por su casa. Tiene un pacazo de coca.

—Genial. Vamos.

Juan Carlos prendió el carro y aceleró por la avenida Pardo.

—¿Qué tal la universidad? —preguntó.

—Se fue al carajo —dijo Joaquín—. ¿No sabías que me botaron?

Juan Carlos se rió. Tenía los ojos rojos, achinados, como si hubiese fumado marihuana.

—¿No jodas que te chotearon de la universidad? —dijo.

—Ajá —dijo Joaquín—. Me jalaron en lógica por tercera.

—Eres un vago de mierda, chino.

—Sí, pues, así es la vida. ¿Tú qué tal en la de Lima?

—Raspando, arañando. Pasando con once, pero sobreviviendo.

—Al menos en la de Lima hay buenas hembras. En la Católica había pura fea.

—No creas, chino, la de Lima también se está choleando que da miedo.

—Todo Lima se está choleando, hermano.

No tardaron en llegar. Juan Carlos cuadró el carro en la calle Los Nogales, frente al edificio donde vivía Gustavo. Bajaron del carro, hablaron con Gustavo por el intercomunicador, entraron al edificio y subieron por un ascensor rodeado de espejos.

—Qué tal, prostitutas —gritó Gustavo, cuando salieron del ascensor.

Se dieron la mano y entraron al departamento.

—¿Qué hacías, ocioso? —preguntó Juan Carlos.

—Peinando —dijo Gustavo.

—¿Haciéndote la permanente? —preguntó Juan Carlos. Se rieron.

—No, huevón, peinando el chamo —dijo Gustavo.

—¿Cuánto tienes? —preguntó Joaquín.

—Tres moras —dijo Gustavo.

Una mora era un gramo. Un gramo alcanzaba para varios tiros. Un tiro equivalía a una pequeña línea de coca.

—Mierda, qué rica pichanga nos vamos a meter —dijo Juan Carlos.

—Pero primero hay que chupar —dijo Gustavo.

—Probemos el chamo para ver si está bueno —dijo Joaquín.

—Jalar en seco no es bueno —dijo Gustavo—. Te hace huecos en la nariz.

—Gustavo habla por experiencia propia —dijo Juan Carlos, y se rieron.

—Voy a servir unos tragos —dijo Gustavo, y fue a la cocina.

Juan Carlos y Joaquín salieron al balcón. Al frente se veía la cancha del Lima Golf.

—¿Sigues saliendo con Mili? —preguntó Joaquín.

—Nada que ver —dijo Juan Carlos—. ¿No sabías que se fue a Ginebra?

—No jodas. No tenía idea.

—Sí, está viviendo allá. Se arrebató, hizo sus maletas y chau.

—¿Y por qué a Ginebra?

—Tenía pasaporte suizo.

—Bien por ella.

Se quedaron callados.

—¿Te jodió que se vaya? —preguntó Joaquín.

—No, así es la vida —dijo Juan Carlos—. Cada uno abre su pan.

—¿Estabas templado?

—No. Estaba templado de sus tetas.

Se rieron. Gustavo salió al balcón con los tragos.

—Salud, rosquetes —gritó, sonriendo.

Tomaron whisky puro, sin agua.

—¿Qué fue de tus viejos, Gustavito? —preguntó Juan Carlos.

—En la rica Miami —dijo Gustavo.

—¿Haciendo?

—Mi vieja se va a jalar las arrugas y mi viejo se va a quitar un par de rollos de la panza.

Se rieron.

—¿Y qué fue de tu hembrita, rosquete? —le preguntó Gustavo a Joaquín.

—¿Qué hembrita? —dijo Joaquín, sorprendido.

—No te hagas el cojudo, pues —dijo Gustavo—. Esa jugadoraza con la que estabas la otra noche en Los Olivos.

—Ah, Natalia —dijo Joaquín—. No es mi hembrita. Es mi amiga.

—Está buenaza esa chiquilla, compadre —dijo Gustavo—. Se ve que tiene futuro. ¿Dónde te la levantaste?

—La conocí por ahí —dijo Joaquín.

—¿Te las has culeado? —preguntó Juan Carlos.

—Nada que ver —dijo Joaquín—. Recién la conozco.

—No te creo, pendejo —dijo Gustavo—. Seguro que te la estás contrasueleando calladito a la chiquilla.

Joaquín sonrió y se quedó callado.

—¿Y qué fue de tu francesa, Gustavito? —preguntó Juan Carlos.

—Ya se fue —dijo Gustavo—. Por ahí regresa en un par de meses. Puta, no saben los polvos que me he tirado con Sabine.

—¿Cómo así la conociste? —preguntó Joaquín.

—Me la levanté una noche en Baja Beach, esa discoteca medio pacharaca de Coconut Grove —dijo Gustavo.

—¿Y cómo así vino acá? —preguntó Joaquín.

—Vino a visitarme —dijo Gustavo—. Quería pasar por caja la pendeja. Se quedó casi un mes. Le alojé en un hostalito de Miraflores y me la cepillé parejo. La francesa es de campeonato, compadre. Tenía que culeármela todas las noches. Si no, le daba insomnio.

—Es que las europeas, nada de bocaditos, de frente van al postre —dijo Juan Carlos.

—¿Le entraba al chamo? —preguntó Joaquín.

—Huevón, ¿y por qué crees que vino a Lima entonces? —dijo Gustavo.

—A propósito, sácate el chamo, pues, Gustavito —dijo Juan Carlos—. No te hagas el estrecho, que ya me está picando la ñata.

—Puta madre, tú también eres un angustiado —dijo Gustavo—. Mejor entremos, que acá se puede volar la rica coca.

Entraron a la sala. Gustavo fue a su cuarto, sacó la coca, regresó y la puso sobre una mesa de vidrio.

—Ésta es la que mató al senador Martínez Guerra —dijo, y sacó una cañita de plástico.

—No sabía que Martínez Guerra murió coqueado —dijo Joaquín.

—Claro, hombre —dijo Juan Carlos—. Eso lo sabe medio Lima.

—Pero en el periódico salió que se atoró con una butifarra picante —dijo Joaquín.

—Martínez Guerra era un coquero de la gran puta, compadre —dijo Gustavo—. Eso de la butifarra es cuento chino.

Luego aspiró un par de líneas y le pasó la cañita a Juan Carlos.

—Cuenta cómo fue tu primera pichanga, Gustavito —dijo Joaquín.

—Fue en mi fiesta de pre prom —dijo Gustavo.

—¿Te acuerdas? —dijo Juan Carlos, y se metió un par de tiros.

—¿Dónde fue? —preguntó Joaquín.

—En esa discoteca que quedaba al lado del D'Onofrio —dijo Gustavo.

—El Black and White —dijo Juan Carlos.

—Allí donde no dejaban entrar cholos, y una vez un cholo se achoró y le sacó la mierda al portero, que era un zambazo —dijo Gustavo.

—Por eso le decían Blacks Outside —dijo Juan Carlos.

Joaquín se metió un par de tiros.

—¿Todo el mundo se armó? —preguntó.

—No, las hembras no, pero casi todos los patas estábamos monstruos —dijo Juan Carlos.

—Y Piti Sabogal estaba tan armado que la mandíbula se le quedó abierta —dijo Gustavo—. No podía cerrar la boca.

—Tuvieron que llevarlo de emergencia a la clínica Americana porque no podía cerrar la bocaza, qué cague de risa —dijo Juan Carlos.

—Dicen que después lo operaron en Houston, que le lijaron la mandíbula —dijo Gustavo.

219

—Esos gringos son el deshueve —dijo Joaquín.

Se quedaron callados. Se metieron más tiros.

—Yo una vez me armé con mi viejo —dijo Juan Carlos.

—No jodas —dijo Joaquín.

—Nunca me habías contado eso, rosquete —dijo Gustavo.

—Fue la cagada —dijo Juan Carlos.

—Cuenta —dijo Joaquín.

—Aguanta, primero un toque más —dijo Juan Carlos.

Agarró la cañita, se agachó y aspiró más coca.

—Había una comida en mi casa —dijo—. Yo estaba chupando en la cocina. Mi viejo estaba recontra acelerado. Yo no sabía que el pendejo le entraba al chamo. En eso me llevó al baño de visitas, sacó un pacazo y me invitó. Me acuerdo clarito que me dijo: en Lima tienes que saber meterte tiros, porque los mejores negocios se hacen en los baños de hombres con coca de por medio.

—Es una gran verdad —dijo Joaquín.

—En el banco donde yo chambeo, varios gerentes compran su tamalito de coca todos los fines de semana —dijo Gustavo—. Hay un patita que llega los viernes y reparte pacos por toda la gerencia.

—Es que Lima es el deshueve, compadre —dijo Juan Carlos—. En ninguna parte se vive tan bien como en Lima.

—¿Tu viejo sigue jalando? —le preguntó Joaquín.

—No, ya se retiró —dijo Juan Carlos—. Tuvo un infarto y dejó la pichanga.

—¿Cómo fue? —preguntó Joaquín.

—Reventó —dijo Juan Carlos—. El puta reventó de tanta pichanga. Una mañana estaba tomando sus clases de golf aquí en el club y pum, cuerpo a tierra, cayó como un saco de papas. El *caddie* lo llevó cargadito hasta la administración. Con las justas llegó la ambulancia. Casi se nos va el viejo.

—Que tal héroe el *caddie*, carajo —dijo Joaquín.

—Mi viejo le regaló un pasaje a Miami —dijo Juan Carlos.

—No jodas —dijo Gustavo—. ¿Se ganó el indio?

—Se ganó —dijo Juan Carlos—. Y el *caddie* ni cojudo se quedó en Miami. Ni más supimos de él.

Se rieron. Se metieron más coca.

—Este chamo me ha puesto las pilas —dijo Juan Carlos—. Tengo los dientes duritos.

—La pichanga es nuestra perdición, compadres —dijo Gustavo—. Si seguimos así, vamos a morir jóvenes.

—Como ese pata Ferreyros, que por tratar de batir su récord se metió veinte tiros seguidos, el muy huevón, y le dio un infarto y lo llevaron tieso a la clínica Americana —dijo Juan Carlos.

—¿Se murió? —preguntó Joaquín.

—Claro, huevas —dijo Juan Carlos—. Yo no fui al velorio, pero me contaron que Ferreyros todavía apestaba a coca en el cajón, alucina.

—Tengo que ir al baño —dijo Joaquín.

Se puso de pie, entró al baño de visitas, cerró la puerta y prendió la luz.

—No soy un coquero, no soy un coquero, no soy un coquero —dijo, mirándose en el espejo.

Se abrió la bragueta y trato de orinar. No pudo. Tenía el sexo encogido. Se cerró la bragueta y salió del baño.

—Vamos a dar una vuelta —dijo.

—Terminamos estas líneas y salimos —dijo Juan Carlos.

Joaquín se arrodilló en la alfombra y se metió un par de tiros más.

—¿Qué tal si vamos al Nirvana? —dijo.

—Mucho maricón va al Nirvana —dijo Gustavo—. Mejor vamos a Amadeus.

—No jodas, hombre, Amadeus está lleno de cojudos —dijo Joaquín.

—Pero no me puedes negar que van las mejores hembras de Lima —dijo Juan Carlos.

—Y uno se puede pichanguear sin roche —dijo Gustavo.

—No sé si les conté que Germancito Vega me contó que el otro día estaba este famoso diputado Aguirre en Amadeus —dijo Juan Carlos.

—No jodas —dijo Joaquín.

—Sí, dice que lo vio zampadazo bailando una canción de Azúcar Moreno, zapateando como gitano el puta —dijo Juan Carlos.

—Qué cague de risa, el diputado Aguirre bailando Azúcar Moreno —dijo Gustavo.

—Y después dice Germancito que se lo encontró en el baño y que Aguirre le pidió chamo y Germancito le dijo: *okay*, te invito pero si te arrodillas.

—Qué tal nazi, qué radical —dijo Gustavo.

—¿Y qué hizo Aguirre? —preguntó Joaquín.

—Se arrodilló pues, qué más —dijo Juan Carlos.

—Así es la necesidad —dijo Gustavo—. Cuando te pica la ñata, no hay pero que valga.

—Lo peor es que cuando Aguirre estaba arrodillado, Germancito se rayó y no le quiso invitar —dijo Juan Carlos.

—No jodas, qué tal loco de mierda —dijo Gustavo.

—¿Y por qué lo humilló así al pobre Aguirre? —preguntó Joaquín.

Juan Carlos se agachó y se metió un par de tiros.

—Dice Germancito que cuando lo vio arrodillado le dio

asco, le dieron ganas de vomitarle encima —dijo—. Dice que le dijo: por tú culpa estamos jodidos en el Perú, por culpa de tantos políticos ladrones y coqueros como tú.

—Bien dicho, carajo —dijo Joaquín.

—Y Aguirre se le vino encima y le sacó la mierda, porque Germancito es chato y no sabe mechar.

—Ah, carajo —dijo Gustavo—. ¿O sea que la cosa terminó en bronca?

—Una bronca de la gran puta, porque después se metieron los guardaespaldas de Aguirre contra los amigos de Germancito —dijo Juan Carlos.

—Qué rica bronca, carajo —dijo Gustavo—. Qué pena que no estuvimos allí.

—Dicen que fue la mejor bronca en la historia de Amadeus —dijo Juan Carlos—. Los cholos de Aguirre sacaron sus chimpunes y corrió bala. Dicen que Fermín Buchanan terminó con una bala en la pierna.

Se quedaron callados. Jalaron más coca.

—Bueno, ¿adónde vamos? —preguntó Juan Carlos.

—Vamos a dar una vuelta —dijo Gustavo—. Vamos a relojear por ahí.

—¿En qué carro vamos? —preguntó Juan Carlos.

—Mejor vamos en tu nave, porque mi camioneta está con orden de captura —dijo Gustavo

—¿Cómo así? —preguntó Joaquín.

—Atropellé a un cholo en su carretilla y me di a la fuga —dijo Gustavo.

—¿Lo mataste? —preguntó Joaquín.

—No sé —dijo Gustavo—. Qué chucha, ¿no? Da igual.

Se rieron. Se metieron unos tiros más. Se terminaron la coca. Salieron del departamento.

—¿Qué tal si conseguimos más chamo? —dijo Gustavo, mientras bajaban en el ascensor.

—De todas maneras —dijo Juan Carlos, mirándose en el espejo, limpiándose la nariz.

Salieron del edificio. Entraron al carro. Juan Carlos prendió el carro y aceleró por la avenida El Golf.

—¿Dónde podemos conseguir? —preguntó Joaquín.

—Vamos a casa de Lucho —dijo Gustavo—. Lucho tiene chamo de todas maneras.

—Alguien me contó que el otro día lo metieron preso a Luchito —dijo Juan Carlos.

—¿No jodas que lo ampayaron comprando coca? —dijo Gustavo.

—No —dijo Juan Carlos—. Estaba armadazo y salió a comprar coca en pleno toque de queda, a las tres de la mañana.

—Qué tal loco de mierda —dijo Joaquín—. Lo han podido matar.

—Dicen que Luchito iba sacando un calzoncillo por la ventana, tipo bandera blanca, cuando los tombos lo pararon —dijo Juan Carlos.

—Seguro que estaba en una pichangaza —dijo Gustavo—. Lucho es de los que comienzan una pichanga el viernes y la terminan el domingo en la noche viendo los programas políticos.

Juan Carlos cuadró frente a la casa de Lucho, cerca de la avenida Salaverry.

—Espérenme aquí —dijo Gustavo—. Yo sé trabajarlo a Luchito.

Bajó del carro, tocó el timbre y entró a la casa de Lucho. En la puerta había un vigilante.

—Estaba buenaza la coca de Gustavito, ¿no? —dijo Joaquín.

—De primera —dijo Juan Carlos.

—Qué rico es estar duro, carajo.

—Lo malo viene al día siguiente. La rebotada en la cama. La resaca.

—No me hagas acordar.

—Pero vale la pena, chino. Los que no se meten tiros no saben lo que se pierden.

—Yo pienso mejor cuando estoy armado. Me siento más inteligente.

—Yo también. Aparte que la coca ayuda a franquearse, a hacer amigos.

—Pero son amistades falsas, Juan Carlos.

—Puta, no sé. Yo no considero falsa nuestra amistad.

—Yo tampoco. Pero hay mucha gente que cuando está armada lorea huevada y media.

—Sí, pues. En las pichangas se miente mucho.

Gustavo entró al carro y tiró la puerta.

—¿Qué pasa, prostitutas? —gritó, sonriendo—. ¿Por qué tan serios?

—¿Conseguiste? —preguntó Juan Carlos.

—Yo te dije, huevón, Luchito no falla —dijo Gustavo.

—¿Te la vendió? —preguntó Joaquín.

—Lucho nunca le vende a sus amigos —dijo Gustavo.

—¿A ver el chamito para probar? —dijo Juan Carlos.

—Acá no, huevón, que el guachimán se gana con todo —dijo Gustavo—. Vamos acá cerquita a La Pera del Amor.

Juan Carlos prendió el carro, bajó por la Salaverry, cruzó la avenida del Ejército y llegó a La Pera del Amor. Manejó rápido, con destreza.

—Listo —dijo—. Saca el chamo.

Gustavo sacó la coca.

223

—No es mucho, pero está rica —dijo.

Se metieron más tiros. Cuando terminaron, Juan Carlos puso en marcha el carro.

—¿Qué hacemos, adónde vamos? —preguntó.

—Primero que nada unas cervezas —dijo Gustavo—. Tengo una pepa en la garganta.

—Buena idea —dijo Juan Carlos—. Paremos en El Pollón a comprar unas chelitas.

Bajó bruscamente la velocidad y entró a la playa de estacionamiento de El Pollón, haciendo una maniobra temeraria. «Huevonazo», le gritó alguien, desde un carro.

—¿Cuántas cervezas compro? —preguntó Juan Carlos.

—Seis, de una vez —dijo Gustavo.

Juan Carlos bajó del carro y corrió a la caja registradora.

—Aprovechemos que no está para meternos unos tiritos más —dijo Gustavo.

Sacó la coca y aspiró un poco usando una tarjeta de crédito para acercarse la coca a la nariz. Luego le pasó la coca a Joaquín, quien se metió un par de tiros más. Gustavo prendió la radio y fue cambiando de estaciones.

—Pura canción romántica, carajo —dijo.

—Prueba Doblenueve —dijo Joaquín.

Gustavo encontró Doblenueve. Estaban dando un programa en inglés.

—Esto me está rayando, cuñado —dijo—. ¿Estamos en Miami o en El Pollón?

Se rieron.

—No sé si te he contado que una vez me pasó una cosa alucinante acá en El Pollón —dijo Joaquín.

—Cuenta —dijo Gustavo.

—Estaba dándole a la pichanga con un par de amigos. Era bien tarde, como las tres o cuatro de la mañana. En ese entonces no había toque de queda.

—Qué rica era la vida sin toque de queda, carajo —dijo Gustavo.

—Estábamos durazos, y en eso llegaron unos carrazos negros con sirenas.

—Puta, qué tal nota.

—Alucina nuestra sorpresa cuando de uno de los carrazos baja el ministro de Economía.

—Chuchamadre. ¿Y qué hacía el ministro en El Pollón a las cuatro de la mañana?

—Nos quedamos helados, Gustavito. Nada menos que el ministro Alberto Elías bajó de su Mercedes blindado con todos sus cholazos tipo «Mamani» Vice llenos de pistolas.

—A ti nunca sé si creerte, carajo. Tú eres un gran palero, compadre.

—Te juro, Gustavito. Elías vino caminando y nos dijo todo cachaciento: qué tal, muchachos, parece que están con insomnio, ah. De ahí se sentó y pidió una cerveza helada.

—Anda, qué cague de risa.

—Te juro que estaba durazo el Elías. Jaló su silla y nos metió una lora del carajo. Estuvo hablándonos como media hora de la inflación, la deuda externa, el déficit y la chucha del gato.

—Qué tal caballerazo ese Elías. Qué tal clase.

—Mucha clase la suya, mucha clase. Y fue un cague de risa porque de repente uno de mis patas le dijo: yo la verdad no sé de economía, señor ministro, pero quisiera saber si me conviene comprar dólares, a lo mejor usted nos podría informar si va a subir el dólar.

—Alucina ese comentario, qué salvaje tu pata.

—Sí, pues, era el enano Rázuri, que es un desatinado famoso, y Elías nos dijo: miren muchachos, compren dólares, que pronto se viene una devaluación severa. Así dijo, me acuerdo clarito que usó esa palabra, severa, y al día siguiente el chato Rázuri vendió todo lo que tenía y compró dólares. Yo la verdad que me olvidé del asunto.

—Y no friegues que subió el dólar.

—Se disparó, Gustavito. A la semana, semana y media, una devaluación de la gran puta, y el chato Rázuri triplicó su capital.

—Enano cabrón. Lechero, carajo.

—Alucina que Rázuri estaba tan agradecido que mandó una carta a *Caretas* elogiando la gestión de Elías, qué cague de risa. Me acuerdo que al final decía: Elías es el mejor ministro de la historia, y desde ya lo lanzo a la presidencia como el candidato de los jóvenes.

—Chato arribista, carajo.

—Y después el chato se patinó toda la plata que había ganado en una juerga en la Granja Azul con las azafatas de Lufthansa.

Juan Carlos entró al carro con las cervezas.

—Listo —dijo—. Seis chelitas bien al polo.

Tiró las latas en el asiento de atrás, prendió el carro y salió manejando de El Pollón. Gustavo y Joaquín abrieron un par de cervezas. Tomaron. Gustavo eructó.

—¿Adónde vamos? —preguntó Juan Carlos.

—Podemos ir a ver cómo está el Nirvana —dijo Joaquín.

—Dale con el Nirvana, carajo —dijo Gustavo—. Si quieres ver cabros, mejor vamos a la Javier Prado.

Juan Carlos aplaudió.

—Buena idea —gritó, entusiasmado—. Vamos a joder a los cabros de la Javier Prado.

—Claro, vamos a joder maricones —gritó Gustavo.

—Cojonudo —gritó Joaquín.

—Unos tiros para festejar la idea —dijo Juan Carlos.

Gustavo sacó la coca. Los tres jalaron más coca. Juan Carlos entró a Coronel Portillo y se dirigió a la Javier Prado a toda velocidad.

—¿Te acuerdas de esa noche que nos levantamos a un travesti, Gustavito? —dijo.

—Puta, qué asco —dijo Gustavo—. No me hagas acordar.

—¿Cómo fue? —preguntó Joaquín.

—Nos levantamos a un travesti sin darnos cuenta, compadre —dijo Gustavo.

—Parecía una hembrita —dijo Juan Carlos—. Por Dios que parecía una hembrita.

—Tenía unas tetitas bien formaditas —dijo Gustavo.

—¿Y cómo se dieron cuenta? —preguntó Joaquín.

—Cuenta, Gustavito —dijo Juan Carlos.

—No me hagas acordar que ahorita buitreo —dijo Gustavo.

—Qué cague de risa —dijo Juan Carlos—. Eso te pasó por egoísta, huevón, por querer cepillártela primero.

—Ella quería que yo le diera por el chico y cuando traté de metérsela por adelante, ahí me di cuenta —dijo Gustavo.

Juan Carlos soltó una carcajada.

—Le agarraste la pingaza —dijo—. Te ganaste con todo.

—Calla, huevón —dijo Gustavo—. Lo boté del carro a patadas. Tú viste cómo lo desgranputé.

—¿Le pegaste? —preguntó Joaquín.

—Le rompí la nariz —dijo Gustavo—. Lo dejé sangrando al rosquete.

Luego aspiró más coca.

—Vivan los matacabros, carajo —gritó.

Juan Carlos y Joaquín se rieron.

—Vivan los matacabros —gritaron.

Juan Carlos entró a la Javier Prado y bajó la velocidad.

—Pon las luces altas y anda despacio —dijo Gustavo.

—Vamos a perder tiempo cojudamente —dijo Joaquín—. Mejor vamos a Amadeus.

—Qué Amadeus, huevón —dijo Juan Carlos—. Joder cabros es más bacán.

—Hay que tratar que uno de estos cabros se suba al carro —dijo Gustavo.

—Eso va a estar jodido —dijo Joaquín.

—¿Por qué? —preguntó Gustavo.

—Porque los maricones no son tan cojudos tampoco —dijo Joaquín—. Si ven a tres patas durazos, no suben al carro.

—Tú háblales, Joaquín —dijo Gustavo—. Tú tienes buena labia.

—No jodas, hombre —dijo Joaquín—. Qué mierda les voy a decir.

—Mira, ahí están —gritó Juan Carlos.

En una esquina de la Javier Prado se habían reunido varias prostitutas y travestis.

—Para, para —dijo Gustavo—. Dobla y entra a esa callecita.

—Mejor vámonos —dijo Joaquín.

Juan Carlos volteó en la esquina y detuvo el carro. Una mujer se acercó corriendo al carro.

—Hola, chicos —les dijo.

—Hola, guapa —le dijo Joaquín.

—Ay, qué cirio eres, flaco —dijo ella.

—¿Por qué no subes para dar una vueltita? —preguntó Joaquín.

—Ay, ni loca mi amor —dijo ella—. ¿Yo sola contra ustedes tres? No seas abusivo, pues. Me van a dejar machucada.

—No tengas miedo —dijo Joaquín—. Sólo queremos pasar un buen rato.

—Yo súper encantada, pero la verdad que no trabajo de a grupos, flaquito —dijo ella.

—Pero nos turnamos —dijo Joaquín.

—Mejor llamo a una coleguita para que me acompañe —dijo ella—. Así todo sale más chévere, y no me clavan los tres como anticucho.

—No, no queremos con dos —dijo Gustavo—. Tú sola nomás.

—¿Cómo te llamas? —preguntó Juan Carlos.

—Pelusa —dijo ella.

—Lindo nombre —dijo Joaquín.

—Para servirte, flaquito —dijo ella, con una sonrisa coqueta.

—Mira, Pelusa, sube al carro y ya arreglamos aquí adentro —dijo Gustavo.

—Si quieres, te pagamos algo más —dijo Juan Carlos.

—Cien por ciento imposible, chicos —dijo Pelusa—. Voy a llamar a mi coleguita Fiorella.

—No llames a nadie, carajo —dijo Gustavo—. Sube tú nomás.

—Fiore, Fiore —gritó Pelusa—. Ven, pues, hija, aquí hay una muchachada ansiosa.

Fiorella se acercó corriendo.

—Ay, qué barbaridad, estas chicas nuevas no tienen el profesionalismo de antaño —se quejó Pelusa.

—Te dije que no llames a nadie, carajo —gritó Gustavo.

Cogió del pelo a Pelusa y la jaló fuertemente, haciendo entrar su cabeza por la ventana.

—Au, au, suéltame, oye, blanquiñoso, malnacido, chuchatumay —gritó Pelusa.

Tenía medio cuerpo adentro del carro. Gustavo le tiró varios puñetes.

—Rosquete de mierda, te vamos a sacar la entreputa —gritó.

Juan Carlos le arranchó la cartera a Pelusa y la tiró al asiento de atrás.

—Pituco, ratero, chuchatumay —gritó Pelusa.

—Socorro, chicas, la están abusando a la Pelusa —gritó Fiorella.

—Acelera, Juan Carlos —gritó Gustavo.

—Suéltala, Gustavo —gritó Joaquín.

Juan Carlos le tiró un par de puñetes a Pelusa.

—Todos los cabros van a morir —gritó.

—Yo no soy un cabro, estúpido —gritó Pelusa—. Yo soy una dama.

En medio de los forcejeos, Pelusa mordió a Gustavo en el brazo.

—Au, carajo, el cabro me ha mordido —gritó Gustavo.

Joaquín escuchó un impacto en el techo del carro. Volteó. Vio que las amigas de Pelusa estaban tirándole piedras al carro de Juan Carlos.

—Nos están tirando piedras —gritó.

—Acelera, Juan Carlos —gritó Gustavo.

—Yo te agarro, Pelusita —gritó Fiorella, cogiendo a Pelusa de la cintura—. Yo te sujeto, mi vida.

Juan Carlos aceleró violentamente. Pelusa se zafó de los brazos de Gustavo y cayó en la pista.

—Rateros de mierda —gritó—. Cucarachas de desagüe.

—Me quedé con su peluca, me quedé con su peluca —gritó Gustavo, entusiasmado.

Tenía la peluca rubia de Pelusa en sus manos.

—Lo jodimos al rosquete, qué cague de risa —dijo Juan Carlos.

Luego subió un par de cuadras por Basadre y se detuvo en una esquina.

—Me mordió el rosquete —dijo Gustavo—. Creo que me ha sacado sangre.

Prendió la luz interior del carro. Tenía un rasguño en el brazo derecho.

—Es una cojudecita —dijo—. No es nada.

—No vaya a tener sida el maricón y ahí sí la cagada —dijo Joaquín.

228

—¿Por qué? —preguntó Gustavo, con cara de asustado.

—Porque el sida se contagia a través de un mordisco —dijo Joaquín.

Juan Carlos soltó una carcajada.

—Sidoso —le dijo a Gustavo—. Perro sidoso.

—Cállate, cojudo —dijo Gustavo—. Putamadre, me he quedado con ganas de sacarle la mierda a estos rosquetes.

Gustavo apagó la luz. Se metieron más tiros. Tomaron cerveza.

—Esto no se queda así —dijo Gustavo—. Tenemos que subir a un cabro y desgranputarlo.

Juan Carlos abrió la cartera de Pelusa y revisó lo que había adentro.

—Condones. Más condones. Papel higiénico. Caramelos. Monedas. Lápiz de labio. Vaselina. Una estampita de Sarita Colonia —dijo.

—Bota esa mierda —dijo Gustavo—. Los cabros traen mala suerte.

—No botes nada —dijo Joaquín—. Yo me quedo con sus cosas.

—Uy, carajo, ya te gustó la peluca —dijo Gustavo.

—Sal de acá, sidoso —dijo Joaquín.

—Bueno, hay que volver a la Javier Prado —dijo Gustavo.

—No seas cojudo, ya nos chequearon el carro —dijo Juan Carlos.

—Entonces vamos al Olivar —dijo Gustavo—. Allí hay maricones de hecho.

Juan Carlos aceleró por Basadre y entró a Camino Real.

—Vivan los matacabros —gritó.

—Vivan los matacabros, carajo —gritó Gustavo, sacando la cabeza por la ventana.

Al pasar al lado de la Virgen del Pilar, Juan Carlos y Gustavo se persignaron.

—Anda más despacio, que ahorita aparecen los cabros —dijo Gustavo.

Juan Carlos entró al Olivar y bajó la velocidad.

—Allí hay un cabrazo, detrás de ese árbol —gritó Gustavo.

Juan Carlos subió el carro a la vereda y lo detuvo. Gustavo bajó del carro.

—Mamita, ven, acércate —gritó.

Había una mujer detrás de un árbol.

—¿Qué quieres? —preguntó ella, con una voz ronca.

—Ven, pues —gritó Gustavo—. Queremos un polvito rico.

—Sigue tu camino nomás, narigón —gritó la mujer—. No quiero *cherrys* contigo.

Juan Carlos soltó una carcajada.

—Te ha dicho narigón, Gustavito, qué cague de risa —dijo.

—¿A quién crees que le vas a faltar el respeto, oye, mari-cón chuchadetumadre? —gritó Gustavo.

—A ti, pues, cara de pajazo de loro —gritó la mujer.

Se escucharon risas en el parque.

—Te voy a romper la cara, rosquete de mierda —dijo Gustavo, y entró corriendo al parque.

Juan Carlos y Joaquín bajaron del carro y corrieron detrás de Gustavo. Prostitutas y travestis corrieron por el parque dando alaridos.

—Batida, batida —gritaban.

Gustavo alcanzó a la mujer que lo había insultado y la arrojó al suelo. Luego se tiró encima de ella y empezó a golpearla en la cara.

—Muere, cabro apestoso —gritó.

La mujer le escupió desde el suelo.

—Ay, carajo, me escupió el sida —gritó Gustavo.

Se puso de pie y siguió tirándole patadas por todo el cuerpo. Juan Carlos y Joaquín llegaron a su lado, jadeando.

—Matemos un cabro, hagamos patria —gritó Juan Carlos, y empezó a patear a la mujer.

—No es cabro, es mujer —gritó Joaquín.

—Es cabro, huevón —gritó Gustavo—. Patéalo tú también.

Joaquín pateó a la mujer un par de veces.

—Tengan piedad de esta pobre mujer —gritó ella—. Sólo estaba ganándome el pan honradamente.

—Calla, rosquete —gritó Gustavo—. Somos los matacabros y te vamos a matar.

Los tres la siguieron pateando.

—Al menos fíjate si es hembra —gritó Joaquín.

—A ver, enséñanos la pinga, rosquete —gritó Juan Carlos.

—Soy mujer, soy mujer —gritó ella.

—Calla, rosquete —gritó Juan Carlos.

Gustavo y Juan Carlos le bajaron la falda, y vieron que tenía un calzón amarillo.

—Todavía no es año nuevo, cojuda —dijo Juan Carlos, y le dio una patada.

Luego le bajaron el calzón y vieron el sexo erguido de ese hombre vestido de mujer.

—Y encima se te ha parado —gritó Gustavo, haciendo una mueca de asco—. Eres un enfermo, conchatumadre.

—De casualidad tengo pichula, pero soy mujer —gritó ella.

—Es un masoco el rosquete —dijo Juan Carlos, y siguieron pateándola.

De pronto, escucharon una sirena.

—Mierda, los tombos, somos fuga —dijo Gustavo.

Los tres corrieron de regreso al carro.

—Perros malditos —gritó el travesti.

Subieron al carro a toda prisa. Juan Carlos prendió el carro, aceleró y dobló en la primera esquina. Luego entró a Conquistadores.

—Qué rico estuvo eso —dijo—. Le sacamos la mierda. Seguro que le hemos roto un par de huesos.

—A ver un par de tiros para reponer las energías —dijo Joaquín.

Gustavo buscó la coca pero no la encontró.

—Mierda —dijo—. Creo que se me cayó el chamo en el parque.

Juan Carlos se mordió una mano.

—La cagada —dijo.

Joaquín miró su reloj.

—En media hora comienza el toque de queda —dijo.

—Vamos a comprar a Dasso ahorita mismo y hacemos una encerrona en mi depa —dijo Gustavo.

—Hecho —dijo Juan Carlos.

—Yo paso —dijo Joaquín—. A mí déjenme en mi depa.

—Como quieras —dijo Juan Carlos.

Luego entró a Camino Real, hizo chillar las llantas en la curva del óvalo Gutiérrez y bajó por Comandante Espinar.

—Maldito toque de queda —dijo Gustavo.

Juan Carlos entró a Pardo y detuvo el carro frente al edificio donde vivía Joaquín.

—Me llevo la peluca y la cartera —dijo Joaquín.

—Enjuágate la nariz con agua caliente y toma bastante leche, eso ayuda a no rebotar —le dijo Juan Carlos.

—Y lávate el poto —dijo Gustavo, en tono burlón.

Joaquín bajó del carro.

—Chau, rosquetes —dijo.

Entró al edificio y subió a su departamento. Escuchó ruidos. Se asustó. Había dejado el televisor prendido. Lo apagó. Entró al baño. Se puso la peluca y se colgó la cartera.

—Hola, Pelusa —dijo, mirándose en el espejo.

RECUERDOS DOMINICANOS

Era casi medianoche. La barra del hotel Dominican Concorde estaba desierta. Joaquín se sentó en la barra, pidió una limonada y miró a las dos o tres parejas que bailaban sin inspiración un merengue pegajoso. Poco después, dos parejas jóvenes se sentaron en la barra y pidieron cerveza para los cuatro. Joaquín escuchó que todos ellos hablaban en inglés. Los dos chicos le parecieron muy guapos. Uno de ellos le pareció especialmente atractivo: era alto, blanco, delgado. Tenía el pelo largo, castaño, y una mirada triste. Mientras las chicas decían bromas tontas y se reían escandalosamente, ese chico tomaba su cerveza, como ensimismado, y no dejaba de jugar con su pelo.

* * *

Joaquín y el chico del pelo largo se miraron un par de veces. Joaquín creyó haber reconocido a uno como él. Poco después, el chico bostezó largamente, estirando los brazos; parecía estar aburrido. De pronto, se puso de pie, les dijo algo a las chicas que lo acompañaban y entró al casino que estaba al lado de la barra. Sin pensarlo dos veces, Joaquín pagó su cuenta y entró al casino, sólo por el placer de mirar un rato más al chico del pelo largo. El casino estaba lleno de gente ruidosa. Prósperos dominicanos vestidos de blanco exhibían sus cadenas de oro y perdían su dinero a carcajadas. El chico se detuvo a observar uno de los juegos. Entonces Joaquín se acercó a esa mesa, sacó unos pesos y entró al juego. No le gustaba apostar, pero quería llamar la atención del chico. Cuando la bolita estaba dando vueltas, el chico y Joaquín se miraron a los ojos. Ambos sabían que Joaquín iba a perder su dinero. Así ocurrió, en efecto. Entonces el chico le sonrió a Joaquín por primera vez. Joaquín le devolvió la sonrisa, haciendo un gesto de resignación. El chico pasó a su lado y le dijo: «Sígueme.» Luego siguió caminando y salió del casino. Joaquín esperó un momento y salió por donde él acababa de salir. Entonces lo vio entrar por una puerta. Fue tras él. Entró por la misma puerta. De pronto, se encontró en la cocina del hotel. Buscó al chico. No estaba. Unos morenos con gorros blancos estaban bromeando entre ellos, mientras hacían los trajines de la cocina.

—¿El caballero está buscando el lavabo? —preguntó uno de ellos.

Joaquín asintió, moviendo la cabeza.

—Saliendo, la primera puerta a la derecha —le dijo el moreno.

Joaquín salió de la cocina y echó un vistazo en el baño, pero el chico tampoco estaba allí. Resignado, regresó a la barra: los tres acompañantes del chico ya se habían marchado. Decidió irse a dormir. En el ascensor rumbo a su cuarto, se sintió muy solo y muy triste.

* * *

Un rato más tarde, Joaquín estaba en la cama, cambiando la televisión de un canal a otro, cuando tocaron la puerta de su cuarto. Asustado, se levantó y miró por el ojo de seguridad. Era el chico del pelo largo. Abrió.

—¿Adónde te metiste? —preguntó el chico, sonriendo.

—Te busqué por todas partes, pero no te encontré —dijo Joaquín.

—Subí por las escaleras de la cocina. Tú desapareciste.

—Soy un tonto, te perdí. Pasa, por favor.

El chico entró al cuarto, se miró en el espejo, pasó una mano por su pelo, como engriéndose, y se sentó en la alfombra. Tenía un aire inocente, distraído.

—¿Qué estás viendo? —preguntó.

—Nada, cualquier cosa —dijo Joaquín, sentándose a su lado—. No puedo dormir.

Joaquín estaba en piyama. El chico tenía puesto unos *blue jeans* con un hueco en la rodilla, un polo blanco y unas sandalias.

—¿De dónde eres? —preguntó Joaquín.

—De Toronto, Canadá —dijo él.

—¿Y qué estás haciendo en Santo Domingo?

—Paseando. Haciendo turismo. ¿Y tú?

—Lo mismo.

—¿Has venido solo?

—Ajá. ¿Tú?

—No. Estoy con un grupo de amigos, pero ya me harté de ellos.

—Mejor para mí.

Se miraron a los ojos. Sonrieron. Joaquín apoyó su cabeza en uno de los hombros del chico, quien, a su vez, buscó la boca de Joaquín. Se besaron suavemente. Se fueron quitando la ropa sin apuro. Como ninguno de los dos tenía un condón, decidieron meterse a la tina. La llenaron de agua caliente, entraron con cuidado, se sentaron en la tina y el chico abrazó a Joaquín por detrás. Luego se masturbaron despacio, con los ojos abiertos.

* * *

—¿Cómo así encontraste mi cuarto? —preguntó Joaquín, mientras se secaban en el baño.

—Vi tu cuenta en la barra —dijo el chico, sonriendo—. Habías escrito tu número de cuarto en la cuenta.

—¿Y cómo así viste mi cuenta?

—Tuve que darle unos pesos al mozo.

—¿Valió la pena?

—No estoy seguro —dijo el chico, sonriendo.

Se rieron, se abrazaron, se resbalaron y casi se fueron al suelo. El piso del baño estaba mojado.

—¿Quieres quedarte a dormir? —preguntó Joaquín.

—Me encantaría, pero no puedo —dijo el chico.

—¿Por qué?

—Tengo que volver donde mis amigos. Me están esperando en un bar.

—Entiendo.

Cuando terminó de vestirse, el chico se sacó una pequeña pulsera de jebe y se la dio a Joaquín.

—Te la regalo —le dijo—. Para que no me olvides.

—Gracias —dijo Joaquín, y lo besó en la boca.

El chico se dirigió a la puerta.

—No me has dicho cómo te llamas —dijo Joaquín—. Ni siquiera tengo tu teléfono.

El chico cogió una libreta de la mesa de noche y escribió su nombre y su teléfono. Joaquín leyó: Reid MacDonald.

—¿Como las hamburguesas? —preguntó, sonriendo.

—Como las hamburguesas —dijo el chico.

Se abrazaron y se besaron. Luego, Reid salió del cuarto.

Al día siguiente, Joaquín lo llamó por teléfono. Una mujer le dijo que se había equivocado de número y que allí no vivía ningún Reid. Joaquín llamó de nuevo. La mujer le gritó que dejase de molestarla y colgó de mala manera.

* * *

Pasaron un par de años. Un día, Joaquín estaba en un taxi viejo recorriendo las calles del centro de Santo Domingo cuando vio a Reid caminando solo. Aunque le sorprendió verlo vestido de una manera tan formal, lo reconoció de inmediato. Reid tenía puesto un pantalón gris, una camisa blanca de mangas largas y una corbata negra. Joaquín le dijo al taxista que se detuviese, bajó del carro y alcanzó a Reid.

—Hola —le dijo, tocándole el hombro por detrás.

Reid volteó con cara de asustado. Miró fijamente a Joaquín, bajó la mirada y se quedó callado. Algo parecía haber cambiado entre los dos. Reid tenía una gruesa biblia entre las manos. La apretó con fuerza, como aferrándose a ella.

—Tiempo sin verte —dijo Joaquín—. ¿Cómo has estado?

Reid permaneció en silencio, la mirada hundida en el suelo.

—Lo siento, pero creo que se ha equivocado de persona —dijo, sin mirar a Joaquín en los ojos.

—Reid, soy yo, Joaquín. ¿No te acuerdas de mí?

—No. Lo siento.

—Nos conocimos una noche en el Dominican Concorde.

—Debe haberse confundido, señor.

Entonces Joaquín le enseñó la pulsera que él le había regalado. Se la ponía cada vez que iba a Santo Domingo.

—¿Te acuerdas? —le dijo.

—Lo siento, pero tengo que irme, estoy apurado —dijo Reid, y siguió caminando.

Joaquín subió al taxi que estaba esperándolo. Al pasar al lado de Reid, le hizo adiós. Aferrado a su biblia, Reid siguió caminando sin contestarle el saludo.

EL ACTOR

Joaquín lo había visto varias veces en una telenovela, y tenía muchas ganas de conocerlo: Gonzalo Guzmán se había convertido en el actor de moda en Lima. Gonzalo era joven, guapo, encantador. Una noche, después de muchas dudas, Joaquín se atrevió a llamarlo.

—Me encantaría hacerte una entrevista —le dijo.

—Cojonudo —dijo Gonzalo—. Yo no me pierdo tu programa.

Por esos días, Joaquín tenía un programa de entrevistas en la televisión peruana. Generalmente entrevistaba a actores y cantantes.

—¿Qué tal si lo hacemos mañana mismo? —preguntó.

—Perfecto —dijo Gonzalo—. Cuanto antes, mejor. Más bien, un favorcito, ¿tú crees que podrías pasar por mí, camino al canal?

—Claro —dijo Joaquín—. Será un placer.

Luego apuntó la dirección de Gonzalo en un papel.

—Nos vemos mañana —dijo Gonzalo, antes de colgar.

Después de todo, trabajar en televisión tiene sus ventajas, pensó Joaquín.

* * *

Al día siguiente, Joaquín llegó a casa de Gonzalo a las nueve de la noche. Gonzalo vivía con sus padres en un departamento frente al club Terrazas de Miraflores. Joaquín tocó el timbre, se anunció por el intercomunicador y esperó en el carro. Poco después, Gonzalo salió del edificio. Sonreía.

—*Sorry* por hacerte venir, pero estoy juntando plata para comprarme un carro —dijo.

—No hay problema —dijo Joaquín—. Yo encantado.

Se dieron la mano.

Joaquín puso en marcha el carro y se dirigió al canal de televisión donde trabajaba.

—En la novela te ves un poquito más gordo —dijo.

—Es que la tele siempre engorda —dijo Gonzalo, sonriendo—. Engorda y achata. Por eso los gordos se ven chanchos, y los bajos, enanos.

Joaquín sonrió y miró a Gonzalo: le pareció que ya estaba maquillado.

—¿Ya te maquillaste? —le preguntó.

—Sí, me eché unos polvitos en mi casa —dijo Gonzalo, tocándose la cara—. ¿Por qué? ¿Se nota mucho?

—No, no. Te ves muy bien.

—Gracias. Tú también.

—¿Siempre te maquillas en tu casa?

—Sí. En realidad, no me maquillo yo, me maquilla mi mamá.

—¿Ah, sí? Qué gracioso.

—Lo que pasa es que en el canal usan un maquillaje malísimo, y mi mamá sólo me maquilla con productos importados.

—Claro, entiendo.

—Aparte que la vieja adora maquillarme. Cada vez que tengo una entrevista o una sesión de fotos, ella feliz me maquilla. Si no la dejo, se resiente conmigo.

—Qué graciosa.

Joaquín manejaba por la avenida Salaverry. Eran las diez y pico de la noche. Había poco tráfico.

—Cuéntame qué me vas a preguntar, por favor, que estoy súper nervioso —dijo Gonzalo.

—No tengo idea —dijo Joaquín—. Cualquier cosa.

Se miraron. Sonrieron.

—¿Te puedo pedir un favor? —preguntó Gonzalo.

—Hombre, claro, lo que quieras —dijo Joaquín.

—¿Me puedes preguntar en la entrevista si estoy enamorado?

—Por supuesto, encantado.

—Lo que pasa es que mi hembrita va a estar viendo la entrevista, y quiero aprovechar para mandarle saludos.

—Claro, Gonzalo, lindo gesto de tu parte.

Se quedaron callados. Poco después, llegaron al canal, bajaron del carro y entraron a los estudios de televisión. Joaquín fue al cuarto de maquillaje. Gonzalo se quedó en el estudio, firmando unos autógrafos para las telefonistas del canal. Una veterana maquilladora, que se jactaba de haber maquillado en un mismo día a Henry Kissinger y al Gordo Porcel, maquilló de prisa a Joaquín, como todas las noches. Luego, Joaquín regresó al estudio, saludó a los camarógrafos y esperó el comienzo de su programa. Había unas quince o veinte personas sentadas en una pequeña tribuna del estudio. A la hora de siempre, las once de la noche, un camarógrafo le hizo una seña, haciéndole saber que estaba en el aire.

—Buenas noches —dijo Joaquín, sonriendo frente a la cámara de televisión—. Hoy tengo el inmenso placer de presentarles a un actor talentoso y encantador, a un muchacho que se ha ganado las simpatías del público limeño, al chico de moda en Lima, nada más y nada menos que el muy famoso y muy querido Gonzalo Guzmán.

Entonces Gonzalo entró al escenario y el público lo aplaudió con entusiasmo. Gonzalo y Joaquín se dieron la mano, se sentaron y conversaron unos minutos sobre las cosas que Gonzalo había hecho últimamente: una telenovela, *Jazmín*, y una obra de teatro, *¿Quieres ser mi peor es nada?* A mitad de la entrevista, cuando ya estaban más relajados, Joaquín decidió hacer la pregunta que Gonzalo le había pedido.

—Cuéntame una cosa, Gonzalo —le dijo—. Esto es algo que muchísimas chicas quieren saber, y perdóname la indiscreción: ¿estás enamorado?

En el estudio se oyeron risas y murmullos.

—Sí, estoy profundamente enamorado —dijo Gonzalo, mirando a la cámara—. Mi enamorada se llama Rocío y es el gran amor de mi vida. La adoro, ella es todo para mí. El mes pasado hemos cumplido cinco años juntos. Rocío es una chica preciosa y súper inteligente. Roci, mi amor, yo sé que me estás viendo, te mando un besote, te adoro.

Gonzalo besó la palma de su mano y la sopló hacia la cámara.

—Un beso volado para ella —dijo, sonriendo.

El público premió con fuertes aplausos ese gesto de ternura.

—Caramba, qué envidia, qué suerte tienes de estar tan enamorado —dijo Joaquín.

—Así es —dijo Gonzalo—. Soy el hombre más feliz del mundo.

Después, los dos conversaron sobre lo difícil que era ser actor en Lima y sobre los proyectos de Gonzalo: «mi meta es emigrar a México o Venezuela, en ese orden», dijo él. Cuando terminó el programa, se apresuraron en salir del canal. Inmediatamente, Gonzalo fue rodeado por decenas de mujeres que le pedían un autógrafo a gritos.

—Es tan sencillo, tan humano, tan *nice* —gritó una de ellas.

—Es un papacito —gritó otra.

Sin dejar de sonreír, Gonzalo firmó autógrafos y se dejó tomar fotos abrazado por sus admiradoras. De pronto, pareció perder la paciencia. Dejó de sonreír, se abrió paso entre la muchedumbre a codazos y empujones, insultó a un par de chicas que estaban suplicándole un autógrafo: «cállense, carajo, cholas de mierda», y subió al carro de Joaquín

—Vámonos de aquí —dijo.

Las chicas siguieron chillando y comenzaron a golpear las

lunas del carro, rogándole a Gonzalo que firmase más autógrafos. Gonzalo forzó una sonrisa y les hizo adiós.

—Estas cojudas me están volviendo loco —murmuró, mientras sonreía—. Te juro que a veces tengo ganas de agarrarlas a patadas.

Joaquín prendió el carro, retrocedió bruscamente y aceleró. Estuvo a punto de atropellar a una chica.

—Cholas de mierda —dijo Gonzalo, mirándose en el espejo del carro, arreglándose el pelo.

—Es una joda ser tan famoso, pues —dijo Joaquín, sonriendo.

Se quedaron callados. Bajaron las ventanas. Joaquín se pasó un semáforo en rojo y entró a la Salaverry.

—¿Qué tal salió la entrevista? —preguntó Gonzalo.

—Excelente —dijo Joaquín—. Estuviste muy gracioso. El público te aplaudió un montón.

—¿No te pareció que estuve un poquito nervioso?

—Nada que ver. Yo te vi súper relajado.

—¿Quedó bonito cuando hablé de mi hembrita?

—Súper bien, súper bien. Fue un toque de lo más romántico. Al público le encantó.

—Gracias, Joaquín, te has pasado de vueltas, me has hecho una entrevista de lo más simpática.

—Gracias a ti, más bien. Me hiciste un programa excelente.

Se quedaron callados.

—¿Te provocaría tomar algo? —preguntó Gonzalo.

—Claro, buena idea —dijo Joaquín—. Si me acuesto ahorita, no podría dormir.

—El problema es, ¿adónde vamos?

Siendo una celebridad local, Gonzalo no podía ir a cualquier lugar público sin sufrir las molestias de la fama.

—Si quieres, podemos ir a mi departamento —dijo Joaquín.

—Genial —dijo Gonzalo—. Mucho más tranquilo que en la calle.

Joaquín sonrió y aceleró por Prescott. Gonzalo prendió la radio, puso Doblenueve y subió el volumen. Estaban tocando una canción de Sting.

—Me fascina Sting —dijo, y se puso a cantar en inglés.

Poco después, llegaron al departamento de Joaquín. No bien entraron, Gonzalo descolgó el teléfono y llamó a Rocío, su enamorada. Joaquín entró al baño para quitarse el maquillaje.

—China, hola, ¿me viste? —dijo Gonzalo, en el teléfono.

Parado frente al espejo, Joaquín estaba pasándose una esponja con jabón por la cara.

—Sí, salió bestial, ¿no? —continuó Gonzalo—. ¿Te gustó lo que dije de ti? ¿De verdad te emocionaste? Me salió del corazón, Rocío, fue puro corazón lo que dije. Yo también te adoro, chinita linda.

Joaquín salió del baño y se quitó el saco y la corbata. Gonzalo siguió hablando por teléfono.

—Ahorita estoy en el depa de Joaquín —dijo—. Vamos a tomar un trago y de ahí me voy a la casa. Claro, china, ya nos vemos mañana. Yo te llamo temprano para ver juntos el vídeo de la entrevista, ¿ya? Sí, mis papis me la han grabado. Chau, chinita. Chau, pues, sueña conmigo, ¿ya?

Gonzalo colgó el telefono.

—Estaba marcando tarjeta —dijo, sonriendo—. Tú sabes, si no la chica se resiente.

—Entiendo, entiendo —dijo Joaquín.

Luego sirvió dos vasos de vino, abrió la ventana y se sentó en la alfombra. Gonzalo se sentó a su lado.

—Por el gusto de habernos conocido —dijo Joaquín.

—Salud —dijo Gonzalo.

Chocaron sus copas y probaron el vino. Se quedaron callados. Se miraron a los ojos.

—Si quieres que te diga la verdad, me moría de ganas de conocerte —dijo Gonzalo.

—Yo también, yo también —dijo Joaquín, bajando la mirada—. En realidad, por eso te llamé. La entrevista fue un pretexto para conocerte.

Gonzalo sonrió.

—Tramposo, manipulador —dijo, y palmoteó a Joaquín en una pierna.

—No se me ocurrió otra forma de conocerte —dijo Joaquín—. Yo nunca me pierdo tu novela. Me encanta verte en la tele.

—Mentiroso. Te apuesto que jamás ves la novela.

—Te juro que sí la veo. Pero sólo la veo cuando sales tú.

Sonrieron. Se quedaron callados. Escuchaban el tráfico de la avenida Pardo.

—¿Te puedo hacer una pregunta personal? —dijo Gonzalo.

—Claro —dijo Joaquín—. Todas las preguntas que quieras.

—¿Es cierto lo que dice Osvaldo Gambini de ti?

Gambini era uno de los actores peruanos más famosos.

—¿Qué dice? —preguntó Joaquín.

—Que tú y él son pareja —dijo Gonzalo.

Joaquín puso cara de sorprendido.

—Nada que ver —dijo.

—Menos mal —dijo Gonzalo—. Ya decía yo.

—¿Cómo puedes haber creído que tengo tan mal gusto, Gonzalo? Gambini es un asco.

—Yo sé, yo sé, pero te juro que eso es lo que decían de ti.

—¿Quiénes?

—Los chicos del ambiente. Los chicos del teatro.

—Cojudeces, pues. Esa gente ni siquiera me conoce.

—*Okay*, pero no te piques.

—No me pico.

—Sí te has picado, huevón —dijo Gonzalo, sonriendo, y palmoteó a Joaquín en la pierna.

Se quedaron callados. Tomaron más vino.

—¿Tú eres del ambiente? —preguntó Gonzalo.

—¿De qué ambiente? —preguntó Joaquín.

—O sea, del ambiente, pues.

—No. No soy del ambiente de Gambini ni de los chicos del teatro. No me siento parte de ese ambiente.

Gonzalo se rió.

—Picón —dijo.

Joaquín tomó más vino. Le había molestado que Gonzalo le preguntase si era pareja de Gambini.

—Porque si eres del ambiente, como dicen por ahí, creo que podrías picar más alto que Gambini.

—Ya te he dicho que yo nada que ver con Gambini. Con las justas lo conozco. Lo he entrevistado una vez y punto.

—A mí Gambini me dijo una vez que tú y él eran amantes.

—Mentiroso. ¿Eso te dijo?

—Te juro, Joaquín. Una vez en el teatro, después de un ensayo, me contó que salía contigo y que se llevaban de putamadre y que estaban templadazos. Yo me quedé helado. No lo podía creer.

—Qué tal farsante ese Gambini. Cómo puede ser tan hijo de puta de hablar así.

—No te imaginas el ataque de celos que me dio esa vez.

—¿Te pusiste celoso?

—Ajá.

—¿Por qué? No entiendo.

Gonzalo bajó la mirada.

—Porque tú me gustas —dijo.

Joaquín no supo qué decir.

—Tú tambien me gustas —dijo, con una voz muy débil.

Se miraron a los ojos.

—¿Me juras que nunca pasó nada con Gambini? —preguntó Gonzalo.

—Te juro —dijo Joaquín.

Se abrazaron. Se echaron en la alfombra. Se besaron.

—Me gustas un huevo —dijo Gonzalo.

—Tú también —dijo Joaquín—. Me moría de ganas de conocerte. Sabía que nos íbamos a llevar bien.

Se besaron de nuevo. Gonzalo abrazó a Joaquín por detrás.

—Es rarísimo —le dijo, mordiéndole la oreja, besándole el cuello—. Nunca había tenido ganas de acostarme con un chico. Nunca me había gustado un chico como me gustas tú.

—Hazme el amor —dijo Joaquín.

Se pusieron de pie y entraron al cuarto cogidos de la mano.

* * *

Al día siguiente, Joaquín estaba durmiendo una siesta cuando sonó el timbre de su departamento. Se despertó malhumorado, se levantó de la cama y miró por la ventana. Era Gonzalo. Corrió a la cocina, levantó el intercomunicador y le abrió la puerta. Gonzalo subió por el ascensor. No bien entró al departamento, abrazó a Joaquín. Cerraron la puerta, fueron al cuarto, se quitaron la ropa e hicieron el amor. Luego se quedaron desnudos, echados en la cama, acariciándose.

—Tengo que decirte algo —dijo Gonzalo.

—Dime —dijo Joaquín.

—Anoche te mentí. No es la primera vez que me acuesto con un chico.

—No te preocupes. Lo sospechaba.

—*Sorry*. Fui un huevón. No sé por qué te mentí.

Joaquín puso su cabeza sobre el pecho de Gonzalo.

—¿Desde cuándo te gustan los chicos? —le preguntó.

—Desde que estaba en el colegio —dijo Gonzalo—. Había un chico en mi clase que era churrísimo. Se llamaba Patrick Fisher. Era rubio, lindo. Tenía un cuerpazo. Y era súper bueno haciendo deporte. Yo me cagaba por Patrick. Me encantaba mirarle las piernas cuando jugábamos fútbol en educación física. Me encantaba chequearlo calato cuando nos duchábamos en el camarín del colegio. Nunca le dije a nadie que me cagaba secretamente por Patrick. Y nunca pasó nada entre los dos.

—¿Cómo fue la primera vez que lo hiciste? —preguntó Joaquín.

Gonzalo sonrió.

—Me da vergüenza contártelo —dijo—. Mejor cuéntame tú primero.

Joaquín pasó una mano por su pelo. Tenía la mirada perdida en el techo.

—La primera vez que lo hice fue con un amigo del colegio —dijo—. Fue feo. Me dejó hecho mierda.

—¿Por qué?

—Porque yo me templé de él, y él no me quería. Yo ni siquiera le gustaba. Hasta ahora no entiendo por qué lo hicimos.

—¿Pero él es *gay* o qué?

—No. Le gustan las chicas. Me la metió de puro pendejo, de puro arrecho. Nada más.

—¿Todavía son amigos?

—No. Si nos vemos, ni siquiera nos saludamos. Es una pena. A veces pienso que sigo templado de él.

—¿Cómo se llama?

—Jorge.

—¿Qué edad tenías cuando pasó?

—Estaba en primero de media. Era un chiquillo. Ni siquiera sabía que Jorge me gustaba porque yo era homosexual. Sólo sabía que me gustaba estar con él, que me gustaba reírme con él.

Se quedaron callados. Gonzalo lo acariciaba en la cabeza.

—Yo también comencé temprano —dijo.

—Cuéntame —dijo Joaquín.

—Pero júrame que no se lo vas a decir a nadie.

—Te juro.

—Fue con un chofer que trabajaba en casa de mis viejos.

—¿Con un chofer?

—Ajá. Puta, qué vergüenza, nunca le había contado esto a nadie.

—No seas huevón, hombre, no tengas vergüenza.

—El chofer era un negro grandote, recontra pendejo. Leonidas, se llamaba. Leonidas de la Cruz. Me recogía todas las tardes del colegio. Yo estaba en tercero de media. Vivía arrechísimo. La tenía parada todo el día. Un día, le pedí a Leonidas que me enseñe a manejar, y me senté encima suyo. Él siguió manejando de lo más normal. Al ratito, sentí que se le había puesto dura al negro. Yo sentía la pingaza del negro y seguía manejando y me iba arrechando cada vez más. Cuando llegamos, le bajé la bragueta y se la chupé en el *garage* de la casa. El negro se quedó calladito, nunca dijo nada. Al día siguiente, se la quise chupar de nuevo, pero ya no se dejó. Nunca más pasó nada. Y nunca hablamos de eso entre los dos.

—¿No te la llegó a meter?

—No. Y menos mal, porque tenía una pinga de caballo.

Se rieron.

—¿Y cómo fue la primera vez que hiciste el amor con un hombre? —preguntó Joaquín.

—Fue con un pata del gimnasio —dijo Gonzalo—. Yo ya estaba en quinto de media. Casi siempre iba al gimnasio después del colegio. Iba a Workout, el gimnasio ese que queda en Dasso. Este pata se llamaba Eduardo. Eddie, le decían. Era una bestiaza, se pasaba horas de horas en el gimnasio, tenía un cuerpazo. Eddie era mi instructor. Me pesaba, me decía mi rutina de ejercicios, me daba dietas especiales para sacar cuerpo, me recomendaba vitaminas, toda esa onda. Un día, me dijo para ir a su casa porque quería darme unas vitaminas especiales que le habían traído de Miami. Bueno, fuimos a su casa. Eddie vivía con sus viejos en Jesús María, por la residencial San Felipe. En el techo tenía un cuartito que era como su gimnasio privado. Nos encerramos en ese cuartito, empezamos a hacer ejercicios y en eso Eddie se bajó la malla y me dijo que se la chupara. Me acuerdo que tenía una pinga chiquitita, o a lo mejor se venía chiquita porque tenía unos musculazos, no sé. Terminamos haciendo de todo. Era un mañosazo ese pata. Me enseñó pendejada y media.

—¿Y Rocío, tu enamorada, sabe todo esto?

—¿Estás loco? ¿Cómo se te ocurre? Rocío no tiene idea de estas cosas.

—Y cuando ella ya era tu enamorada, ¿tú seguías teniendo experiencias homosexuales?

—Bueno, sí, de vez en cuando nomás. A veces no podía controlarme y llamaba a Eddie o a unos amigos del teatro que también son del ambiente. Pero jamás le he contado estas cosas a Rocío. ¿Cómo se te ocurre?

—¿Y por qué no le cuentas?

—Porque no entendería. Porque le haría un daño del carajo. Le rompería los esquemas.

—De repente la estás subestimando, Gonzalo.

—Yo la conozco, huevón. Rocío es una chiquilla del Villa María. Jamás en su puta vida se le ha pasado por la cabeza que yo tengo mi lado *gay*.

—¿Has hecho el amor con ella?

—Claro. Ella era virgen cuando me conoció. Conmigo lo hizo por primera vez.

—¿Y te gusta hacerlo con ella?

—Me encanta. Roci cacha riquísimo. Pero no se puede comparar con un polvo homosexual, pues. No hay tanta arrechura. Todo es más puro, más romántico.

—Entiendo.

Se quedaron callados.

—¿De verdad la quieres, Gonzalo?

—Por supuesto. La adoro.

—¿Entonces por qué no le dices las cosas como son?

—Ya te dije, porque no entendería. Se traumaría, la haría mierda.

—A mí me parece que si le tienes un poquito de cariño, un poquito de respeto, deberías decirle la verdad.

—No seas huevón, Joaquín, una hembrita nunca debe enterarse de esas cosas. Esas cosas quedan entre hombres.

—No estoy de acuerdo, Gonzalo.

—¿Por qué? No te entiendo.

—Porque si yo fuera ella, no me gustaría que me hagas una cosa así.

—Bueno, sí, tal vez tienes razón, pero ya es muy tarde, pues. Hemos estado cinco años juntos, Joaquín. No tengo derecho a hacerle una perrada así.

—Algún día se va a enterar, Gonzalo. Es imposible que le mientas toda la vida.

—Nunca se va a enterar —dijo Gonzalo, enojado—. Rocío nunca se va a enterar.

Luego se levantó bruscamente de la cama, se vistió y dijo que tenía que irse. Se fue sin darle un beso a Joaquín.

* * *

Unos días después, Gonzalo llamó por teléfono a Joaquín.

—Quiero que conozcas a Rocío —le dijo—. ¿Qué tal si vamos los tres a la playa?

Era un sábado a mediados de enero. Había salido el sol.

—Excelente idea —dijo Joaquín.

—Paso por ti en media hora —dijo Gonzalo—. Hay que ir temprano. Si no, el tráfico es una pinga.

—Perfecto. Yo te espero.

Joaquín se puso ropa de baño, sacó de la refrigeradora un par de botellas de vino blanco y se sentó a esperarlos. Media hora más tarde, escuchó una bocina y se asomó a la ventana: era Gonzalo, en una camioneta, saludándolo con una mano. Joaquín le contestó el saludo, se puso un sombrero y anteojos oscuros, y bajó a la calle. No bien entró a la camioneta, Gonzalo le dio la mano.

—Hola —le dijo—. Te presento a Rocío, mi enamorada.

—Hola, Joaquín —dijo Rocío, sonriendo.

—Hola, qué tal —dijo Joaquín, y besó a Rocío en la mejilla.

Rocío era una chica muy atractiva. Tenía el pelo largo y castaño, los ojos marrones y una sonrisa encantadora.

—¿Adónde vamos? —preguntó Gonzalo.

—A Villa ni hablar —dijo Rocío—. Yo fui ayer y el mar estaba hecho un asco.

—¿Nos vamos hasta el Silencio? —preguntó Gonzalo.

—Lo malo es que el Silencio se ha choleado mucho últimamente —dijo Rocío.

—Qué vamos a hacer, pues, china, los cholos están por todas partes —dijo Gonzalo.

—Bueno, vamos a Silencio —dijo Rocío, resignada.

Gonzalo puso un casete de Bowie, subió el volumen y manejó rumbo a la carretera al sur. Joaquín abrió una botella de vino, sirvió un poco en tres vasos de plástico y los repartió. Tomaron. Gonzalo cantaba en inglés. Rocío miraba por la ventana con un aire distraído, su pelo alborotándose con el viento. Joaquín miraba las piernas de Gonzalo, blancas y musculosas, y las piernas de Rocío, más delgadas y morenas. Poco después, se detuvieron en un semáforo de la Benavides. Mientras esperaba a que cambiase la luz roja, Gonzalo se dio cuenta que lo estaban mirando desde un carro parado a su lado: lo habían reconocido. A él lo reconocían en cualquier esquina de Lima. Gonzalo forzó una sonrisa y les hizo adiós a las chicas del carro de al lado. Cuando el semáforo cambió a verde, aceleró.

—Cholas cojudas, no me dejan en paz —murmuró.

—Es el precio de la fama, pues, Gonza —dijo Rocío.

Un poco más allá, ya en la autopista, Gonzalo se permitió una sonora flatulencia.

—Ay, Gonza, no seas cochino —dijo Rocio, y sacó la cabeza por la ventana.

Gonzalo soltó una carcajada.

—Eres un chancho —gritó Rocío, también riéndose.

—Ya te he dicho, china —dijo Gonzalo—. Tienes que acostumbrarte a mis pedos.

—Jamás de los jamases —dijo Rocío—. Eres lo mínimo, chancho.

Gonzalo miró a Joaquín por el espejo.

—¿Tú sabes cuál fue el momento más cague de risa de estos cinco años con Rocio? —le preguntó, sonriendo—. El día que me tiré mi primer pedo delante de ella.

—Gonzalo, cállate, qué vergüenza —dijo ella, y se llevó las manos a la cara.

—No sabes lo histérica que se puso —continuó Gonzalo—. Me botó de su casa. Peleó conmigo. No me quiso hablar una semana.

—Qué mentiroso eres, Gonzalo —dijo Rocío.

—Dejaste de hablarme, china —dijo Gonzalo.

—Pero nada más un día —dijo Rocío.

—Sólo una pituca del Villa María se ofende porque su enamorado se tira un pedo —dijo Gonzalo.

Joaquín les sirvió más vino. Tomaron.

—Ah, pero eso no fue nada comparado con la vez que ella se tiró su primer pedo conmigo —dijo Gonzalo.

Rocío sonrió y de nuevo se llevó las manos a la cara.

—Jamás pasó eso, mentiroso —dijo, avergonzada.

—Ese día sentí que nos teníamos una confianza total, que éramos una pareja súper sólida —dijo Gonzalo.

—Yo nunca me tiro gases, idiota —dijo Rocío.

—Yo sé, china —dijo Gonzalo—. Tú eres la chica más limpia del mundo.

* * *

Un rato después, llegaron al Silencio, cerraron el carro con llave y corrieron hasta la orilla, porque la arena quemaba. Gonzalo tiró sus cosas en la arena y se quitó el polo.

—Yo me voy de frente al agua —dijo—. ¿Alguien viene?

El mar estaba manso. No había mucha gente en la playa.

—Yo me quedo —dijo Rocío.

—Yo también —dijo Joaquín.

—Flojonazos —dijo Gonzalo.

Luego corrió al mar y se tiró de cabeza al agua. Rocío sacó una crema para protegerse del sol y se la echó en las piernas y los brazos. Joaquín siguió tomando vino.

—¿Me echas un poquito de crema en la espalda? —le preguntó ella.

—Claro, encantado —dijo él.

Cogió el bronceador, echó un poco en la espalda de Rocío y comenzó a esparcirlo suavemente.

—Tienes un lindo cuerpo, Rocío —dijo.

—Gracias, pero bien que me cuesta, oye —dijo ella—. Dos horas de aeróbicos todas las mañanas y un montón de yogures. Ya estoy hastiada de los yogures, te diré. Un día me voy a volver loca y voy a comerme una hamburguesa súper grasosa.

Joaquín terminó de echarle bronceador y se sirvió más vino.

—Lindo día —dijo.

—Súper playero —dijo ella.

Gonzalo les hizo adiós desde el mar. Ellos sonrieron y le contestaron el saludo.

—¿Sabes qué? —dijo Joaquín—. Envidio a Gonzalo. Me gustaría tener un ego tan grande como el suyo.

—A mí a veces me friega que Gonza se quiera tanto —dijo Rocío—. A veces siento que Gonza está enamorado de él, no de mí. Pero hay que comprenderlo, pues. Así son los actores, ¿no?

—¿Y tú estás enamorada de él?

—Súper. Desde chiquita. No me imagino con otro hombre, Joaquín. Llevamos cinco años juntos. Alucina, cinco años.

—Te entiendo. Yo, si fuese mujer, me enamoraría fácilmente de Gonzalo.

Ella sonrió, como sorprendida por lo que acababa de escuchar. Se quedaron callados.

—¿Te puedo hacer una pregunta? —dijo ella.

—Claro, la que quieras —dijo él.

—¿Es verdad lo que por ahí dicen de ti?

—¿Qué dicen?

—Tú sabes, dicen que eres medio raro.

—¿Medio raro?

—O sea, que eres maricón, pues.

Joaquín sonrió. Se quedó callado.

—¿Es verdad eso que dicen de ti? —insistió ella.

—Sí —dijo él—. Más o menos.

Ella tomó un trago.

—¿Te molesta que te lo haya preguntado? —dijo.

—Para nada —dijo él.

—Porque yo soy así, francota.

—Está bien, no hay problema. ¿Y a ti te molesta que yo sea así?

—No, no me molesta. Pero si quieres que te diga la verdad, me da pena por ti.

—¿Pena? ¿Por qué?

—Yo no tengo nada contra los maricones, Joaquín, pero en tu caso francamente me parece un desperdicio.

—¿Por qué?

—Porque un chico churro, pintón, y encima inteligente, como tú, no está para ser maricón, pues, hijo. Tú podrías conseguirte un chica súper regia. Por eso te digo que me parece un desperdicio que seas así medio raro. Pero, bueno, cada loco con su tema, ¿no?

Gonzalo salió del mar y se acercó a ellos corriendo.

—¿Qué tal está el agua? —le preguntó Rocío.

—Riquísima —dijo Gonzalo—. Pero tú estás más rica, china —añadió, y movió la cabeza para que salpicase agua encima de ella.

—Ay, estúpido, te odio —dijo Rocío, riéndose.

* * *

Esa noche, los tres fueron juntos al Nirvana. Después de tomar un par de cervezas, Gonzalo y Rocío se pusieron a bailar. Joaquín se metió al baño a ver si alguien le invitaba un poco de coca. Tuvo suerte: se encontró con Piraña, un flaco que vendía tiros en el baño del Nirvana. Joaquín le pagó por adelantado y aspiró un par de líneas.

—Por si acaso, a las seis de la mañana vamos a ir a jugar fulbito a la Costa Verde —le dijo Piraña.

—A lo mejor me animo —dijo Joaquín.

Salió del baño, volvió a la barra y pidió una cerveza. Poco después, Gonzalo y Rocío se cansaron de bailar y se acercaron a la barra.

—Flojo, no has bailado nada —le dijo Rocío a Joaquín.

—Es que bailo mal —dijo Joaquín.

—Mentiroso —dijo ella.

—Te juro —dijo él.

—A ver, quiero ver cómo bailas —dijo ella, y lo cogió de la mano.

Fueron a la pista de baile. Había tanta gente que era difícil caminar por los pasillos del Nirvana. En una esquina, encontraron un espacio desocupado y se pusieron a bailar. Rocío se movía bastante. Movía especialmente su pelo, como si estuviese orgullosa de él. Joaquín apenas se movía. No le gustaba bailar.

—Bien que te gusta bailotear, coqueto —gritó Rocío.

Bailaban una canción de The Cure. La pista de baile estaba repleta de gente. En una de las paredes había un televisor prendido. De pronto, Rocío le pasó la voz a una chica que estaba bailando a su lado. Se abrazaron y se dieron un beso en la mejilla.

—Mira, te voy a presentar a una amiga —le dijo Rocío a Joaquín, gritándole al oído—. Se llama Stephanie.

—Hola, mucho gusto —dijo Joaquín, y la besó en la mejilla.

Los tres siguieron bailando juntos. Stephanie era una chica baja y rubia. Tenía una nariz grande y unos labios sensuales. Cuando terminó la canción, Rocío dijo que se moría de calor y se fue a la barra. Pusieron otra canción. Stephanie y Joaquín siguieron bailando.

—Bailas lindo —dijo él.

—Uno baila como tira —dijo ella.

—Estás guapísima —dijo él.

Ella le sacó la lengua, como burlándose de él.

—Tú también, pero podrías estar mejor —dijo.

—¿Ah, sí? Dime cómo —dijo él.

Stephanie se sacó un arete, abrazó a Joaquín y le clavó el arete en una de las orejas.

—Ahora te ves mucho mejor —le dijo, con una sonrisa coqueta.

—Cojuda, me ha dolido —dijo él, furioso.

—La primera vez siempre duele —dijo ella, riéndose.

Él la cogió del brazo.

—Acompáñame afuera a tomar un poco de aire —le dijo.

—Te ves regio con el arete —dijo ella.

Stephanie y Joaquín salieron del Nirvana. Ya se jodió conmigo esta enana conchasumadre, pensó él.

—¿Qué tal si damos una vuelta? —dijo.

—Qué lanza eres, oye —dijo ella—. Recién me conoces.

—Sólo para fumar un tronchito —dijo él.

Ella sonrió.

—Vamos —dijo, frotándose las manos.

Subieron al carro de Joaquín. Él manejó rumbo al mar. Ella prendió la radio, encontró Doblenueve y se puso a cantar sacando la cabeza por la ventana. En pocos minutos, llegaron a la Costa Verde. Él apagó el carro en un terreno arenoso frente al mar.

—Qué lugar tan romántico para fumar un troncho —dijo ella.

—No vamos a fumar ningún troncho —dijo él.

—¿Qué te pasa oye? ¿Por qué estás así todo achorado?

—Sácame el arete, Stephanie.

—Sólo si me lo pides bonito.

—Sácamelo, carajo —gritó él.

—Era un regalo, huevón —gritó ella.

Luego se acercó a Joaquín y le sacó el arete. Entonces él se bajó la bragueta.

—Chúpamela —dijo.

—No me da la gana —dijo ella, mirándolo entre las piernas—. No como manicitos.

Él abrió la guantera y sacó un gas paralizante en aerosol.

—Chúpamela o te hago buitrear, cojuda —dijo.

—Que te la chupe tu vieja —dijo ella.

Él le echó el gas en la cara.

—Oye, conchatumadre, no seas loco —gritó ella, tapándose la cara.

Él siguió disparándole el gas. Luego abrió la puerta y empujó a Stephanie afuera del carro. Ella cayó en la arena, llorando. Él cerró la puerta, prendió el carro, bajó todas las ventanas y regresó al Nirvana. No bien llegó, entró al baño, le compró coca a Piraña y se metió un par de tiros.

* * *

Cuando salió del baño del Nirvana, Joaquín se encontró con Gonzalo y Rocío.

—¿Adónde te habías metido? —le preguntó Gonzalo.

—Me contaron que te vieron salir con Stephanie —dijo Rocío.

—Sí, me pidió que la llevara a su casa —dijo Joaquín.

—Sí, claro, picarón —dijo Rocío, sonriendo, como si no le hubiese creído.

Gonzalo miró su reloj.

—Ya es tarde —dijo—. Vamos de una vez a dejar a Rocío. Sus viejos son una ladilla. Si llega después de la una y media, se empinchan y me hacen un roche del carajo.

Gonzalo, Rocío y Joaquín salieron del Nirvana apestando a humo. Una niña les ofreció flores en la puerta de la discoteca.

Gonzalo compró una rosa roja y se la dio a Rocío. Ella lo abrazó y le dio un beso.

—Por eso te adoro, Gonza, porque siempre me haces sentir especial —dijo.

Entraron al carro de Joaquín.

—Tu carro huele rarísimo, oye —dijo Gonzalo—. Huele como a algo químico.

El carro todavía olía al gas paralizante.

—Debe ser la colonia de Stephanie —dijo Joaquín, y los tres se rieron.

—Cuenta, cuenta —dijo Rocío, frotándose las manos—. ¿Cómo te fue con la loca ésa?

—Muy bien —dijo Joaquín, y prendió el carro—. La acerqué un poco a su casa.

—No nos cojudees, pues —dijo Gonzalo—. ¿Te la agarraste o no?

—Traté, pero no se dejó —dijo Joaquín.

—Qué raro, porque Stephanie es una loba conocida —dijo Rocío.

—Joaquín no perdona, china —dijo Gonzalo—. Así, tranquilito como lo ves, es un peligro público, no sabes los cueros que se agarra.

—Es que los tranquilos siempre son los más peligrosos, pues —dijo ella.

Mientras manejaba por la avenida Pardo, Joaquín puso un casete de Mecano. Gonzalo y Rocío cantaron juntos: se sabían todas las letras de memoria. Poco después, llegaron a la casa de Rocío. Ella vivía con sus padres en una calle tranquila de San Isidro.

—Chau, chicos —dijo Rocío, antes de bajar del carro.

—Chau, guapa —le dijo Joaquín, y le dio un beso en la mejilla.

—Chau, churro —le dijo ella.

—Ya, ya, no se pasen —dijo Gonzalo.

Rocío bajó del carro sonriendo. Gonzalo la acompañó hasta la puerta de su casa. Luego la abrazó y le dio un beso en la boca.

—Chau, amorcito —le dijo—. Sueña conmigo.

Rocío entró a su casa. Gonzalo regresó al carro.

—Listo —dijo—. ¿Vamos a tu depa?

—No me lo tienes que decir dos veces —dijo Joaquín, y aceleró.

Se quedaron callados. Gonzalo comenzó a acariciarlo en una pierna.

—Deberíamos acostarnos los tres juntos —dijo Joaquín.

—Eres un degenerado —dijo Gonzalo, sonriendo.

—Tal vez, pero sería riquísimo.

—No te hagas ilusiones, huevas. Yo a Rocío no la comparto con nadie.

Llegando al departamento, hicieron el amor. Joaquín no pudo dejar de pensar en Rocío mientras Gonzalo se movía detrás suyo.

—Es la última vez que lo hacemos —dijo, cuando terminaron.

—¿Qué te pasa, huevón? —preguntó Gonzalo, sorprendido—. ¿Por qué dices eso?

—Es que simplemente no me parece bien que le hagas esta perrada a Rocío.

—¿Qué perrada? ¿De qué estás hablando?

—Esto. Cachar un día con ella y otro conmigo.

—¿Cuál es el problema, Joaquín? ¿No te gusta tirar conmigo?

—Me encanta. Adoro acostarme contigo. Y tú lo sabes.

—¿Entonces?

—Me jode que la engañes de esta manera. Rocío no se merece que la trates así.

—No la estoy engañando, huevón. Pero tampoco tengo que decirle toda la verdad, pues. ¿No te das cuenta que lo hago para protegerla?

—Perfecto. Si no le quieres contar que eres bisexual, no hay problema, pero entonces dejamos de acostarnos.

—Tú dale con eso. Ya te expliqué que no entendería, Joaquín. Qué ganas de joder todo tienes tú también.

Gonzalo se levantó de la cama y buscó su ropa en la alfombra. Estaba molesto.

—Te picas porque sabes que tengo razón —dijo Joaquín—. Te jode que te diga la verdad. Te jode acordarte que eres un mentiroso.

—Sabes una cosa, Joaquín, la coca te está quemando el cerebro —dijo Gonzalo, levantando la voz.

—Genial, porque cuando termine de quemármelo voy a poder trabajar contigo en alguna telenovela.

—Eres un hijo de puta.

Gonzalo salió del departamento, tiró la puerta y bajó a tomar un taxi en la avenida Pardo. Un rato después, harto de dar vueltas en la cama sin poder dormir, Joaquín regresó al Nirvana. A las seis de la mañana, terminó en la Costa Verde, con la nariz llena de coca, jugando fulbito de mesa con Piraña.

* * *

Semanas después, Joaquín se encontró con Rocío en el Nirvana. Era un jueves. Rocío estaba sola. Se abrazaron y se dieron un beso en la mejilla.

—¿Has venido con Gonzalo? —preguntó él.

—No, Gonza está en Miami —dijo ella—. Se fue acompañando a su mamá a hacer unas compritas.

—Bien por él, pero una chica linda como tú no debería venir sola a estos sitios, Rocío.

—No le vayas a contar a Gonzalo, ah. Tú sabes lo celoso que es. Si se entera, me corta las tetas.

Se rieron. Tomaron un trago. Bailaron un par de canciones. Había poca gente. Esa noche se podía bailar en el Nirvana sin recibir codazos y pisotones.

—Tengo un vino excelente en mi depa —dijo él, cuando se aburrieron de bailar—. ¿Qué tal si vamos un ratito?

—Genial —dijo ella.

Salieron del Nirvana. Llegaron al edificio de Joaquín en menos de cinco minutos.

—¿No te deprimes horrible viviendo solo? —preguntó ella, mientras subían por el ascensor.

—A veces —dijo él.

—Yo no podría vivir sola —dijo ella—. Yo necesito que me engrían.

Entraron al departamento. Él prendió las luces.

—Mostro, mismo *Nueve semanas y media* —dijo ella, y se sentó en un sillón de cuero negro.

Él abrió un vino tinto, sirvió dos copas, le dio una a Rocío y puso un disco de Gypsy Kings.

—No te imaginas cómo lo extraño a Gonza —dijo ella.

—¿Lo quieres, no?

—Lo adoro.

Se quedaron callados.

—¿Alguna vez le has sacado la vuelta? —preguntó él.

—Nunca, jamás —dijo ella.

—¿Y él tampoco te ha sacado la vuelta jamás?

Ella tomó un trago y cruzó las piernas. Se había puesto unos *jeans* bien ajustados.

—Una vez peleamos y él salió un par de veces con una chica, una cojudita que iba a su gimnasio, pero sólo lo hizo para sacarme celos —dijo—. Después amistamos y me juró que no había pasado nada, que ni siquiera habían chapado. Los dos somos súper fieles el uno para con el otro.

—Tengo que ir al baño —dijo él.

Fue al baño, se metió un par de tiros, se miró en el espejo y dijo: «Los dos somos súper fieles el uno para con el otro. Me la voy a cachar por cojuda.» Cuando volvió a la sala, encontró a Rocío echada en el sillón, viendo televisión. En ese momento, pasaron una propaganda de *Jazmín* en la televisión, y la cara de Gonzalo apareció en la pantalla del televisor.

—Gonza, amorcito, te extraño a mares —dijo Rocío.

Luego saltó del sillón, se acercó al televisor y besó la imagen de Gonzalo.

—Caramba, eso es amor —dijo Joaquín, sonriendo.

Rocío apagó el televisor y se echó en el sillón.

—Ay, qué bien me siento —dijo, suspirando—. Estoy súper relajada. Este vino me ha caído regio.

Joaquín se sentó al lado de Rocío.

—Estás preciosa —le dijo, y la acarició en una pierna.

—Gracias —dijo ella—. Debe ser por el vino que me ves más bonita.

Él se acercó a ella y trató de darle un beso. Ella no se dejó.

—No, ni hablar, no puedo hacerle esto a Gonza —dijo.

—¿Por qué? —preguntó él—. Esto queda como un secreto entre los dos.

—No —dijo ella—. Jamás le sacaría la vuelta a Gonza.

—Ya, pues, no te hagas la difícil.

—No, Joaquín, ni hablar.

—Un besito nomás, Roci. Un chapecito y ya.

—Ningún chapecito, hijito. Yo no soy una loba como Stephanie.

Él se puso de pie y caminó hasta la ventana. Ahora estaba molesto. Quería vengarse.

—Eres una tonta, Rocío —dijo—. Gonzalo te saca la vuelta.

—¿Por qué dices eso? —preguntó ella, sorprendida.

—Porque sé perfectamente que Gonzalo te saca la vuelta sin ningún remordimiento.

—¿Y tú cómo sabes?

—Mejor no me preguntes. Sólo te digo que estoy seguro.

—Ah, no, esto no se queda así —dijo ella, poniéndose de pie, llevándose las manos a la cintura—. Tienes que decirme con quién me saca la vuelta, Joaquín.

—Te ha sacado la vuelta más de una vez —dijo él.

—Dime un nombre —dijo ella.

—Por ejemplo, conmigo —dijo él, sin mirarla a los ojos.

—¿Cómo que contigo? —preguntó ella.

—A Gonzalo le gustan los hombres, Rocío —dijo él, hablando lentamente, sintiéndose cruel—. Gonzalo se acuesta con hombres hace años.

—Mentira —gritó ella—. Eso lo dices por envidioso. Te mueres de pica porque no quiero acostarme contigo.

—No es mentira, Rocío —dijo él—. Créeme, Gonzalo se ha acostado conmigo.

—Mentiroso —gritó ella.

Luego cogió un disco y lo rompió. Era el último disco de Mecano.

—¿Cómo te atreves a hablarme así de Gonzalo, estúpido? —gritó.

Joaquín se agachó y recogió los pedazos del disco. Lástima que justo escogió el de Mecano, pensó.

—Algún día me vas a agradecer que te lo haya dicho —dijo.

Rocío tiró su copa por la ventana. El sonido del vidrio rompiéndose en el pavimento se escuchó con nitidez en ese departamento del séptimo piso.

—Voy a llamar a Gonza ahorita mismo —dijo ella.

Abrió su cartera, sacó una agenda, encontró el número de Gonzalo en Miami y lo llamó por teléfono. Le temblaban las manos.

—Señora, buenas, soy Roci —dijo, tratando de dismular que estaba bastante alterada. Al parecer, le había contestado la mamá de Gonzalo—. Perdone que llame a estas horas. ¿Estará Gonza por ahí, porfa? Gracias, señora, un besote.

Joaquín se sentó en el sillón y cruzó las piernas.

—Gonza, hola —continuó Rocío—. Bien, bien, amorcito. Bueno, la verdad, no tanto.

Ahora ella estaba llorando.

—*Sorry* que esté así medio nerviosa, Gonza, pero tenía que hablar contigo. Te llamo porque Joaquín me ha dicho que, ay, no me salen las palabras, me ha dicho que eres maricón y que se han acostado juntos. Es mentira, ¿no es cierto? ¿Me juras, Gonza? Todo es un invento de Joaquín ¿no es cierto? Sí, es una rata, lo mínimo. Yo sabía que era mentira, amorcito, yo sabía. ¿Cómo se te ocurre que voy a creer esas cochinadas? Yo sé, Joaquín es un envidioso. Para que sepas qué clase de amigos tienes, Joaquín ha tratado de agarrar conmigo aprovechando que tú estás de viaje, para que veas lo rata que es. Lo que pasa es que Joaquín es una marica y cree que todos son maricas como él. *Sorry* por llamarte a estas horas, Gonza, pero tenía que aclarar esto. Cuando no esté tu mami en el cuarto, llámame para hablar con calma ¿ya? ¿Me quieres? Yo también te adoro, mi vida. Chau, amorcito, un besito en el ombligo. Chau, chau.

Rocío colgó el teléfono, salió del departamento sin decir una palabra, subió al ascensor y bajó a la calle.

—Joaquín Camino es un maricón, una loca perdida —gritó, antes de subir a su carro.

Luego subió a su flamante Amazon rojo y se fue a toda velocidad.

* * *

Desde esa noche, Gonzalo y Rocío dejaron de hablar con Joaquín. Como en Lima la gente siempre se encuentra, los tres volvieron a encontrarse en el Nirvana, pero ellos prefirieron ignorarlo. Meses después, Joaquín estaba en un quiosco ojeando los periódicos cuando leyó que Gonzalo se iba a casar con Rocío («Galán Guzmán Se Amarra Con Su Cherry», decía el titular). Joaquín no fue invitado al matrimonio. Sin embargo, les mandó de regalo a los novios el último disco de Mecano. Unos días más tarde, el regalo le llegó de vuelta, junto con una tarjeta.

«Métete este disco adonde no te caiga el sol», decía la tarjeta.

Estaba firmada por Rocío.

LA CONQUISTA DE MADRID

A las seis en punto de la tarde, Joaquín llegó a la casa de los padres de Juan Ignacio, una vieja mansión de Miraflores, tocó el timbre y se anunció por el intercomunicador. Un mayordomo le abrió la puerta, le hizo una venia, lo condujo a la sala y fue a avisarle a Juan Ignacio que tenía visita. Juan Ignacio no tardó en bajar.

—Caramba, don Joaquín, parece que para usted no pasaran los años —dijo, sonriendo.

Juan Ignacio y Joaquín se dieron la mano.

—Hola, Juani —dijo Joaquín—. Te ves estupendamente bien.

Hacía dos o tres años que no se veían. Se habían conocido en la universidad Católica, cuando ambos estudiaban para ser abogados. Juan Ignacio acababa de volver de Washington, donde había terminado una maestría en ciencias políticas.

—Asiento, asiento —dijo, señalando un viejo sillón de cuero. Se sentaron. Cruzaron las piernas. Sonrieron.

—¿Y? ¿Cómo has encontrado Lima? —preguntó Joaquín.

Juan Ignacio suspiró, como si hubiese preferido no hablar de eso. Era alto, delgado, de pelo negro, cara alargada y marcadas ojeras. Tenía un aire principesco.

—Esta ciudad es una mierda —dijo—. Yo no me quedo aquí ni cagando.

—Caray. ¿Tan chocante te ha resultado volver?

—Estoy traumado, Joaquín. Llegar de afuera después de un par de años es un *shock* de la gran puta. Cuando vives aquí, no te das cuenta de la mediocridad espantosa de Lima. Pero cuando llegas de afuera, es un choque brutal.

—¿Y de verdad estás pensando irte?

—Sí, yo me voy de todas maneras, y cuanto antes, mejor. Este país no tiene arreglo, Joaquín. Todo va a seguir empeorando. El Perú es una mierda, y eso no va a cambiar en cien mil años.

Una empleada negra entró a la sala cargando un azafate en el que llevaba té de mandarina, galletas de chocolate y caramelos importados. La mujer dejó el azafate en una mesa y se retiró caminando en puntillas. Juan Ignacio sirvió el té y siguió hablando.

—Tienes que comprender que éste es un país bárbaro, Joaquín —dijo, y sorbió su té—. Éste es un país lleno de gente vulgar, incivilizada. Este país, aunque nos duela, es un sitio en permanente decadencia, donde la gente termina acostumbrándose al caos, al horror, a la violencia. Hay que salir cuanto antes de aquí, porque el peligro es acostumbrarse a la mediocridad del Perú.

Juan Ignacio parecía muy convencido de lo que decía.

—Yo no sé, Juani —dijo Joaquín—. En todo caso, me parece una lástima que te hayas peleado con tu país.

—No, no, yo no lo pondría así —dijo Juan Ignacio, sonriendo con un aire algo arrogante—. Yo diría más bien que el Perú es un país de perdedores y que yo soy un ganador. Y por eso me quiero ir, porque este país me queda chico.

Se quedaron callados. Comieron un par de galletas.

—¿Y adónde te irías? —preguntó Joaquín.

—Creo que a España —dijo Juan Ignacio.

—Genial. España es un gran país.

—Sí, pues. Además, como mis padres nacieron en España, afortunadamente yo tengo pasaporte español.

—Caray, qué envidia, Juani, qué suerte la tuya. Yo siempre he soñado con vivir en España.

—¿Por qué no nos vamos juntos, Joaquín? Estoy seguro que tú triunfarías allá.

—¿Tú crees? Yo la verdad lo veo muy difícil.

—Anímate, hombre. No seas pusilánime.

—Difícil, muy difícil, Juani. Acá están mis amigos, mi familia. Allá no conozco a nadie.

Juan Ignacio movió la cabeza, como desaprobando esa actitud.

—Tú sabrás, tú sabrás —dijo—. Pero con el tiempo vas a darte cuenta de lo equivocado que estás al quedarte en el Perú.

Luego hablaron de los chismes políticos de Lima, de ciertos amigos comunes y de las ocho enamoradas que Juan Ignacio decía haber tenido en Washington.

* * *

Una semana después, una mañana de agosto, Juan Ignacio viajó a Madrid. Antes de subir al avión en el aeropuerto de Lima, llamó por teléfono a Joaquín.

—Si regreso al Perú, será como pasajero en tránsito —le dijo, y se rieron.

Joaquín apenas tuvo tiempo de desearle suerte, porque Juan Ignacio le dijo que ya estaban abordando el avión.

* * *

En diciembre de ese año, Juan Ignacio regresó a Lima a pasar la Navidad con su familia. Días después, llamó por teléfono a Joaquín, y los dos acordaron reunirse a tomar lonche en la Tiendecita Blanca. Joaquín llegó a la cita diez minutos antes de la hora pactada. Para su sorpresa, Juan Ignacio estaba esperándolo, ojeando un ejemplar de *Esquire*. Al verlo, cerró la revista y se puso de pie. Se dieron la mano, sonriendo. Luego se sentaron y pidieron un par de aguas minerales.

—Como siempre, te ves estupendo, Juani —dijo Joaquín.

—Se hace lo que se puede, se hace lo que se puede —dijo, Juan Ignacio, sonriendo, fingiendo una cierta humildad.

—Cuéntame cómo te ha ido en España. Me muero de curiosidad.

Juan Ignacio habló lentamente.

—Bueno, al comienzo fue duro, pero ya pasó lo peor —dijo—. Para serte franco, cuando llegué a Madrid me sentí medio perdido. Estuve un par de semanas en un hotelucho de la Gran Vía. Ése fue el momento más jodido. En algún momento pensé tirar la toalla y volver a Lima, pero tiré para adelante nomás. Ahora me he mudado a una pensión de peruanos y ya conseguí un trabajo como vendedor de seguros.

—No me digas. ¿Y estás contento en ese trabajo?

—Bueno, no creo que vender seguros sea mi vocación, pero al menos es un comienzo, ¿no?

—Claro, claro. ¿Y no preferirías estar en Lima trabajando en algo que te gusta?

Juan Ignacio se rió con un aire burlón.

—No, pues, hombre, eso de ninguna manera —dijo—. ¿Qué podría estar haciendo en Lima? ¿Trabajando como abogado en un país donde la ley no vale nada? ¿Sobreviviendo miserablemente como periodista? ¿Escribiendo una novelita para que después la lean cien o doscientas personas y me digan que soy una joven promesa? No, pues, don Joaquín, hay que tener metas más elevadas, hombre.

Ahora Juan Ignacio parecía algo irritado.

—Entiendo, entiendo —dijo Joaquín—. Y cuéntame, ¿cuáles son tus metas allá?

—Bueno, me gustaría tener un buen trabajo, ganar buena plata y tener todas las comodidades que te ofrece una ciudad como Madrid, y que en Lima, con terrorismo, cólera, falta de agua y apagones cada cinco minutos, no puedes tener aunque seas millonario.

—Tienes razón, Juani. Aquí hasta los millonarios están jodidos, porque viven encerrados, llenos de guardaespaldas.

—Además, en Lima nada cambia, Joaquín. Es como si el tiempo estuviese congelado. Te vas, regresas en un tiempo y

259

todo sigue igualito. Fíjate por ejemplo en los mozos de la Tiendecita Blanca: las mismas caras de hace quince, veinte años. En Lima, la gente se queda estancada. Cuando alguien consigue un trabajo es como si hubiese conseguido un nicho: allí nomás se queda.

—¿Tú crees que yo me estoy estancando, Juani?

—Lo que yo creo es que deberías irte del Perú cuanto antes, Joaquín. Aquí te estás desperdiciando, hombre. Tienes que aceptar un hecho irreversible: los blancos, los que éramos dueños de este país, estamos de salida, vivimos encerrados y cada vez somos menos. Los cholos nos están botando poco a poco. Es normal, pues, así tenía que ser. Los cholos son la mayoría. Ellos son los dueños de este país.

—Pero si me voy, ¿qué hago con mi trabajo?, ¿qué hago con mi departamento?

—Renuncia y vende tus cosas, hombre. Remata todo. Quema tus naves. Rompe de una vez con el Perú y vámonos después de Navidad. Anímate, no seas pusilánime. El que no arriesga no gana.

Entonces Joaquín se contagió del optimismo de Juan Ignacio.

—Bueno, es un hecho —dijo—. Nos vamos juntos a Madrid.

—Magnífico —dijo Juan Ignacio, sonriendo—. No te vas a arrepentir, Joaquín. Vas a ver que Dios te va a ayudar, porque eso de que Dios es peruano es una de las peores calumnias que se han dicho contra Dios.

Se rieron. Pidieron la cuenta.

En menos de dos semanas, Joaquín renunció a su trabajo y vendió su departamento. Después de pasar la Navidad con su familia, subió con Juan Ignacio a un avión que los llevaría lejos del Perú. No pensaban volver pronto a Lima.

* * *

—Ah, qué maravilla, la tierra de las oportunidades, el país de la libertad —dijo Juan Ignacio, suspirando.

Estaba sentado al lado de Joaquín, en la playa de Key Biscayne. Habían decidido pasar unos días en Miami, antes de seguir viaje a Madrid. Se habían alojado en el departamento que los padres de Juan Ignacio tenían en Key Biscayne.

—Los Estados Unidos de América, el mejor país del mundo —dijo Juan Ignacio—. Cómo me hubiera gustado nacer aquí, en el país de la libertad. Si te pones a pensar, hemos tenido una mala suerte del carajo al nacer en el Perú.

—De acuerdo —dijo Joaquín.

—¿Sabes qué? Estos días que estemos en Miami, deberíamos hablar solamente en inglés.

—Olvídate, Juani. Mi inglés es muy malo.

—Lástima, porque hablar en inglés es tan agradable que uno se siente una mejor persona.

Se rieron. Juan Ignacio se puso de pie y se sacudió la arena del cuerpo. El día estaba espléndido. Un sol tibio acariciaba la piel.

—Voy a dar un paseíllo —dijo—. Quiero recrear la vista con tantas chicas lindas.

Se alejó caminando a pasos lentos por la orilla. Joaquín se quedó ojeando un ejemplar de *Vanity Fair*. No leía los artículos. Sólo veía los avisos donde aparecían chicos y chicas guapas.

—Joaquincito, qué sorpresa, no sabía que estabas por aquí —escuchó, de pronto.

Levantó la mirada y se encontró con su tía Mimi. Era una mujer baja, pecosa y narigona. Sus amigas le decían Pichona.

—Hola, tía Mimi, qué gusto verte —dijo Joaquín.

Se puso de pie y trató de darle un beso en la mejilla, pero ella se lo impidió delicadamente.

—Mejor no me des besito, que estoy con la cara llena de cremas —dijo Mimi—. ¿Cuándo llegaste, Joaquincito?

—Anoche, tía Mimi. ¿Y tú?

—Ay, si supieras hijo, tu tío y yo nos vinimos al día siguiente de Navidad. No sabes cómo lo convencí para subir al American. Es una historia divina. Un día que, para variar, estábamos sin agua en Lima, le dije, Al (porque tú sabes que yo a tu tío no le digo Álvaro sino Al), le dije, Al, necesito ducharme media hora en agua caliente, no aguanto más, me siento una puerca cochina inmunda, vámonos a Key Biscayne, y a tu tío le pareció tan gracioso venir a Miami sólo porque yo quería ducharme, que me dijo ya, Mi, saca los pasajes al toque, vámonos en el primer American, y así fue como nos vinimos los dos muertos de risa, qué te parece, ¿no es cómico? —dijo Mimi, riéndose.

—Graciosísimo —dijo Joaquín, riéndose también—. Eres un caso, tía.

—Ay, hijo, no te imaginas qué alivio salir del infierno de Lima. Yo la verdad que ya estoy harta, harta, hasta la coronilla, de los apagones y las bombas y los cholos apestosos.

—¿Y cómo está mi tío?

—Gordo, gordísimo como una pelota, pero feliz. Ahorita debe estar en la piscina de Key Colony, donde nosotros tenemos el departamento, cáete cuando quieras, ah.

Mimi se quitó el sombrero de paja y lo usó para abanicarse.

—Ay, qué calor atroz —murmuró—. Bueno, cuéntame, ¿qué planes tienes para esta noche, Joaquincito?

Era el último día del año. Los periódicos de Miami estaban llenos de avisos de fiestas latinas.

—Todavía no sé —dijo Joaquín—. Me estoy quedando en el depa de un amigo, y él es súper tranquilo. La verdad, no pensábamos hacer gran cosa.

Mimi abrió la boca, sorprendida.

—Ay, qué horror, no sean aguados, hijo —dijo, con una voz algo chillona—. ¿Cómo se van a acostar temprano en año nuevo y encima estando aquí en Miami? No, pues, Joaquincito, eso sería un crimen. ¿Por qué no se caen a la noche por el Sonesta? Hay una fiesta que va a estar linda. Todos los peruanos bien vamos a estar allí.

—No tenía idea. Suena excelente, tía.

—Claro, anímalo a tu amigo, Joaquincito. Mira que además van a ir un montón de chicas regias.

Joaquín se frotó las manos y puso cara de pícaro.

—Ah, entonces ni hablar —dijo—. Nos vemos a la noche de todas maneras, tía.

Mimi se rió, haciendo una mueca.

—Ay, hijo, no me hagas reír que se me arruga la cara —dijo—. Bueno, chaucito, pues. Te veo a la noche en el Sonesta, y no tomes mucho sol, que ahora la moda es estar blanco cual albino.

Luego se alejó caminando con cuidado porque había malaguas en la arena.

* * *

Esa noche, la última del año, Juan Ignacio y Joaquín llegaron al hotel Sonesta de Key Biscayne poco después de las once.

—Qué ganador me siento cuando me visto elegante —dijo Juan Ignacio, mirándose en el espejo del carro que habían alquilado al llegar a Miami—. Comprar buena ropa y vestirme elegante son dos cosas que siempre me suben la moral.

—Te ves muy bien, Juani —dijo Joaquín—. Pareces un modelo de *GQ*.

—No tanto, no tanto —dijo Juan Ignacio, sonriendo—. Pero estamos tan bien vestidos que no parecemos peruanos.

Cuadraron el carro frente al hotel, compraron las entradas y pasaron al salón donde se celebraba la fiesta peruana. Era un salón grande, alfombrado, con una terraza frente a la playa. Había bastante gente, unas doscientas personas. Casi todas estaban sentadas, comiendo. Los hombres estaban en saco y corbata. Las mujeres, en vestidos oscuros. Sobre un tabladillo, una orquesta tocaba una música caribeña. Todos los músicos estaban vestidos de blanco. Nadie se había animado a salir a bailar todavía.

—Carajo, esto parece el comedor del club Nacional un viernes en la noche —dijo Juan Ignacio.

—Sentémonos por aquí nomás, que no quiero encontrarme con mis tíos —dijo Joaquín.

Se sentaron en una mesa y pidieron aguas minerales con limón. Poco después, unas cuantas parejas salieron a bailar.

—Hay una buena cantitad de jovencitas que están como quieren —dijo Juan Ignacio, mirando a una de las mesas vecinas, donde un grupo de chicas conversaba con cierto alboroto.

Joaquín notó que había muchas chicas con vestidos de colores llamativos, como fucsia, verde perico y amarillo fosforescente. Algunas tenían una flor sujetada en el pelo.

—Creo que voy a sacar a bailar a una chica que me está haciendo ojitos —dijo Juan Ignacio.

—Buen provecho —dijo Joaquín.

Juan Ignacio se puso de pie, se acercó a una mesa, habló con una chica que a Joaquín le pareció bastante fea, y fue a bailar con ella. Joaquín pasó una mano por su pelo y sintió que lo tenía grasoso. Siguiendo un consejo de Juan Ignacio, se había peinado con gel antes de ir a la fiesta. Arrepentido de haberse echado gel, se levantó y fue al baño para tratar de arreglarse el pelo. Al entrar a uno de los baños del hotel, le sorprendió encontrarse con un tipo que no hacía mucho había sido ministro en el Perú. El tipo hacía muecas y no paraba de hablar. Parecía muy nervioso.

—Me quieren matar, me quieren matar, estoy en la lista negra, yo sé quiénes me quieren matar —gritó—. Pero a mí no me agarran esos hijos de puta, primero me los quemo a toditos, uno por uno me los palomeo —añadió.

A su lado, dos o tres muchachos fingían escucharlo con interés. El ex ministro les invitó un poco de coca. Ellos se metieron unos tiros y siguieron escuchándolo. Después de orinar, Joaquín se acercó al ex ministro.

—Primero que nada, quiero felicitarlo por su gestión, señor ministro —le dijo.

—Gracias, muchacho, pero hay que estar alertas porque en cualquier momento se aparecen estos conchesumadres que me quieren matar —dijo el ex ministro.

Era un hombre calvo, ojeroso, de mediana edad. Estaba sudando. Tenía la cara tensa. Parecía muy preocupado.

—No sé si sería usted tan amable de invitarme un par de tiros, señor ministro —dijo Joaquín.

—Carajo, con mucho gusto —dijo el ex ministro.

Luego sacó una pistola y apuntó a Joaquín en la frente.

—Bum, bum —gritó.

Joaquín empalideció. El ex ministro soltó una carcajada y guardó su pistola. Los muchachos a su lado se rieron a gritos.

—¿No me dijiste que querías un par de tiros? —preguntó el ex ministro.

—Muy gracioso de su parte —dijo Joaquín.

Entonces, sin dejar de hacer muecas, el ex ministro sacó un pomito lleno de cocaína y se lo ofreció a Joaquín.

—Te lo doy si me dices cuál fue mi cartera ministerial —le dijo.

—Ministro de Agricultura —dijo Joaquín, sin dudar—. El mejor de nuestra historia.

El ex ministro sonrió, orgulloso.

—Este muchacho tiene futuro, carajo —dijo, y le dio el pomito con coca.

Joaquín aspiró toda la coca que pudo y le devolvió el pomito al ex ministro.

—Si ves a alguien con pinta sospechosa, pásame la voz, ¿okay? —le dijo el ex ministro.

—De todas maneras —dijo Joaquín.

Luego salió del baño y miró su reloj: faltaba poco para la medianoche. Juan Ignacio seguía bailando. Mientras caminaba de regreso a su mesa, vio que sus tíos Mimi y Álvaro estaban haciéndole señas para que se acercase. Resignado, se acercó a saludarlos.

—Hola, viejo, qué gusto verte, caramba —le dijo su tío Álvaro.

Era un hombre bajo y rechoncho, que se había hecho rico criando cerdos al sur de Lima.

—Qué bueno que te animaste a venir, Joaquincito —le dijo su tía Mimi.

Joaquín abrazó a su tío Álvaro y le dio un beso a su tía Mimi.

—Linda fiesta, ¿no? —dijo.

—Como las que había en Lima antes de la invasión de los cholos —dijo Mimi.

—Mimi, por favor, no hables así —dijo Álvaro—. En el Perú todos tenemos algo de sangre chola.

—Eso sí que no, Al —dijo Mimi, ofendida—. Yo no tengo ni una gotita de sangre chola.

—Ven, Joaquincito, acompáñame afuera que necesito tomar un poco de aire —dijo Álvaro.

Entonces dio unos pasos rumbo a la terraza, se estrelló contra la puerta de vidrio y retrocedió, tambaleándose.

—Carajo, no vi el vidrio, pensé que la puerta estaba abierta —dijo, como hablando consigo mismo.

Se había hecho un corte en la frente. Estaba sangrando.

—Al, por Dios, ¿qué te has hecho? —gritó Mimi—. Joaquincito, corre, llama a una ambulancia.

—No seas exagerada, Mimi, no es nada, sólo tengo un chichón —dijo Álvaro—. Ven, sobrino, acompáñame al baño a echarme un poco de agua —añadió, apoyándose en Joaquín.

—Ya ves, Al —dijo Mimi, enojada—. Eso te pasa por abusar de los martinis.

—Sólo he tomado cuatro, y tú vas por el sexto gin tonic, Pichona —dijo Álvaro.

—Te odio cuando me dices pichona —dijo Mimi—. Te odio.

Tratando de no llamar la atención de la gente, Joaquín y su tío Álvaro fueron al baño. No bien entraron, se encontraron cara a cara con el ex ministro.

—Qué pasa, carajo —gritó el ex ministro, sacando su pistola, encañonándolos.

Al ver la cara ensangrentada de Álvaro, se había asustado más de lo que ya estaba.

—Tranquilo, oiga, guarde su arma —le dijo Álvaro.

—Quítenle el chimpún a ese loco de mierda —gritó alguien en el baño.

—No ha pasado nada, señor ministro —dijo Joaquín—. Mi tío se golpeó contra un vidrio, y por eso tiene la cara cortada.

—Me quieren matar, me quieren matar —dijo el ex ministro, mordiéndose los labios, angustiado.

—Tranquilo, oiga —dijo Álvaro, echándose agua en la cara—. Acá todos somos amigos. Las diferencias políticas quedan de lado en el extranjero.

—Ya son las doce —gritó alguien en el baño—. Feliz año.

De pronto, el ex ministro se llevó una mano al pecho y comenzó a cantar el himno nacional del Perú. Inmediatamente después, Joaquín, su tío Álvaro y los demás peruanos que estaban en el baño del Sonesta se unieron al ex ministro, y también cantaron el himno nacional. A pesar que no era 28 de julio, ése fue, para todos ellos, un momento de gran emoción patriótica.

* * *

—Es hora de irse —dijo Juan Ignacio, a la una y pico de la mañana—. Hay que saber salir a tiempo de una fiesta, y esto ya comienza a degenerarse.

—Tienes razón, Juani —dijo Joaquín—. Mejor nos acostamos temprano.

Juan Ignacio y Joaquín salieron del Sonesta tan bien peinados como habían llegado. Joaquín prefirió no despedirse de sus tíos Álvaro y Mimi.

—Estos peruanos de Miami tienen buena ropa y huelen rico, pero son terriblemente aburridos —dijo Juan Ignacio,

265

caminando rumbo a la playa de estacionamiento del hotel—. En su puta vida han leído un libro. Lo único que leen estos pitucos es *Hola*. Ni siquiera leen el *Caretas*. Con las justas ojean las fotos de *Ellos y Ellas* —añadió, y se rieron.

Subieron al carro. Joaquín manejó. Juan Ignacio no sabía manejar. Ya tenía veintiocho años, pero nunca había tratado de aprender a manejar. En Lima, estaba acostumbrado a que el chofer de sus padres lo llevase adonde él quisiese. Joaquín manejó despacio, en silencio. Las calles de Key Biscayne estaban vacías. En menos de cinco minutos, llegaron al departamento de los padres de Juan Ignacio.

—Ah, qué tranquilidad estar lejos del Perú —dijo Juan Ignacio, quitándose el saco y la corbata, no bien entró al departamento—. ¿Te imaginas estar ahorita en Lima, Joaquín? Deben estar todos a oscuras escuchando cómo revientan los coches bomba —añadió, y soltó una carcajada.

Joaquín se sentó en la sala y prendió el televisor. Seguía un poco inquieto por la coca que había aspirado en el baño del Sonesta. Juan Ignacio entró al baño, se puso una piyama celeste y se echó cremas en la cara. Antes de meterse a la cama, salió a despedirse de Joaquín.

—Bueno, hasta mañana, don Joaquín —dijo—. Y que este año se cumplan tus mejores deseos.

Más temprano, los dos habían acordado que Juan Ignacio iba a dormir en la cama de agua de sus padres, y Joaquín en el sofá cama de la sala.

—Hasta mañana, Juani —dijo Joaquín.

Juan Ignacio entró al cuarto, cerró la puerta y apagó la luz. Joaquín se echó en el sofá cama de la sala y siguió viendo televisión. Un rato después, demasiado nervioso como para intentar dormir, entró al cuarto y se sentó en la cama de agua, al lado de Juan Ignacio.

—¿Qué te pasa? —preguntó Juan Ignacio, sorprendido, y prendió la luz de la mesa de noche.

—Juani, hay algo que nunca te he dicho, y quiero aprovechar que estamos comenzando un nuevo año para decírtelo —dijo Joaquín, hablando lentamente.

Juan Ignacio se sentó en la cama.

—Caramba, soy todo oídos —dijo, cruzando los brazos.

Entonces Joaquín se atrevió a decirle lo que le había ocultado desde que se conocieron en la Católica.

—Ya que vamos a vivir juntos en Madrid, me parece importante que sepas que soy homosexual —le dijo, mirándolo a los ojos.

Juan Ignacio asintió y se quedó callado. No hizo el menor gesto de sorpresa. Joaquín no pudo tolerar el silencio. Siguió hablando.

—Todo este tiempo que hemos sido amigos, no me había atrevido a decírtelo, pero tú eres uno de mis mejores amigos, Juani, y creo que me voy a sentir más libre contigo si sabes que soy homosexual —dijo.

Juan Ignacio habló con una voz tranquila, como si el asunto no tuviese mayor importancia:

—Con todo cariño, me parece que cometes un error al ponerte una etiqueta, Joaquín —dijo—. La sexualidad de la gente cambia, evoluciona. Con el tiempo, seguramente vas a superar las dudas que tienes ahora.

—No son dudas, Juani. Estoy bien seguro de lo que te digo.

—Estás pasando por una confusión temporal, Joaquín. Créeme. Te lo digo por mi propia experiencia. Yo en algún momento también tuve ciertas dudas de ese tipo, pero fue sólo un momento de confusión que logré superar fortaleciendo mi fe en Dios y en los principios morales que me enseñaron mis padres.

—¿De verdad crees que estoy confundido, Juani?

Ahora Joaquín se sentía más confundido que antes de hablar con Juan Ignacio.

—Claro, don Joaquín —dijo Juan Ignacio—. Tú eres un ganador, un ganador nato, y los ganadores no pueden permitirse desviaciones de ese tipo.

—¿Entonces qué me aconsejas?

—Que sublimes esos deseos equivocados, que canalices esas energías negativas de otra manera. Todo está en la cabeza, Joaquín, absolutamente todo se controla en la cabeza.

—Pero si me reprimo toda la vida, sería muy infeliz, Juani.

—Al contrario, al contrario. Si aprendes a controlar esos impulsos nocivos, te vas a sentir muy bien. Los homosexuales siempre son unos perdedores, Joaquín. Tú no eres un perdedor. Tú eres un ganador. Además, piensa en tu madre. Piensa en el daño que le harías. No tienes derecho de hacerle una cosa así a tu madre.

Joaquín sintió que Juan Ignacio no lo comprendía y no lo iba a comprender nunca. Arrepentido de haberle contado su secreto, se puso de pie.

—Mejor olvídate de lo que te dije, Juani —dijo—. Perdón por haberte interrumpido.

Luego trató de darle un beso en la mejilla, pero Juan Ignacio se lo impidió.

—Hasta mañana, Joaquín —dijo, con una voz cortante.

Joaquín salió del cuarto, cerró la puerta y se echó en el sofá cama. Sobre el mar de Key Biscayne seguían resplandeciendo coloridos fuegos artificiales.

* * *

Unos días después, una fría mañana de enero, Juan Ignacio y Joaquín llegaron a la pensión en Madrid donde Juan Ignacio tenía un cuarto alquilado. Cargando varias maletas, entraron a un viejo edificio en la avenida Mediterráneo y tocaron el timbre de un departamento del segundo piso. Estaban exhaustos. El viaje en avión había sido agotador. Sólo querían darse una ducha caliente y echarse a dormir. Tuvieron que tocar el timbre varias veces. Por fin, un tipo barbudo les abrió la puerta. El tipo estaba en bata y pantuflas.

—Hola, Paco —le dijo Juan Ignacio, y le dio la mano.

—Hola, Juanito —dijo el tipo, sonriendo.

Era el dueño de la pensión. Su aliento apestaba a alcohol.

—Éste es Joaquín, un amigo peruano —dijo Juan Ignacio.

Paco le dio la mano a Joaquín.

—Adelante, adelante —dijo.

Los tres entraron a la pensión.

—Me van a disculpar, pero tengo una invitada en mi cuarto —dijo Paco, bajando la voz.

—Sigue nomás, Paquito —dijo Juan Ignacio—. Buen provecho, pues.

Paco sonrió, fue a su cuarto y cerró la puerta.

—Pingaloca y borrachín, como todos los españoles —le dijo Juan Ignacio a Joaquín, en voz baja, y los dos se rieron.

Luego entraron al cuarto de Juan Ignacio. Era un cuarto pequeño, con el piso de madera. Había una cama, una mesa y un retrato de la Virgen.

—Como verás, no es una *suite*, pero la renta es barata —dijo Juan Ignacio.

—Está muy bien, Juani —dijo Joaquín—. Al menos tenemos dónde dormir.

Dejaron sus maletas. Se sentaron en la cama.

—Estoy molido —dijo Juan Ignacio, y bostezó.

—Cuéntame de Paco —dijo Joaquín.

—Ah, el buen Paco, un perdedor de nacimiento —dijo Juan Ignacio, con una sonrisa burlona—. Paco vivía en Lima. Era administrador de una licorería. Sus padres son españoles. Creo que tienen un restaurante de comida española en Barranco. Aquí son gente de clase media baja, pero en el Perú han logrado juntar un dinerillo vendiéndoles paellas a los despistados. Un buen día, Paco sacó el pasaporte español y se vino a hacer la España. Total, no tenía nada que perder, ¿no? En el Perú estaba pateando latas. Cuando llegó, el buen Paco se pasó los primeros meses cobrando el paro, comiendo dulce de leche y viendo telenovelas venezolanas. Ahora ha conseguido un trabajillo en una agencia de viajes, una cosa bastante menor, como te imaginarás.

—¿Y cómo así tiene esta pensión?

—Este departamento es de su padre, pero el viejo vive en Lima y el pendejo de Paco alquila dos cuartos sin que su viejo se entere. Así es como se defiende Paquito, con la renta de los cuartos y con el paro que le sigue cobrando al Estado español, a pesar de que ya consiguió trabajo.

—¿Y quién es el inquilino del otro cuarto?

—Ah, la aguaruna, tienes que conocerla —dijo Juan Ignacio, riéndose—. Es una indígena de la selva peruana. La aguaruna trabaja como empleada doméstica. Todos los días va con sus escobas y sus trapos a diferentes sitios de Madrid. Es una bruja de cuidado la aguaruna. Tienes que tratarla bien porque si no, te hace el mal de ojo y te deja jodido para siempre. En su cuarto tiene muñecos raros y hierbas de la Amazonia.

Se rieron a carcajadas.

—¿Cómo se llama la aguaruna? —preguntó Joaquín.

—Rosaura —dijo Juan Ignacio—. Perfecto nombre de empleada, ¿no?

—¿Y ella duerme sola o comparte su cuarto con alguien?

—Tiene una amiga peruana, otra perdedora que a veces viene a dormir con ella. Es una gordita, bastante morenita ella. En Lima podría ser tu empleada o mi empleada. Esta gordita trabaja como limpiadora de piscinas, imagínate eso. Fue muy gracioso cuando me dijo que trabajaba limpiando piscinas, porque yo le pregunté, sin ninguna cachita, ah, le pregunté ¿y tú limpias las piscinas buceando o cómo?, y ella me dijo no, pues, cómo se te ocurre, si yo no sé nadar, primero vaciamos la piscina y de ahí yo bajo a limpiar, qué cague de risa.

—Limpiadora de piscinas, qué cague de risa.

—Sí, pues, y esa gordita creo que tiene su calentado con la aguaruna. Deben ser torteras estas dos nativas, deben hacer sus buenas tortillas españolas, porque cuando la gordita se queda a dormir con la aguaruna se escuchan unas risitas y unos jadeos bien extraños. Seguro que se dan calor las dos.

Se rieron a carcajadas. Estaban echados en la cama.

—Oye, Juani, ¿y yo dónde voy a dormir? —preguntó Joaquín.

—No sé —dijo Juan Ignacio—. Tenemos que salir a comprar una cama plegable o algo así. Creo que aquí enfrente hay una tienda de camas.

—Mejor vamos de una vez, ¿no?

—Qué flojera. Bueno, vamos, te acompaño.

Se pusieron de pie, salieron de la pensión y descubrieron que a media cuadra había una tienda de camas y colchones. Sin pensarlo dos veces, entraron a esa tienda. Luego de consultar los precios, Joaquín compró la cama más barata.

—Ahorita me siento un perfecto «sudaca» —dijo, caminando de regreso a la pensión, con su cama plegable bajo el brazo.

* * *

—Mierda, no puedo dormir —dijo Juan Ignacio.

—Yo tampoco —dijo Joaquín—. Hace un frío del carajo.

Era la primera noche que pasaban juntos en Madrid. Estaban desvelados por el cambio de hora. Escuchaban los ruidos de la calle. Joaquín tenía frío. Se había olvidado de comprar sábanas y frazadas. Estaba tapado con sus chompas y casacas.

—Seguro que el huevas de Paco no ha pagado la cuenta del gas y le han cortado la calefacción —dijo Juan Ignacio.

—Coño, no pensé que iba a hacer tanto frío —dijo Joaquín.

Se quedaron callados.

—Si quieres, pásate un rato a mi cama para que te calientes —dijo Juan Ignacio.

—No, mejor no —dijo Joaquín—. No quiero incomodarte.

—No es ninguna incomodidad, hombre. Tengo dos frazadas. Échate un rato aquí. Si no, te vas a resfriar.

—¿Seguro que no te molesta, Juani?

—Seguro, hombre, seguro.

Joaquín se pasó a la cama de Juan Ignacio.

—No te preocupes, que no va a pasar nada —dijo, acomodándose en la cama sin tocar a Juan Ignacio.

—Ya lo sé, hombre, no me lo tienes que decir —dijo Juan Ignacio.

Se quedaron callados.

—Qué diferencia, aquí adentro está calientito —dijo Joaquín.

—Odio los viajes tan largos —dijo Juan Ignacio—. Cuando sea millonario, voy a volar siempre en Concorde.

De nuevo, se quedaron en silencio.

—¿Tú siempre rezas antes de dormir? —preguntó Joaquín.

Antes de meterse a la cama, Juan Ignacio se había persignado, había cerrado los ojos y había permanecido unos minutos en silencio.

—Siempre —dijo Juan Ignacio—. Todas las noches rezo un padrenuestro, tres avemarías, un acto de contrición y la estampita de monseñor Escrivá. Supongo que tú también rezas, ¿no?

—No, yo nunca rezo —dijo Joaquín—. Solamente rezo en los aviones, cuando despegan y cuando se mueven mucho.

—Hombre, eso está muy mal. Hay que estar cerca de Dios en las buenas y en las malas. Recemos juntos un padrenuestro para que el Señor nos enseñe el camino aquí en Madrid.

Echados en la cama, Juan Ignacio y Joaquín rezaron un padrenuestro en voz alta.

—Rezar no cuesta nada y así uno duerme más tranquilo —dijo Juan Ignacio, cuando terminaron de rezar.

—Tienes razón —dijo Joaquín, sonriendo.

—La otra cosa que debes hacer antes de meterte a la cama es ponerte una crema para las arrugas.

—¿Ah, sí?

—Sí. Mira, pásame ese pomito que está encima de la mesa de noche.

Joaquín cogió un pomo que estaba sobre la mesa de noche y se lo dio. Era una crema hidratante. Juan Ignacio la abrió y puso un poco de crema en la cara de Joaquín.

—Todas las noches, te echas un poquito en la nariz, un poquito en la frente y sobre todo aquí, debajo de los ojos y al lado de la boca, que es donde se marcan las arrugas —le dijo, esparciendo cuidadosamente la crema en la cara de Joaquín—. Listo, vas a ver cómo llegamos a los cien años enteritos.

Luego puso la crema en la mesa de noche, le dio la espalda a Joaquín y cerró los ojos.

—Ahora sí, hasta mañana —dijo.

—Hasta mañana —dijo Joaquín.

Unos minutos después, Joaquín escuchó que Juan Ignacio estaba sollozando.

—¿Estás dormido, Juani? —preguntó.

—No —dijo Juan Ignacio.

—¿Qué te pasa?

—Nada, nada.

Joaquín acarició a Juan Ignacio en la cabeza.

—Tranquilo —le dijo—. Todo va a estar bien.

—Yo no sé por qué Dios tenía que ponernos una prueba tan dura —dijo Juan Ignacio—. Yo no merecía un castigo así.

—¿De qué estás hablando?

—De los deseos impuros. De los deseos contranatura.

—No digas eso, Juani. Ser homosexual no es un castigo. Hemos nacido así. No hay por qué sentirse mal.

—Abrázame, Joaquín.

Joaquín abrazó a Juan Ignacio por detrás.

—Te quiero —le dijo.

—Espérate un ratito —dijo Juan Ignacio.

Salió de la cama, descolgó el retrato de la Virgen, cerró los ojos y le dio un beso.

—Lo siento, mi Señora —murmuró.

Luego metió el retrato debajo de la cama y volvió al lado de Joaquín.

—Bésame la espalda —susurró, con los ojos cerrados.

271

Joaquín lo besó en la espalda. Juan Ignacio tenía la piel suave y muchos lunares en la espalda.

—Hueles riquísimo, Juani —dijo Joaquín.

—Mejor dime Verónica —susurró Juan Ignacio.

* * *

A la mañana siguiente, la radio se prendió automáticamente a las ocho en punto. Joaquín se despertó de golpe y escuchó unos cánticos religiosos: en la radio habían comenzado a transmitir la misa. Era domingo. Poco después, Juan Ignacio se despertó, se persignó y saltó de la cama.

—Buenos días —dijo.

—Buenos días —dijo Joaquín, echado en su cama plegable.

Juan Ignacio se echó en el suelo, hizo treinta abdominales y se miró en el espejo del clóset.

—Estoy entero, carajo —dijo, hinchando el pecho—. Estoy enterito, Joaquín. Estoy en la mejor condición física de mi vida.

Parecía de muy buen humor esa mañana. Se agachó e hizo treinta planchas.

—Ahora, un duchazo y a la misa de nueve —dijo, cuando terminó sus ejercicios matinales.

—¿Vas a ir a misa? —preguntó Joaquín, sorprendido.

—Por supuesto —dijo Juan Ignacio—. Yo voy a misa todos los domingos del Señor.

—¿Te molestaría si te acompaño?

—En absoluto. Me daría mucho gusto por ti.

Juan Ignacio fue al baño, se duchó y volvió al cuarto con una toalla amarrada en la cintura. Sin perder tiempo, abrió su clóset y sacó un terno. Joaquín salió de la cama y abrió su maleta.

—¿Te parece que yo también debo ponerme un terno para ir a misa? —preguntó.

—Por supuesto —dijo Juan Ignacio, vistiéndose de prisa—. A la casa de Dios hay que ir bien vestidos. Es como si fuésemos a palacio de gobierno.

Joaquín sacó el terno menos arrugado que encontró en su maleta. Se vistieron en silencio. Cuando estuvieron listos, Juan Ignacio se echó un perfume. Luego le dio el perfume a Joaquín.

—Es una colonia especial para ir a misa —le dijo—. Fresca pero no muy agresiva. Definitivamente conservadora.

Joaquín sonrió y se echó un poco de perfume. Antes de salir, se miraron en el espejo.

—Un par de ganadores —dijo Juan Ignacio, acomodándose

la corbata—. No hay nada que hacer, carajo, algunos hemos nacido para triunfar.

Salieron del cuarto. Juan Ignacio cerró con llave.

—Esta aguaruna debe ser una ratera de mierda —murmuró—. Vamos rápido, Joaquín, que no quiero llegar tarde a misa.

Bajaron por el ascensor y salieron a la calle. Soplaba un viento helado. Caminaron unas cuadras hasta llegar a una iglesia del barrio del Retiro. Cuando llegaron, aún no había comenzado la misa de nueve. Se sentaron en una de las últimas bancas. Había bastante gente en la iglesia.

—Ahorita regreso —dijo Juan Ignacio—. Me voy a confesar.

Se levantó, caminó unos pasos y se puso en una cola frente al confesionario. Poco después, al llegar su turno, se arrodilló, murmuró unas palabras, escuchó la absolución del sacerdote y regresó al lado de Joaquín.

—Listo —dijo, sonriendo—. Purificado. Impoluto. Inmaculado como la nieve.

—Bien por ti —dijo Joaquín.

—Tú también deberías confesarte, hombre.

—Tienes razón, Juani. A lo mejor el próximo domingo.

En ese momento, un sacerdote salió al altar acompañado de dos niños, se puso un micrófono, se persignó y comenzó a decir la misa. Para sorpresa de Joaquín, Juan Ignacio rezó todas las oraciones en voz alta y cantó junto con los demás feligreses. Antes de rezar el credo, el sacerdote pidió que todos se cogiesen de la mano. Una anciana trató de coger la mano de Juan Ignacio, pero él se rehusó.

—Vamos, hombre, la mano, que el padre nos lo ha pedido —dijo la anciana.

Juan Ignacio ni la miró. Fingió que no la había oído.

—Dios castiga la soberbia —dijo ella.

—Calla, vieja de mierda —murmuró él.

Joaquín tuvo que hacer esfuerzos para no reírse. Cuando salieron de la misa, le preguntó a Juan Ignacio por qué había sido tan duro con esa mujer.

—Yo vengo a saludar a Dios, pero no tengo por qué manosear a una anciana pulgosa —dijo Juan Ignacio, bajando las escaleras de la iglesia, y los dos se rieron a carcajadas.

* * *

Al día siguiente, Juan Ignacio regresó del trabajo poco después de las seis de la tarde. Tenía puesto un terno azul. Había salido a trabajar muy temprano, con el pelo engominado.

—Renuncié —le dijo a Joaquín, no bien entró al cuarto de

la pensión—. Mandé a la mierda el trabajo como vendedor de seguros.

—¿Qué pasó? —preguntó Joaquín, sorprendido.

Estaba metido en la cama. Se había pasado el día ojeando *Holas* viejos y viendo televisión.

—Era un trabajo de mierda —dijo Juan Ignacio—. Yo no estoy dispuesto a rebajarme tanto. Yo estoy para grandes cosas, no para esos trabajillos de segunda.

Parecía contrariado. Se sentó en la cama y se quitó los zapatos.

—¿No hubiera sido mejor quedarte en ese trabajo hasta que consiguieras uno mejor? —preguntó Joaquín.

Juan Ignacio lo miró de mala manera.

—No, Joaquín —dijo, enfadado—. Yo sé muy bien lo que hago.

Luego se quitó la ropa, la dobló con cuidado y la colgó en unos ganchos de plástico. En calzoncillos, sentado en la cama, siguió hablando.

—Ese trabajo era insoportable —dijo—. Me habían dado un escritorio enano. Era una humillación. En esas condiciones de hacinamiento no se puede trabajar, Joaquín. Además, estaba rodeado de gente ordinaria, derrotada por la vida. Y la primera lección que debes aprender es la siguiente: si te juntas con perdedores, te vuelves un perdedor. Pero lo que más me jodía es que estos españoles desaseados se pasaban el día fumando, carajo. Fumaban como chinos en quiebra, llenaban la oficina de humo. No saben que fumar ya pasó de moda y es pésimamente visto en los países civilizados. Y encima eructaban a cada rato en la oficina. Yo no sé por qué se eructa tanto en España, carajo. Debe ser porque a cada rato están zampándose tortillas grasosas, callos, orejas de chancho, chorizos, gambas, cosas terribles para una sana digestión.

Joaquín se rió.

—Caramba, qué desagradable —dijo.

—Como comprenderás, todo eso fue demasiado para mí —continuó Juan Ignacio—. A las cinco, ya estaba con la mierda revuelta y me dije no, Juan Ignacio, ya basta, tú eres un individualista, tú no eres un burócrata oscuro como ellos, sal de aquí antes de que sea demasiado tarde, deja de comer mierda, no mates al niño que llevas adentro. Así es que fui a hablar con mi jefe (el típico español con una de esas barbas espesas que si rebuscas bien encuentras arañas, con sus anteojitos de intelectual de mediopelo, un cigarro en la boca y una panza del carajo, una panza de luchador de sumo, ya te lo imaginas) y muy respetuoso le dije señor Alpuente, le agradezco mucho la oportunidad que me dio en esta compañía, pero lo siento, tengo que renunciar por motivos estrictamente personales, y él me dijo ¿pero por qué, señor García, si usted ha entrado a la compañía hace apenas unos meses?, y entonces yo le dije porque esto no es compatible con mis expectativas, señor Alpuente, y él se rió todo cachaciento y me dijo bueno, señor García, viniendo de Sudamérica tal vez debería usted empobrecer sus expectativas, y yo aguantándome la rabia le dije eso jamás, señor Alpuente, yo puedo empobrecer materialmente pero nunca voy a empobrecer mis ambiciones, y él sonriendo muy bacancito me dijo bueno, lo lamento, señor García, pero si cambia usted de parecer, siempre será bienvenido en la Compañía de Seguros La Estrella, donde cada vendedor es una estrella, y yo casi le digo oye, gordito, cara de olla, no me huevees, pues, ¿con quién crees que estás tratando, ah?, ¿tú crees que le vas a vender chapitas al dueño de la cocacola?, pero afortunadamente me controlé y le di las gracias y buenas noches los pastores, si te vi no me acuerdo.

Juan Ignacio soltó una carcajada. Parecía muy orgulloso de haber renunciado a su trabajo.

—¿Y ahora qué vas a hacer? —preguntó Joaquín.

Juan Ignacio sonrió.

—Lo mismo que tú, don Joaquín —dijo—. Comprar mi *Segundamano*, buscar ofertas de trabajo, mandar mi currículum a todas partes y sentarme a esperar.

—Ojalá tengamos suerte —dijo Joaquín.

* * *

Todas las mañanas, Juan Ignacio y Joaquín esperaban a que Paco y Rosaura se marchasen de la pensión para salir del cuarto que compartían. Entonces se duchaban en agua caliente —siempre Juan Ignacio antes que Joaquín, algo que le molestaba a éste, porque quedaba muy poca agua caliente para él—, desayunaban huevos fritos y salían a comprar los periódicos. Juan Ignacio compraba siempre el *ABC* en un quiosco a pocas de cuadras de la pensión.

—No leer el *ABC* es como faltarle el respeto a Su Majestad el Rey —dijo una vez, contrariado, cuando Joaquín compró *El País*.

Luego volvían a la pensión y se pasaban un par de horas leyendo los periódicos, comentando las noticias del día y comiendo galletitas María. Rara vez salía alguna noticia sobre el Perú en los periódicos españoles.

—A buena hora salimos de ese infierno, carajo —decía a veces Juan Ignacio, cuando los periódicos daban cuenta de algún hecho de violencia ocurrido en el Perú.

Dos veces por semana, también compraban *Segundamano*. Esos días, antes de leer los periódicos, se sentaban en la mesa de la cocina y leían cuidadosamente el *Segundamano*. Revisaban las ofertas de empleo, marcaban los avisos que les parecían atractivos y los contestaban de inmediato, enviando sus currículums. Después, almorzaban. Siempre almorzaban en la pensión, salvo los domingos, que iban a un McDonald's.

—Me encanta el McDonald's porque me siento como si estuviera en los Estados Unidos —le dijo una vez Juan Ignacio a Joaquín, comiendo una hamburguesa doble.

Todas las tardes, terminando el almuerzo, iban juntos al cine. Siempre iban en taxi o en ómnibus. Nunca bajaban al metro. Juan Ignacio se negaba a ir en metro. Decía que los ganadores jamás usan el metro. A él le gustaban mucho las películas americanas de acción, como las de Schwarzenegger, Stallone, Van Damme y Segal. Después de la matiné, volvían sin apuro a la pensión.

—Cruza los dedos, don Joaquín, hoy es el gran día —solía decir Juan Ignacio, al llegar.

Luego abría el casillero del correo para ver si habían recibido alguna respuesta de los muchos trabajos a los que habían postulado, pero sólo encontraba propagandas y, a veces, alguna carta de Lima. Entonces, tratando de darse ánimos, subían al departamento, comían algo, se ponían piyama y se sentaban a ver televisión en la sala.

El uso del televisor de la pensión estaba ceñido a una regla. El que prende el televisor primero, tiene derecho a escoger el programa, les había dicho Paco a Juan Ignacio y Joaquín, el día que les explicó las reglas de la pensión. (Las otras reglas eran: no comer la comida de los otros, lavar los platos que uno ensuciaba, no usar la lavadora de ropa más de una vez por semana y no llevar gente de la calle. Esta última regla no era válida para Paco.) Juan Ignacio se rehusaba a obedecer la regla del televisor. Cuando llegaba a la sala y Rosaura estaba viendo algún programa, él se apoderaba del control remoto y, cada vez que el programa era interrumpido por la publicidad, cambiaba de canal hasta que Rosaura se veía obligada a pedirle que volviese al programa que ella había escogido.

—Ya, pues, caracho, ya estoy harta de que me cambies mi programa a cada ratito —le dijo una noche Rosaura.

Juan Ignacio soltó una carcajada.

—Sosiégate, por favor, no te me amotines —dijo—. Total, si estás con la regla, no es mi culpa.

Paco y Joaquín se rieron a carcajadas. Rosaura se puso de pie, se marchó de la sala y se encerró en su cuarto. Desde esa noche, no volvió a sentarse en la sala a ver televisión.

* * *

Joaquín estaba en el metro cuando lo vio: él estaba parado en el andén de enfrente. Era un chico. Tendría catorce, quince años. Tenía el pelo rubio, los ojos verdes y una mirada lánguida, triste. De pronto, miró a Joaquín y sonrió. Impresionado por la belleza de ese chico, Joaquín caminó de prisa, subió y bajó escaleras corriendo, y llegó al andén de enfrente justo a tiempo para abordar el vagón al que acababa de subir el chico. Él miró a Joaquín y de nuevo le sonrió. Luego se puso a ojear el periódico del tipo sentado a su lado. Tres o cuatro estaciones después, se puso de pie y bajó del vagón. Joaquín no dudó en seguirlo. Salieron del metro. Ya en la calle, Joaquín le dio el alcance.

—Hola —le dijo, caminando a su lado.

—Hola —dijo el chico, sin detenerse.

Todavía no le había cambiado la voz de niño.

—Me recuerdas mucho a mi hermano —le dijo Joaquín—. ¿Cómo te llamas?

—Cayetano —dijo él.

—Nombre de duque —dijo Joaquín.

Cayetano sonrió.

—¿Tienes hambre? —preguntó Joaquín—. ¿Te gustaría comer algo por aquí?

—Yo sólo como en casa —dijo Cayetano.

—Buena costumbre —dijo Joaquín.

—Además, mi madre me ha dicho que no hable con extraños.

—No te preocupes. Yo sólo quiero ser tu amigo.

—Tú eres muy grande para ser mi amigo.

Joaquín siguió caminando sin saber adónde estaba ni adónde iba.

—Mira, ahí hay una pastelería —le dijo a Cayetano—. ¿Seguro que no quieres un bizcocho?

—Bueno, vale, pero sólo un momento, que en casa me esperan —dijo Cayetano.

Entraron a una pastelería que olía a pan fresco, a canela. Olía como huele la Tiendecita Blanca los días antes de Navidad.

—Escoge lo que quieras —dijo Joaquín.

Cayetano pidió una tarta de fresas con crema de leche.

—Todo lo que quieras —dijo Joaquín.

Cayetano sonrió y pidió un pastel de manzana, galletas con miel, pasas y nueces, un pastelillo de pecanas en forma de avión y pirulines bañados en chocolate.

—No comas tanto dulce, chaval, que te vas a poner gordo como yo —le dijo el tipo que atendía detrás del mostrador.

—Los niños no engordamos —dijo Cayetano, y los tres se rieron.

Joaquín pagó la cuenta. Salieron de la pastelería.

—Bueno, ha sido un placer —dijo Joaquín.

—Pues lo mismo —dijo Cayetano.

Se dieron la mano.

—Sólo quería decirte que eres precioso —dijo Joaquín—. Pareces un ángel.

Cayetano sonrió.

—Eso mismo dice mi madre —dijo.

Luego se alejó comiendo su tarta de fresa.

* * *

Joaquín estaba en su cama plegable sin poder dormir. Escuchaba la respiración de Juan Ignacio, sentía una fuerte erección y no podía dormir. Sin poder contenerse más, salió de su cama y se pasó a la cama de Juan Ignacio.

—Quiero hacerte el amor, Verónica —le dijo al oído.

Juan Ignacio se despertó, asustado.

—¿Qué te pasa, carajo? —dijo, alejándose de Joaquín—. Yo no no soy ninguna Verónica. Yo soy Juan Ignacio, tu amigo Juani de toda la vida.

Joaquín retrocedió, avergonzado.

—Lo siento —dijo—. Pensé que te gustaba hacer el amor conmigo.

—No, no me gusta, no me gusta nada —dijo Juan Ignacio, con una voz cortante, agresiva—. La sodomía me parece algo abominable, Joaquín. Sólo pensar que hicimos eso me da náuseas.

Arrepentido de haber dado un paso en falso, Joaquín salió de la cama y se sentó en su cama plegable.

—Lo que hicimos la otra noche no me pareció abominable, Juani —dijo, en voz baja—. Para mí fue algo bonito. Yo lo disfruté mucho.

—Pues yo no —dijo Juan Ignacio—. Para mí fue una experiencia denigrante. Yo diría que ha sido el punto más bajo de nuestra amistad. Los amigos están para ayudarse, Joaquín, no para hacerse daño. Y yo no quiero que tú me contagies tus debilidades. Si tú has escogido un estilo de vida que está reñido con la moral, pues allá tú, es tu problema. Pero no me obligues a hacer cosas que yo rechazo profundamente, pues. Por favor, que esto no vuelva a repetirse, porque de lo contrario me vas a obligar a tomar medidas drásticas.

Joaquín sonrió.

—Me estás hablando como me hablaría mi padre —dijo.

—Es porque te quiero, Joaquín, y porque en este momento me siento como tu hermano mayor —dijo Juan Ignacio—. Ahora más que nunca tenemos que ser fuertes y estar unidos para salir adelante. Como ves, las cosas son más difíciles de lo que nos habíamos imaginado. Pasan los días y seguimos sin trabajo. Yo estoy sumamente preocupado, Joaquín. Esto no puede seguir así.

—¿Y qué vamos a hacer si no conseguimos trabajo?

—No sé, no tengo idea, pero déjame decirte una cosa: yo no he venido a Madrid a vivir como un sudaca más. Yo soy un profesional, he terminado con todos los honores una maestría en Washington DC y no voy a terminar fregando platos en una chingana de Madrid. Eso de ninguna manera. Como tú bien sabes, yo tengo mi orgullo. Antes de ponerme a lavar platos, me regreso a Lima y sanseacabó.

—Pero volver a Lima sería sacrificar nuestro orgullo, Juani. Volveríamos como perdedores.

—Puede ser, puede ser, pero yo la verdad ya estoy harto de comer frejoles todos los días, de lavar mis calzoncillos en la ducha, de dormir en este colchón jugoso, carajo. Ya tengo las pelotas hinchadas de aguantar a la aguaruna de mierda que no me deja ver televisión tranquilamente, que me mira con un rencor de cien años, como si yo tuviese la culpa de que ella sea india y fea, la puta que la parió. Yo no estoy acostumbrado a vivir en estas condiciones de estrechez, Joaquín. A mí en Lima me cocinan solamente lo que me gusta. En mi puta vida he lavado las ollas de mi casa. Yo he lavado una olla por primera vez en esta pensión de medio pelo. En mi casa me traen el desayuno a la cama, me lavan mi ropa que da gusto y me la entregan planchadita, impecable, y pobre de la lavandera si mis camisas están un poquito arrugadas o no tienen almidón, ah, carajo, le cae un café de la gran puta a la negra. Para qué te voy a mentir, yo la verdad que extraño mucho las comodidades de mi casa.

—Sí, pues, no se puede negar que en Lima vivíamos mejor que aquí.

—O sea que ya sabes mis planes, Joaquín. Si no consigo un buen trabajo pronto, a hacer maletas y a volver al Perú con la frente en alto.

Se quedaron callados.

—¿No te arrepientes de haber renunciado a la compañía de seguros, Juani? —preguntó Joaquín.

—Yo jamás me arrepiento de nada —dijo Juan Ignacio—. Sólo los perdedores se arrepienten de las cosas que hacen.

—De repente deberías considerar cobrar temporalmente el paro. Eso te daría más tiempo para encontrar un buen trabajo.

Juan Ignacio movió la cabeza.

—De ninguna manera —dijo, tajante—. Yo no voy a vivir

como un parásito, chupando la mamadera del Estado español. Eso va contra mis principios.

—No exageres, Juani. Hay que ser pragmáticos.

—Es una cuestión de principios, Joaquín. Yo siempre he creído que a todos esos vagos que cobran el paro deberían cortarles la mamadera, y encima deberían traer el rochabús como en el Perú y tirarles un buen chorro de agua con ácido muriático a ver si se desahuevan y aprenden a ganarse la vida, carajo.

Se rieron. Ahora Juan Ignacio parecía optimista, seguro de sí mismo, el ganador de siempre.

—¿Cuánto tiempo más estás dispuesto a esperar? —preguntó Joaquín.

—Máximo, hasta fin de mes —dijo Juan Ignacio—. Si no, todos vuelven, como dice el vals.

Luego le dio la espalda a Joaquín y metió la cabeza debajo de la almohada. Este viaje a España va a ser un gran fracaso, pensó Joaquín. No debí largarme de Lima a la loca.

* * *

Una de sus últimas noches en Madrid, Joaquín salió a dar una vuelta a ver si se cruzaba con algún chico guapo por ahí. Hacía mucho frío esa noche. Paró un taxi y subió.

—Lléveme a la mejor discoteca *gay* de Madrid, por favor —le dijo al taxista.

—*Gay*, *gay*, es que no me suena nada esa discoteca —dijo el taxista, un hombre ya mayor—. ¿En qué calle está?

—No, señor, la discoteca no se llama *gay* —dijo Joaquín—. Me refiero a una discoteca de chicos.

—Ah, ¿esas discotecas nuevas donde van los chavales a tomar cocacola? —preguntó el taxista.

—No. En realidad, quisiera ir a una discoteca para homosexuales.

El taxista puso cara de molesto.

—Pues yo no conozco ninguna, y si conociera tampoco lo llevo —dijo, tajante—. Ahora bájese de mi carro, por favor, que yo no trabajo con maricones.

Joaquín bajó del carro y subió a otro taxi. Esta vez, el conductor entendió bien adonde quería ir Joaquín, y lo llevó a una discoteca frecuentada por homosexuales. Tras pagarle y agradecerle, Joaquín entró a la discoteca, se sentó en la barra y pidió una cocacola sin cafeína. No había mucha gente en la discoteca. Estaban tocando una canción que le pareció demasiado estridente.

—¿Tú eres peruano, no es cierto? —escuchó, poco después.

Una chica se había sentado a su lado. Tenía el pelo negro, los ojos achinados y la nariz algo grande.

—Sí —dijo Joaquín.

Ella sonrió.

—Yo también —dijo.

—¿Cómo te diste cuenta? —preguntó él.

—Creo que te vi en Lima alguna vez —dijo ella—. ¿Qué haces por aquí?

—Nada —dijo él—. De paso.

—No sabía que eras *gay* —dijo ella.

—Yo tampoco —dijo él, y se rieron.

—¿Pero eres o no eres?

—A veces.

—Eso no vale.

—¿Por qué?

—Porque yo soy lesbiana siempre, no a veces —dijo ella. Él tomó su cocacola.

—Eres la primera lesbiana que conozco —dijo.

—Debes haber conocido a varias sin saberlo —dijo ella. Se quedaron callados.

—¿Vives en Madrid? —preguntó él.

—Ajá —dijo ella.

—¿Hace cuánto?

—Cinco años ya, voy para seis.

—Qué suerte. ¿Vives con tu familia?

—No, vivo sola. Mi familia no me aguanta.

—A mí tampoco.

—Es normal.

—¿Y cómo te ganas la vida?

—Vivo de mis rentas.

—Caramba, bien por ti, el que puede, puede. ¿Cómo te llamas?

—Luciana. Luciana Ravello.

—¿Algo del banquero famoso?

—Sí. Yo soy la hija de Ravello.

Pocos años atrás, José María Ravello había sido uno de los banqueros más ricos del Perú. Luego cayó en desgracia: en medio de un escándalo público, fue encarcelado por usar indebidamente el dinero de los ahorristas de su banco.

—¿Qué fue de tu padre? —preguntó Joaquín.

—Salió de la cárcel hace un par de años —dijo Luciana—. Ahora vive en Costa Rica.

—¿Sigue metido en bancos?

—No, ahora tiene una chacrita de frutas y unas cuantas vacas. Ya no trabaja. Está jubilado. Quedó mal después de la cárcel.

—¿Y tú por qué no vives en Costa Rica?

—Porque mi viejo sabe que soy lesbiana, y para evitar el escándalo me mandó aquí.

Luciana pidió una cerveza. Joaquín se animó a pedir otra. Tomaron unos tragos. Fueron a bailar.

—¿Ahorita te sientes *gay*? —preguntó ella, mientras bailaban.

—Después de una cerveza, siempre me siento *gay* —dijo él.

Un rato después, ella dijo para ir a su departamento. Salieron de la discoteca, subieron a un taxi y fueron al departamento de Luciana. Ella vivía en Menéndez y Pelayo, frente al Retiro.

—Te voy a enseñar una cosa que sólo les enseño a mis amigos —le dijo a Joaquín, cuando entraron al departamento.

Luego fue a su cuarto y regresó con una barra de oro. Era tan grande como un ladrillo, sólo que era dorada y brillaba.

—La logramos sacar del Perú justo antes que mi viejo cayese preso —dijo.

—Coño, qué suerte —dijo Joaquín.

Luciana acarició la barra de oro.

—Ahora es mía —dijo, sonriendo—. Mi viejo me la regaló cuando cumplí veintiún años.

—¿Como cuánto valdrá? —preguntó Joaquín.

—Toda la plata que necesito para no volver a Lima —dijo Luciana, y se rieron a carcajadas.

* * *

El último día de enero de ese año, Juan Ignacio le dijo a Joaquín que había decidido volver a Lima, y Joaquín dijo que él también quería volver, pues ya no le quedaba mucha plata. Esa mañana, los dos fueron juntos a las oficinas de una línea aérea y reservaron dos asientos en un vuelo a Miami al día siguiente.

—Tenemos que despedirnos de Madrid por todo lo alto —dijo Juan Ignacio, cuando llegaron a la pensión con los pasajes—. ¿Qué te parece si nos ponemos bien elegantes y vamos a comer al Palace?

—Me parece una gran idea —dijo Joaquín—. Tiempo que no comemos rico.

—Pero antes quiero comprarme un par de ternos para llegar a Lima bien parado —dijo Juan Ignacio—. Quiero que los cholos de la aduana digan carajo, este blanquito debe ser dueño de un banco, debe ser bien billetón. Tú sabes que en Lima te tratan como te vistes, Joaquín. Tú también deberías comprarte un par de ternitos.

—Tienes razón, Juani.

—Entonces vamos de una vez a comprarnos buena ropa. Ay, carajo, nada me gusta más que comprar ropa fina.

Se abrigaron, salieron de la pensión y bajaron a la calle.

—Hoy vamos en taxi —dijo Juan Ignacio—. Ya estoy harto de subirme a esos ómnibus llenos de ancianos con última parada en la morgue, carajo.

Se rieron. Pararon un taxi.

—Si está fumando, no subimos —dijo Juan Ignacio.

Abrió la puerta del carro. El taxista estaba fumando.

—Lo siento —le dijo Juan Ignacio al taxista—. Yo no viajo en taxis contaminados.

—Vete a coger por el culo —gritó el taxista.

—Yo no pago para que me envenenen, peladito —gritó Juan Ignacio, riéndose, cuando el taxi se alejó de ellos.

Joaquín se rió a carcajadas. Tuvieron que dejar pasar varios taxis más hasta encontrar un taxista que no fumase. Entonces subieron al carro, y Juan Ignacio le dijo al taxista que los llevase a la tienda Milano, en la Puerta del Sol.

—Mi madre siempre ha comprado mi ropa en Milano —dijo Juan Ignacio—. Es una tienda de primera.

Al llegar a Milano, pagaron el taxi a medias, entraron a la tienda y se detuvieron a ver los ternos. Un vendedor les ayudó a buscar las tallas y los colores que querían.

—Los trajes, siempre oscuros y cruzados —le dijo Juan Ignacio a Joaquín—. Primero, porque adelgazan, y segundo, porque dan una imagen de poder.

Entonces el vendedor les explicó que cada color tiene su propia personalidad.

—El gris es tranquilo, más bien tímido —les dijo—. No tiene tanto carácter como el azul marino, que siempre sabe lo que quiere. Y el negro es un individualista puro que no le teme a la muerte.

Luego fue por una cinta métrica para tomarles las medidas.

—A éste parece que se le chorrea el helado —le dijo Juan Ignacio a Joaquín, bajando la voz, señalando al vendedor—. Ten cuidado que en una de ésas estornuda y nos pasa el sida —añadió, y los dos se rieron.

El vendedor regresó y los midió de arriba abajo.

—¿Cuál es el color de los ganadores? —le preguntó Juan Ignacio.

—Definitivamente, el azul —dijo el vendedor.

—Pero azul oscuro —añadió Juan Ignacio.

—Exacto, oscuro, azul oscuro —dijo el vendedor.

—Y blanco —dijo Juan Ignacio—. Sólo un hombre de éxito se pone un traje blanco.

—Bueno, sí, el blanco es siempre una afirmación tajante, un grito de esperanza —dijo el vendedor.

—Cuando yo me case, me voy a poner un traje blanco y un clavel rojo —dijo Juan Ignacio.

—Te verías estupendo, Juani —dijo Joaquín.

—El blanco va bien con el azabache radical de su pelo —le dijo el vendedor a Juan Ignacio.

—Y voy a fumar un habano, el único habano que voy a fumar en mi vida —dijo Juan Ignacio.

—¿Cuándo se casa el caballero? —le preguntó el vendedor.

—Algún día —dijo Juan Ignacio.

—Desde ahora, mis parabienes —dijo el vendedor.

* * *

Esa noche, Juan Ignacio y Joaquín se pusieron los ternos que habían comprado en Milano y fueron a cenar al hotel Palace.

—Esto es vida, carajo —dijo Juan Ignacio, mientras comían unos postres espléndidos.

Mientras comían, habían tomado una botella de vino tinto. Joaquín se sentía un poco borracho.

—¿Tú te acuerdas de mí en el colegio, Juani? —preguntó.

—La verdad que no —dijo Juan Ignacio—. Pero mis recuerdos del colegio son maravillosos. Yo me siento muy orgulloso de haber estudiado en el Markham College, el mejor colegio del Perú.

Se quedaron callados. Siguieron comiendo.

—Yo sí me acuerdo de ti en el colegio —dijo Joaquín.

Juan Ignacio sonrió, halagado.

—Seguramente te acuerdas cuando me nombraron *house captain* —dijo.

—No —dijo Joaquín, sin mirarlo a los ojos—. Me acuerdo de ti un día en el baño de menores.

Juan Ignacio puso cara de sorprendido.

—¿En el baño de menores? —preguntó.

—Ajá —dijo Joaquín.

—Qué raro —dijo Juan Ignacio—. Yo no me acuerdo de ese día.

Joaquín sonrió, como si no le creyese.

—¿En serio no te acuerdas de ese día en el baño? —preguntó.

—De verdad, no me acuerdo en absoluto —dijo Juan Ignacio—. ¿Qué fue lo que pasó?

Joaquín tomó un trago antes de hablar.

—Yo estaba en quinto de primaria —dijo—. Habíamos salido al segundo recreo. Yo estaba en uno de los baños de primaria. Tú entraste al baño con tu capa negra de capitán. Había pocos chicos en el baño. Tú nos dijiste que ibas a hacer una revisión de higiene personal. Todos nos pusimos en fila. Tú nos revisaste el pelo, las manos, las uñas y el cuello de la camisa. Después dijiste que todos habían aprobado, menos yo. Cuando los otros chicos salieron del baño, tú me dijiste que tenías que hacerme un examen más a fondo. Me llevaste al excusado, cerraste la puerta y me hiciste bajar el pantalón. Entonces me tocaste la pinga y me dijiste estás un poquito sucio, no te voy a jalar pero tengo que limpiarte con saliva, mira bien para que aprendas. De ahí escupiste en la palma de tu mano y me empezaste a frotar la pinga. Después te abriste la bragueta y me dijiste ahora vamos a practicar juntos, échate saliva en la mano y hazme una limpiadita, sólo para ver si has aprendido; si lo haces bien, apruebas el examen. Yo escupí mi mano y te la corrí. Cuando terminaste, me manchaste la mano. Antes de irte, me dijiste que me ibas a poner veinte y me hiciste prometerte que no se lo iba a decir a nadie.

Juan Ignacio tomó un trago. Estaba pálido.

—Qué verguenza, Dios mío —murmuró—. Lo siento, Joaquín. Lo siento en el alma.

—No te preocupes, hombre —dijo Joaquín—. Eso pasó hace mucho tiempo.

—Si te hice daño, te ruego que me perdones, Joaquín. Te juro por lo que más quiero que yo no sabía que ese chico habías sido tú. Me acuerdo de la escena en el baño de menores, pero no sabía que eras tú.

—Más bien, tú discúlpame por haber traído a la conversación estos recuerdos amargos, Juani.

—Si puedo hacer algo para que me perdones, dímelo, Joaquín. Pídeme lo que quieras.

Joaquín pensó qué le provocaba hacer esa noche. No tuvo que pensar mucho rato.

—Ésta es nuestra última noche en Madrid —dijo—. Quedémonos a dormir en este hotel.

Juan Ignacio sonrió, aliviado, tal vez porque sintió que Joaquín no le guardaba rencores.

—Dalo por hecho —dijo.

—Pagamos a medias, por supuesto —dijo Joaquín.

—De ninguna manera —dijo Juan Ignacio—. Esta noche invito yo.

Luego pidió la cuenta y pagó con una tarjeta de crédito. Algo borrachos, se levantaron y fueron a la recepción del hotel. Juan Ignacio pidió una habitacion doble, entregó su tarjeta de crédito, llenó una cartilla y recibió la llave de la habitación. Subieron por el ascensor. Caminaron en silencio por el pasillo alfombrado. Joaquín presentía lo que iba a ocurrir. No bien entraron al cuarto, se abrazaron y se besaron.

—Te ruego que me perdones —susurró Juan Ignacio.

—Yo siempre te voy a querer —susurró Joaquín.

Después, se dejaron llevar por los instintos. Esa noche, hicieron el amor por segunda y última vez.

* * *

Un par de días después, estaban de regreso en Key Biscayne, antes de seguir viaje a Lima. Como en el viaje de ida, se alojaron en el departamento de los padres de Juan Ignacio. Al día siguiente de haber llegado, decidieron jugar tenis en una de las canchas del edificio. Fueron a un centro comercial, compraron raquetas, pelotas de tenis y ropa deportiva, y regresaron al departamento. Luego se cambiaron de prisa y bajaron a la cancha de tenis. Era una cancha de cemento, rodeada de palmeras. Había salido un sol radiante esa mañana.

—Prepárate, que te voy a dar una paliza —dijo Juan Ignacio, entrando a la cancha de tenis.

—No vale trabajar a la boquilla, pues —dijo Joaquín, sonriendo.

Juan Ignacio hizo unos ejercicios para calentar los músculos.

—Estoy al cien por ciento esta mañana —dijo—. Me siento como la gran puta, como un chiquillo de quince años. Ay, carajo, no hay nada como una vida sana y metódica.

—Con este sol vamos a terminar muertos —dijo Joaquín.

Juan Ignacio soltó una carcajada.

—Ya comienzan las disculpas —dijo, en tono de burla—. Que el sol me cegó, que el viento estaba en contra, que las gaviotas hicieron mucha bulla, que la pelota daba mal bote. Ay, don Joaquín, ¿cuándo vas a aprender a perder? —añadió, y los dos se rieron.

Juan Ignacio flexionó las piernas, dio unos saltos y se persignó.

—Listo —gritó—. Cuando quieras.

—¿Quién lleva la cuenta? —gritó Joaquín, al otro lado de la cancha.

—Tú, por favor —gritó Juan Ignacio—. No va a ser tan difícil, porque siempre vas a estar en cero.

Entonces comenzó el partido. Joaquín empezó jugando mejor. Fue sumando puntos sin mucha dificultad. Juan Ignacio parecía algo lento e impreciso esa mañana. Sus tiros eran débiles, mal colocados. Rara vez acertaba un golpe ganador.

—Seis a dos, primer *set* para mí —gritó Joaquín, tras ganar un punto fácilmente.

—Cinco a dos, dirás —corrigió Juan Ignacio—. Falta un *game* todavía.

—Estoy segurísimo, Juani. Ya terminó el primer *set*.

—¿Estás apurado o qué? Falta un *game*, hombre. No comiences con tus mañas, por favor.

Joaquín se resignó a darle la razón, y no tuvo muchos problemas en ganar los siguientes puntos. Recién entonces, Juan Ignacio aceptó que había perdido el primer *set*.

—Bueno, ahora sí se acabo el recreo —gritó, antes de comenzar el segundo *set*.

Entonces empezó a golpear la pelota con más fuerza, pero casi todos sus tiros salían de la cancha o se estrellaban en la *net*. Joaquín continuó sumando puntos sin esforzarse demasiado.

—Cuatro a uno —gritó, poco después, cuando Juan Ignacio botó una pelota lejos de la cancha.

—Estás loco —gritó Juan Ignacio—. Tres a uno, hombre.

Ahora Juan Ignacio parecía irritado. Hacía mucho calor, estaba perdiendo, y a él no le gustaba perder.

—No, Juani —dijo Joaquín—. Yo estoy llevando la cuenta y estoy seguro. Va cuatro a uno y te toca sacar a ti.

—No puedo creer que seas tan tramposo —gritó Juan Ignacio, sin poder disimular que estaba enojado.

—No estoy haciendo trampa —dijo Joaquín—. Estoy llevando el puntaje porque tú me dijiste. Si quieres, a partir de ahora llevamos juntos el puntaje.

—Perfecto —dijo Juan Ignacio—. Tres a uno. Saco yo.

—Cuatro a uno —insistió Joaquín—. No puede ser que me hagas esto a cada rato sólo porque vas perdiendo, Juani.

—De ninguna manera, pues. ¿Por qué carajo voy a ceder a tus trampitas si estoy seguro que vamos tres a uno?

Entonces Joaquín perdió la paciencia.

—Mejor no seguimos jugando —dijo, y salió de la cancha.

—Ah, carajo —gritó Juan Ignacio, llevándose las manos a la cintura—. ¿Me amenazas? ¿Me das un ultimátum?

Joaquín se sentó en una banca al lado de la cancha y se secó el sudor de la frente.

—Yo no sigo —dijo—. Así no tiene sentido jugar.

—Eres un picón, un picón de mierda —gritó Juan Ignacio—. ¿O sea que si tú no ganas no tiene sentido jugar? Qué tal concha, carajo. Ya estoy hinchado de tus caprichos, de tus engreimientos de señorita.

—El picón eres tú, que cuando pierdes haces trampa —gritó Joaquín.

Luego se levantó y caminó hacia la puerta de la cancha.

—La señorita se pica, tira la raqueta y se va —gritó Juan Ignacio, en tono burlón—. Qué barbaridad, carajo. Eso refleja tu actitud frente a la vida, Joaquín. Si no te dan siempre la razón, si las cosas no salen como a ti te da la gana, mandas todo a la mierda y te largas. Ésa es una actitud de perdedor, pues. Lo que pasa es que eres un perdedor.

Joaquín se detuvo, volteó y miró a Juan Ignacio.

—Por favor, no comiences con tu estúpido discurso de ganadores y perdedores —le dijo.

Juan Ignacio se rió con una risa forzada.

—Te duele porque es la verdad —gritó—. Eres un perdedor, un perdedor de mierda, Joaquín. Siempre fuiste un perdedor y siempre vas a ser un perdedor. Y tú lo sabes.

—De repente tú serás un ganador, pero eres un gran cojudo —gritó Joaquín.

—Cállate, oye, perdedor, maricón de mierda —gritó Juan Ignacio.

—¿Quién habla, Verónica? —gritó Joaquín.

—Dices eso una vez más y te rompo la cara, conchatumadre —gritó Juan Ignacio.

—Ya no te aguanto —dijo Joaquín—. Yo me largo de aquí.

Luego subió al departamento, sacó sus maletas, bajó al estacionamiento y entró al carro. Salió del edificio manejando lentamente, pensando voy a llorar recién cuando pase la caseta del portero.

—Perdedor —le gritó Juan Ignacio, desde la cancha de tenis.

TERCERA PARTE

UNA SEMANA DE VACACIONES

Joaquín estaba tomando desayuno cuando sonó el teléfono. Contestó. Era Luis Felipe, su padre. Habían pasado meses sin hablarse.

—Hola, hijo —dijo Luis Felipe, con una voz que a Joaquín le pareció inusualmente cariñosa—. Te llamo porque he decidido tomarme una semanita de vacaciones, y me gustaría pasarla contigo en Miami.

Joaquín vivía solo en un pequeño departamento de Key Biscayne. Se había ido a vivir a Miami porque ya estaba harto de Lima. Sin embargo, cada día estaba más arrepentido de haberse marchado de su país. Cada día detestaba más el calor, los mosquitos y el aire acondicionado de Key Biscayne.

—Caramba, qué buena idea —dijo.

—Sí, pues, hijo, necesito desenchufarme unos días de este despelote del carajo que es Lima —dijo Luis Felipe—. Estoy muy tenso en la fábrica. Tenemos problemas en el sindicato. Hay terroristas infiltrados. No sé si te conté que hace poco los terroristas nos mataron al gerente de relaciones industriales.

—Caray, no tenía idea —dijo Joaquín.

Mintió. Había leído la noticia en uno de los *Caretas* que se vendían en el grifo de Key Biscayne.

—Deberías tomar alguna precaución, papi —añadió, sólo para halagar a su padre.

—Bueno, yo voy a todas partes con la 38 cañón recortado y con Martínez Lara —dijo Luis Felipe.

—¿Quién es Martínez Lara?

—Mi guardaespaldas, pues.

Luis Felipe vivía obsesionado con su seguridad personal. En el clóset de su dormitorio tenía un buen número de armas y municiones. Todas las noches, sacaba sus armas, las ponía encima de su cama, las limpiaba cuidadosamente y contaba sus municiones. Los fines de semana, se reunía en un club de tiro con dos o tres militares retirados, y se pasaba horas disparando sus armas, afinando la puntería y comentando los planes secretos de los terroristas. Luis Felipe solía decir que en el Perú hay que tener amigos militares, porque ellos son los que mandan al final.

—¿Y cuándo vendrías? —preguntó Joaquín.

—Mañana mismo —dijo Luis Felipe.

—Ah, caramba. ¿Tan rápido?

—¿Por qué? ¿Tienes algún problema?

—No, no, para nada. Yo encantado de que vengas, papi.

Joaquín nunca se había atrevido a ser franco con su padre. Prefería decirle mentiras, evasivas, frases educadas. Después se odiaba porque se sentía un cobarde.

—Si te complico, dime nomás —dijo Luis Felipe—. De repente quieres tener tu privacidad, hijo. En ese caso, yo me voy al Sonesta y no nos hacemos problemas.

—No, qué ocurrencia, papi. Yo feliz de que te quedes conmigo.

—Cojonudo, entonces me quedo en tu departamento. Mi plan es pasarme una semanita echado frente al mar, tomando mi cervecita y fumando mi cigarrito. Y en las noches, tenemos que ir al chifa del Sonesta a darnos una buena panzada, ¿no?

—Suena muy bien, papi —dijo Joaquín, pensando que en realidad sonaba muy mal.

—Bueno, entonces te llamo a la noche para confirmarte a qué hora llega mi avión —dijo Luis Felipe.

—Por favor, avísame para ir a recogerte al aeropuerto.

—No, hombre, no te preocupes. Yo tomo un taxi nomás.

—De ninguna manera, papi. Yo te recojo del aeropuerto.

—Correcto, correcto. Entonces te llamo a la noche.

—Chau, papi. Gracias por llamar.

Joaquín colgó el teléfono, fue a la cocina y abrió la refrigeradora. Recién eran las diez de la mañana, pero estaba tan nervioso que se comió un litro de helado de chocolate.

* * *

—Hola, Joaquín, soy tu papi, ¿estás ahí?

Era la voz de Luis Felipe en el contestador. Joaquín se había quedado dormido viendo el programa de Letterman. Saltó de la cama y contestó.

—Hola, papi —dijo.

—Hola, Joaquín. Espero no haberte despertado.

—No, no. Estaba viendo televisión.

—Oye, te llamo para informarte que me han confirmado mi reserva para mañana. Estoy llegando a Miami a las diecisiete y treinta horas.

—¿A qué hora?

—A las diecisiete y treinta. O sea, a las cinco y media, pues.

A Luis Felipe siempre le había gustado hablar como militar. Decía «positivo, negativo» en vez de «sí, no». Decía «visibilidad cero» en vez de «no veo nada».

292

—Perfecto —dijo Joaquín—. ¿En qué línea viajas?

—En American, por supuesto —dijo Luis Felipe—. Yo no viajo en aviones peruanos, hijo. Yo quiero llegar a viejo.

Se rieron.

—Oye, hijo, quería pedirte un favorcito, abusando de tu confianza —dijo Luis Felipe.

—Dime, papi. Todo lo que quieras.

—Quería darte una lista de encargos para que me hagas unas compritas.

—Dime. Acá tengo papel y lápiz.

—Toma nota. Dos botellas de Stolichnaya, dos de Johnnie Walker etiqueta negra, unas veinticuatro latas de Budweiser (pero no la *light*, ah, la cerveza legal de siempre), unas latitas de jugo de tomate para hacerme mi *bloody mary*, unos cuantos vinitos tintos y unos dos cartones de Camel.

—Perfecto, perfecto —dijo Joaquín.

Y pensó: este conchudo cree que se va de campamento o qué.

—Allá te giro un cheque para reembolsarte el gasto, hijo —dijo Luis Felipe.

—No hay problema, papi.

—Entonces, ¿todo conforme?

—Todo *okay*, papi. Todo conforme.

Joaquín tuvo ganas de decirle «cambio y fuera, por qué no me dejas vivir tranquilo, carajo, por qué no vas a emborracharte con tus amigos generales a uno de esos deprimentes clubes militares donde la gente va a disparar y a hablar cojudeces y a chupar sin medida y a terminar vomitando en esos baños inmensos que tienen vomitaderos, los únicos vomitaderos oficialmente reconocidos como tales en Lima».

—Entonces hasta mañana, hijo —dijo Luis Felipe—. Va a ser un gusto muy grande verte después de tanto tiempo.

Joaquín colgó el teléfono y se quedó viendo el programa de Letterman. No pudo relajarse y disfrutar del programa, como hacía casi todas las noches. Estaba tenso. Trató de masturbarse para estar más tranquilo. Tampoco pudo. Tuvo que tomarse un par de Xanax para quedarse dormido.

* * *

Luis Felipe salió del aeropuerto de Miami caminando lentamente. Estaba vestido con un saco azul, un pantalón gris y una corbata morada. Tenía puestos unos anteojos oscuros. Antes de pasarle la voz, Joaquín lo observó un instante: le pareció que estaba más viejo y demacrado que la última vez que lo había visto.

—Papi —le dijo.

Luis Felipe volteó, vio a su hijo y sonrió.

—Hola, muchacho —dijo—. Pensé que no habías venido.

Joaquín no supo si darle un abrazo, un beso en la mejilla o simplemente la mano. Luis Felipe tomó la iniciativa y lo abrazó. Joaquín sintió el mal aliento de su padre.

—¿Qué tal el viaje? —le preguntó, y sintió que le había salido una voz tímida, débil, y recordó cuando su padre le decía «no hables como muñequita de cuerda, carajo, parece que la voz te saliera del poto, a los hombres la voz nos sale de los cojones».

—Todo conforme —dijo Luis Felipe, y movió la mandíbula, un tic nervioso que se le había hecho más notorio con los años.

—¿Te cargo tu maleta?

—No. Deja nomás que la cargue el negrito.

Un maletero negro, flaco y uniformado cargó la maleta de Luis Felipe, silbando con un aire despreocupado.

—Carajo, qué calor de los mil diablos hace aquí —dijo Luis Felipe, no bien salieron a la calle.

—No te preocupes, que aquí nomás está el carro —dijo Joaquín.

Caminaron hasta el estacionamiento. Luis Felipe estaba sudando. Se secaba la frente con un pañuelo que tenía bordadas sus iniciales LFC.

—¿Por dónde está el carro? —preguntó el maletero, con un marcado acento caribeño.

—Ya estamos llegando —dijo Joaquín.

En realidad, estaba perdido. No recordaba en qué nivel del estacionamiento había dejado su carro.

Luis Felipe, Joaquín y el maletero caminaban bajo un calor agobiante, sin saber bien adónde iban. De pronto, el maletero se detuvo.

—Yo hasta aquí nomás llego —dijo, y dejó la maleta al lado de Luis Felipe.

—¿Qué te pasa, primito? —dijo Luis Felipe.

—Si ustedes no saben adónde está el carro, no es mi culpa —dijo el maletero—. Yo tengo que volver a trabajar.

—Anda, pues, anda a trabajar —dijo Luis Felipe, metiendo las manos en los bolsillos.

Joaquín se puso nervioso. Sabía que su padre estaba siempre listo a sacarle la entreputa al primer pendejito que se cruzase en su camino.

—Son cinco dólares —dijo el maletero.

Luis Felipe miró a su hijo y sonrió.

—Este cutato de mierda cree que somos unos cojudos —le dijo.

Luego miró de mala manera al maletero.

—No te voy a dar propina, o sea que puedes irte nomás —le dijo.

—Si no me da mi plata, llamo a la policía —dijo el maletero.

—Anda, pues, acá te espero —dijo Luis Felipe, levantando la voz—. Vamos a ver si te creen a ti, que eres un negro de mierda, o a mí, que soy un señor.

—No me hables así, comemierda —gritó el maletero.

—Mire, aquí tiene los cinco dólares —dijo Joaquín, ofreciéndole un billete al maletero.

El maletero cogió el billete y se marchó.

—Los monos como tú deberían estar en una jaula —le gritó Luis Felipe—. Cocodrilo de mierda, carajo.

El maletero no volteó. Hizo un gesto obsceno y siguió caminando.

—Negro jijunagranputa —murmuró Luis Felipe.

—Espérame aquí, papi —dijo Joaquín—. Ahorita vengo con el carro para no cargar la maleta.

Luego corrió por la playa de estacionamiento buscando su carro. Subió y bajó niveles, se acercó a un par de carros que se parecían al suyo, pensó que se habían robado su carro, que su vida volvía a ser una mierda cuando estaba con su padre, que perdía la tranquilidad y se convertía en un tipo nervioso, asustado, sin personalidad, hasta que por fin, empapado de sudor, encontró su carro. Entró de prisa, apagó la alarma y manejó hasta donde lo esperaba su padre.

—Perdona la demora, papi, pero no encontraba el carro —dijo, no bien bajó, y cargó la maleta de su padre.

—A ti siempre se te pierden las cosas, pues —murmuró Luis Felipe.

Joaquín sonrió y pensó: viejo de mierda, mejor te hubieras quedado en Lima.

* * *

Lo primero que hizo Luis Felipe al entrar al departamento de Joaquín fue tumbarse en un sillón y prender un cigarrillo.

—¿Te sirvo un whiskicito? —preguntó Joaquín.

—Por favor, hijo. Doble y sin agua. Con un par de hielitos nomás.

Joaquín fue a la cocina, sirvió el trago y se lo dio a su padre.

—Debes estar cansado —le dijo.

—Con un par de whiskachos, estoy como nuevo —dijo Luis Felipe, y tomó un trago.

Se quedaron callados.

—Por si acaso, hice todas las compras que me encargaste —dijo Joaquín.

—Cojonudo. ¿Cuánto te debo?

—No, papi, no lo decía por la plata.

Luis Felipe sacó un par de billetes y se los dio.

—Gracias —dijo Joaquín, y se guardó la plata.

—Me parece que ha sido un acierto de tu parte venirte a vivir a Key Biscayne —dijo Luis Felipe, jugando con un hielo en la boca.

—¿De verdad crees eso? —preguntó Joaquín.

—Bueno, si yo viviera en Miami no lo pensaría dos veces y me vendría a esta islita que me parece el deshueve —dijo Luis Felipe—. No hay negros, hay pocos gringos (y eso es una ventaja, porque cuando hay muchos gringos uno como que se acojuda, ¿no?), y la gente que hay es de buena familia, como nosotros. Tú sabes que mis dos hermanos tienen departamentos en Key Biscayne. Juan Francisco tiene uno en Key Colony y Carlos tiene un depa en el Commodore con una vista macanuda.

Juan Francisco y Carlos eran más simpáticos, más exitosos y más ricos que Luis Felipe. Vivían en La Planicie y pasaban los veranos en Las Palmas, al sur de Lima. Habían hecho muy buenos negocios, gracias a los cuales vivían vidas cómodas y sosegadas. Ambos se habían hecho liposucciones, algo que Luis Felipe solía comentar con una sonrisa burlona, como diciendo «mis hermanos tendrán más billete que yo, pero yo no soy tan mariconcito como para bajarme la llanta haciéndome liposucciones a escondidas en una clínica de Miami».

—¿Y tú por qué no te compras un depa en Miami, papi? —preguntó Joaquín, y se sentó al lado de su padre—. Podrías venir a descansar de vez en cuando.

—No es una mala idea —dijo Luis Felipe—. Pero tú sabes, pues, hijo, que yo soy peruano hasta los cojones, no como tu generación, que el primero que puede se larga a cualquier parte.

—Sí, pues —dijo Joaquín—. Para mi generación, el patriotismo es una broma de mal gusto.

Recogió el vaso de su padre y fue a la cocina a servirle un trago más. Luis Felipe prendió un cigarrillo.

—¿No te molesta que fume, no? —preguntó.

—No, para nada —dijo Joaquín—. Estás en tu casa.

Mintió. Detestaba que fumasen en su departamento. Tenía ganas de decirle «sí, papi, me jode en el alma que fumes aquí, me jode que me dejes mi depa apestando a cigarrillo, porque no sabes el trabajo que me dio quitarle el olor a humo cuando recién lo alquilé, el inquilino anterior era un médico cubano que seguramente fumaba como una chimenea, y me pasé todo un mes echando aerosoles perfumados, poniendo hojitas aromáticas en todos los rincones de la casa, poniendo esos honguitos que absorben los malos olores, y todo para que tú vengas a fumar con gran concha y brillante estilo, no, pues, viejo cabrón, no te pases, si quieres fumar, no hay problema, pero pon primera y arráncate a la playa».

Luis Felipe abrió una puerta corrediza y salió al balcón.

—Carajo, esto es un sauna —dijo, y tomó un trago.

Joaquín también salió al balcón. El aire estaba caliente, espeso.

—¿Y cómo están las cosas en Lima? —preguntó.

Luis Felipe respiró profundamente, como dándose cierta importancia.

—Muy jodidas, hijo, muy jodidas —dijo—. Aunque mucha gente no se dé cuenta, estamos en guerra civil. Hay que vivir en estado de alerta, a la defensiva, listo para sacar tu arma y quemarte al primer terruco que se te cruza en el camino.

—Caray —dijo Joaquín.

Se quedaron callados.

—No le vayas a contar esto a tu madre, pero yo estoy amenazado hasta los cojones —dijo Luis Felipe.

—No me digas. ¿En serio?

—Tres veces me han llamado anónimos a la fábrica a amenazarme. Me han dicho que estoy en la lista negra porque en la fábrica no hemos pagado cupos a los terrucos. Que se vayan a la mierda, indios jijunagranputas. Yo no me he roto el lomo toda mi vida para que vengan ahora estos terrucos de mierda a chantajearme.

Ahora Luis Felipe estaba tan exaltado, que casi estaba gritando.

—Tal vez deberías pasar más tiempo en Miami, papi —dijo Joaquín.

—A mí nadie me bota de mi país, hijo —dijo Luis Felipe—. Que se vayan los rosquetes. Yo me quedo.

Se quedaron callados. Estaban sudando. Hacía mucho calor.

—No te muevas, no te muevas —dijo Luis Felipe.

Abrió su mano derecha, le dio una bofetada a su hijo y le enseñó la mano: había una mancha de sangre.

—Tenías un mosquito —dijo, sonriendo—. Estaré viejo, pero todavía tengo mis reflejos.

* * *

—Bueno, bueno, estos whiskachos me han abierto el apetito —dijo Luis Felipe, sobándose la barriga—. ¿Qué tal si vamos al chifa del Sonesta a darnos una buena comilona?

A Joaquín no le gustaba el chifa, pero no dijo nada, pues no quería decepcionar a su padre.

—Un segundito, que voy a echarme repelente para los mosquitos —dijo.

Entró al baño y se echó un aerosol en los brazos y el cuello.

—¿No quieres echarte un poquito? —dijo, enseñándole el aerosol a su padre.

—No, gracias —dijo Luis Felipe—. Ésas son mariconadas de los gringos, muchacho.

Joaquín sonrió sin ganas.

—Lo que pasa es que un par de veces me han devorado los mosquitos, y ahora no salgo a la calle sin echarme el repelente —dijo.

Y pensó: ojalá te hagan papilla los mosquitos, viejo huevón.

Apagaron las luces, salieron del departamento y bajaron al carro.

—Qué diferencia es salir a la calle sin pistola, sin celular, sin un cholo a tus espaldas que te sigue a todas partes —dijo Luis Felipe, mientras bajaban las escaleras.

—Sí, pues, debe ser horrible vivir así.

—Es que en el Perú vivimos en guerra civil, pues, hijo. Y esa guerra se veía venir hace años. Esa guerra comenzó con Velasco, el cojo jijunagranputa que tanto daño le hizo al Perú. Todo el terrorismo viene de ahí, de cuando Velasco despertó a los cholos y los igualó con los blancos.

—Así es, papi —dijo Joaquín, y abrió la puerta de su carro.

—No, mejor vamos a pie —dijo Luis Felipe—. Me va a hacer bien dar una caminata. De paso que aprovecho para fumarme un pucho.

Estaban a cinco o seis cuadras del hotel Sonesta.

—Como quieras —dijo Joaquín.

Salieron caminando del edificio. Luis Felipe prendió un cigarrillo, aspiró fuertemente y miró el cielo despejado. Luego siguió hablando.

—Bueno, como te venía diciendo, ¿cuál es el problema del Perú? La cosa es bien clara, hijo, meridianamente clara. El problema es que los blancos y los cholos se odian, pero también se necesitan. Vamos a ver si me entiendes: los blancos no queremos a los cholos, hablamos mal de los cholos, nos apestan los cholos, nos alejamos de los cholos, ¿me sigues?

—Ajá.

—Pero la pendejada es que los blancos no podemos vivir sin los cholos, Joaquín. Porque entonces, ¿quién trabaja para nosotros, quiénes son nuestros obreros, nuestra mano de obra? Tienen que ser los cholos, pues. ¿Y quiénes son nuestras empleadas, nuestras cocineras, nuestras lavanderas? Tienen que ser las cholas, pues.

—Claro.

—Y a la inversa o viceceversa (no sé como mierda se dice, tú debes saber eso porque tú eres el intelectual de la familia), los cholos tampoco nos quieren a los blancos. Nos miran con envidia. Son unos resentidos del carajo. Les gustaría ser como nosotros. Pero no pueden, pues, porque ellos son cholos, *brownies*, huanacos. Y el que nace cholo, muere cholo. Puede ser cholo con plata, cholo blanco, pero el que nace cholo, muere cholo, y lo demás son cojudeces. ¿Y cuál es la pendejada? Que los cholos nos odian, pero también nos necesitan, ¿me sigues?

—Ajá.

—Porque ellos no tienen la educación, la plata ni la inteligencia para triunfar en el mundo de la empresa y los negocios. Tú quítale un negocio a un blanco y dáselo a un cholo, y vas a ver cómo el negocio se va a la mierda en menos de lo que canta un gallo. El cholo tiene que trabajar para el blanco, hijo, eso es ley. No puede trabajar solo porque se emborracha, se va de mujeres y quiebra. Ésa es la gran tragedia del Perú: que los blancos y los cholos se odian, pero no pueden separarse.

—Claro.

—Ahora, uno puede irse del Perú, uno puede vender sus cosas y mandarse mudar, como han hecho tantos amigos míos, pero eso es una cojudez, porque afuera no eres nadie, hijo. Afuera siempre eres un extranjero, un ciudadano de segunda. Para mí, ser latino en Miami es como ser cholo en Lima, los gringos te miran por encima del hombro.

—Tienes razón, papi.

—Yo tengo muchos años viajando y viendo mundo, y te digo una cosa, hijo: en los Estados Unidos hay niveles sociales bien marcados. Primero están los blancos, por supuesto, y como debe ser. De ahí vienen los perros y los gatos (ah, carajo, en este país los perros y los gatos viven como reyes). Más abajo vienen los negros, que ya no serán esclavos pero siempre son cocodrilos, pues. Y al último, la última rueda del coche, ahí están los latinos.

De pronto, Luis Felipe se calló y aplastó un mosquito que estaba picándole uno de los brazos.

—Conchasumadre, estos mosquitos muerden duro —dijo—. Parece que tuvieran dientes.

Joaquín sonrió y pensó: bien hecho, viejo huevón, eso te pasa por terco.

* * *

—Estoy con un hambre descomunal —dijo Luis Felipe, entrando al chifa del Sonesta—. Tengo tanta hambre que me comería una vaca cruda.

Una mujer de ojos achinados le dio la bienvenida y lo condujo a una mesa. Había muy poca gente en el chifa. Al igual que en algunos chifas limeños, en la terraza había una laguna artificial con peces de colores.

—En seguida regreso con la carta —dijo la mujer, y se retiró.

Hablaba español, como la gran mayoría de residentes de Miami.

—Esta china está para chuparse los dedos —dijo Luis Felipe, mirando a la mujer.

—Sí, está muy guapa —dijo Joaquín.

—¿Qué edad tendrá la chinita? —preguntó Luis Felipe—. Veinte, veintidós años. No más. Ya debe comer con su mano, ¿no?

Se rieron. La mujer volvió con la carta. En el pecho tenía una tarjeta con su nombre: Kim.

—¿Ya están listos para ordenar? —preguntó.

—Listos, listos —dijo Luis Felipe, frotándose las manos, mirando descaradamente los pechos de la mujer.

—¿Qué desean? —preguntó ella.

Luis Felipe pidió varios platos.

—Pero hay algo más que yo deseo —añadió, sonriendo.

—Dígame, por favor —dijo ella.

—Yo la deseo a usted, Kim —dijo Luis Felipe.

Ella sonrió, tapándose la boca.

—Eso no se puede pedir, señor —dijo—. Eso no está en la lista.

—Caramba, qué lastima —dijo Luis Felipe—. Yo pagaría cualquier cosa por pasar un buen rato con una mujer tan hermosa como usted.

En ese momento, Joaquín odió a su padre. Le pareció un sujeto vulgar, despreciable.

—Gracias, es usted muy amable —dijo ella.

—Dime, chinita, ¿tu chuchita es achinadita como tus ojos? —preguntó Luis Felipe, y soltó una carcajada.

Ella sonrió, muy profesional, y regresó a la cocina.

—Esta china debe ser de las que gritan —murmuró Luis Felipe, mirándole el trasero.

* * *

—Sírvete un whiskacho, hombre —dijo Luis Felipe—. No seas fregado. Mira que tu padre ha venido a visitarte.

—Bueno, sólo uno para acompañarte —dijo Joaquín.

Estaban de regreso en el departamento. Joaquín sirvió un par de tragos y se sentó al lado de su padre.

—Salud —dijo Luis Felipe.

—Salud y bienvenido —dijo Joaquín.

Hicieron chocar sus vasos. Se quedaron callados.

—Joaquín, tenemos que tener una conversación de hombre a hombre.

—Dime, papi. Podemos hablar de lo que tú quieras.

Luis Felipe prendió un cigarrillo y expulsó el humo en forma de anillos.

—Tu madre y yo nos vamos a separar —dijo, con voz grave.

Joaquín puso cara de sorprendido.

—Caray, no sabía —dijo.

—Sí, hemos tomado la decisión de mutuo acuerdo, de mutuo consenso, o como mierda se diga.

—Caramba, no tenía idea.

—El problema es que tu madre no quiere la separación, porque tú sabes que ella es una fanática de la religión. Parece que sus curas del Opus Dei no le dan permiso para separarse, y tú sabes que ella no mueve un dedo sin consultarle a los cucufatos del Opus Dei.

—Sí, pues, el Opus Dei es una vaina.

Luis Felipe tomó un trago y cruzó las piernas.

—Es una pena, carajo, porque han sido casi treinta años de matrimonio —dijo.

—Treinta años es un montón de tiempo —dijo Joaquín.

—Pero la cosa ya está jodida, ya no tiene arreglo. Estos maricones de mierda del Opus Dei (y perdona que te hable así, hijo, pero estamos de hombre a hombre, ¿no?), estos rosquetes poco a poco la han ido cambiando a tu madre. Han hecho un trabajo de hormiga para joderme, y al final lo han conseguido, porque no se puede negar que esos conchasumadres son inteligentes.

Joaquín asintió.

—Eso no se puede negar —dijo.

—Tu madre, cuando yo la conocí, era una chica alegre, una chica normal. Iba a misa y tenía sus ideas religiosas, claro, como cualquier chica de buena familia en Lima, pero no era la fanática de la religión que es ahora. Estos tipos del Opus Dei le han ido metiendo ideas en la cabeza, le han hecho creer que yo soy una mierda, que soy su enemigo. Y para ella, lo que dice el Opus Dei es ley.

—Increíble.

Luis Felipe movió la mandíbula. Solía hacer eso cuando estaba nervioso.

—Tu madre (yo no quiero hablar mal de tu madre, yo

301

tengo un gran respeto por ella), tu madre ya me hinchó las pelotas, pues, carajo, y perdona que te hable así, con esta franqueza —dijo.

—Ningún problema, papi.

—Si me quiero tomar un whiskacho, tu madre se molesta, me pone mala cara, me dice cojudeces. Delante de invitados me dice que soy un alcohólico. ¿Cómo me va a decir semejante cojudez, pues, carajo? Yo no soy ningún alcohólico, hombre. Lo que pasa es que me tomo mis traguitos para bajar la tensión, como cualquier hombre de negocios de Lima. Si quiero salir a comer con mis amigos, la vieja se molesta, me dice que no debería estar botando mi plata con mis amigos alcohólicos, así me habla la cojuda. Qué tal concha, carajo. ¿Yo no puedo salir a comer con mis amigos y ella sí puede darles donaciones a los maricones del Opus Dei?

Eructó. Continuó hablando.

—Si dejo de ir a misa un domingo porque me he partido el lomo trabajando como una mula toda la semana y el domingo quiero estar en mi cama leyendo mis periódicos y viendo mi televisión, tu madre se pone hecha un pichín y no me habla todo el domingo, la puta que la parió a la vieja.

—Qué barbaridad.

—Total, después de un día de mierda, después de trabajar en la fábrica donde tengo terrucos infiltrados que me quieren matar, llego a mi casa, a mi propia casa, y no puedo relajarme. Tu madre está ahí para amargarme la vida. Todo lo que yo digo está mal. Sólo lo que dicen los rosquetes del Opus Dei está bien.

—Qué horror.

—Esto no puede continuar, hijo. Este matrimonio, perdona que te hable así, este matrimonio se fue a la mierda.

Luis Felipe tomó un trago y volvió a eructar. Joaquín se quedó callado.

—Por supuesto, yo voy a seguir manteniendo a tu madre, no la voy a dejar en la calle —continuó Luis Felipe—. Pero eso sí, le voy a pasar la plata justa, bien medida, porque ya tengo las pelotas hinchadas de ver cómo me sangra, cómo me saca la plata para dársela al Opus Dei. Tú no te imaginas el cojonal de plata, cheque tras cheque tras cheque, que la fanática de tu madre le da al Opus Dei.

—Lo importante es que los dos estén bien, papi —dijo Joaquín—. Y si los dos van a estar mejor separados, me parece bien que se separen.

Luis Felipe miró a su hijo en los ojos. Fue una mirada dura, inquisitiva.

—¿Entonces tú me apoyas? —le preguntó.

Joaquín bajó la mirada.

—Bueno, no sé qué decirte —dijo—. Todo esto me ha cogido de sorpresa, papi.

—Porque yo necesito saber si mi hijo mayor está de mi lado o si está con su mamacita y con los maricones del Opus Dei —dijo Luis Felipe, levantando la voz.

—Yo estoy contigo, papi, pero tampoco estoy contra mi mami —dijo Joaquín—. Yo estoy con los dos.

Luis Felipe golpeó la mesa.

—No se puede, no se puede —gritó.

Joaquín se asustó.

—O estás conmigo o estás con ella —gritó Luis Felipe—. No se puede estar con los dos. ¿Estás conmigo o con la vieja?

—Yo estoy contigo, papi —dijo Joaquín.

Luis Felipe sonrió.

—Así me gusta, hijo —dijo—. Yo sabía que tú no me ibas a fallar.

Más tarde, dando vueltas en la cama, tratando inútilmente de dormir, Joaquín se sintió un cobarde.

* * *

A la mañana siguiente, Joaquín se levantó de su cama, salió de su cuarto y encontró a su padre en calzoncillos, preparando el desayuno.

—Buenos días, hijo —dijo Luis Felipe.

Tenía un cuerpo ancho, robusto y peludo. De su cuello colgaba una cadena de oro con una medalla de la Virgen.

—Hola, papi —dijo Joaquín—. ¿Qué haces?

—Un desayuno como para militares —dijo Luis Felipe—. Huevos revueltos con tocino. Tú sabes que el desayuno es la comida más importante del día.

—Gracias, pero yo paso.

—No, pues, hijo, no seas fregado, tienes que comer bien. Estás flaco, pareces un tirifilo, un fosforito. El día que venga un huracán, vas a salir volando como un papelito.

Se rieron. Joaquín prendió el televisor. Luis Felipe sirvió el desayuno. Se sentaron en la mesa de la cocina y comieron en silencio, viendo las noticias en la televisión.

—¿Quién se baña primero? —preguntó Luis Felipe, cuando terminaron.

—Como quieras —dijo Joaquín.

—Entonces yo me doy un duchazo rapidito.

Luis Felipe cogió un ejemplar de *People* y entró al baño.

Mientras lavaba los platos, Joaquín recordó cuando él y su padre se bañaban juntos en la casa de Chaclacayo. Todas las mañanas, su padre lo despertaba bien temprano y le decía «vamos a darnos un duchazo rapidol». A Joaquín no le gustaba entrar al baño con su padre, pero tampoco se atrevía a decírselo. Entonces entraban juntos al baño, Luis Felipe se desnudaba y se metía a la ducha, y Joaquín se sentaba en el excusado, esperando a que su padre terminase de ducharse. Una mañana, Luis Felipe estaba jabonándose los genitales y Joaquín estaba observándolo y Luis Felipe le preguntó «¿qué miras?», y Joaquín se puso rojo, bajó la mirada y dijo «nada», y Luis Felipe le dijo «a ti también te van a crecer la pinga y las pelotas cuando seas grande», y Joaquín pensó que nunca quería tener pinga y pelotas como su padre.

Luis Felipe salió del baño con una toalla amarrada en la cintura.

—Listo —dijo—. Date un duchazo rapidol, porque tenemos que ir a una tienda en Hialeah a comprar armas.

—No me demoro ni cinco minutos, papi —dijo Joaquín, y entró al baño de prisa.

* * *

Después de perderse varias veces, Luis Felipe y Joaquín llegaron a una tienda de armas en Hialeah. Joaquín estaba malhumorado porque su padre no había dejado de darle instrucciones equivocadas para llegar a Hialeah. Un empleado de la tienda les dio la bienvenida. El tipo hablaba español. Estaba en guayabera. Dijo que era cubano. La tienda no tenía aire acondicionado. El tipo sudaba.

—Soy un empresario peruano y necesito comprar una mercadería para mi protección personal —dijo Luis Felipe.

—Dígame en qué lo puedo servir —dijo el vendedor.

—Necesito armas cortas —dijo Luis Felipe.

—Tenemos una variedad de armas cortas, pero por ley hay que hacer el pedido con la debida anticipación —dijo el vendedor.

Luis Felipe sacó una tarjeta de su bolsillo y se la enseñó al vendedor.

—Vengo de parte de Jack —dijo, bajando la voz.

—Caramba —dijo el vendedor—. En seguida le traigo el catálogo.

—No hace falta —dijo Luis Felipe, y le dio un papel escrito a máquina—. Aquí está apuntado lo que necesito.

El vendedor leyó el papel y frunció el ceño.

—¿Tan mala está la situación en el Perú? —preguntó.

—Muy jodida, muy jodida —dijo Luis Felipe.

Joaquín asintió.

—Bueno, si me permiten, voy a buscar su pedido —dijo el vendedor, y pasó por unas cortinas al almacén de la tienda.

—O este gordito amanerado me consigue las armas que

necesito o lo voy a hacer bailar mambo a punta de patadas —dijo Luis Felipe.

Joaquín se rió.

—¿Cuántas pistolas vas a comprar, papi? —preguntó.

—Cuatro revólveres, no pistolas —dijo Luis Felipe—. El revólver es más seguro. En las pistolas a veces se atora la bala.

—¿Todos son para ti?

—No. Dos para mí, una para tu mamá y otra para mi guardaespaldas.

Joaquín recordó cuando él era un niño y Luis Felipe le regalaba ametralladoras de juguete y Maricucha se las quitaba luego, diciéndole «yo no quiero que salgas un loquito de la guerra como tu papá».

—¿Estás seguro que mi mami va a usar una pistola, papi? —preguntó.

—Tu madre va a vivir sola, hijo. Tengo que darle alguna protección.

Se quedaron callados.

—Pensándolo bien, tú también deberías portar un arma —dijo Luis Felipe.

—Gracias, papi, pero yo no necesito un arma.

—Uno nunca sabe, hijo, uno nunca sabe. Tener un revólver es como tener un condón: nunca sabes cuándo lo vas a necesitar.

Se rieron. El vendedor regresó del almacén cargando unas cajas.

—Aquí está su pedido, mi estimado amigo —dijo, y puso las cajas sobre el mostrador—. Los cuatro Smith & Wesson calibre 38 y las municiones. Ojalá no tenga que usarlas nomás.

—Ojalá pueda usarlas, más bien —dijo Luis Felipe—. Lo bien que me sentiría si me pudiese palomear a unos cuantos terrucos, caracho.

—Mano dura con los comunistas, mi amigo —dijo el vendedor—. En eso estamos total y matemáticamente de acuerdo.

Luis Felipe sacó su tarjeta de crédito dorada y pagó la cuenta.

—¿Y cuándo cae el cabrón de Fidel? —preguntó.

—Este año de todas maneras —gritó el vendedor, golpeando la mesa.

—Eso dicen los cubanos hace treinta años —dijo Luis Felipe, y soltó una carcajada.

* * *

—Bueno, ahora sí, a la playa —dijo Luis Felipe, no bien entró al departamento de Joaquín.

Puso las cajas en la cocina, bajó la temperatura del aire acondicionado y sacó una ropa de baño.

—Yo me quedo un ratito para hacer unas llamadas, papi —dijo Joaquín.

No tenía ganas de bajar a la playa, y menos con su padre. Nunca le había gustado la playa. Cuando era un niño, su padre lo llevaba todos los veranos al Silencio, y él sufría en la playa. Llegando, lo primero que tenía que hacer era clavar la sombrilla: Joaquín no sabía hacer bien el hueco en la arena, y la sombrilla siempre terminaba cayéndose. Después jugaban paletas: Joaquín odiaba jugar paletas delante de toda la gente porque sentía que media playa estaba riéndose de lo mal que jugaban él y su padre. Pero lo peor venía cuando se bañaban en el mar: el mar del Silencio tenía un hueco pasando la orilla, y eso le daba miedo, pues había oído decir que muchas personas se habían ahogado en ese hueco, y por eso cuando entraba al mar temblaba de miedo, se persignaba y no podía dejar de pensar «el hueco me va a chupar, el hueco me va a chupar hasta el fondo del mar y me voy a encontrar con todos los ahogados». Tampoco le gustaba almorzar con su padre en los quioscos de la playa: odiaba comer cebiche, odiaba el aliento que le dejaba la cebolla, odiaba probar los mariscos que su padre comía chupándose los dedos. Y por último, la erisipela: Joaquín estaba prohibido de usar bronceador, porque su padre le decía «sólo los maricones usan bronceadores y cremitas», y por eso cada vez que volvían de la playa, tenía la piel lastimada por el sol, y en las noches no podía dormir porque todo el cuerpo le ardía, y él odiaba la erisipela, odiaba la playa, odiaba a su padre.

—¿Entonces te espero en la playa? —preguntó Luis Felipe.

—Claro, papi —dijo Joaquín—. Yo bajo en un ratito.

Luis Felipe se cambió en la sala, se puso unas sandalias y se enrolló una toalla sobre los hombros.

—Vamos a ver cómo están las gringas —dijo, con una sonrisa pícara—. De repente alguna muerde el anzuelo.

Se rieron. Luis Felipe salió del departamento. No bien se quedó a solas, Joaquín limpió y ordenó la sala. Pasó franelas, aspiradoras, plumeros. Se paseó por la casa echando un aerosol perfumado para despejar el olor a trago y cigarrillo. Entonces vio la billetera de su padre. La abrió. Vio las tarjetas de crédito, los seguros médicos, las fotos de la familia. De pronto, encontró una foto que le llamó la atención. Era la foto de una mujer joven. Él no la conocía. La mujer era rubia. Tenía la boca muy pintada de rojo. Sonreía. Joaquín vio la parte de atrás de la foto. Leyó: «A mi jaguar, con amor.» Soltó una carcajada. Puso la foto en el lugar donde la había encontrado.

—Ay, jaguar, eres un cacherito, una bala perdida —murmuró.

Entonces se acordó de su madre. Sintió pena por ella. Fue al teléfono y la llamó. Mientras escuchaba timbrar el teléfono, recordó que no la había llamado en meses. Ni siquiera la he llamado por su cumpleaños, pensó. Irma, una de las empleadas de Luis Felipe y Maricucha, contestó el teléfono. Joaquín reconoció su voz.

—Irma, buenas, soy el joven Joaquín —dijo—. Pásame con mi mamá, por favor.

—Ahorita le paso, joven —dijo Irma.

Joaquín nunca había tenido simpatía por Irma. Le molestaba que Maricucha la engriese tanto, que le comprase ropa en Camino Real y que la llevase a comer alfajores a Cherry's.

—Mi amor, ¿a qué se debe este milagro? —preguntó Maricucha, no bien se puso al teléfono.

—Nada, mami —dijo Joaquín—. Simplemente me dieron ganas de saludarte.

—Ay, qué alegría, querido. No sé nada de ti. Te has perdido. Eres un ingrato.

—¿Qué novedades por allá, mami? ¿Cómo la estás pasando?

—Ay, hijo, feliz de la vida, como te imaginarás, porque tu papá ha viajado unos días y nos ha dejado de vacaciones —dijo ella, y se rió a carcajadas, y él escuchó que Irma también se reía con Maricucha.

—Ya me imagino —dijo—. Debes estar aliviadísima.

—Como si me hubiesen quitado un peso de encima, querido.

—Mamá, mi papá me ha dicho que está harto de ti, que se van a separar. ¿Es verdad?

Maricucha se demoró en contestar.

—Ay, mi amor, la verdad que ya no sé qué hacer con tu papá —dijo.

—Pero si estás harta de él, ¿qué esperas para separarte?

—Deshacer un matrimonio religioso es pecado mortal, Joaquín. Tengo un compromiso ante los ojos del Señor.

—Mamá, por favor, no seas anticuada.

—La fe no pasa de moda, mi cielo. Sólo me queda rezar, seguir cargando mi cruz y pedirle al Señor que me dé fuerzas.

—¿O sea que no se van a separar?

—Yo no puedo separarme, mi amor. No puedo tirarle una cachetada al Altísimo.

Joaquín pensó que su madre era una beata y una tonta, y se molestó con ella.

—Mamá, ¿tú crees que mi papá te saca la vuelta? —le preguntó.

—Tu padre rendirá cuenta de sus pecados ante Dios Nuestro Señor —dijo Maricucha—. Yo no soy quién para juzgarlo.

—¿O sea que no te importa que mi papá te saque la vuelta?

—A mí lo único que me importa es salvar mi alma y reunirme en el cielo con mis hijos queridísimos, y tú en primera fila, mi Joaquín.

Él soltó una carcajada, como burlándose de ella.

—Reza, mi amor —dijo ella—. Reza siempre. No dejes de rezar la estampita del Padre que te mandé.

—Mejor tú reza por mí.

—Yo todos los días rezo un misterio del rosario por ti, mi amor.

—Bueno, mamá, tengo que ir a la playa.

—Chaucito, pues, mi Joaquín. Ponte tu loción Coppertone porque los rayos de sol dan cáncer a la piel, y no quiero que tú llegues al cielo antes que yo, ¿ya, mi amor?

Joaquín colgó el teléfono y pensó que después de todo era comprensible que Luis Felipe necesitase de vez en cuando a una mujer bien joven, bien puta y bien rubia, que le dijese al oído «sí, mi jaguar, aráñame, mi jaguar», mientras los dos hacían el amor en algún hostal de tres estrellas. Luego se puso una ropa de baño y bajó a la playa.

* * *

Esa tarde, después de almorzar, Luis Felipe se echó a dormir una siesta en la cama de su hijo. Joaquín no soportó escuchar a su padre roncando. Por eso, salió a dar una vuelta por Key Biscayne. Más tarde, cuando regresó al departamento, encontró a su padre tomando un trago en la sala.

—Hijo, tenemos que hablar —dijo Luis Felipe.

—Dime, papi —dijo Joaquín, y se sentó al lado de su padre.

—Primero sírvete un trago.

—No, gracias, papi. Tú sabes que yo no tomo.

—Quién hubiera dicho que mi hijo iba a salir abstemio y cabeza de pollo —dijo Luis Felipe—. Siempre me acuerdo del día que te emborrachaste en casa de tu tío Federico. Qué papelón, carajo.

Aquella vez, Luis Felipe llevó a Joaquín a un almuerzo en casa de su cuñado, Federico Orellana, uno de los abogados más prósperos de Lima. Cuando llegaron a casa de Orellana, Joaquín se sintió fuera de lugar: sólo había gente adulta en ese almuerzo, y él apenas tenía trece años. Poco después, Luis Felipe le dijo «ya estás grande, muchacho, zámpate un pisquito para que vayas aprendiendo a tener cabeza». Joaquín se tomó tres pisco *sours* y se sintió más relajado. Entonces se atrevió a intervenir en la conversación que su padre estaba teniendo con otros señores. Él también quería dar su opinión sobre los asuntos políticos. Fue así como de pronto dijo «es menester que todas las tiendas políticas lleguen a una concertación sobre los problemas más álgidos de la nación». Él quería demostrar que leía los periódicos y que también podía hablar como adulto. Luis Felipe lo miró sorprendido y dijo «parece que el trago se le ha trepado al muchacho, carajo», y la gente que estaba a su alrededor se rió a carcajadas. Joaquín se sintió muy avergonzado y decidió quedarse callado. Poco después, se sintió mareado. Fue corriendo al baño. Trató de abrir la puerta. No pudo. El baño estaba ocupado. Tocó la puerta. Ya no aguantaba más. Entonces el senador Soto salió del baño, y Joaquín lo reconoció porque el senador Soto salía a menudo en la televisión, y Joaquín no pudó más y vomitó delante de él, y el senador Soto abrió la boca, horrorizado, y dijo «puta madre, qué tal huaico», y se alejó de prisa.

—Mira, hijo, de frente al grano —dijo Luis Felipe—. Ahora que me desperté estuve ojeando tus libros, y la verdad que me he quedado muy preocupado.

Joaquín echó un vistazo a sus libros. Notó que estaban en desorden. Luis Felipe prendió un cigarrillo y siguió hablando.

—Tú sabes que yo no tengo pelos en la lengua —dijo—. Siempre me ha gustado decirte las cosas claras. No he leído tus libros ni voy a leerlos, pero me he quedado sumamente preocupado, pues.

Joaquín escuchaba, mordiéndose las uñas.

—Yo no me meto en tu vida privada, hijo, pero no puede ser que tengas esta cantidad de libros de maricones —dijo Luis Felipe—. Eso tiene que hacerte mucho daño, muchacho.

Joaquín bajó la mirada. Sintió que la cara le ardía de vergüenza.

—¿No vas a decir nada? —preguntó Luis Felipe.

—No —dijo Joaquín.

Entonces Luis Felipe se enfureció.

—No me pongas tu carita de mosca muerta, pues, carajo —gritó—. Tienes que estar enfermo para estar leyendo esas cojudeces. Esos libros son pura basura, hijo. Y si te digo esto es porque quiero ayudarte. Tú eres un hombre con las pelotas bien puestas. Eres mi hijo y tienes que cuidar el honor del apellido.

Joaquín sonrió con una expresión burlona. Luis Felipe golpeó la mesa.

—En mi familia no hay ni habrá maricones —gritó—. Yo no lo voy a permitir.

Luego tomó un trago y respiró profundamente, como tratando de calmarse.

—Mira, hijo, vamos a hacer un trato —dijo—. Yo te ofrezco toda mi ayuda para que superes este problema. Te ofrezco mi ayuda económica para que vayas a todos los médicos y siquiatras que quieras hasta que estés curado. Pero eso sí, sólo pongo una condición: que tú me prometas que vas a dejarte de mariconadas y que vas a portarte como un hombre con los cojones bien puestos.

—No puedo prometerte eso, papi —dijo Joaquín—. Sentiría que te estoy prometiendo algo que no voy a poder cumplir.

—Cojudeces, hombre, cojudeces —gritó Luis Felipe—. Tú no quieres ser maricón. Tú estás confundido nomás. Tienes que desahuevarte de una vez, hijo.

Luego se puso de pie con cierta dificultad. Parecía cansado.

—Vamos a botar estos libros de maricones ahorita mismo —dijo—. Trae una bolsa y vamos a comenzar a curarte de esta enfermedad.

Bruscamente, Luis Felipe empezó a sacar los libros de las repisas. Joaquín había comprado esos libros en las librerías de Miami. Eran cuentos y novelas sobre amores homosexuales.

—Trae una bolsa, hijo —dijo Luis Felipe—. Ayúdame a botar esta basura.

Joaquín se puso de pie. Sintió que le temblaban las piernas.

—Yo no quiero botar mis libros, papi —dijo—. Por favor, deja mis libros.

Luis Felipe movió la mandíbula, sorprendido.

—No te he preguntado si quieres botarlos —gritó—. Te he dicho que vamos a botarlos. Ahora trae una bolsa, carajo.

Joaquín se agarró la cabeza y se puso a llorar.

—No llores, carajo, no llores —dijo Luis Felipe—. No voy a botar tus libros. Quédate con tus libritos de maricones. Si quieres ser un rosquete, jódete, pues.

Luego tiró unos cuantos libros a la alfombra, haciendo un gesto de desprecio.

—Pero eso sí, yo no me quedo ni un minuto más acá —añadió—. Yo no voy a consentir estas mariconadas.

Recogió sus cosas y comenzó a empacar.

—Llámame un taxi —dijo.

Joaquín entró a su cuarto y llamó a la compañía de taxis amarillos. Cuando terminó de empacar, Luis Felipe cargó su maleta.

—Ayúdame con las armas —dijo.

Joaquín cargó las cajas de armas que su padre había comprado en la mañana. Salieron del departamento. Bajaron a la puerta del edificio y esperaron al lado de la caseta del portero.

Luis Felipe prendió un cigarrillo. Joaquín trataba de no llorar. Cuando llegó el taxi, Luis Felipe subió al carro y se fue sin decir una palabra.

* * *

Sonó el teléfono. Joaquín contestó. Era Maricucha.

—Hola, mi amor —dijo ella—. Qué voz de ultratumba me has sacado para el diario.

—Hola, mami. ¿Qué novedades?

—Mira, mi Joaquín, te llamo porque me he quedado muy preocupada con tu llamada. Me he quedado pensando y pensando, lo he consultado con mis amigas y creo que debería irme para allá cuanto antes.

—¿Vas a venir a Miami?

—Estoy muy preocupada, mi amor. No puede ser que tu padre haya ido a tu casa para hablarte mal de mí, de su propia esposa, de tu madre que tanto te adora. No hay derecho, pues. Hay que poner las cosas en su sitio.

—¿Y qué ganas viniendo a Miami? Sólo vas a complicar más las cosas, mami.

—No, mi amor. Tengo que hablar cara a cara con tu padre. Tengo que ir a salvar mi matrimonio.

Él se rió.

—Mamá, por favor, tu matrimonio ya no tiene salvación —dijo.

—Dices eso porque eres un descreído, pero yo voy a luchar hasta el final para salvar mi matrimonio.

—Mamá, por si todavía no lo sabes, mi papá tiene una amante.

Se quedaron callados.

—Hijo, por favor, no le faltes el respeto a tu madre —dijo ella.

—En serio, mamá. He visto una foto en la billetera de mi papá. Es una huachafita con el pelo pintado. Atrás de la foto decía: «A mi jaguar, con amor.»

—No inventes cosas, Joaquín. Tú siempre has tenido tendencia a la mentira.

—Te juro que es verdad, mami.

—Bueno, entonces con mayor razón tengo que ir a Miami.

Él se arrepintió de haber mencionado la foto en la billetera de su padre.

—Mamá, piénsalo bien —dijo.

—Ya lo pensé y repensé, hijito. Además, lo he consultado con mi director espiritual y él me ha aprobado el viaje cien por ciento.

—¿Y tu director espiritual qué sabe de matrimonios, si jamás en su vida ha estado casado?

Ahora Joaquín estaba irritado, y no podía disimularlo.

—No voy a discutir contigo, mi hijito —dijo ella—. Yo sé que tú tienes unos anticuerpos tremendos contra la Obra, algo que desgraciadamente has heredado de tu papá.

Él escuchó un pito en la línea.

—Mamá, espérame un segundín, me está entrando una llamada —dijo.

—¿Qué?

—No te vayas. Ahorita regreso.

Joaquín apretó un botón y pasó a la otra línea.

—Hijo, habla tu padre —escuchó.

Era la voz ronca de Luis Felipe.

—Hola, papi, qué tal —dijo Joaquín.

—Estoy aquí en el Sonesta, pues. ¿Por qué no te vienes y salimos a comer algo? No quiero quedarme con el hígado revuelto, hijo. No quiero irme de Miami peleado contigo.

—Papi, estoy con mami en la otra línea.

—¿Donde está la vieja?

—En Lima.

—Ah, carajo, qué susto me has dado.

—Parece que mami está medio nerviosa. Dice que tiene ganas de venir a Miami.

—¿Eso te ha dicho?

—Ajá.

—Pásame con ella. La voy a meter en vereda a la vieja.

—No puedo pasarte con ella, papi.

—¿No le habrás dicho que hemos tenido una pequeña discusión, no? ¿No querrá venir por eso?

—No, papi, cómo se te ocurre.

—Tu madre está enferma, Joaquín. Está mal de los nervios. Está con pastillas, o sea que ten mucho cuidado con lo que le dices.

—No te preocupes, papi.

—Bueno, yo la voy a llamar ahorita mismo para desahuevarla. Y cáete cuando quieras para ir a comer juntos.

—Genial. Gracias.

Joaquín volvió a la otra línea.

—Mami, *sorry*, era papi —dijo.

Maricucha ya había colgado.

* * *

Luis Felipe salió del ascensor del Sonesta. Joaquín estaba esperándolo en la recepción. Luis Felipe lo palmoteó en la espalda y le dio un beso en la mejilla.

—Carajo, bien a la tela te me has puesto —dijo.

Joaquín sonrió, halagado. Se había puesto su terno más elegante.

—Pero eso sí, tengo que hacerte una crítica constructiva —dijo Luis Felipe, caminando hacia la puerta principal del hotel.

—Dime, papi.

—Esa Brut que te has puesto es colonia de cholos, hijo.

Joaquín sonrió, sorprendido. Efectivamente, se había puesto un poco de Brut antes de ir al Sonesta.

—Gracias por el consejo —dijo, tratando de disimular que el comentario de su padre le había molestado.

—No te vayas a resentir, ah, porque a ti no se te puede decir nada.

—No te preocupes, papi.

Salieron del hotel y llamaron a un taxi.

—¿Te parece *okay* si vamos al Stefano's? —preguntó Luis Felipe.

—Perfecto —dijo Joaquín.

—Tengo entendido que allí van los mejores lomos de Key Biscayne, ¿no?

—Eso dicen, eso dicen.

Subieron a un taxi. Luis Felipe le dijo al conductor que los llevase al Stefano's. El chofer puso en marcha su carro.

—Hablé con la vieja —dijo Luis Felipe.

—¿Qué te dijo? —preguntó Joaquín.

—Está picona porque no la traje.

—¿Ah, sí?

—Sí. Dice que yo nunca la saco de viaje. Ni cojudo, pues, yo lo que quiero es descansar un poco de la loca de tu madre.

Se rieron.

—Creo que ella no quiere separarse de ti, papi —dijo Joaquín.

—Lo que pasa es que la cojuda está con la menopausia, y por eso no para de joder.

Se rieron de nuevo, como celebrando una nueva complicidad.

—¿Tú crees que viene? —preguntó Joaquín.

—Pobre de ella si viene. Ya le dije que está terminantemente prohibida de usar la tarjeta de crédito.

—Ojalá te haga caso.

Se quedaron callados.

—Te voy a dar un consejo —dijo Luis Felipe—. Nunca le des una tarjeta de crédito a una mujer. Nunca.

—Gracias, papi.

Poco después, el taxista los dejó en la puerta del Stefano's. Luis Felipe y Joaquín bajaron del carro y entraron al restaurante. Una mujer joven los llevó a una mesa cerca de la pista de baile. Había poca gente bailando.

—Qué cantidad de mamacitas —dijo Luis Felipe, frotándose las manos.

—Te apuesto que casi todas son cubanas —dijo Joaquín.

—Estas cubanas tienen el motor fuera de borda, carajo —dijo Luis Felipe, con una sonrisa pícara—. Unos culos tremendos, de campeonato.

Se rieron. Luis Felipe llamó a un mozo y pidió un par de tragos. El mozo apuntó el pedido y se retiró.

—Éste no es más rosquete porque no tiene tiempo para practicar —dijo Luis Felipe, mirando al mozo con un gesto de desprecio—. Mira cómo camina. Parece que tuviera una moneda en el culo.

Se rieron. El mozo volvió con los tragos. Luis Felipe levantó su vaso.

—Salud por seguir siendo amigos —dijo.

—Salud —dijo Joaquín.

Chocaron sus vasos. Bebieron.

—Hay una hembra en la barra que no deja de mirarnos —dijo Luis Felipe, bajando la voz.

Joaquín miró a la mujer de la barra. Era rubia. Sonreía.

—¿Te parece guapa? —preguntó.

—¿Guapa? —dijo Luis Felipe—. Ay, carajo, está como para hacerle el helicóptero.

Joaquín se rió. Por un momento, quería jugar a ser el hijo macho y mujeriego que su padre no encontró en él.

—¿Cómo es el helicóptero? —preguntó.

—Le levantas el vestido, le arrimas el piano y te la tiras parado, dando vueltas —dijo Luis Felipe, bajando la voz.

Se rieron. Ella les sonrió.

—Parece que está con la chuchita que le hace burbujas —dijo Luis Felipe—. ¿Por qué no le dices que se venga a tomar un trago con nosotros?

—Vamos a ver si pica el anzuelo —dijo Joaquín.

Luego se levantó y se acercó a la mujer de la barra.

—¿Habla español? —le preguntó.

—Claro, pues, cielo —dijo ella—. El que no habla español se tiene que ir de Miami.

—Mi padre la invita a tomar un trago a nuestra mesa —dijo Joaquín.

—Qué gentil su padre —dijo ella—. Por mi parte, encantadísima.

Joaquín y la mujer se acercaron a la mesa de Luis Felipe, quien se puso de pie y besó la mano de la mujer.

—Qué honor poder disfrutar de su compañía —le dijo.

—El honor es mío —dijo ella.

Los tres se sentaron. Luis Felipe aplaudió y pidió un trago para la mujer.

—Es usted la mujer mas hermosa de esta isla —le dijo. Ella sonrió y se arregló el escote.

—Gracias mil —dijo.

—Mi nombre es Luis Felipe, para servirla. Éste es mi hijo Joaquín.

—Encantadísima. Mi nombre es Charitín.

En los parlantes del Stefano's empezó a sonar un merengue afiebrado.

—Le ruego que me haga el honor de bailar esta pieza conmigo, señorita Charitín —dijo Luis Felipe.

Charitín se puso de pie inmediatamente. Parecía estar con muchas ganas de bailar.

—Ay, por mi parte, encantadísima —dijo.

Luis Felipe y Charitín fueron a bailar cogidos de la mano. Joaquín se paró y fue al baño. Cuando salió, vio que su padre seguía bailando con Charitín. La música era un escándalo. El sitio apestaba a humo. La gente le pareció muy desagradable. Decidió irse de allí. Salió del Stefano's y caminó hasta su departamento.

* * *

Joaquín estaba medio dormido cuando contestó el teléfono. Eran las nueve y pico de la mañana. Se había acostado tarde la noche anterior. Le dolía la cabeza. Su pelo apestaba a humo.

—Hola, Joaquín. ¿Qué haces durmiendo a estas horas? Era Luis Felipe.

—Hola, papi.

—¿Qué fue de tu vida anoche? ¿Te desapareciste?

—Sí, pues. Preferí dejarte cancha libre con la cubana. Luis Felipe se rió.

—Te agradezco ese gesto caballeroso de tu parte, muchacho —dijo—. Tú siempre tan atinado.

—¿Qué tal la pasaste con Charitín?

—Cojonudamente bien. Me la traje al hotel.

—¿En serio?

—Es una fiera la Charitín. Me la he brincado toda la noche. Ay, carajo, es un bombón la cubanita. Me ha hecho sentir como un muchacho de tu edad.

Se rieron.

—Me alegra por ti —dijo Joaquín.

—Gracias, gracias. Oye, muchachón, ¿por qué no te vienes a tomar un *brunch* con nosotros?

—¿Charitín está allí contigo?

—Ajá. Ahorita está en el baño. La he dejado medio abollada de tanto atorármela —dijo Luis Felipe, y soltó una carcajada.

Joaquín se rió sin ganas.

—No sé, papi —dijo—. Es temprano. No tengo hambre.

—No jodas, pues. No te hagas de rogar. No quiero irme sin despedirme de ti.

—¿Ya te vas?

—Charitín y yo salimos esta tarde de crucero.

—Caray.

—Un par de días nomás. Necesito relajarme, hijo.

—Entiendo.

—¿Entonces te esperamos?

—Bueno. Me doy una ducha y voy para allá.

* * *

Un rato más tarde, Joaquín entró al hotel Sonesta.

—¿Oye, tú no eres peruano? —le dijo un chico, en la recepción.

—Sí —dijo Joaquín—. ¿Nos conocemos?

—Yo también soy peruano —dijo el chico—. Te he visto varias veces en el Nirvana.

Era un chico bajo, corpulento, de pelo negro y ojos oscuros. Estaba vestido con un uniforme marrón, como los demás botones del Sonesta.

—Me llamo Peter —dijo.

—Encantado. Joaquín.

Se dieron la mano.

—¿Qué andas haciendo por acá? —preguntó Peter.

—No mucho —dijo Joaquín—. ¿Y tú?

Peter miró su uniforme.

—Como ves, chambeando —dijo.

—¿Qué tal va la chamba?

—Más o menos. Es un comienzo nomás. Al menos no estoy en Lima, compadre. Ya estaba harto de Lima.

—Entiendo, entiendo. ¿Y llevas mucho tiempo por aquí?

—No mucho, como medio año nomás. En esta chamba estoy recién hace un mes. Antes me defendía vendiendo loros en Bayside.

—¿Vendiendo loros?

—Es que cuando llegué, me quede un tiempo con mi prima, y ella tiene un negocio de loros en Bayside. Yo la ayudaba con los loros mientras me buscaba algo mejor, pero era una joda porque los loros chillaban como mierda y me estaban dejando sordo. Un día me volví medio loco y estrangulé a un loro que costaba cien dólares y mi prima me despidió.

Se rieron.

—De repente podemos vernos otro día —dijo Joaquín.

—Claro, excelente —dijo Peter.

Pidieron un papel en la recepción y se dieron sus números de teléfono.

—Bueno, tengo que seguir trabajando —dijo Peter.

—Suerte —dijo Joaquín.

Se dieron la mano. Joaquín siguió caminando y entró al comedor del hotel. Luis Felipe y Charitín estaban sentados al lado de la ventana, cogidos de la mano.

—Hola, muchachón —dijo Luis Felipe, al verlo.

—Hola, papi —dijo Joaquín.

Luego besó a su padre en la mejilla y le dio la mano a Charitín. Ella tenía puesto el mismo vestido de la noche anterior.

—Asiento, asiento —dijo Luis Felipe.

Joaquín se sentó.

—Bonito día —dijo, mirando hacia la playa.

—Divino —dijo Charitín.

—Anda, sírvete lo que quieras, que el *brunch* está para chuparse los dedos —dijo Luis Felipe.

—Mil gracias, pero no tengo hambre —dijo Joaquín.

—Carajo, tú nunca tienes hambre —dijo Luis Felipe—. Yo no entiendo a estos muchachos de ahora que se alimentan con yogures y frutas. A tu edad, yo me tomaba tres litros de leche al día, Joaquín.

—Con razón estás tan *fit*, mi *cherry* —dijo Charitín.

—Yo sí voy por otra ronda —dijo Luis Felipe.

Luego se levantó y fue a la mesa donde estaba servido el *brunch*.

—Tu *daddy* es un hombre súper *charming* —dijo Charitín, mientras comía una ensalada de frutas.

—¿De veras? —preguntó Joaquín.

—*Charming* lo que se dice *charming* —dijo Charitín—. Un caballero a la antigua.

—¿Y tú a qué te dedicas? —le preguntó Joaquín.

Charitín se arregló el escote.

—Soy *professional model* —dijo.

Joaquín puso cara de sorprendido.

—Caray, no me lo hubiera imaginado —dijo.

—¿Por qué?

—No sé. No pareces modelo. Más bien tienes cara de secretaria.

Charitín soltó una carcajada. Luego bostezó.

—¿Dormiste poco anoche? —preguntó Joaquín.

—Un poquitico —dijo Charitín.

—Hay que ganarse la vida de alguna manera, ¿no?

—¿A qué te refieres?

—Nada, nada, me imagino que trabajas siempre de noche.

Joaquín estaba siendo rudo con ella, y no podía evitarlo.

—Mira, *darling*, si estás escaldado échate talco y *take it easy*, ¿okay? —dijo Charitín.

—Abran paso, que acá viene un hombre con hambre —dijo Luis Felipe.

Puso su plato sobre la mesa y se sentó.

—Hay que reponer las fuerzas después de una noche agitada —dijo.

Luego palmoteó a Charitín en una pierna y sonrió.

—Ay, eres tan *wild* que me pongo *shy* —dijo ella.

—¿O sea que se van de crucero? —preguntó Joaquín.

—Así es, un crucerito de dos días nomás para tener un poco de relax —dijo Luis Felipe.

—En una hora tenemos que estar en el *port*, papi —dijo Charitín.

—¿Adónde los lleva el crucero, papi? —preguntó Joaquín.

Dijo «papi» deliberadamente, pues quería incomodar a Charitín.

—Carajo, no me digan papi que me hacen sentir un viejo de mierda —dijo Luis Felipe, y se rió.

—Bueno, me van a disculpar pero tengo que ir al *drugstore* del hotel a hacer un *shopping* bien *quick* —dijo Charitín.

Luego se puso de pie y le dio la mano a Joaquín.

—Encantadísima, pues, y suerte en tus estudios —le dijo.

—Gracias —dijo Joaquín—. Que te diviertas en el crucero.

Charitín salió del comedor. Luis Felipe la miró con ganas.

—Me he sacado la lotería y tú me compraste el huachito, hijo —dijo.

Se rieron.

—No te imaginas lo bien que cacha la desgraciada —añadió, bajando la voz.

—Sí, pues —dijo Joaquín—. Se ve que está buena como el pan.

Se quedaron callados. Luis Felipe comía vorazmente.

—Hijo, te ruego que me disculpes por las cojudeces que te dije sobre tus libros —dijo—. Ahora entiendo que tú eres un intelectual, un literario, un hombre de letras, de artes liberales, no como la bestia de tu padre, que con las justas se lee la parte A de *El Comercio*.

—No te preocupes, papi.

—Más bien, no le vayas a contar nada de esto a tu madre, ¿ya? Tú sabes que la vieja está con la salud un poco delicada. No conviene que sepa estas cosas de hombres.

—De ninguna manera, papi. Esto es un secreto entre los dos.

—Gracias, hijo. Estoy sumamente orgulloso de ti.

Luis Felipe firmó la cuenta.

—Le he dicho a Charitín que para la próxima se consiga a una amiguita —dijo—. Así los cuatro nos podemos ir de crucero.

Se rieron. Se pusieron de pie. Luis Felipe puso un brazo sobre los hombros de su hijo.

—Déjame darte un consejo de hombre a hombre, muchacho —dijo—. Te aseguro que todas tus confusiones y tus pajazos mentales se te van a ir de golpe si te dejas cachar por una hembra como Charitín.

Joaquín sonrió y pensó: nunca me vas a entender, papá.

—Créeme, hijo —continuó Luis Felipe—. Consíguete una morena bien pechugona, bien despachada, y vas a ver cómo se te van todas tus dudas intelectuales.

Luego abrazó a Joaquín y entró al ascensor.

—Te llamo a la vuelta del crucero —dijo, justo antes de que se cerrase la puerta.

*   *   *

Joaquín y Peter estaban abrazados en la cama viendo el programa de Letterman cuando sonó el teléfono. Era la una de la mañana. Joaquín no quiso contestar. Prefirió oír la voz en el contestador.

—Joaquín, hola, soy tu mami —escuchó—. Estoy en el aeropuerto de Miami, hijito. Acabo de llegar. Quería ver si puedes venir a buscarme porque ya te imaginas, estoy perdida, hay la mar de gente y letreros aquí.

—Ya sabía que esta vieja loca iba a venir —murmuró.

Contestó el teléfono.

—Mamá, ¿qué haces en Miami? —dijo.

—Mi Joaquín, por favor, qué maneras son esas de recibir a tu mamacita que tanto te quiere —dijo Maricucha—. Debería alegrarte que haya venido a visitarte, amor.

—Cualquiera llama antes de viajar, mami.

—Ay, hijo, si supieras en los trajines que he estado. Con las justas llegué al avión.

—¿Dónde estás ahorita, mami?

—En el aeropuerto, pues, hijito. Ya pasé las maletas y todo. Qué barbaridad la cantidad de perros oliéndonos las maletas como si fuésemos drogadictos, habráse visto tamaña falta de respeto.

—Espérame al lado de información, mami. Voy para allá.

—¿Sabes algo de tu papá?

—Después te cuento.

—Cuéntame algo ahorita, aunque sea un adelanto chiquito, pues.

—Te cuento cuando te recoja, mamá.

—Malo. Aquí te espero.

Colgaron.

—Vieja loca —dijo Joaquín—. Ya sabía que iba a venir a joderme la paciencia.

Estaba irritado con su madre. No tenía ganas de verla.

—Creo que mejor zafo —dijo Peter.

—No me dejes —dijo Joaquín.

Todo había sido muy fácil entre Peter y Joaquín. Joaquín lo había llamado por teléfono, habían salido a comer al malecón de Miami Beach, habían ido a su departamento para no perderse el programa de Letterman, y habían terminado haciendo el amor.

—Le voy a decir a mi vieja que se quede en un hotel —dijo Joaquín.

—No puedes hacerle eso —dijo Peter—. Es tu mamá.

—Pero yo quiero estar contigo, pues. Que se joda la vieja por imprudente.

—Siempre podemos dormir los tres en tu cama.

Se rieron y se abrazaron. Joaquín se vistió.

—La dejo en un hotel y regreso —dijo—. No te preocupes.

Luego le dio un beso a Peter y salió del departamento. Entró al carro, puso el aire acondicionado y manejó por encima de las cincuenta y cinco millas permitidas por la ley.

* * *

—Hola, mamá —le dijo Joaquín a Maricucha, en el aeropuerto de Miami—. ¿Por qué tienes esa cara de asustada?

—Mi Joaquín adorado —dijo Maricucha, sonriendo.

Abrazó a su hijo y le dio un beso en cada mejilla. Tenía puesto un vestido oscuro y zapatos sin taco. Por razones morales, ella nunca usaba pantalón.

—Estás flaco como un palo, mi amor —dijo ella—. Pareces una calavera.

—Salgamos de aquí —dijo él, y cargó la maleta de su madre—. Este sitio me da náuseas.

Maricucha y Joaquín salieron del aeropuerto.

—Maldición —dijo él, cuando vio la papeleta rosada en la luna de su carro.

—¿Qué pasa, Joaquincito? —preguntó ella.

—Me acaban de poner una multa por cuadrarme mal.

—Lo estrictos que son los gringos, habráse visto. Por eso funciona a las mil maravillas este país.

—Mamá, cállate, por favor.

Joaquín abrió el carro, puso la maleta de su madre en el asiento trasero y entró.

—En otros tiempos eras más educadito y me abrías la puerta a mí primero —dijo Maricucha, subiendo al carro.

Él prendió el carro y aceleró de golpe.

—Despacio, hijo, no me vayas a desnucar —se quejó ella.

Él la miró de reojo.

—¿Quién te corta el pelo, mamá? —preguntó.

—Me lo corto en Sammy's, que es un *boom* —dijo ella—. No sabes el éxito que tiene Sammy's en Lima.

—Perdona la franqueza, pero me parece que te lo han cortado horrible —dijo él.

Ella prendió la luz interior y se miró en el espejo.

—Lo que es yo, estoy chocha con mi Sammy's —dijo.

Él entró a la autopista y aceleró. Estaba nervioso, malhumorado.

—¿Cómo así te animaste a venir, mami? —preguntó.

—Primero cuéntame de tu papá —dijo ella.

Él sonrió.

—Se fue ayer de crucero —dijo.

Ella abrió la boca, sorprendida.

—¿No me digas que se peleó contigo? —dijo.

—No —dijo él—. Tuvimos una discusión, pero después nos amistamos.

—Qué gusto me da, Joaquincito, porque tú necesitas identificacion masculina, mi amor. Si no, vas a seguir con tus problemas de siempre.

Se quedaron callados.

—Ahora cuéntame por qué has venido a Miami —dijo él.

Ella suspiró.

—Porque tengo que ponerle los puntos sobre las íes a tu papá —dijo.

Él soltó una carcajada.

—Tú siempre tan ingenua, mamá —dijo—. ¿Y se puede saber adónde te vas a quedar?

—Bueno, si no tienes mayor inconveniente, me puedo quedar contigo.

—El problema es que sí tengo un pequeño inconveniente, mamá.

Ella se llevó una mano al pecho.

—Ay, no me digas —dijo, suspirando.

—Si, mamá. Lo siento, pero un amigo está quedándose conmigo.

—No te preocupes, mi amor. Nos arrimamos los tres. Yo feliz de conocer a tu amigo.

—No se puede, mamá. Lo siento pero no se puede.

Ella le pellizcó las mejillas.

—No seas tan egoísta con tu mamacita que te ha cambiado los pañales, que te ha botado los chanchos, que te ha enseñado a limpiarte tu popó —le dijo, con una voz muy tierna.

Él fingió ignorarla. Siguió manejando de prisa.

—Aquí en Brickell hay un hotelito bueno y barato —dijo—. Si no, siempre puedes quedarte en el Sonesta.

—Me mata la curiosidad de conocer tu casa, de ver cómo vives, mi amor —dijo ella.

Él se enojó más aún.

—Eres terca como una mula, mamá —dijo.

—Y no te sientas corto de presentarme a tu amigo. Yo siempre te he dicho que debes ser más amiguero, mi Joaquín.

—Es más que un amigo, mamá.

Ella parpadeó y miró por la ventana, como si no hubiese escuchado nada.

—Qué maravilla la vista de Miami de noche —dijo—. Parece película.

Él detuvo el carro en la entrada a Key Biscayne, pagó el peaje y aceleró. Se quedaron callados mientras entraban a la isla.

—Ay, mira esa ardilla tan grandota —dijo ella, de pronto.

Una ardilla cruzó la pista delante del carro de Joaquín. Él aceleró y la aplastó.

—Qué horror —gritó Maricucha—. Qué cosa tan cruel chancar a una ardillita tan linda.

—No la vi —dijo él.

—Trataste de pisarla —gritó ella—. Cómo puedes haber hecho eso. Esta ciudad te ha quitado toda la humanidad, Joaquín.

Un poco más allá, Maricucha sacó su pañuelo y se sonó la nariz. Estaba llorando.

* * *

—Peter, despiértate —susurró Joaquín, en el oído de Peter.

Peter abrió los ojos. Se había quedado dormido con el televisor prendido.

—Mi vieja está parada afuera del departamento —dijo Joaquín.

Peter se sentó en la cama, asustado.

—¿Y ahora? —dijo.

—Lo siento, no pude evitarlo —dijo Joaquín—. Ella insistió en venir.

—No te preocupes, por mí no hay problema —dijo Peter.

Salió de la cama. Estaba desnudo. Fue al baño, se echó agua en la cara y se vistió.

—Listo —dijo—. Ya puedes presentarme a mi suegra.

Joaquín se rió y lo abrazó. Peter se sentó en la sala. Joaquín le abrió la puerta a su madre.

—Ya puedes pasar, mamá —dijo.

Maricucha estaba parada afuera del departamento, espantando a los mosquitos.

—Un poco más y me encuentras desangrada —dijo—. Estos mosquitos se han dado un banquete conmigo.

Entró al departamento. Joaquín cargó su maleta y entró detrás de ella.

—Esto todavía huele a tu papá —dijo Maricucha.

—Mamá, éste es mi amigo Peter, que estaba durmiendo y por tu culpa ha tenido que levantarse —dijo Joaquín.

Peter se levantó y le dio la mano a Maricucha.

—Encantado, señora —dijo—. Perdone la cara de dormido.

—Hola, hijo —dijo ella, arreglándole el cuello de la camisa.

Luego echó un vistazo al departamento.

—Lindo tu departamento, mi amor —dijo—. Todo bien puestecito.

—¿Quieres tomar algo, mamá? —preguntó Joaquín.

—Agüita, mi amor, agüita —dijo ella.

—Pero no tengo agua bendita —dijo Joaquín, burlándose de ella.

—El agua bendita no se toma —dijo ella, muy seria—. Es sacrilegio.

Joaquín y Peter se rieron.

—Bueno, señora, ya es hora de irme —dijo Peter.

—No tienes que irte, hijo —dijo Maricucha—. Quédate nomás, que aquí nos acomodamos los tres de lo más bien.

—Es que no quiero incomodar —dijo Peter.

—Ninguna incomodidad, hijo, aquí hay sitio de sobra para los tres —dijo ella—. Me van a disculpar, pero tengo que ir al baño.

Maricucha entró al baño de visitas. Peter se acercó a Joaquín.

—Mejor zafo —le dijo, en voz baja.

—Quédate, hombre —dijo Joaquín—. Que se joda la vieja.

—No sé. ¿No se molestará?

—Si se molesta, que se joda, pues. Que abra su pan.

—Bueno, como quieras.

Peter y Joaquín se dieron un beso fugaz. Maricucha salió del baño justo después.

—Te felicito, mi Joaquín, tienes el baño que da gusto —dijo—. Y el papel higiénico, qué rico, qué suavecito, porque el papel de Lima ya parece lija, oye.

Joaquín sonrió.

—Mamá, Peter se va a quedar a dormir aquí —dijo.

—Pero por supuesto, yo encantada, chicos —dijo Maricucha.

—Tú vas a dormir en el sofá cama, que es la cama de los invitados —le dijo Joaquín a su madre.

Luego abrió el sofá cama de la sala y puso unas sábanas limpias.

—¿Y tú adónde vas a dormir, Peter? —preguntó Maricucha, sorprendida.

Peter levantó los hombros, sin saber qué decir.

—Peter va a dormir en mi cuarto —dijo Joaquín.

—Pero no se vaya a incomodar —dijo Maricucha—. De repente él prefiere dormir en el sofá cama y yo duermo contigo, Joaquincito.

—Como usted quiera, señora —dijo Peter.

En ese momento, Joaquín odió a su madre.

—No te preocupes, mamá —le dijo, con una voz cortante—. Peter está acostumbrado a dormir en mi cama.

Maricucha bajó la mirada, jugó con sus manos, hizo como que no había oído nada.

—Bueno, es tardísimo y estoy tan fatigada —dijo.

Joaquín besó a su madre en la mejilla.

—Que duermas bien, mamá —le dijo.

—Hasta mañana, señora —dijo Peter.

—Chaucito, chicos —dijo ella—. Y no se olviden de dar las gracias al Señor antes de acostarse.

Peter y Joaquín entraron al cuarto. Joaquín cerró la puerta con pestillo.

—Vieja de mierda, qué ganas de joder la paciencia —susurró.

—Eres un desgraciado —susurró Peter—. Cómo le dices que estoy acostumbrado a dormir contigo.

—Que se joda, que abra los ojos, que aprenda que hay gente diferente a ella y a sus amiguitos del Opus Dei.

—¿Qué es eso?

—Un club de cucufatos pitucos.

Joaquín apagó la luz del cuarto. Los dos se quitaron la ropa, se metieron a la cama y se abrazaron.

—Cáchame, por favor —susurró Joaquín.

—No seas loco —susurró Peter—. Tu vieja está afuera.

—Justamente por eso —susurró Joaquín.

Peter y Joaquín juntaron sus cuerpos.

* * *

A la mañana siguiente, Peter se levantó muy temprano, se vistió, le dio un beso a Joaquín y salió del departamento caminando en puntillas. Joaquín siguió durmiendo. Un rato más tarde, a las nueve en punto, sonó el despertador. Entonces prendió el televisor, puso el programa de Donahue, se levantó de la cama, se lavó los dientes y salió del cuarto. Maricucha ya estaba despierta.

—Hola, mi amor —dijo ella.

Estaba sin maquillaje. Tenía un libro en sus manos.

—Hola, mami. ¿Qué lees?

—Mi librito de oraciones. Es mi lectura de todas las mañanas.

Él le dio un beso en la mejilla.

—¿Has ofrecido tu día? —preguntó ella.

—Sí, mamá —mintió él.

Ella sonrió.

—Tú siempre has sido tan piadoso —dijo.

Él empujó el televisor hasta la sala. El programa de Donahue ya estaba comenzando.

—Tú no puedes vivir sin la televisión prendida —dijo ella.

—¿Qué quieres de desayuno, mamá?

—Todavía nada, mi amor. Tengo que ir a misa en ayunas.

Él se rió.

—¿Estás chiflada? —preguntó—. ¿A qué misa vas a ir?

—A cualquier misa católica, mi amor —dijo ella.

—Pero, mamá, estás en Key Biscayne, acá la gente no va a misa.

—No digas tonterías, mi hijito. No puedo creer que te me hayas vuelto tan descreído.

—En serio, mamá, acá no hay misas.

—Misas hay en todas partes del mundo, Joaquín.

—Bueno, si quieres, ahorita mismo llamo a información y averiguo dónde hay misas católicas en Miami. Mientras tanto, cómete algo, mamá.

—No, gracias, mi cielo.

—¿Por qué tienes que ser tan sacrificada, mamá? ¿Por qué te haces la Santa Rosa de Lima?

De nuevo, Joaquín estaba irritado con su madre.

—Porque para recibir la sagrada comunión hay que ayunar por lo menos una hora antes —dijo ella.

Él sonrió, como burlándose de ella.

—Mamá, esas cosas ya pasaron de moda —dijo—. Por si no sabes, en las misas de Miami venden *popcorn*.

—La fe nunca pasa de moda, mi hijito —dijo ella.

Joaquín llamó a información y preguntó si había alguna iglesia católica en Key Biscayne. Sin decirle nada, lo dejaron esperando en la línea.

—Qué horror estas cosas que pasan en la televisión —dijo Maricucha.

Ahora ella estaba viendo el programa de Donahue.

—¿De qué están hablando? —preguntó Joaquín.

—Esta mujer que está hablando dice que antes era hombre y que un día decidió cambiarse de sexo y se corto el pipí en pedacitos, como salami —dijo Maricucha.

—Diablos, qué valiente.

—Lo peor es que ahora la pobre está arrepentida.

La operadora regresó a la línea y le dio a Joaquín la dirección y el teléfono de la iglesia católica de Key Biscayne. Él apuntó los datos en un papel y colgó.

—Estás con suerte, mamá —dijo—. Hay una iglesia en Key Biscayne.

—Tenía que ser, mi amor. Si no, tú no hubieras escogido este sitio para vivir.

Joaquín llamó al número que le había dado la operadora. Le contestó una grabadora. Escuchó el horario de las misas. Había una a las diez de la mañana. Colgó.

—Hay una misa en media hora, mami —dijo.

—Ay, qué suerte, entonces me cambio de una vez —dijo ella—. Alístate rapidito, Joaquín, que estamos con la hora encima.

—*Sorry*, pero yo no te acompaño —dijo él.

Ella puso una cara triste.

—Es que yo no sé cómo llegar sola —dijo.

—Bueno, te acompaño pero sólo hasta la puerta de la iglesia.

—¿Por qué no quieres entrar a la misa, mi amor?

—Porque me aburro a morir, mamá.

—Sólo los burros se aburren, Joaquín.

—Mamá, te dejo en la iglesia y punto final. No insistas, por favor.

Maricucha y Joaquín se cambiaron de prisa. Para provocar a su madre, él se puso un polo que decía «*I Can't Even Think Straight*». Al ver el polo, ella le dijo:

—Ay, Joaquín, qué ocurrente eres, si tú siempre has pensado como hombre hecho y derecho.

Cuando estuvieron listos, salieron del departamento y entraron al carro. La iglesia estaba a pocas cuadras del departamento. Maricucha y Joaquín recorrieron el trayecto en silencio. No bien llegaron, Joaquín cuadró el carro frente a la iglesia.

—Ay, cómo extraño mi María Reina —dijo Maricucha, suspirando—. Lo que es yo, no cambio mi Lima, mi María Reina, mi Wong, mi mendigo, por nada en el mundo.

—Bueno, mamá, aquí te dejo —dijo Joaquín.

Ella cogió de la mano a su hijo.

—Entra, mi cielo, no seas rebelde —le dijo—. Escucha la voz del Señor en tu corazón.

—Lo que escucho son los ruidos de mi estómago, mamá —dijo Joaquín—. Me muero de hambre.

—Cuando seas viejo, te vas a arrepentir de haberle dado tantas bofetadas al Altísimo —dijo ella, y bajó del carro.

Camino a su departamento, Joaquín se detuvo en un Seveneleven, compró una caja de donuts y se los comió todos.

Soy un chancho, pensó. Peter me va a dejar.

* * *

Esa tarde, Maricucha y Joaquín fueron a almorzar a Miami Beach.

—La última vez que tu papá me trajo aquí, esto estaba lleno de viejos —dijo Maricucha, acomodándose el sombrero—. Y mira cómo se ha puesto ahora: tan lindo, tan colorido, con tanta gente joven.

—Sí, pues, este sitio se ha puesto de moda —dijo Joaquín.

Estaban sentados en la terraza de un restaurante de Ocean Drive, frente al malecón.

—Eso es lo que me gusta de vivir en Miami, mami, que hay gente bonita en las calles —dijo Joaquín—. No como en Lima, que está lleno de huecorretratos.

—No hables así de tu país, de tu gente —dijo Maricucha—. Hablar mal de tu Perú querido es como hablar mal de tu familia.

—Mamá, por favor, no seas huachafa —dijo él, riéndose—. El patriotismo es la peor de las huachaferías.

—Yo no sé por qué mis hijos me han salido tan antiperuanos —murmuró ella, y suspiró.

—Yo no soy antiperuano, mami, pero me molesta vivir en el Perú porque es un país medio salvaje —dijo él.

—Ay, mi amor, no te hagas el muy civilizado, no te hagas el suizo, pues —dijo ella, sonriendo—. Bien que te encanta leer tu *Caretas*. Bien que te gusta comer tu mazamorrita morada, tu ají de gallina, tu papita a la huancaína.

—Sí, es cierto, pero todo eso también se consigue en Miami.

—Pero no es igual, nunca es igual, mi hijito. No hay como vivir en tu tierra, en tu propio terruño.

—Mamá, por favor, estás hablando como serrana —dijo él, con una sonrisa burlona.

—Yo soy bien peruana, bien chola. Yo soy una limeña mazamorrera y no reniego de mis orígenes.

—Tú te das el lujo de hacerte la muy patriota porque en el Perú vives como una reina, mamá.

Ella soltó una carcajada.

—Qué ocurrencia la tuya, Joaquín —dijo—. Yo vivo como una señora de clase media nomás. Bueno, clase media alta, si quieres.

327

—No te hagas la clasemediera, mamá. Tú jamás has lavado un plato.

—Pero voy todas las mañanas al mercado y hago las compras yo solita.

—Mejor dicho, vas a Wong para chismear con tus amigas pitucas.

—Qué barbaridad, mi amor, qué resentido te me has puesto, qué amargado te ha puesto la vida materialista de Miami —dijo ella—. Deberías volver a Lima, Joaquín. Acá te me estás volviendo un poquito egoísta.

—Olvídate, mamá. No pienso volver a Lima.

—¿Por qué, mi amor? —preguntó ella, con voz triste—. ¿Por qué ese resentimiento con tu país, con tu gente?

—Porque quiero estar lejos de mi papá y de ti —dijo él, mirándola a los ojos.

Entonces ella dejó caer su tenedor en el plato.

—¿Por qué dices eso? —preguntó, sorprendida.

—Porque ustedes me han hecho mucho daño —dijo él.

Ella se quedó callada y miró hacia el mar. Se había puesto pálida.

—Ya no puedo seguir comiendo —murmuró.

—Es la verdad, mamá —dijo él—. Ustedes no me dejan vivir en paz. Desde chiquito me han hecho la vida imposible.

—No es cierto, mi Joaquín. Yo siempre he querido lo mejor para ti. Yo veo por tus ojos, mi amor. Por eso me parte el alma verte así tan venido a menos, tan amargado, cuando podrías estar haciendo grandes cosas.

—¿Cosas como qué? —preguntó él, enfadado—. ¿Cosas como qué?

—No sé, podrías estar estudiando filosofía de la mente, alta política internacional. Podrías estar cultivando la mente superdotada que Dios te dio. Yo sólo quiero que seas feliz, feliz como una lombriz.

Él se rió, haciendo un gesto cínico.

—Vuelve a Lima, mi cielo —dijo ella—. Sigue tus estudios. Termina tu carrera profesional en la universidad.

—Olvídate, mamá. No me interesa ser abogado, y menos en el Perú, donde nadie respeta las leyes.

—Qué pena me das, Joaquín. Pareces una planta marchita.

—Mamá, si vamos a hablar de plantas marchitas, por qué mejor no hablamos de tu matrimonio.

Ella parpadeó, algo nerviosa.

—Mi relación con tu papá es un tema muy aparte —dijo.

—Mamá, admítelo, tu matrimonio es un fracaso.

—Todavía lo puedo salvar —dijo ella, con una voz firme.

Él sonrió, como burlándose de ella.

—Si supieras lo que dice mi papi de ti —dijo.

—Tu papá habla tonterías cuando está con tragos —dijo ella.

—¿Sabes lo que me ha dicho? Me ha dicho que está harto de ti y que no ve la hora de separarse.

—Tu padre nunca me va a abandonar, Joaquín. Todo lo que ha hecho en la vida me lo debe a mí.

—¿Ah, sí? ¿Y entonces por qué no te ha llevado al crucero?

Ella levantó los hombros, como si eso no tuviese importancia.

—Bueno, porque él necesita su relax —dijo.

—¿Quieres saber la verdad? Mi papá se ha ido de crucero con una cubana impresentable que se levantó en una discoteca.

Ella se quedó mirándolo a los ojos, sorprendida.

—No voy a permitir que me faltes el respeto de esta manera —dijo, con una voz seca, cortante—. Pide la cuenta inmediatamente y vámonos de aquí.

—Como quieras —dijo él.

Luego llamó al mozo y pidió la cuenta.

—Mamá, ¿me das la tarjeta de crédito por favor? —preguntó.

—Ya no me provoca invitarte —dijo ella, mirando hacia el mar—. Mejor pagas tú.

* * *

Joaquín necesitaba ver a Peter. Eran las cuatro de la tarde, y Peter terminaba de trabajar a las cinco, pero Joaquín necesitaba verlo en ese momento. Por eso, dejó a su madre en el departamento y manejó hasta el Sonesta. En el camino vio a Mónica, una amiga peruana. Mónica estaba corriendo, como todas las tardes. Joaquín le hizo adiós y le mandó un beso volado. Todo sería más fácil si yo fuese una chica linda como ella, pensó. Un poco más allá, cuadró el carro y entró al Sonesta.

—Hola, Joaquincito —escuchó, y se detuvo—. Qué chico es el mundo, ¿qué haces por aquí?

Joaquín volteó y se encontró con su tía Rosita, una amiga de su madre. Rosita estaba cargando varios paquetes. Era evidente que venía de compras.

—Hola, tía —dijo él, y le dio un beso en la mejilla.

—Qué barbaridad lo alto que estás —dijo Rosita—. Tú no paras de crecer, oye.

—No, tía, hace años que no crezco —dijo él.

—Entonces debe ser que yo me estoy achicando, hijo, porque las viejas nos achicamos un centímetro al año —dijo Rosita, y se rió—. ¿Qué andas haciendo por acá?

—Huyendo de la familia, tía —dijo él, sonriendo.

—Ya me ha comentado tu mami en el círculo de los viernes que estás medio díscolo —dijo ella.

—¿Cómo está Guillermo? —preguntó él.

Guillermo y Joaquín habían estudiado juntos en el Markham. Años atrás, habían ido juntos a Reflejos y al Up and Down, las discotecas que entonces estaban de moda en Lima.

—Ay, si supieras, estoy tan preocupada —dijo Rosita—. Mi Guillermo se está dejando llevar por la bohemia, oye. Se me parte el corazón cuando lo veo llegar en estado inecuánime a la casa.

—No te preocupes, tía, esas cosas son pasajeras —dijo Joaquín, y vio a Peter saliendo del ascensor—. *Sorry*, tía, pero me tengo que ir —añadió.

—Si puedes, échale una cartita a Guillermo —dijo ella—. Aconséjale que la bohemia no es buen camino.

—De todas maneras, tía —dijo él—. Te prometo.

Joaquín se despidió de Rosita y se acercó a Peter.

—¿Qué haces aquí? —le preguntó Peter, sorprendido.

—Necesitaba verte —dijo Joaquín.

—Espérame que voy de dejar estas maletas.

Peter dejó un par de maletas en la recepción y volvió al lado de Joaquín.

—¿Te pasa algo? —le preguntó.

—¿Podemos ir a un sitio privado?

—Ahorita estoy trabajando.

—Sólo cinco minutos. Por favor.

Peter miró de reojo a sus compañeros de trabajo.

—Sube al piso ocho y espérame allí —murmuró, sin mirar a Joaquín.

Joaquín entró al ascensor, bajó en el octavo piso y lo esperó unos minutos que se le hicieron largos. Peter apareció cuando Joaquín ya estaba pensando irse.

—Ven, apúrate —dijo, abriendo la puerta de un cuarto.

Entraron al cuarto. Peter cerró la puerta. La cama estaba deshecha.

—Acaban de dejar libre este cuarto —dijo Peter.

Joaquín lo abrazó y le dio un beso.

—Necesito saber si me quieres —dijo.

Peter puso cara de sorprendido.

—¿Qué te pasa? —preguntó.

—Dime que me quieres —insistió Joaquín.

—No sé. Acabo de conocerte.

Se besaron de nuevo.

—Quiero que vengas a vivir conmigo —dijo Joaquín.

—No seas loco, recién nos conocemos.

Joaquín puso una mano entre las piernas de Peter.

—Me arrechas con tu uniforme de maletero —dijo.

—Me tengo que ir a trabajar —dijo Peter.

Joaquín le bajó la bragueta y se arrodilló delante de él.

—Dime que me quieres —dijo.

—Te quiero —dijo Peter, mientras Joaquín se la chupaba.

* * *

Un rato después, Joaquín entró a su departamento y vio que su madre se había quedado dormida con el televisor prendido. Apagó el televisor. Maricucha se despertó.

—Qué barbaridad, he dormido como una bendita —dijo ella, y bostezó largamente.

Joaquín se sentó a su lado.

—Mami, lamento haber sido rudo contigo en el almuerzo —dijo.

—No te preocupes, mi hijito. No hay que llorar sobre la leche derramada.

Maricucha no era una mujer de rencores. Estaba acostumbrada a perdonar.

—¿Qué te provoca hacer, mami? —preguntó él.

—Me encantaría ir de compras —dijo ella.

—¿Quieres ir a un centro comercial?

—No, qué ocurrencia. Vamos aquí nomás, al Wong más cercano.

—Mamá, en Miami no hay Wong —dijo él, riéndose—. Esas tiendas sólo existen en Lima.

—Ay, qué burra —dijo ella, llevándose una mano al pecho—. Yo pensé que Wong había en todas partes, que era una cuestión internacional.

Se alistaron, salieron del departamento y subieron al carro.

—Cuéntame qué te pareció Peter, mamá —dijo él, manejando rumbo al supermercado de Key Biscayne.

—Bueno, qué te puedo decir, me pareció un chico normal —dijo Maricucha—. La verdad que no me impresionó.

—¿Por qué?

—Apenas lo conocí un ratito, pero me pareció un chico tímido, sin personalidad.

—Ajá.

—Es un buen muchacho, pero no está a tu altura, pues, Joaquincito. Ese chico no te llega ni a los talones.

Joaquín decidió quedarse callado. No quería discutir de nuevo con su madre. Poco después, cuadró el carro frente al supermercado. Maricucha y Joaquín bajaron y entraron a hacer las compras.

—Me muero de la impresión, qué maravilla este súper —dijo ella.

Luego abrió su cartera y sacó una libreta, mientras Joaquín empujaba un carro metálico.

—Esto que siento ahorita debe ser la tentación de caer en el consumismo, que es una enfermedad que el Papa condena a morir —dijo ella, suspirando.

Maricucha y Joaquín recorrieron los pasillos del supermercado. Ella echó en el carro metálico unas cajas de gelatina y dijo «esto para mi Irma, la gelatina le hace bien para el pelo y las uñas, y la pobre está quedándose medio calva», echó galletas de chocolate y dijo «esto para la bandida de la Meche, que priva por las galletitas», echó bolsas de *marshmallows* y dijo «esto para los hijos de la Meche, a ver si esta sabida me los bautiza por fin», echó bolsas de chocolatitos *kisses* y dijo «esto para la mamá de Irma, que ya está con un pie en la tumba la pobre, y para mi ahijado Winston, que es un zamarro», echó latas de caramelos y dijo «esto para Natividad, la lavandera, porque le encanta chupar caramelos cuando hace la lavandería», echó chocolates de almendras y dijo «esto para Marcelo, que me ha robado cucharitas de la platería, pero el Señor me obliga a perdonar y yo lo perdono, te perdono, Marcelo desgraciado, cholo ratero».

* * *

Esa noche, Maricucha y Joaquín se acostaron temprano porque estaban muy cansados.

—Bájame el volumen, que no puedo rezar —dijo Maricucha.

Joaquín bajó el volumen del televisor. Era medianoche. Estaba esperando que comenzase el programa de Letterman. Maricucha estaba echada a su lado. Ella no quería dormir de nuevo en el sofá de la sala. Decía que era muy duro y que el aire acondicionado le daba en la cara.

—¿Por qué no rezas conmigo la estampita del Padre? —preguntó.

Tenía una estampa amarilla con la foto del fundador del Opus Dei.

—Tú reza por mí —dijo él.

Joaquín recordó la última vez que había rezado: fue cuando se hizo un examen de sida en Miami. Antes de saber los resultados, le prometió a Dios que si no tenía sida, iba a luchar contra sus deseos homosexuales. El examen dio negativo y la promesa no duró mucho tiempo.

—Sólo la estampita, no seas malo —insistió ella—. Hazlo por tu mamacita, que ya está vieja.

—Bueno, está bien, pero sólo la estampita —dijo él, sólo para complacerla.

Ella lo besó en la mejilla y le dio la estampa.

—Tú lee la estampita —le dijo—. Yo me acuerdo la oración de memoria.

Él prendió la luz de la mesa de noche.

—Mejor apaga la televisión para que no se cruce nuestra energía positiva con las malas vibraciones que salen de la televisión —dijo ella.

Él sonrió y apagó el televisor.

—Sentémonos, mi hijito —dijo ella—. Rezar echado no es lo mejor.

—¿Por qué?

—Porque cuando rezas echado la oración sale con poca voluntad, no sube al cielo con la misma fuerza.

—Tu debiste ser monja, mamá.

Ella sonrió y cerró los ojos. Los dos rezaron juntos la oración al fundador del Opus Dei.

—Ahora vamos a rezarle media novena a la Virgen —dijo ella.

—No, pues, mamá. No te pases.

—Media novena, mi amor. Sólo media novena. No seas malito.

—Ni media novena ni tres octavos.

—No sé por qué te me habrás torcido tanto, Joaquín. De chico eras tan pero tan piadoso.

—Lo que pasa es que ya no creo en la Iglesia, mamá.

Ella abrió la boca, sorprendida.

—¿Qué has dicho? —preguntó.

—Que ya no creo en la Iglesia —dijo él—. La Iglesia tiene que modernizarse y aceptar que está equivocada en ciertas cosas.

—¿Cómo te atreves a decir que la Iglesia está equivocada? —dijo ella, furiosa—. ¿Cómo te atreves a ser tan soberbio?

—Porque yo sé por experiencia propia que la Iglesia está equivocada en ciertas cosas.

—¿Cosas como qué?

Él no dudó un segundo.

—Cosas como la homosexualidad —dijo.

Ella hizo un gesto de asco al oír esa palabra.

—La posición de la Iglesia es muy clara —dijo—. La homosexualidad es un acto contranatura que ofende al Señor.

—Bueno, yo discrepo.

—¿Cómo que discrepas?

—La homosexualidad es algo muy natural, mamá.

—No digas sandeces, pues, hijito. ¿Cómo va a ser natural que dos hombres hagan cochinadas?

Él se sintió ofendido. Trató de mantener la calma.

—Si dos hombres se quieren, ¿por qué es una cochinada que hagan el amor? —preguntó.

—Dos hombres no pueden hacer el amor, Joaquín. Amor existe sólo entre un hombre y una mujer. No puedo creer lo torcida que está tu mente.

Él odió a su madre. Tuvo ganas de echarla de su casa.

—Eres una intolerante, una homofóbica —le dijo.

—¿Una qué? —preguntó ella, desconcertada.

—Una homofóbica.

—Ay, qué disparate, mi amor. Yo soy un poquito claustrofóbica con los ascensores y con los aviones, pero nada más.

—No puedo hablar con ignorantes como tú. Hasta mañana, mamá.

Joaquín salió del cuarto, bajó la temperatura del aire acondicionado para que su madre tuviese mucho frío, y se echó en el sofá cama. Escuchó truenos. El hombre del clima había dicho en la televisión que esa noche iba a haber tormenta.

* * *

Joaquín se había quedado solo. Su madre se había ido a misa de diez. Él estaba caminando desnudo por el departamento cuando sonó el teléfono. Contestó.

—Hola, Joaquín. Acabo de regresar del crucero. Estoy en el Sonesta.

—Hola, papi. ¿Cómo te fue?

—Cojonudo. Estoy como nuevo, reencauchado.

—Cuánto me alegra.

—Charitín y yo hemos culeado como dos pichoncitos de luna de miel. Cache y cache y cache, qué manera de tener físico la condenada. Yo tengo buen aguante, pero esta cubana es de mamey.

Se rieron.

—No te preocupes, muchachón —dijo Luis Felipe—. Ya he hablado con ella para que cuando yo me regrese a Lima, tú te encargues de tenérmela bien afinadita.

—Caray, no estaría mal.

—Es una bestia para cachar la cubana, y mira que yo no soy ningún principiante, ah. Yo he llegado a meterme ocho polvos en una noche.

—Supongo que no fue con mi mami, ¿no?

Luis Felipe se rió.

—No, con la vieja no culeo hace siglos —dijo—. Ella se acuesta feliz con sus estampitas de los santos. La vieja ya debe haber dormido con todo el santoral.

—A propósito, mami durmió anoche en mi departamento —dijo Joaquín.

Lo dijo con una voz distraída, como si no tuviese mucha importancia.

—No me cojudees, muchacho —dijo Luis Felipe.

—En serio. Mami llegó a Miami el día que te fuiste al crucero.

—Vieja ladilla, no me deja descansar tranquilo, carajo.

—Llegó de sorpresa. Se apareció así sin avisar.

—Beata de los cojones. ¿No le habrás dicho nada de Charitín, no?

—No, papi, cómo se te ocurre. No le he dicho ni una palabra de Charitín.

—¿Seguro?

—Por supuesto.

—¿Y para qué carajo ha venido la vieja?

—Dice que para salvar su matrimonio.

Luis Felipe soltó una carcajada.

—Esta arpía no me va a dar el divorcio jamás —dijo—. Los maricones del Opus Dei le han metido en la cabeza que tiene que salvar su matrimonio, y tu madre es más terca que una mula jijunagrandísima.

—La verdad, papi, yo veo bien difícil eso de la separación, a menos que tú te vayas de la casa, claro.

—Ni que yo fuera un gran cojudo, hombre. Eso es justamente lo que quieren los maricones del Opus Dei, que ella se quede con la casa para que después se la deje al Opus Dei, como hizo la loca de Manuelita Gutiérrez, que le dejó al Opus Dei una mansión de la gran puta en la avenida Pardo.

En ese momento, tocaron la puerta del departamento.

—Está llegando mi mami —susurró Joaquín.

—Vieja ladilla —dijo Luis Felipe—. No le digas que he llamado, ¿okay?

—Okay.

Colgaron. Joaquín abrió la puerta. Era Maricucha. Tenía puesto un vestido blanco y un sombrero rojo.

—He rezado toda la misa para que te regreses conmigo a Lima —dijo, sonriendo.

Él sonrió y le dio un beso en la mejilla.

—Me llamó mi papá —le dijo.

Ella se llevó una mano al pecho.

—¿Te llamó del barco? —preguntó, bastante nerviosa.

—No —dijo él—. Ya regresó a Miami.

Ella abrió su cartera, sacó una pastilla y se la llevó a la boca.

—Para calmar los nervios —dijo, y se tragó la pastilla—. ¿Y dónde está tu papá?

—En el Sonesta, con la cubana —dijo él—. Dice que la copetinera esa no lo ha dejado dormir tranquilo, que han estado los dos como pichones en su nido de amor.

Ella cerró los ojos y bajó la cabeza.

—No sigas, por favor —murmuró.

—Hemos estado como dos pichoncitos de luna de miel —dijo él, imitando la voz de su padre.

—Basta, hijo —gritó Maricucha.

* * *

Un par de horas más tarde, Maricucha y Joaquín se animaron a bajar a la playa.

—Tiempo que no me ponía ropa de baño, porque a mi edad una ya no debe ir por ahí enseñando los jamones —dijo Maricucha, entrando a la playa.

—Qué jamones, mami, si estás flaquísima —dijo Joaquín.

Maricucha se había puesto una ropa de baño negra de una pieza y un sombrero de paja. Joaquín se había echado por todo el cuerpo una crema para protegerse del sol.

—¿Te acuerdas de un verano hace mil años que fuimos a la playa todos los días? —dijo ella.

—Claro —dijo él—. Me acuerdo que me llevabas a Conchán y que el mar era bravísimo.

—Y nos quedábamos horas de horas en la playa. Tanto sol nos cayó que tú te pusiste negro, negrísimo, y un día vino tu mamama Lourdes a tomar lonche a la casa y te vio así todo negro y casi se cae sentada. Me acuerdo clarito que dijo: pero qué barbaridad, este niño parece hijo de la servidumbre.

Se rieron. Caminaban por la orilla, mojándose los pies. Había poca gente en la playa. Soplaba un viento fresco.

—Yo me acuerdo que tenía un amigo salvavidas en La Herradura —dijo él.

—Claro, claro. Un cholón bien plantado. No me acuerdo cómo se llamaba.

—Elmer. Elmer Pachas.

Joaquín recordó a Elmer: era un hombre joven, moreno, corpulento. Elmer era el primero en llegar a la playa y uno de los últimos en irse. Siempre tenía puesta la misma ropa de baño: una truza negra, muy ajustada. A Joaquín le encantaba estar con Elmer en La Herradura. Corrían por la orilla, hacían planchas y abdominales, jugaban fulbito, conversaban juntos. Además, Maricucha les invitaba helados a los dos. Elmer siempre pedía Copa Esmeralda; Joaquín prefería Buenhumor. Un día, mientras caminaban por la playa, Elmer le dijo a Joaquín «no es por nada, pero tu mami es una mamacita, cómo me gustaría hacerle respiración boca a boca», y Joaquín se rió sin saber qué decir. Otro día, bañándose los dos en el mar, Elmer le dijo «cada vez que miro a tu mami, sus piernas blanquitas, su pechito rico, se me engorda la pichula, se me pone fierro, fierro». Esa tarde, al regreso de la playa, Joaquín le contó a su madre todo lo que Elmer decía de ella. Entonces Maricucha se puso furiosa y dijo «lo que pasa es que todos los cholos son igual de mañosos y sabidos, son como animalitos que no saben controlar sus instintos». Al día siguiente, cuando llegaron a La Herradura, Maricucha le dijo a Joaquín «no quiero que te juntes más con ese cholo máta-las callando», y desde entonces Joaquín dejó de ser amigo de Elmer.

—¿Tú ves lo mismo que yo? —preguntó Maricucha.

Estaba mirando a una pareja abrazada en el mar. Eran dos muchachos. El agua los cubría hasta la cintura. Estaban besándose.

—Veo a dos chicos abrazados —dijo Joaquín.

Maricucha se detuvo, se quitó los anteojos oscuros y se llevó las manos a la cintura.

—Debo estar viendo visiones —murmuró.

Joaquín sonrió.

—Mamá, no seas tan anticuada —dijo.

—Una debe ser mujer con el pelo cortito, ¿no?

—Los dos son hombres, mamá.

—Par de desvergonzados, caracho.

Entonces Maricucha se acercó a la orilla.

—Desvergonzados, amorales —gritó—. Voy a llamar a la policía.

Los muchachos se rieron a carcajadas. Ella siguió caminando por la orilla.

—El fin del mundo debe estar cerca —murmuró.

Joaquín se rió de su madre.

—¿Por qué no entramos a la piscina del Sonesta a tomar una limonadita? —sugirió.

—Ay, qué rico, tengo la garganta seca, reseca —dijo ella.

Entraron a las duchas del hotel y se quitaron la arena de los pies. Maricucha miró su reloj.

—Caracho, se me pasó el mediodía —dijo, haciendo un gesto de preocupación.

—¿Qué tenías que hacer? —preguntó Joaquín.

—Rezar el ángelus, pues —dijo ella.

Sin perder tiempo, salió de la ducha y cogió del brazo a su hijo.

—Recemos el ángelus por las almas de estos dos pobres chicos —le dijo.

Maricucha y Joaquín rezaron tres avemarías cerca de las duchas del Sonesta. Estoy seguro que nunca antes alguien ha rezado un ángelus aquí, pensó él. Luego subieron a la piscina del hotel y pidieron dos limonadas en el bar.

—Creo que mi papi está echado al otro lado de la piscina —dijo Joaquín.

—¿Tu papá? —preguntó Maricucha, sorprendida.

—Ajá —dijo Joaquín—. Me parece.

Luis Felipe y Charitín estaban tomando sol al otro lado de la piscina.

—Vamos a acercarnos, porque yo estoy cada día más ciega —dijo Maricucha.

—Mejor lo llamamos más tardecito, mami —dijo Joaquín—. Me parece que mi papi no está solo.

—No, no, vamos a darle una sorpresita —insistió Maricucha—. Seguro que se va a alegrar de vernos.

Maricucha y Joaquín se acercaron a Luis Felipe. Echado en una colchoneta, Luis Felipe parecía estar durmiendo. A su lado, Charitín también parecía dormida. Maricucha sacó la cañita de su limonada y la metió en una de las orejas de su esposo. Luis Felipe se rascó la oreja sin abrir los ojos. Ella metió la cañita una vez más. Entonces Luis Felipe se despertó.

—Caray, qué sorpresa, ¿qué hacen aquí? —dijo.

Se sentó en la colchoneta. Miró de reojo a Charitín. Forzó una sonrisa.

—Vinimos a tomar una limonadita y Joaquín te vio —dijo Maricucha, con una voz muy dulce.

—Yo le dije a mi mami que mejor te llamábamos más tarde —dijo Joaquín, como disculpándose.

—¿No me vas a dar un besito? —dijo Maricucha—. ¿No me vas a decir bienvenida a Miami?

Luis Felipe se puso de pie y besó a Maricucha sin muchas ganas.

—Vamos a tomar algo —dijo—. Me muero de sed.

—¿Quién es la señorita? —preguntó Maricucha, señalando a Charitín—. No me la has presentado.

Luis Felipe puso cara de sorprendido.

—¿A quién te refieres? —preguntó.

—A tu amiga, pues —dijo Maricucha.

—No es mi amiga, ya quisiera yo conocerla —dijo Luis Felipe.

Luego le dio la espalda a su esposa y caminó hacia el bar. Maricucha pasó al lado de Charitín y la miró de arriba abajo.

—Chuchumeca desvergonzada, te voy a denunciar a la policía — murmuró, y siguió caminando.

Poco después, Maricucha, Luis Felipe y Joaquín se reunieron en el bar de la piscina.

—Salud por este encuentro familiar —dijo Luis Felipe, levantando su trago.

—Salud —dijo Joaquín.

Maricucha levantó su limonada.

—Salud —dijo, a regañadientes.

Luis Felipe tomó un trago y se tiró a la piscina.

—Está riquísima —gritó.

—Viejo verde, sinvergüenza —murmuró Maricucha.

* * *

Después de bañarse en la piscina, Luis Felipe subió a cambiarse a su habitación. Maricucha y Joaquín se quedaron esperándolo en el bar de la piscina. Charitín seguía echada en la colchoneta.

—Espérame un ratito, que voy a hablar una palabrita con la muchacha de enfrente —dijo Maricucha.

—Mamá, por favor, déjala tranquila —dijo Joaquín.

—Tengo que aconsejarla para que rectifique el mal camino, mi amor —dijo Maricucha.

Luego se puso de pie y se acercó a Charitín. Joaquín la siguió.

—Señorita, perdone que la interrumpa, pero desearía hablar con usted —dijo Maricucha, sentándose en la colchoneta donde había estado echado Luis Felipe.

Charitín permaneció con los ojos cerrados. Maricucha la cogió del brazo.

—Oiga, señorita, le estoy hablando —le dijo.

Charitín abrió los ojos y puso cara de desconcertada.

—*I don't speak spanish, lady* —dijo.

—No te hagas la pánfila, pues, hijita, que tienes un inglés bien masticado —dijo Maricucha.

—Eso lo dice por envidiosa, porque seguramente usted no habla ni medio carajo de inglés —dijo Charitín.

—Vaya, ya aprendiste a hablar castellano bien rapidito —dijo Maricucha.

Charitín tenía desabrochada la parte superior de su ropa de baño.

—Ciérrame la ropa de baño, papi —le dijo a Joaquín.

—Cómo no, encantado —dijo él.

—Mejor yo te ayudo, hijita —dijo Maricucha—. No quiero que me lo corrompas a mi Joaquín.

Cogió la ropa de baño de Charitín y la abrochó por detrás. Charitín se sentó en la colchoneta y se secó el sudor de la frente.

—Buena pechuga se maneja Juana la cubana —murmuró Maricucha, en tono burlón.

—¿En qué la puedo servir, *lady*? —dijo Charitín.

Maricucha se quitó los anteojos oscuros.

—Mira, muchachita, te voy a dar un consejo —dijo, bajando la voz, mirando a Charitín a los ojos—. No te metas con hombres casados, ¿ya? Eso no es de mujeres decentes.

—Oiga, *lady*, esto ya es un abuso de su parte —dijo Charitín—. Primerísimamente, yo a usted no la conozco, y no sé con qué cuajo viene a darme estos *tips*.

—Oye, chuchumeca pelopintado (y perdóname que te hable así hijita, pero eso es lo que eres), ¿tú con quién crees que estás hablando, ah?, ¿tú crees que yo no sé que has estado en intimidades con mi marido?, ¿tú crees que yo no estoy enterada del crucero que le has hecho pagar al zamarro de mi marido? —dijo Maricucha.

—Para que usted se lo vaya sabiendo, yo a su maridito no lo conozco —dijo Charitín.

Luego se puso de pie y se enrolló una toalla en la cintura.

—Sí, sí, mejor tápate los jamones, que se te ve todita la celulitis —le dijo Maricucha.

—Por algo su marido buscará mujeres jóvenes y bien dotadas como la que habla —dijo Charitín—. Seguramente usted es una vieja frígida que ya no le procura ninguna excitación sensual.

Maricucha soltó una carcajada.

—Rebuscadita había sido la chuchumeca esta —dijo—. Yo seré frígida, pero eso tiene cura, hijita. En cambio tú eres una puta, y eso no tiene cura.

Charitín no contestó. Haciendo un gesto de desprecio, le dio la espalda y se fue caminando hacia la playa.

—Nunca te metas con estas mujeres, mi amor —le dijo Maricucha a Joaquín—. Estas sinvergüenzas sólo buscan la fornicación por el placer en sí, no por el milagro de la reproducción.

* * *

—¿De qué carajo me sirve llegar a los ochenta años si no puedo comer una rica hamburguesa? —dijo Luis Felipe, y mordió su hamburguesa doble.

A pesar que a Maricucha y Joaquín no les gustaban las hamburguesas, Luis Felipe había insistido en ir a un McDonald's.

—Cuando te dé un patatús por la cantidad de grasa que comes, yo voy a ser la primera en reírme, Luis Felipe —dijo Maricucha.

—Yo sé muy bien que tú vas a ser la primera en festejar, mujer —dijo Luis Felipe—. Tú y tus amigos del Opus Dei van a hacer un lonche el día que yo me muera.

Maricucha soltó una carcajada.

—Luis Felipe, por favor, no hables así delante de nuestro hijo —dijo.

—Hazme el favor, mujer, nuestro hijo ya es un tremendo manganzón —dijo Luis Felipe.

Joaquín sintió que su padre seguía furioso con él. Sintió que cuando le decía manganzón, en realidad quería decirle huevón, maricón.

—Además, no me gusta que hables mal de la Obra —dijo Maricucha.

Luis Felipe movió la mandíbula.

—¿De qué obra me estás hablando? —preguntó—. ¿De una obra de arte? ¿De una obra de construcción?

—No te hagas el tonto, pues, Luis Felipe —dijo Maricucha—. Tú sabes muy bien que cuando hablo de la Obra, me refiero al Opus Dei.

Luis Felipe solía ponerse de mal humor cuando su mujer hablaba del Opus Dei.

—Mira, mujer, te voy a pedir un favor —dijo—. Delante mío no vuelvas a decir la Obra, ¿*okay*? Di el Opus Dei, ¿ya? Me hinchas soberanamente las pelotas cuando dices la Obra con tu carita de beata de los cojones.

Luego le dio un gran mordisco a su hamburguesa. Un pedazo de carne se le resbaló y cayó en el azafate de plástico.

—Me cago en Dios —dijo, y golpeó la mesa.

Maricucha soltó una carcajada.

—¿De qué te ríes? —preguntó Luis Felipe.

Joaquín no pudo aguantarse la risa.

—¿De qué te ríes tú también? —preguntó Luis Felipe.

—De nada —dijo Joaquín.

—Tremendo manganzón riéndose como un baboso con sus papitas fritas porque la hamburguesa le da asco —dijo Luis Felipe, haciendo un gesto de desprecio.

Una vez más, Joaquín sintió que odiaba a su padre. Maricucha continuó riéndose. La cara se la estaba poniendo roja de tanto reírse.

—Malaya la hora que me casé con una beata —dijo Luis Felipe—. Debí casarme con la gringa Maddie.

—No debería repetir, pero me han chismeado que la pobre Maddie está con problemas de alcoholismo —dijo Maricucha.

—Yo francamente prefiero estar casado con una mujer que se toma sus whiskachos, que con una beata que se pasa la vida con sus amigos maricones y sus amigas marimachas del Opus Dei —dijo Luis Felipe.

Entonces Maricucha se puso seria y miró severamente a su esposo.

—Los miembros de la Obra no son maricones ni marimachas, Luis Felipe —dijo—. No hables así, que Dios te va a castigar.

—Tremendos rosquetes que son esos numerarios o supernumerarios o como carajo se llamen, todos meditos en la misma casa —dijo Luis Felipe—. Ya me imagino las orgías que se armarán allí adentro.

Maricucha movió la cabeza, indignada.

—Hablas mal de los miembros de la Obra porque quedaste manchado frente a ellos —dijo.

Luis Felipe se rió de un modo algo forzado.

—No digas cojudeces, pues, mujer —dijo.

—Tú sabes muy bien a qué mancha me refiero, Luis Felipe —dijo Maricucha.

—¿Alguien quiere una cocacolita más? —preguntó Joaquín, tratando de cambiar de tema.

—Dale con tu maldita mancha, carajo —dijo Luis Felipe—. Ya te he dicho mil veces que esa Ángela se hacía la monja canonizada, pero en el fondo bien que le picaba la chucha.

—Tú la corrompiste —dijo Maricucha, levantando la voz—. Tú arruinaste su vida. Por tu culpa, Ángela tuvo que dejar la Obra. Ahora está deshecha la pobre.

—¿Seguro que nadie quiere una cocacolita más? —insistió Joaquín.

—No digas cojudeces, mujer —dijo Luis Felipe—. Yo no la violé. A ella bien que le gustó.

—Tú la corrompiste a la pobre Ángela, y cuando ella contó todo, tu reputación quedó por los suelos frente a los miembros de la Obra —dijo Maricucha—. Por eso te empeñas en hablar mal de ellos, porque no eres capaz de vivir una vida de santidad como ellos.

Luis Felipe se rió con un aire de arrogancia.

—Cojudeces —dijo—. A mí ser santo me importa tres carajos. Yo lo que quiero es disfrutar de la vida. Yo no quiero clavarme espinas en el culo para ser santo.

—Contigo no se puede hablar, Luis Felipe, porque todo lo llevas al terreno de la vulgaridad —dijo Maricucha.

—Bueno, si no te puedes rebajar a hablar conmigo, ¿por qué no te vas a vivir con las marimachas del Opus Dei? —preguntó Luis Felipe, levantando la voz.

—Porque quiero salvar mi matrimonio y salvar tu alma —dijo Maricucha—. Porque quiero que purifiques tu alma manchada.

—¿O sea que tú no estás manchada? —gritó Luis Felipe—. ¿O sea que tú no estás manchada?

Cogió el frasco de *ketchup*, lo apuntó en dirección a su esposa y lo apretó con fuerza. Un poco de *ketchup* salió disparado y cayó en el pecho de Maricucha.

—Ahora ya estás manchada —dijo Luis Felipe, riéndose—. Ahora todos estamos manchados.

Mientras Maricucha se limpiaba el vestido con una servilleta de papel, Luis Felipe prendió un cigarrillo.

—Una esposa beata y un hijo maricón —murmuró—. Qué mala suerte, carajo. Cómo no me casé con la gringa Maddie.

* * *

—Está sonando el teléfono, mi amor —dijo Maricucha—. Despiértate. Contesta.

Joaquín abrió los ojos y escuchó el timbre del teléfono. Al regresar del McDonald's, se habían quedado dormidos escuchando un disco de Edith Piaf.

—Contesta, mi amor —dijo ella—. Debe ser tu papá que está arrepentido.

Joaquín contestó antes que la grabadora.

—Hola, hijo, ¿qué estaban haciendo?

Era Luis Felipe. Tenía voz de arrepentido.

—Nada, estábamos descansando —dijo Joaquín, y prendió el televisor.

—Oye, creo que estuve algo malcriado con tu madre, ¿no?

—Bueno, sí, tal vez.

Maricucha cogió el control remoto y cambió de canales hasta que encontró el canal en español.

—Cristina —gritó, sonriendo, y subió el volumen.

—Oye, estoy aquí en el balcón de mi cuarto tomándome un traguito y viendo la puesta del sol, y se me ocurrió que de repente tienen ganas de caerse un rato para conversar —dijo Luis Felipe.

—Claro, suena bien —dijo Joaquín.

—¿O ustedes tenían algún plan?

—No, papi, ningún plan.

—Entonces cáiganse por acá cuando les provoque. Podemos pedirnos unos *drinks* y unos quesitos.

—Perfecto. En un ratito vamos para allá.

—Los espero entonces.

Colgaron.

—Dice mi papi que vayamos a su cuarto a comer bocaditos —dijo Joaquín.

Maricucha sonrió.

—Ya sabía que se iba arrepentir —dijo—. Tu papá no cambia.

—Pero hazte la resentida, pues, mami. No lo perdones tan rápido. Si no, te va a seguir tratando mal.

—El primer deber de un cristiano es saber perdonar a su prójimo, amor —dijo Maricucha.

Luego se puso sus zapatos, fue a la cocina y abrió la refrigeradora.

—Ay, qué horror, mi hijito, yo pensé que tú eras abstemio —gritó.

—No, mami, es el trago que compré para mi papá —dijo él, saltando de la cama.

—Vamos a botar ese veneno ahorita mismo —dijo ella. Sacó las cervezas y empezó a vaciarlas en el lavadero.

—Mamá, no seas arrebatada —dijo él, riéndose.

—¿Tú quieres a tu padre, Joaquín? —preguntó ella, muy seria.

—Supongo que un poquito —dijo él.

—Entonces no puedes darle veneno —dijo ella, y siguió botando las cervezas al lavadero.

—El trago no es veneno, mamá —dijo él.

—Mi amor, el trago es una cosa maligna que pone brutos a los hombres y los convierte en animales —dijo ella—. El trago es la perdición de tu papá.

No bien terminó de vaciar las cervezas en el lavadero, comenzó a botar el vino.

—El vinito mejor no lo botes —dijo él—. Aunque sea tomemos una copita entre los dos.

—Pero a mí el vino me da un sueño sófero.

—Ay, mamá, qué aguada eres.

Se quedaron callados. Se miraron a los ojos.

—Ahora que lo dices, qué tentación —dijo ella.

—Hagamos un brindis —dijo él.

—Bueno, ya que insistes.

Él sirvió dos copas de vino.

—¿De verdad crees que mi papá es alcohólico? —preguntó.

—Alcohólico, paranoico y esquizofrénico.

—Bueno, salud por el esquizofrénico.

Chocaron sus copas. Tomaron un poco de vino.

—Una pizca nomás, porque el trago te baja las defensas morales y te hace caer en las tentaciones —dijo ella.

Luego se arreglaron, salieron del departamento y bajaron al carro. Hacía un calor sofocante. Los asientos quemaban. Había mosquitos por todas partes.

—No hay nada como el clima templadito de mi Lima querida —dijo ella.

Joaquín salió manejando del edificio, se detuvo en el Seven-eleven y compró el periódico.

—A ver fíjate si hay alguna novedad del Perú —le dijo a su madre.

Maricucha ojeó la primera página del diario *Las Américas*.

—Estalla coche bomba en Lima, tres muertos, doce heridos —dijo.

—¿Cuánto vas a entender que en Lima ya no se puede vivir, mami? —dijo Joaquín.

* * *

Un rato después, Maricucha y Joaquín llamaron a la puerta de una habitación del Sonesta. Luis Felipe no tardó en abrir la puerta. Estaba en ropa de baño. Olía a trago.

—Adelante, adelante —dijo, sonriendo—. Qué bueno que se animaron a venir.

Maricucha y Joaquín pasaron al cuarto.

Luis Felipe besó a su esposa en la mejilla, como pidiéndole disculpas.

—Salgamos al balcón, que está fresquito —dijo.

Los tres salieron al balcón. Se veía el mar turquesa de Key Biscayne y, a lo lejos, un par de embarcaciones.

—Qué preciosura de vista —dijo Maricucha.

—Deberíamos tomarnos unas fotos —dijo Luis Felipe.

—Ay, qué buena idea —dijo Maricucha.

—Voy a traer la cámara —dijo Luis Felipe, y entró al cuarto.

Le encantaba tomar fotos cuando estaba medio borracho. Joaquín se acercó a su madre.

—Tienes razón, mi papi es un esquizofrénico —le dijo, bajando la voz—. Ahora se ha convertido en un angelito.

—En el fondo tu papá es un hombre buenísimo —dijo ella—. Lo que pasa es que tiene muchas tensiones.

—Está medio zampado, ¿no?

—Qué vamos a hacer, pues, hijito, hay que perdonarle sus vicios.

Luis Felipe regresó al balcón con una cámara de fotos.

—Después de todo, somos una familia unida, y nos vamos a mantener monolíticamente unidos hasta el final —dijo, sonriendo.

—Hasta el final —dijo Maricucha.

—A ver, hijo, tómanos una foto a tu madre y a mí —dijo Luis Felipe.

—Claro, papi, encantado —dijo Joaquín.

Luis Felipe le dio la cámara y abrazó a Maricucha.

—Treinta años de casados, cómo pasa el tiempo, carajo —dijo.

—Ay, Luis Felipe, no digas tantos ajos —dijo ella.

—Treinta años y todavía te quiero como al principio —dijo Luis Felipe—. Eres una vieja fregada, pero todavía te quiero, Maricuchita.

Entonces trató de darle un beso.

—Aj, estás beodo —dijo ella.

Luis Felipe besó a Maricucha en la mejilla.

—Qué jodida eres, mujer, qué difícil te pones —le dijo—. Por eso te quiero tanto, porque te me haces la estrecha.

—Ay, Luis Felipe, qué barbaridad —dijo ella, riéndose—. No digas esas groserías delante de nuestro hijo.

Joaquín estaba observándolos a través de la cámara de fotos.

—Ya, pues, hijito, toma las fotos —le dijo Maricucha.

—Espérate que voy a dejar el trago —dijo Luis Felipe—. Un señor nunca sale chupando en una foto.

Luego dejó su trago y abrazó a Maricucha. Joaquín les tomó un par de fotos.

—Ahora una foto los tres juntos —gritó Luis Felipe.

Maricucha se rió a carcajadas.

—Ay, Luis Felipe, cómo se nota que estás pasado de copas, quién va a tomar la foto, pues —dijo.

—Esta máquina toma fotos solita, vieja —dijo Luis Felipe.

—No lo puedo creer —dijo Maricucha, sorprendida—. Qué barbaridad cómo avanza la ciencia.

—Te voy a suscribir a *Selecciones* para que te mantengas al día —dijo Luis Felipe.

—Primero déjame consultarle a mi guía espiritual —dijo Maricucha—. Una nunca sabe por dónde se cuela el demonio a un hogar cristiano.

—*Selecciones* es una revista muy moral, mujer, no tiene calatas ni nada —dijo Luis Felipe, alistando la cámara—. Listo, todos sonrían —gritó.

Luego corrió y abrazó a Maricucha y Joaquín. Los tres sonrieron y escucharon click.

* * *

No bien llegó a su departamento, Joaquín abrió la maleta de su madre. La maleta olía a perfumes de señora. Sacó las blusas, las faldas, los vestidos. Olió cada prenda. Sacó la ropa interior de su madre. Se desnudó.

Si fuese mujer, sería putísima, pensó.

Estaba solo en su departamento. Sus padres se había quedado en el Sonesta. Se miró en el espejo.

Lo único que les agradezco a mis padres es haberme dado un buen poto, pensó.

Se puso uno de los calzones de su madre. Se miró en el espejo. Lamió su imagen en el espejo.

Necesito un hombre que me haga feliz, pensó.

Sonó el télefono. Se asustó. Corrió en calzón. Contestó.

—¿Aló?

—¿De dónde me has sacado esa voz tan graciosa, mi hijito?

—Mami, qué sorpresa.

—¿Te he sacado del baño?

—No, estaba leyendo.

—Sí, pues, tú siempre has sido el intelectual de la familia.

Oye, Joaquincito, te llamaba para avisarte que me voy a quedar a dormir con tu papá.

—Caray, cuánto me alegra.

—Tu papá me ha insistido para que me quede.

—Claro, perfecto.

—¿No quieres venir a comer un chifita con nosotros?

—Mamá, por favor, no me hables de comida. Estoy llenísimo.

—Dime que me vas a extrañar, mi hijito.

—Te voy a extrañar, mamá.

—Ahora ya puedo dormir tranquila —dijo ella, y colgó.

Joaquín colgó el teléfono y entró al baño. Se pintó los labios con el esmalte de su madre. Besó su imagen en el espejo. Dejó una mancha roja. Fue al teléfono y llamó a Peter.

—Necesito que vengas —le dijo.

—¿Ha pasado algo malo? —preguntó Peter.

—Ajá.

—¿Qué ha pasado?

—Te extraño horrores.

Peter se rió.

—Eres una loca perdida —dijo.

—Perdidamente enamorada de ti.

—No digas cojudeces.

—¿Vas a venir o no?

—No sé, estaba viendo televisión, pensaba pedirme una pizza.

—Si vienes, te cocino delicioso y hago lo que me pidas.

—¿Lo que yo te pida?

—Lo que tú me pidas.

—Bueno, voy para allá.

Colgaron. Joaquín se puso un sostén de su madre. Los copos se veían arrugados. Los rellenó con papel higiénico. Luego se echó espuma en las piernas y se afeitó los vellos.

Recién vas pareciendo una señorita, pensó.

Se maquilló, se puso un vestido negro y se miró en el espejo.

Regia, pensó. Pasarías por una chica del Villa María.

Luego fue a la sala y puso un disco de Edith Piaf. Cerró la maleta, se sirvió una copa de vino y se sentó a esperar a Peter. Un rato después, sonó el timbre. Abrió la puerta. Peter se rió.

—¿Qué te has hecho, huevón? —preguntó, sorprendido.

Joaquín lo besó en los labios.

—Esta noche dime Edith —dijo.

* * *

A la mañana siguiente, Joaquín se despertó cuando Peter ya se había ido. Sin ganas de levantarse, prendió el televisor y se quedó viendo uno de los noticieros de la mañana. No tenía interés en lo que decían. Sólo se fijaba en las corbatas, los anteojos, los aretes, los vestidos de las personas que salían en la televisión. Poco después, apagó el televisor. Se levantó perezosamente y abrió las ventanas. Había salido el sol. Recogió la ropa de su madre y la guardó en la maleta. Estaba arrepentido de haberse vestido de mujer la noche anterior. Lentamente, se puso una ropa de baño, un sombrero y crema para protegerse del sol. Bajó a la playa. Pequeñas lagartijas huyeron a su paso. Comenzaba a quemar el sol. La arena estaba caliente. Tuvo que correr para no quemarse los pies. Mojó sus pies en la orilla. El agua estaba tibia. Entró al mar. Sintió cómo se humedecían sus piernas afeitadas, sus testículos, su barriga. Se arrodilló en la arena. El agua apenas se movía. Unas olas muy leves acariciaban su cuerpo. Se bajó la ropa de baño. Sintió su sexo libre, meciéndose en el mar tibio. Cerró los ojos. Recordó una mañana en el mar de Boca Chica, República Dominicana. Aquella vez, había entrado al mar un buen trecho sin perder piso, y estaba espiando a las parejas que se besaban, cuando un muchacho delgado y moreno se le acercó sonriendo y le dijo «buenas, mister, no se quede mucho rato en el agua porque el mar está sucio de tanto chingar la gente», y Joaquín le dijo «disculpe, pero yo no soy de aquí, ¿qué significa chingar?», y el moreno se rió y dijo «chingar es emparejarse, pues, hacer el acto de penetración sexual, aquí en estas mismas aguas no se imagina usted tantísima gente que ha chingado, ahorita mismo usted ve a tantas parejas de amorosos por allá lejos que están chingando de no creer», y Joaquín sonrió y dijo «¿o sea que se chinga mucho acá en Santo Domingo, ah?», y el moreno dijo «acá el único dominicano que no chinga es el presidente, que está viejo y ciego de los ojos, todos los demás chingamos de no creer», y Joaquín dijo «qué suerte, caramba, qué envidia», y el moreno, siempre sonriendo, dijo «¿ve esas carpas allá?, allá la gente se mete a chingar, si quiere yo le puedo enseñar», y Joaquín dijo que le parecía una buena idea, y los dos salieron del mar y antes de entrar a una de las carpas que había en la playa, el moreno dijo «hay que pagar cuarenta pesos para ver cómo se chinga acá», y Joaquín le dio la plata, y entraron a una carpa, y el moreno corrió el cierre de la carpa, se bajó la ropa de baño y le enseñó su sexo, y Joaquín se echó de espaldas, y el moreno le hizo el amor como si estuviese bailando un merengue.

—Chíngame, negro pendejo —dijo Joaquín, antes de eyacular en el mar.

* * *

Cuando volvió de la playa, Joaquín vio que el número uno brillaba en la grabadora del teléfono. Apretó el botón de la grabadora y escuchó.

—Aló, soy tu mamita, mi amor. Ay, Dios santísimo, yo no entiendo estos teléfonos con voz. ¿Estás ahí o no estás ahí? ¿Qué hago, Luis Felipe? ¿Sigo hablando? Bueno, mi hijito, quería avisarte que tu papá y yo nos regresamos a Lima esta tarde y nos encantaría almorzar contigo, o sea que danos una llamadita para ver cómo nos arreglamos. Chaucito, pues. Besos y apachurrones de tu mami.

Joaquín descolgó el teléfono y llamó al cuarto de sus padres en el Sonesta. Luis Felipe contestó.

—Papi, hola, soy yo.

—Carajo, qué decepción. Yo pensé que me estaba llamando Charitín.

Se rieron.

—Quería hablar con mi mami. Ella me llamó más temprano.

—La vieja no está, Joaquín. Se fue a misa de nueve.

—Claro, debí sospecharlo.

—Se ha levantado feliz la vieja. Se puso a hacer sus ejercicios de Jane Fonda que me parten los cojones, porque una cosa es ver al hembrón de Jane Fonda moviendo el culito y otra cosa muy distinta es ver a la vieja saltando en bata como un fantasma.

Se rieron.

—Y todo porque ayer le medí el aceite a la vieja —continuó Luis Felipe—. Ya le tocaba su cambio de aceite, pues. Si no le hago el favor de vez en cuando, la vieja se pone jodida, regañona. Alguien se tiene que sacrificar para tener un poquito de armonía en la familia, ¿no es cierto?

Joaquín soltó una carcajada. Su padre le parecía cínico, vulgar, pero, a veces, también gracioso.

—¿A qué ahora viajan? —preguntó.

—Esta tarde en el American de las cinco —dijo Luis Felipe—. Parece mentira, pero ya extraño la tensión de Lima.

—Increíble.

—Oye, muchacho, quiero pedirte un favor.

—Dime, papi, lo que quieras.

—Quiero despedirme de Charitín, ¿tú me entiendes?

—Perfectamente.

—Y estoy jodido porque la vieja se me ha instalado acá en el cuarto. Si tú me das una mano, yo le digo a la vieja que tengo que ir al banco, me voy a tu departamento y me encuentro allí con Charitín. Ella está esperando mi llamada con la chuchita perfumada.

—Ningún problema, papi. Cuenta con el departamento.

—Sería cuestión de una hora nomás.

—Todo el tiempo que quieras, papi.

—Cojonudo, muchacho. Me sacas de un problema, porque no puedo irme de Miami sin despedirme de ese lomazo como se debe.

—Yo estoy saliendo ahorita y te dejo las llaves con el portero. Después te espero en el Sonesta con mi mami.

—Perfecto. Cojonudo.

—Entonces quedamos así.

—Oye, muchacho, una cosita más, disculpa la conchudez de tu viejo.

—Dime, papi.

—¿Tendrás unos condones que me prestes?

Joaquín se rió.

—Claro, tengo una caja nuevecita —dijo.

—Así no pierdo tiempo yendo a la farmacia.

—Yo te dejo los condones en un lugar a la mano.

—Ojalá que me queden nomás, porque yo soy talla *extra large* —dijo Luis Felipe, y soltó una carcajada.

* * *

Después de hablar por teléfono con su padre, Joaquín se puso ropa deportiva, le dejó sus llaves al portero y fue corriendo al Sonesta para hacer un poco de ejercicio. Él salía a correr todas las mañanas. Le gustaba salir a correr. A veces pensaba que el Perú sería un mejor país si más gente saliese a correr todos los días. Se había acostumbrado a correr desde que tenía doce años. A esa edad, corría por las calles de Chaclacayo con su instructor de gimnasia, el profesor Vilca. Todas las tardes después del colegio, se ponía su camiseta de la selección peruana de fútbol y corría con el profesor Vilca desde Los Cóndores hasta el club El Bosque, ida y vuelta. Cuando cumplió trece años, el profesor Vilca le regaló el disco de *Rocky* y le dijo «*Rocky* es la mejor película que he visto en mi vida, lejos mejor que *Tiburón* o *Terremoto*, *Rocky* tiene un mensaje que me ha hecho tirar moco». Esa noche, Joaquín escuchó el disco de *Rocky* varias veces y pensó que era una música linda, emocionante. Unos días después, el profesor Vilca le dijo a Maricucha «señora, quiero llevar al campeón a ver *Rocky* en el cine Perú de Chosica», y a ella le pareció una excelente idea. El fin de semana siguiente, Maricucha los llevó al cine, les compró las entradas y le dijo a Vilca «profesor, si hay alguna escena inapropiada, le tapa los ojos al muchacho». Entonces Vilca sonrió y dijo «no se preocupe, señora, *Rocky* es un peliculón». Tras despedirse de Maricucha, Vilca y Joaquín entraron al cine y se sentaron en una de las filas de adelante. Cuando comenzó la película, Vilca aplaudió y gritó «*yes*, Rocky, *yes*», y Joaquín se sintió un poco avergonzado. Después, Vilca se pasó toda la película hablando, moviéndose, dándole consejos a Rocky, diciéndole «dale, pégale fuerte, no te dejes, tú puedes, Rocky, tú puedes, hazlo besar la lona, ponlo horizontal, miren cómo se están pegando, señores, y no se están pegando precisamente estampillas, plánchalo Rocky, acábalo de una vez, machúcalo juerte». No bien terminó la película, se paró, aplaudió y gritó «buena, Rocky, los desgranputaste a todos, tú eres el campeón». Vilca estaba llorando de felicidad. Saliendo del cine, le dijo a Joaquín para volver corriendo a la casa de Los Cóndores. Joaquín dijo que mejor no, que estaban muy lejos, pero el profesor se echó a correr tarareando la canción de la película y Joaquín se sintió obligado a seguirlo. Corrieron por la carretera central. Se fue haciendo de noche. Se demoraron más de una hora en llegar a Los Cóndores. Joaquín llegó extenuado. Cuando llegaron, Vilca lo abrazó y le dijo «buena, campeón, tú eres el Rocky de Chaclacayo». Joaquín odió a Vilca, pensó que era un idiota y que iba a vengarse de él. Esa noche, le dijo a su madre que no quería seguir tomando clases con Vilca. Ella lo miró sorprendida y le preguntó por qué, si hasta entonces había estado tan contento con Vilca, y él le dijo «porque el profesor es un mañoso, en la tarde no vimos *Rocky*, él devolvió las entradas y me llevó a ver una de mayores de dieciocho en el cine teatro Chosica». Unos días después, Maricucha despidió a Vilca, diciéndole «usted sabe por qué lo estoy despidiendo, profesor, pregúntele a su conciencia y ahí va a encontrar la respuesta». Vilca se fue tan rápido, tan desconcertado, que ni siquiera pudo despedirse de Joaquín. Pasaron los años. Un día, llegó a casa de Maricucha una postal navideña. En ella, Vilca contaba que estaba viviendo en California, que había llegado allá como miembro de la selección peruana de lucha libre, que se había quedado ilegalmente en los Estados Unidos, que se había casado con una americana y que estaba trabajando como instructor en un gimnasio. Luego añadía que ya tenía el *green card* y que sólo le faltaban dos años para aplicar a la ciudadanía norteamericana. «Mándele saludos al Rocky de Chaclacayo», terminaba diciendo.

* * *

Joaquín llegó cansado y sudando al Sonesta. Entró en ropa deportiva al hotel, subió por el ascensor y tocó la puerta de la habitación donde estaban alojados sus padres.

—¿Quién es? —gritó Maricucha.

—Tu hijo, mamá —dijo Joaquín.

Maricucha abrió la puerta.

—Estoy en larga distancia con la casa —dijo, y corrió al teléfono.

Joaquín entró al cuarto. Maricucha continuó hablando por teléfono.

—Aló, Irma, ya hija, era el joven Joaquín que acaba de entrar. Bueno, como te decía, saca todos los zapatos de mi clóset y dáselos a Meche para que los limpie toditos, que me los deje bien embetunados y bien lustraditos. Tú sabes cómo me encanta volver de mis viajes y encontrar todos mis zapatos brillando. Después dile a Marcelo que me cuide mis hortensias, mis petunias y mis pensamientos, pero apunta hija, ah, no me digas sí, señora, sí, señora, y después te olvidas de todo. Dile a Marcelo que le cambie de musgo a las hortensias, que les eche su caracolicida a todas mis plantitas, que le eche un poquito de cerveza a la tierra de mis plantitas. Sí, cerveza, cerveza, ten cuidado nomás, que Marcelo es tremendo con el trago, no lo dejes solo con la cerveza, que ahí mismito se nos emborracha el sabido. Otra cosa, déjame remojando el asado en papaya. El asado, sí, ese asadito que compramos en Wong el otro día. Bueno, remójame el asado en papaya para que esté blandito para el almuerzo de mañana. Tú sabes que el señor regresa de sus viajes con un hambre de padre y señor mío. Por si acaso, anda sacando también el pollo y ponlo a marinar en un poquito de vino. Si no hay vino casero, abre nomás una de las botellas del señor, que así le hacemos un bien, hija. El pobre está alcoholizado, Irma, tenemos que hacer algo para curarlo.

—Mamá, por favor, no grites —dijo Joaquín—. Estás chillando como un papagayo.

—Bueno, hija, ya tengo que cortarte porque acá el joven Joaquín está regañándome. No te olvides de mis encargos y reza la estampita del Padre para que no se caiga el avión. Chaucito, Irma, chaucito, pues.

Maricucha colgó el teléfono.

—Tenía que llamarla —dijo, como disculpándose.

—¿Para decirle que te deje remojando el asado en papaya? —preguntó Joaquín, sonriendo—. Eres increíble, mamá, no puedes pasarte un día sin hablar con Irma.

—Es que la quiero como a mis propios hijos, amor.

—Más que a tus hijos, dirás.

—Ay, mi hijito, estás celoso.

—No, no. En todo caso, la que debería estar celosa eres tú.

—¿Por qué, Joaquincito?

—Porque ahorita mismo mi papi te está sacando la vuelta.

Maricucha puso cara de sorprendida.

—¿Por qué me dices eso, mi amor, si justamente anoche tu

papá y yo hemos tenido una linda reconciliación? —preguntó.

Él sonrió, como burlándose de ella.

—Sí, pues, mi papá me dijo que anoche te hizo el favor —dijo.

—No puedo creer que te haya dicho esa grosería —dijo ella.

Ahora estaba indignada.

—Así, textualmente, me dijo: le he hecho el favor a la vieja porque alguien tiene que mantener la armonía familiar —dijo él, imitando la voz de su padre.

—No te puede haber dicho esa canallada —dijo ella—. Tú siempre has tenido tendencia a la mentira, Joaquín.

Se quedaron callados.

—A ver, dime, ¿adónde está mi papá ahorita? —preguntó él.

—Me dijo que tenía que ir de bancos.

—Mentira, pues.

—Entonces dime adónde se ha ido —dijo ella, abanicándose con una hoja parroquial—. No me hagas una película de suspenso, Joaquín, que a mis años ya no estoy para estos ajoches.

—Papi está en mi departamento.

—¿Y qué ha ido a hacer allí?

—Quedó en encontrarse con Charitín.

—¿Quién es Charitín?

—La cubanita de la piscina, pues.

Maricucha abrió la boca, sorprendida.

—¿La chuchumeca celulítica pelopintado del otro día? —preguntó.

—Esa misma.

—¿La pechugona sinvergüenza de tres por medio?

—Esa misma.

Maricucha se puso de pie, cogió su cartera y se puso sus anteojos oscuros.

—Vamos inmediatamente a tu departamento —dijo, y caminó hacia la puerta del cuarto.

—Cálmate, mamá, no hagas una locura —dijo él, arrepentido de haber delatado a su padre.

Entonces Maricucha se detuvo, se quitó los anteojos oscuros y miró a su hijo en los ojos.

—El Señor nos enseñó a poner la otra mejilla, pero también a botar a latigazos a los mercaderes del templo —dijo.

—Comenzó el sermón de las tres horas —murmuró Joaquín, con una sonrisa burlona.

—Calla, blasfemo —dijo ella, y salió del cuarto.

Salieron del hotel caminando a pasos rápidos y llamaron un taxi.

—Mamá, no seas imprudente —dijo él—. Mejor dale una

353

llamadita primero para evitarnos una situación embarazosa.

—Yo a tu padre lo he visto calato los últimos treinta años de mi vida, mi hijito, y a la chuchumeca ésa ya la vi el otro día con todos los jamones al aire —dijo Maricucha.

Subieron a un taxi manejado por una mujer. Joaquín le dijo a la mujer la dirección de su departamento. La mujer aceleró.

—No voy a permitir que mi marido se burle de mí —dijo Maricucha—. Yo, cuando tengo que pelear por mis principios cristianos, soy una fiera.

—Todos los hombres son iguales, mañosos y resabidos —dijo la mujer que manejaba—. Problemas nomás traen.

—¿De dónde es usted, señora? —preguntó Joaquín.

—Chilena con quince años de residencia legal en este país, para servirle —dijo ella.

Maricucha suspiró.

—Ay, qué emoción —dijo—. Pensar que mi luna de miel fue en los lagos del sur de Chile.

—Bellísimos paisajes —dijo la taxista.

—Divinos, hija, divinos, pero el bruto de mi esposo no me dejaba ni salir al balcón —dijo Maricucha—. Qué barbaridad ese hombre para tener apetito carnal.

—Mañosos y resabidos le digo que son los hombres —dijo la taxista—. Todos quieren su satisfaccion nomás.

—Pero los lagos, ay, qué nostalgia —dijo Maricucha.

—La usan a una y la dejan tirada después —dijo la taxista.

—Oye, hija, ¿tú sabes como puedo hacer para ir al programa de don Francisco? —preguntó Maricucha.

—Creo que la entrada es gratis —dijo la taxista—. Y encima regalan panes con salchicha, pañales y la revista *Cristina*.

—Ese don Francisco se pasa —dijo Maricucha.

Poco después, llegaron al edificio donde vivía Joaquín. Maricucha abrió su cartera y pagó el taxi.

—Gracias, mi hijita —le dijo la taxista—. Y llegue temprano a don Francisco, que la cola llega hasta Key West.

* * *

Maricucha tocó la puerta del departamento de Joaquín.

—¿Quién es? —gritó Luis Felipe.

—Abre, Luis Felipe —gritó Maricucha—. Soy tu esposa por religioso y por legal.

—Mami, no grites, no hagas escándalos —dijo Joaquín, en voz baja.

Luis Felipe abrió la puerta. Estaba sin zapatos y con la camisa abierta.

—¿Qué hacen acá? —dijo, sorprendido, al verlos—. Yo pensé que nos íbamos a encontrar en el hotel.

—¿Tú qué haces acá, sinvergüenza? —gritó Maricucha.

Luego empujó a su esposo y entró al departamento. Luis Felipe le dirigió una mirada helada a Joaquín.

—Eres una rata —le dijo.

Joaquín bajó la mirada, avergonzado. Maricucha entró al cuarto, al clóset, al baño. Buscaba desesperadamente a Charitín.

—¿Dónde está tu chuchumeca? —gritó—. ¿Dónde está?

—Estoy solo, mujer —gritó Luis Felipe—. Y deja de gritar como una histérica, carajo.

—Joaquín me dijo que estabas en intimidades con tu amiguita cubana —gritó Maricucha.

—Cojudeces, mujer —gritó Luis Felipe—. Ya te dije que no tengo ninguna amiguita cubana. Lo que pasa es que nuestro hijo está enfermo. Es un maricón. Me tiene envidia porque no es un hombre como yo.

Maricucha no pudo más. Se sentó en la cama y se puso a llorar.

—Nuestro hijo no es un maricón —murmuró.

—Sí es un maricón —gritó Luis Felipe—. Siempre fue un maricón. Ahora me lo ha demostrado una vez más.

Joaquín tenía la mirada hundida en la alfombra.

—Pero tú me dijiste que ibas a bancos, Luis Felipe —dijo Maricucha.

—Fui al banco, mujer —dijo Luis Felipe—. Fui al banco y después pasé por aquí para hacer un par de llamadas a Lima, porque del hotel sale el doble de caro.

—No puedo creer que mi hijo tenga la mente tan torcida —dijo Maricucha.

—A mí las mariconadas de Joaquín ya no me sorprenden —dijo Luis Felipe—. Vámonos de aquí, mujer. Larguémonos cuanto antes de este antro de mal vivir.

—Ay, Luis Felipe, por Dios, no hables así —dijo Maricucha, llevándose las manos al pecho.

Luis Felipe cogió a su esposa del brazo.

—Vámonos, mujer —dijo—. No le puedo ver a la cara a esta lagartija —añadió, mirando a su hijo.

Joaquín trató de sonreír. Le salió una mueca triste.

—Cuando me muera, no te voy a dejar un centavo, por maricón —le dijo Luis Felipe, y cargó la maleta de su esposa.

Luis Felipe y Maricucha salieron del departamento sin decir una palabra más. Joaquín cerró la puerta y corrió al baño. Entonces vio que había un mensaje en la grabadora del teléfono. Apretó el botón y escuchó:

—Mi cielo, soy yo, Charitín. Te llamo para pedirte mil *sorrys*, pero no puedo ir hoy a nuestro *date* por razones de mi recargado *schedule* de trabajo. Gracias mil por tu compañía tan *polite* y afectuosísima. Pasé unos días súper inolvidables en tu compañía. Un besito y llámame para atrás cuando vuelvas. *Bye, bye.*

* * *

Esa tarde, Joaquín se despertó de la siesta sintiéndose medio atontado. Había tomado un par de Xanax antes de meterse a la cama. Se levantó y caminó al teléfono. Una luz roja marcaba el número tres en la pantalla. Escuchó los mensajes.

—Joaquín, hola, soy tu mami. Si estás ahí, por favor, contéstame, que este aparato me pone la mar de nerviosa. Bueno, mi hijito, quería preguntarte si nos podemos ver un ratito antes de irme al aeropuerto. Me gustaría darte un besito de despedida, ¿ya? Tu papá sigue hecho un pichín contigo, pero a mí ya se me pasó la calentura. Yo ya estoy vieja y no quiero irme a la tumba peleada con ninguno de mis hijos, pues. Además, tú sabes mi amor quién es mi engreído, mi muñequito de porcelana. Yo entiendo que estés pasando por un túnel negro negrísimo, pero te prometo que si le rezas un poquito al Padre, vas a ver la luz al final del túnel. Ay, me está sonando un pito, qué nervios, es que estoy en un teléfono aquí abajo en el hotel. Bueno, llámame rapidito, pues, que ya en una media horita nos vamos al aeropuerto, y me daría una pena horrible si no podemos despedirnos bonito. Ay, el pito otra vez, chaucito.

Joaquín escuchó el segundo mensaje.

—Hola, hola, corazón con cola, soy yo, tu mamacita querida. Contéstame, pues, no seas malito. No guardes todo ese veneno, bótalo, mi amor, bótalo porque si no, se pudre adentro tuyo. Bueno, pues, qué penita me da, ya estamos en el aeropuerto, tu papi está haciendo los chequeos y yo aproveché para escaparme a un teléfono público. Me muero de pena de no poder darte un besito, estoy mirando nerviosísima entre la gente a ver en qué momento se aparece mi Joaquín. Ay, mi hijito, se me parte el alma, no puedo seguir hablando, espérate que voy a sacar mi pañuelo de la cartera, caracho, dónde está el pañuelo de porquería, ay, aquí está, por fin, es que mi cartera es un caos, te decía que estoy muerta de pena, tengo el alma hecha puré, espérate que me seco las lágrimas porque se me está corriendo el maquillaje, qué vergüenza llorar así en pleno aeropuerto internacional de Miami, pero Dios comprenderá, Dios sabe cómo quiero a mis hijos, mis hijitos adorados que han salido de mis propias entrañas. Ay, el pito, estos pitos me van a matar de un infarto. Bueno, mi amor, te mando un besito con todo mi cariño y ya te llamo de Lima. No te olvides de rezar tus oraciones, no seas malito. Chaucito, pues, chaucito.

Ahora Joaquín también estaba llorando. Lloraba porque tenía ganas de decirle a su madre «tienes que entender que soy homosexual, mamá, siempre fui homosexual, probablemente cuando estaba en tu barriga ya me estaba haciendo homosexual, pero no por eso soy una mala persona, no por eso dejo de quererte, si sólo pudieras entender que no soy maricón para fregarte, para vengarme de ti, que soy homosexual porque ésa es mi naturaleza y porque yo no la puedo cambiar, y por favor, no veas mi homosexualidad como un castigo de Dios, no lo veas como algo terrible, porque no lo es, míralo más bien como una oportunidad para entender mejor a la gente, para entender que las cosas son más complejas de lo que a veces parecen, que las cosas no siempre son blancas o negras, comprende, por favor, mamá, que al final lo único importante es que yo también te quiero, te quiero muchísimo, adoro tus caprichos y tus cucufaterías, pero yo no puedo dejar de ser quien soy, no puedo ni quiero dejar de ser quien soy, y tengo que aprender a quererme, y a respetarme, y a no traicionar mi orientación sexual, y a decirle a la gente que soy homosexual sin que por eso se me ponga roja la cara, y sin que me sienta sucio, cochino, una mala persona, porque no lo soy, soy tu hijo, te quiero, soy homosexual, y soy una buena persona, y si Dios existe, Él te contará algún día en el cielo por qué le provocó hacerme homosexual».

Joaquín escuchó el tercer mensaje. Era Peter.

—Hola, soy yo. Son las cinco en punto. Estoy saliendo del hotel. Me voy a mi casa. No te demores, que me muero de ganas de verte. Si puedes, acuérdate de traer galletitas de quáker y helado de chocolate.

Joaquín sonrió, besó el teléfono, se vistió, se echó unas gotas en los ojos porque los tenía rojos de llorar, y salió del departamento. Al verlo salir, el portero del edificio le hizo una seña. Joaquín detuvo su carro y bajó la ventana.

—Su señor padre le dejó esta encomienda, muchacho —dijo el portero, y le dio un sobre.

—Gracias, don Heberto —dijo Joaquín.

Salió manejando lentamente. Abrió el sobre. Había un cheque a su nombre y una tarjeta de su padre. Leyó la tarjeta. En letras impresas, decía: «Luis Felipe Camino Granda.» En la parte superior, Luis Felipe había escrito «Gracias por tus atenciones.» Más abajo, había anotado el teléfono de Charitín.

Joaquín sonrió, prendió la radio y aceleró. Subiendo por el puente de Key Biscayne, se detuvo, bajó del carro y se acercó a la baranda metálica al lado de la autopista. Miró el mar. Rompió la tarjeta de su padre y la lanzó al viento. Luego se mordió los dientes para no llorar.

ÍNDICE

ÍNDICE

PRIMERA PARTE

SEGUNDA PARTE

TERCERA PARTE